JANE WATERHOUSE

Für immer unvergessen

Buch

Garner Quinn schreibt erfolgreich Bücher über wahre Verbrechen. Im Moment arbeitet sie an der Geschichte über einen Mörder, der seine Opfer – offenbar in religiösem Wahn – grausam verstümmelt. Doch ihre Arbeit findet ein wenig befriedigendes Ende, als die einzige Zeugin, Susan Trevett, mit deren Hilfe ein verdächtiger junger Mann gestellt werden konnte, plötzlich beschwört, daß der Mann unschuldig ist. Wenig später werden in den lebensgroßen Skulpturen des bekannten Bildhauers Dane Blackmoor echte menschliche Körperteile gefunden. Garner wittert einen Zusammenhang mit den vorhergehenden Fällen, ja, sie glaubt sogar, den Verbrecher zu kennen – doch niemand nimmt ihre Vermutungen ernst. Entschlossen versucht sie, selbst die nötigen Beweise zusammenzutragen. Ein kompliziertes Vorhaben, denn Garner und der rätselhafte Dane Blackmoor haben eine gemeinsame Vorgeschichte – eine der leidenschaftlich-leidvollen Art. Während Garner immer tiefer in den komplizierten Fall hineingezogen wird und sich dem umwerfenden Charme des Künstlers kaum noch entziehen kann, merkt sie, daß sie einen rachsüchtigen Killer auf sich aufmerksam gemacht hat, der sie bei weitem besser zu kennen scheint als sie sich selbst …

Autorin

Bereits mit ihrem ersten Roman *Für immer unvergessen*, einer unwiderstehlichen Mischung aus Kriminal- und Liebesgeschichte, landete Jane Waterhouse in den USA auf den Bestsellerlisten. Leser und Kritiker sind von ihrer Erzählkunst hellauf begeistert. Weitere Romane sind im Blanvalet Taschenbuch in Vorbereitung.

Jane Waterhouse lebt in Fair Haven, New Jersey.

JANE
WATERHOUSE

Für immer unvergessen

Roman

Aus dem Amerikanischen
von Carsten Mayer

BLANVALET

Die Originalausgabe erschien unter dem Titel
»Graven Images« bei G. P. Putnam's Sons, New York

Umwelthinweis:
Alle bedruckten Materialien dieses Taschenbuches
sind chlorfrei und umweltschonend.
Das Papier enthält Recycling-Anteile.

Blanvalet Taschenbücher erscheinen im Goldmann Verlag,
einem Unternehmen der Verlagsgruppe Bertelsmann

Deutsche Erstveröffentlichung Dezember 1998

Umschlaggestaltung: Design Team München
Satz: Uhl + Massopust, Aalen
Druck: Elsnerdruck, Berlin
Verlagsnummer: 35043
Redaktion: Petra Zimmermann
MD · Herstellung: Heidrun Nawrot
Made in Germany
ISBN 3 - 442 - 35043 - 3

1 3 5 7 9 10 8 6 4 2

Beim Schreiben dieses Buches durfte ich auf die Fachkenntnisse und die Liebenswürdigkeit vieler Menschen zurückgreifen. Mein besonderer Dank gilt Manny und Arlene Haller; John Garofalo, Direktor des Amtes für Küsteninstandhaltung des Staates New Jersey; Raymond A. Gill jr., Esquire; Katherine Cusack und Gary Lotano.

Eine treue Gruppe von Lesern begleitete das Manuskript durch seine vielen Stadien. Von Herzen verpflichtet bin ich Carol Clayton, Alyce Rathburn, Carolyn Tvrdik, Jerry Donovan, Carol Gallager, Pat McLaughlin und ganz besonders Michele Armour und meiner Schwester Amy Waterhouse Lotano, die zu jeder Wendung unschätzbare Einsichten beisteuerten.

Ich werde meinem einfallsreichen Manager Scott Shukat und meiner außergewöhnlich sensiblen Lektorin Christine Pepe für ihren unerschütterlichen Glauben an meine Geschichte auf immer dankbar sein.

Zuletzt möchte ich Noelle und Matthew danken – am meisten von allen aber meinem Sohn Baylen –, die mir allesamt eine tägliche Inspiration sind.

Für meine Mutter,
der ich meine Liebe zum Geheimnisvollen verdanke,
und meinen Vater, der mich lehrte,
hinter die Oberfläche der Dinge zu sehen.

Inhalt

»Ich möchte, daß die Wahrheit die wirkliche Wahrheit ist, so daß ich sie nicht ändern kann.«

TRUMAN CAPOTE ÜBER DAS SCHREIBEN VON *KALTBLÜTIG*
AUS *TRUMAN CAPOTE, EINE BIOGRAPHIE* VON GERALD CLARKE

I

Der Geist

Bevor das Interview anfängt, stellt Garner Quinn einige Dinge unmissverständlich klar.

Sie wird über ihren Vater (den legendären Strafverteidiger Dudley Quinn III.) ebensowenig sprechen wie über den Prozess, den er nach der Veröffentlichung von *Schlafe, mein Prinzchen,* den spektakulären Enthüllungen über den berüchtigten Fall Dulcie Mariah, gegen sie anstrengte. Sie wird auf keinerlei Fragen über ihren Ex-Gatten (den extravaganten Anwalt Andrew V. Muscati aus Manhattan), ihre Tochter (Temple, 12) oder irgendwelche sonstigen Aspekte ihres Privatlebens eingehen. Genausowenig wird sie ihre Meinung zu der umstrittenen Besetzung des psychopathischen Killers Harold Beech mit Tom Cruise in der Verfilmung ihres jüngsten Bestsellers *Staub zu Staub* abgeben.

Worüber sie reden wird, ist ihre Arbeit – Tatsachenkrimis. Und wenn sie sich erst einmal auf dieses Thema eingeschossen hat, dann ist offenkundig, dass wir es hier mit einer Frau zu tun haben, für die ihre Arbeit nicht einfach nur Spass ist – sie liebt sie.

Vanity fair (Juni 1993)

1

Nur eine Fliege an der Wand. Das sage ich Ihnen jedesmal. Lassen Sie sich gar nicht stören, sage ich. Vergessen Sie einfach, daß ich da bin. Stellen Sie sich vor, ich wäre eine Fliege, bloß eine Fliege. Es überrascht mich immer wieder, wie schnell sich die Leute auf diese Vorstellung einlassen. Ich selber habe noch nie eine Fliege getroffen, die mir sympathisch gewesen wäre.

Jeff Turner war mein vierter. Vierter Tatsachenkrimi, vierter Prozeß. Ich beherrschte die Rolle aus dem Effeff. Kleidung zweckdienlich, aber gedeckt. Abwesender Ausdruck. Diese Abwesenheit diente mir als eine Art getönter Windschutzscheibe. Ich konnte nach draußen schauen, aber die anderen nicht hinein. Nach Jahren der Übung war ich in der Lage, meine Bewegungen perfekt zu verlangsamen wie jemand, der im Eis eingeschlossen ist. Es ist ein bewußter Vorgang, ein Kunststück, das die Haut vollbringt. Im Inneren arbeiten alle Sinne auf Hochtouren: Sie nehmen wahr, wägen ab, ordnen ein, beurteilen; aber an der Oberfläche ist man nicht mehr als ein kleiner Fleck in einer belebten Landschaft, durchsichtig wie Glas. Eine Fliege.

Manchmal frage ich mich, ob sich Gott wohl so fühlt. Übersehen. Unterschätzt. Immer auf der Lauer nach dem rechten Moment.

Turners Verteidiger Nick Shawde rief die Versammlung zur Ordnung. Nick würde ich am oberen Ende der Skala einordnen, was die Zunft angeht. Und das ist eine fundierte Einschätzung. Mein Vater ist Anwalt. Die meisten Leute, unter denen ich meine Kindheit verbrachte, waren Anwälte. Mein Exmann war auch Anwalt.

Man sollte meinen, langsam hätte ich es kapiert.

»Herhören, alle miteinander.« Nick klopfte mit seinem Klemmbrett an die Tischkante. Es war wieder mal an der Zeit für ein paar aufmunternde Worte vor der Schlacht im Gerichtssaal.

Ich genoß diese mittäglichen Strategiespielchen. Ich bin in den Sechzigern aufgewachsen, bevor Mädchen Sport trieben. Mit den anderen zuzuhören, wie Shawde – mit gelöster Krawatte und Doublemint, den er schnalzen ließ wie ein Handtuch auf einen festen Hintern – der Mannschaft die neueste Verteidigungslinie ausgab, war hinreißend. Näher bin ich nie daran gekommen, eine Menge offener Handflächen in einem verschwitzten Umkleideraum abzuklatschen. Seltsamerweise fühlte ich mich dabei wie zu Hause. Das heißt, so sehr zu Hause, wie sich jemand überhaupt fühlen kann, der sich zu Hause nicht zu Hause fühlt.

»Das wäre dann also der Plan.« Shawde ließ seinen Kaugummi platzen. »Weinstein paßt auf, daß der Junge und seine Mama ganz, ganz still sind. Nix laber-laber vor den Fernsehkameras, klar? Das überlassen wir der heiligen Susie.«

Weinstein rief: »Amen«, und alle lachten. Ich biß in mein Sandwich und konzentrierte mich auf Nick, versuchte, ihn ganz neu zu sehen, als hätte sich nicht jeder einzelne seiner Manierismen bereits unauslöschlich in mein Hirn gegraben. Die Angewohnheit, wie ein Jugendlicher jede feste Oberfläche als Schlagzeug zu benutzen – seine Oberschenkel eingeschlossen. Das schreiende Gewieher, wenn er lachte. Die Art, wie er hinter seinem Brillengestell die Augen zusammenkniff, als brauchte er stärkere Gläser.

Details, die ihn auf dem Papier wirklich zum Leben erwecken würden.

Er schaute auf sein Klemmbrett hinunter. »Ach ja, genau – wer zum Teufel hat dem Burschen eigentlich die Haare so zurückgeklatscht?«

»Das war er selber«, antwortete Maria Lombardi und fügte sarkastisch hinzu: »Im Richland County Jail haben sie nicht gerade das, was man Friseure nennt.«

»Wenn sie bloß lang genug drin sind, werden sie alle zum Friseur.« Nick zuckte mit den Schultern. Außer Lombardi lachten alle. »Schieb ihm eine Nachricht zu«, wies er sie an. »Diese Chorknaben-Schmalzlocke, die er da hat, ist 'ne prima Sache.« Die Anwältin warf ihm einen vernichtenden Blick zu. Plötzlich, als würde eine Neonbeleuchtung aufflackern, ging mir auf, daß sie miteinander schliefen. Ich fand es seltsam irritierend, daß mir die Anzeichen bisher entgangen waren. Ich fragte mich, ob Nicks Frau davon wußte. Und ganz unwillkürlich grübelte ich, warum er nicht auf mich abgefahren war.

Als könne er meine Gedanken lesen, rief Nick mich beim Namen. »Hey, Quinn!« Ich blickte von meinem Sandwich auf, die Aufmerksamkeit war mir unangenehm. »Zurücklehnen, Baby«, er warf mir eine Kußhand zu, »und sagen Sie uns, wer in dem Film Ihren Part übernehmen soll.«

Das war der Witz schlechthin.

Ein Krimi, der auf einer wahren Begebenheit beruht, bedeutet das große Geld in Hollywood. Bei einem der Praktikanten konnte man seine Mäuse auf die Besetzung wetten, und es war tatsächlich ein Regisseur von der Küste hereingeflogen, um mit Shawde zu *lunchen*. Nick verdrehte die Augen und fand das Ganze fürchterlich *äh bäh*. Aber er ging.

Und das war mehr, als ich getan hätte, selbst für ein geschenktes Essen im besten Lokal von South Carolina. Sollten sie doch meine Bücher verfilmen, wenn sie wollten, solange sie mich nur nicht mit irgendwelchen Details belästigten. Wie ich die Dinge sah, war das der Grund, aus dem

Gott am fünften Tage die Agenten und Anwälte erschaffen hatte, zusammen mit dem übrigen Gewürm.

»Humtumtum, humtumtum, humtumtum.« Nick Shawdes Knopfaugen huschten über die Seite. Er strich den letzten Punkt auf seinem Zettel durch. »Für mich wär's das dann. Hat sonst noch jemand was?« Eine Runde *Nein* schallte durch den Raum. Er ließ das Klemmbrett scheppernd auf den Tisch fallen. »Wir sind am Ende des letzten Viertels, Leute«, erklärte Shawde seiner Mannschaft feierlich. »Und jetzt kriegt Susie Trevett das Ei.«

Susan Trevett Cox. Die Bombe, die die Beweise der Staatsanwaltschaft zerschlagen und den jungen Jefferson Turner freisprengen würde. Aber so weit wollte ich noch gar nicht denken, nicht bis ans Ende eines weiteren Projekts, nicht bis an dieses ausgehöhlte, leere Gefühl, das in mir zurückbliebe; also schloß ich die Augen, um besser phantasieren zu können, wir seien ein Team und Nick wäre unser Trainer und wir lägen in Führung.

Das Klatschen des Kaugummis akzentuierte Shawdes Worte wie die gellenden Schnalzlaute eines afrikanischen Dialekts. »Hart bleiben, dran bleiben, nicht nachlassen, bis nächste Woche ist der Braten durch, so oder so.«

Es war nicht wegzudiskutieren, dieses Gefühl, daß etwas Großes sich dem Ende zuneigte. Früher im Verlauf des Prozesses wären alle in die verschiedensten Richtungen davongeflitzt – wären zum Gericht hinübergehetzt, hätten telefoniert, hätten Reporterfragen gekontert, Informationen aufgespürt. Aber heute lungerten sie in der Hotelsuite herum, schlenderten zum kalten Buffet, um zu sehen, was noch übrig war, kippten wäßrige Pepsireste aus Plastikbechern die Kehle hinunter, tauschten Bosheiten aus, steckten die Köpfe zusammen.

Nichts war noch übrig von der gewohnten Litanei der Beschwerden. *Es ist absolut unmöglich, hier ein vernünftiges Pastramisandwich aufzutreiben. Diese Südstaatler sind so unerträglich liebenswürdig. Das Wetter ist so unerträglich heiß. Die Klimaanlage ist so unerträglich kalt.*

In diesen Tagen voller Angst, den Fall in die Hände der Geschworenen zu übergeben, in denen man immer kurz davor war, den Termin für den Rückflug zu bestätigen, schien es plötzlich, als hätten alle mit einem Mal für sich entschieden, so übel sei dieses halbe Jahr in Columbia, South Carolina, gar nicht gewesen.

Unerklärlicherweise tauchte aus heiterem Himmel eine Ukulele auf. Shawde nahm sie, hockte sich auf die Tischkante und fing an, »In-A-Gadda-Da-Vida« zu klimpern. Maria Lombardi stand neben ihm und lachte zu laut. Irgendwie machte es mich wahnsinnig, mit ansehen zu müssen, wie die beiden sich aufführten wie blöde Teenager.

Ich zwang mich, mich auf die Mittagsnachrichten zu konzentrieren, die tonlos über den Fernseher in der Ecke flimmerten. Ein Reporter interviewte einen kleinen Mann mit gewölbter Brust. Ohne jede Vorwarnung stellten sich mir die Nackenhaare auf, und ein kaum merkliches Kribbeln tänzelte mir den Rücken hinunter.

Es war bloß so ein Kerl, dem an beiden Seiten die Gewichtheberarme herunterhingen, mit Hochstaplergrinsen im Gesicht; aber mir war, als wüßte ich alles über ihn. Das passierte mir öfter, diese übertriebene Wachsamkeit beim Anblick von Fremden. Es war, als hätte ein Teil meines Hirns, der immer auf der Hut war, der ununterbrochen arbeitete, ihn schon jetzt auf sechs säuberlich getippte Seiten in einem Buch, das erst noch zu schreiben war, reduziert.

»Stellen Sie das bitte mal lauter?« Mit einer Handbewegung bat ich Weinstein, den Ton aufzudrehen.

Einen Moment lang war der Ton zu laut und brachte alle Gespräche im Zimmer zum Verstummen. Shawde hörte auf zu klimpern.

»– Wir ham da also das Kunstwerk die Treppen in der

Galerie hochgetragen, nä, aber das hat sich da schon irgendwie komisch angefühlt«, erzählte der Mann dem Reporter. »Also sach' ich zu mei'm Kumpel, sach' ich: ›Ange, mit der Statue stimmt was nich'.‹ Und wumm! Schon geht das Ding zu Boden. Bricht in tausend Splitter, und mittendrin liegt dann diese Hand ... 'ne *echte* Hand ...«

Schnitt auf eine Frau, gut gekleidet, jede Menge Schmuck. »Das Stück hieß ...«, ihre Hände zitterten nervös vor ihrem Gesicht, »heißt *Die Sitzende.* Sie ist ein erstklassiges Beispiel für Blackmoors bildhauerische Technik, die darin besteht, ein Modell mit Gipsbinden zu umhüllen, die anschließend zu einer Gußform aushärten –«

»Hast du das gehört, Shawde?« rief Weinstein.

Nick legte die Ukulele beiseite. »Ja«, sagte er. »Wie's aussieht, will er Gold.« Diana Gold. Angeblich verband sie und Shawde seit dem gemeinsamen Jurastudium eine dauerhafte Konkurrenz, die auf Rivalität und verblaßter Begierde basierte. »Ich frag' mich ja, ob *Madame ›Schenkel dicht‹* sich in der Blackmoorschen Aura etwas entspannt?«

Die Stimme des Fernsehreporters leierte weiter, während auf einen neuen Schauplatz geschwenkt wurde. Eine Limousine fuhr vor. Die Tür öffnete sich, und ein Mann mit gesenktem Kopf und einem Armani-Regenmantel, der plötzliche Bewegungen zuließ, stieg aus. Kameragedränge. Journalisten kreischten wie hysterische Teenager vor einem Rockstar. Jemand sagte: *»Kein Kommentar.«*

Der Mann im Regenmantel blickte plötzlich in die Kamera. Vor meinem geistigen Auge sah ich Unmengen an Zelluloid, das sich an den Rändern aufwölbt, das Bild um Bild verbrennt, bis nur noch schwelende Asche übrig ist; sah ich die Videokassette sich zersetzen, sich in Rauch auflösen. Wenn schon ein einziger Blick das vermochte.

»Für jemanden, dem man einen Mord zur Last legt, sieht er nicht gerade verstört aus«, bemerkte Maria Lombardi.

»Wer hat etwas von Mord gesagt?« fragte Shawde. Lombardi hob zwei perfekt gezupfte Augenbrauen. »Eine fehlende Hand heißt nicht unbedingt, daß es auch eine fehlende Leiche gibt, Kind«, erinnerte er sie. »Wer weiß, vielleicht steht ja eins von seinen Modellen auf die harte Tour? Vielleicht rennt sie ja mit einem Armstummel rum und beklagt sich nicht.«

»Sie werden in einer von seinen anderen Skulpturen was finden«, prophezeite Lombardi.

»Zehn zu eins, daß es das Herz ist.« Die Worte waren mir aus dem Mund gepurzelt, bevor ich sie aufhalten konnte.

»Ach, dann kennen Sie ihn also, Garny?« Von meinem Platz am Rand des Zimmers konnte ich sehen, wie Nick die Antennen ausfuhr.

»Wir sind uns schon begegnet.«

Er stieß einen leisen Pfiff aus. »Ladies und Gentlemen, wie es aussieht, hat unsere geschätzte Ms. Quinn soeben das Thema für ihr nächstes Buch gefunden.«

»Vergessen Sie's. Und für den Fall, daß Sie's noch nicht wissen sollten«, ich brachte ein Lächeln zustande, »ich hör' auf.«

»Ach was, Garner. Sie sind ungefähr so kurz vorm Aufhören, wie Sie schüchtern sind«, prustete Shawde. »Neulich hab' ich das Wort *besessen* nachgeschlagen, und da war Ihr Bild im Lexikon. Gleich neben dem von Ihrem Daddy.« Ein großes Lob in Nicks Augen. Für skrupellose, junge Anwälte wie ihn war Dudley Quinn der Dritte eine Ikone, eine lebende Legende, jemand, den man bewunderte und verehrte.

Ich hatte eine andere Meinung über meinen Vater, eine, die ich größtenteils für mich behielt.

»Schauen Sie lieber noch mal in diesem Lexikon nach«, erklärte ich Nick fröhlich. »Wenn dieser Fall nämlich erst abgeschlossen ist, können Sie mir einen Abschiedskuß geben.«

»Verlockende Vorstellung.« Vielsagend zog er die Augenbrauen hoch, noch eine von seinen jungenhaften Angewohnheiten. Im nächsten Augenblick schaute er auf die Uhr, ganz Geschäftsmann. »Packen wir's an, Leute.«

Während alle auseinanderliefen, rührte ich mich nicht vom Fleck und nahm einen letzten Bissen von meinem Sandwich, kaute sechsunddreißigmal, und inzwischen streifte Shawde sein Seidenjackett über.

»Geben Sie's zu, Engelsgesicht. In dem Moment, in dem ich draußen bin, hängen Sie am Telefon und geben Ihr Gebot für die Exklusivrechte an der Blackmoor-Geschichte ab.« Er stopfte einen Stoß Papier in seine Aktentasche. Die Metallspangen schnappten bissig wie Zähne zu. »Sie können einfach nichts dagegen tun. Sie sind unersättlich.«

»Ich brauche kein Gebot für ein Buch abzugeben, Shawde. Vor allem nicht für eins über ihn.« Ich warf die zusammengeknüllte Serviette in Richtung Papierkorb. Daneben.

»Mir scheint, da gibt es etwas Persönliches.« Er beugte sich über mich; Brille, Gesicht, Anzug, alles glänzte und funkelte. »Erzählen Sie dem guten Onkel Nicky, was passiert ist. Sie haben mit ihm geschlafen, nicht wahr?«

»Er war ein paarmal in Dudleys Strandhaus zu Gast«, mußte ich ihn enttäuschen, »vor tausend Jahren, ich war noch ein Kind damals.«

An der Tür blieb Shawde stehen und drehte sich um. »Das beantwortet aber immer noch nicht die Frage, Garny«, spöttelte er mild. »Also, haben Sie mit ihm geschlafen?«

Ich hörte sein Lachen draußen auf dem Flur noch, nachdem die Tür schon zugefallen war.

Ich wartete einige Sekunden, dann ließ ich mich an seinem Schreibtisch in einen Sessel fallen und wählte. Es überraschte mich, daß Temple beim ersten Klingeln abhob. »Was machst du denn um diese Tageszeit schon daheim?«

»Ich war nicht in der Schule. Hab' Halsweh.«

»Hat Cilda den Arzt gerufen?«

»Mhmhm. Mir geht's schon wieder besser«, krächzte Temple heiser. »Und was gibt's da unten Neues? Hat Susan schon ausgesagt?«

»Wahrscheinlich nicht vor Montag«, erwiderte ich gereizt auf ihre Frage. Es ließ mir graue Haare wachsen, daß sich die Gespräche mit meiner vierzehnjährigen Tochter so oft um diesen verdammten Prozeß drehten. »Wahrscheinlich kann ich eine frühe Maschine nehmen.«

»Darf ich nach dem Wochenende mit dir zurückfliegen, damit ich bei ihrer Aussage dabeisein kann?«

Ich seufzte. »Vielleicht. Paß auf, ich muß weiter, Schätzchen. Verbind mich doch bitte mal mit Jack, ja?«

»Okay.«

»Ich liebe dich.«

»Ich dich auch, Mom.« Die Verbindung war schlecht. Sie klang sehr weit entfernt. Als sie das Gespräch weiterschaltete, rauschte es so sehr, daß ich einen Moment lang fürchtete, die Verbindung würde abbrechen, aber dann hörte ich Jack angenehm und ohne Akzent sagen: »Hi, Boß.« Ich stellte mir vor, wie er an seinem Schreibtisch saß, zurückgelehnt, die Beine hochgelegt.

»Temple hört sich gar nicht gut an«, sagte ich.

»Das ist nichts Ernstes«, versicherte er mir. »Cilda paßt schon auf sie auf.«

»Also gut, buch mir einen Platz in der …«, ich schaute auf die Uhr, »der Sechsuhrmaschine und kümmere dich drum, daß ein Wagen am Flugplatz ist.«

»Ich könnte dich abholen.«

»Nein«, erwiderte ich, insgeheim geschmeichelt, »um die Zeit hast du schon Feierabend.« Er bestand nicht weiter darauf. »Irgendwelche Neuigkeiten?«

»Grade ist eine Einladung für dich gekommen«, meinte Jack. »Per Kurier aus Manhattan.«

Das, was ich mein Zuhause nannte, und das daran anschließende Büro, war ein für sich gelegenes Anwesen in einem kleinen Ort, weitab vom Schuß, an der Küste von New Jersey, vierzig Meilen außerhalb von New York. Ich fragte mich, wer sich wohl diese Mühe machen würde. »Was für eine Einladung?«

»Eine Vernissage im Metropolitan Museum of Art an diesem Wochenende«, sagte er und setzte dann mit bedeutungsschwangerer Stimme hinzu: »Die Dane-Blackmoor-Retrospektive.« Als ich nichts erwiderte, fragte er: »Was soll ich antworten?«

Ich sank in das Polsterleder von Shawdes Sessel zurück. »Gar nichts«, erklärte ich böse. »Ich habe Wichtigeres im Kopf als Vernissagen – oder hast du vielleicht vergessen, daß ich hier unten um das Leben eines Unschuldigen kämpfe?«

»Ich Dummerchen.« Jacks leiser Sarkasmus knisterte durch die Leitung. »Und ich dachte immer, du würdest einfach bloß ein neues Buch schreiben.«

2

Ich sah ihn von weitem, da er die übrigen Menschen im Korridor vor dem Gerichtssaal überragte. Es gab nur zwei Möglichkeiten: öffentliches Telefon oder Toilette. Das Telefon war zwar näher, aber ich fürchtete, es würde mich nicht ausreichend abschirmen.

»Hallo, Quinn!«

Ich brachte ein überraschtes Gesicht zustande.

»Ja gibt's denn so was?« Mein Standardspruch, wenn mir ein Name nicht mehr einfiel.

»Genau die, die ich suche.« Er war einer von den Leuten,

bei denen man immer das widerliche Gefühl hat, sie würden einen an die Wand oder gegen die Tür drücken.

Wie hieß er bloß? *B irgendwas.* Billy oder Bobby oder Brendan. Er schrieb freiberuflich für *People.* Eine Gruppe von Frühaufstehern rauschte an uns vorbei. Er drehte sich kurz nach ihnen um für den Fall, daß sich unter ihnen ein bedeutenderes Opfer befand, und ich nützte die Pause, um mein Gedächtnis zu durchforsten.

Direkt bevor mein drittes Buch, *Staub zu Staub,* erschienen war, hatte er ein Interview mit mir gemacht. Damals bauten wir gerade das Haus, und dabei wurde auch das Bild von mir aufgenommen, auf dem ich – in ausgewaschenen Jeans und Winterunterhemd, mit wehendem Haar – unter der frisch gefaßten Einfahrt stand, während im Hintergrund die Wellen angriffslustig über die Kaimauer schwappten.

»Wie kommt es, daß Sie sich ein Haus bauen, bei dem das Meer die hintere und der Fluß die vordere Tür unterspült?«

»Ich lebe gern gefährlich«, hatte ich geantwortet und gehofft, er würde es erkennen, wenn ein Satz was hermacht. Das hatte er. Der Anfang des Artikels lautete: *Garner Quinn, die berühmte Autorin von Tatsachenkrimis, hat ihr Haus wie ihre Karriere auf ein gefährliches Fundament gestellt.* An diese Worte erinnerte ich mich noch, aber sein Name war wie ausgelöscht.

Er wandte sich wieder mir zu, überzeugt, daß ich für den Augenblick sein bester Fang wäre. »Dann ist die Geschichte ja wohl im Kasten, was, Quinn?«

»Warten wir's ab.« Irgend etwas an ihm erinnerte mich an eine Sardine. Lang und farblos. An beiden Enden spitz zulaufend. Ölig.

»Ihnen dürfte es ja einigermaßen egal sein, was jetzt noch kommt.« Er ließ ein sardinenhaftes Grinsen aufblitzen, voller schmaler, spitzer Zähne. »Tantiemen sind schließlich Tantiemen.« Das war meine Strafe, entschied ich, dafür, daß ich in der Hotelsuite herumgebummelt hatte, daß ich nicht bei der Meute geblieben war.

»Und wen setzt der Nickster?« fragte der B-Typ.

»Er glaubt, Pacino wird ihn spielen.« Ich trat zurück, um eine junge Frau vorbeizulassen.

»Jamm-*jamm,* von diesen knusprigen Südstaatentäubchen kann ich einfach nicht genug kriegen.« Der Reporter leckte sich die Lippen nach dem Mädchen. Es kotzte mich an, daß er mich für einen von den Jungs hielt, jemanden, mit dem man Zoten reißen und anderen Frauen hinterherschielen konnte.

»Wir sehen uns vor Gericht«, sagte ich.

Er packte mich am Ärmel. »Seien Sie ein Kumpel, Quinn. Na, kommen Sie schon, ganz unter uns.«

Mein Gesicht blieb ausdruckslos, gab nichts preis. »Ganz gleich, was sie sagt, Sie glauben nicht, daß er wirklich unschuldig ist, oder?«

Ein lautes Durcheinander bewahrte mich davor, antworten zu müssen. Unter Mikrophonschwenken und Kamerageschubse schwappte die Presse wie eine riesige Amöbe durch den Flur. Den Zellkern, in sich ruhend und unberührt, bildete Susan Trevett Cox.

»Mrs. Cox! Susan –!« rief es gleichzeitig von überall her. Der B-Typ von *People* richtete sich reflexhaft nach der Susan-Cox-Story aus wie Unkraut, das sich nach dem Licht reckt.

Susans Gesicht, auf dem nicht eine Spur von Make-up lag, glänzte unter den Scheinwerfern wie aus dem Ei gepellt. Ihr Haar war streng zurückgebunden, so daß die abgebrochenen kürzeren Härchen von Schädel und Nacken abstanden wie ein Heiligenschein, der den Rahmen um eine kleine Himmelfahrtsnase und riesige wimpernlose Augen über einem

Schmollmund bildete. Es war kaum noch mit dem zu vergleichen, wie es beim ersten Mal ausgesehen hatte, vor fast einem Jahr.

3

An jenem Tag war sie ebenfalls von Reportern umgeben gewesen. Das blonde Haar hing ihr in luftig-wattigen Strähnen herab, und die Augen waren von billiger Wimperntusche gesäumt.

Ich sah der Rollstuhlbrigade zu, wie sie das Richland-Memorial-Krankenhaus verließ. Wie sie so in der großen metallenen Konstruktion gefangen saß, flankiert von zwei stämmigen Polizisten und einer Horde brabbelnder Blödiane von der Staatsanwaltschaft, wirkte Susan so klein und schutzlos wie ein Kind. Erst als einer der Männer sie am Ellenbogen faßte, um ihr in ein wartendes Auto zu helfen, zerfiel die Illusion der Zerbrechlichkeit angesichts der greifbaren Realität von Hüften, die unter einem elastischen Verband steckten, und hohen, straffen Brüsten – für die andere Frauen sich operieren lassen würden –, die wie Bojen auf der zarten Polyestersee ihrer blaugrünen Bluse wippten. Susan ging nicht, sie wogte.

Ihr makelloser Körper stemmte sich gegen die Mullbänder, die sie umhüllten, als wolle er sagen: »*Laßt mich frei.*« Als sie sich mit einer langsamen, flüssigen Bewegung in das gepolsterte Dunkel des Wagens gleiten ließ, spielten die Verbände Haschmich mit der Hülle ihrer Kleidung, die sie bedeckte.

Ich wußte, daß es noch weitere Verbände gab, die sich von ihren Schultern unter die hochgeschobenen Brüste, um ihren Bauch herum und bis zum Hintern hinunterwanden. Alles in allem hatte das Messer siebenundvierzig Kreuze in ihr Mädchenfleisch gegraben.

Ich stand abseits, während die Reporter auf das abfahrende Auto zuschwärmten. Später blieb genug Zeit. Ich würde ausreichend Gelegenheit haben zu reden, zuzuhören, zu werden, was und wen auch immer Susan brauchte – Schwester, Mutter, Freundin, Beichtschwester. Ganz egal. Ich spielte sie alle hervorragend.

Morgen früh, wenn Gott will, das Buch über Jeff Turner, verdankte ich, wie so viele meiner Bücher, einem Tip. Irgend jemand brachte unten in Columbia, South Carolina, Mädchen um. Die Presse nannte den Mörder den »Heiligen Geist«, weil er ein Requiem für jedes seiner Opfer hielt, bevor er die Frauen vergewaltigte und schließlich tötete. Ein Freund eines Freundes kannte einen der Kriminalbeamten. Ich hatte Scharen von solchen Freunden.

Der Anruf kam an einem heißen Sommermorgen. »Ich dachte mir, es könnte Sie vielleicht interessieren.« Die Stimme des Polizisten war ein Flüstern. »Es gibt eine Überlebende.«

Damals hieß sie noch einfach Susan Trevett, war Serviererin in einer Cocktailbar, die bei Damenkränzchen und Herrentreffen Unterwäsche präsentierte. Letzteres hatte sie besonders genossen, erzählte sie mir, da sie bei diesen Gelegenheiten noch ein wenig dazuverdienen konnte. »Aber glauben Se bloß nich', ich wär' irgend so'n billiges Flittchen!« stellte sie klar, und ihre langsame Südstaatenstimme dehnte die Vokale ebenso, wie ihr strammer Po die Shorts dehnte.

»Seit ich ein kleines Mädchen war, wollte ich immer schon mal ganz groß rauskommen, wissen Se.« In einer Bewegung, die zugleich katzenhaft und kalkuliert war, streckte sie sich bis an die Zehen. »Alles wollt' ich haben.« Dann, in einem jener raschen Stimmungswechsel, die mir so vertraut werden sollten, umwölkten sich ihre riesigen Augen mit Tränen.

»Ich hätt' im *Playboy* sein können«, fuhr sie leise fort, »vielleicht sogar als Playgirl.« Susan schaute auf die entzündeten, roten Striemen, die sich auf ihren Handgelenken kreuzten. »Die Männer haben immer gesagt, daß ich den perfekten Körper hab'.«

»Er sieht immer noch ziemlich perfekt aus«, sagte ich wahrheitsgemäß, »finde ich.«

»Aber Sie sind ja nun mal nicht Mr. Hefner, nicht wahr?« seufzte Susan Trevett.

Wir saßen im Schlafzimmer der Wohnung, in der Susan lebte, seit sie das Krankenhaus verlassen hatte. In der Mitte des Raumes lag ihr alter Koffer, dessen Inhalt auf einen alten Plüschteppich quoll. Sie kniete sich daneben, so wie manche Asiatinnen sich niederknien, nicht mit einem Poltern, sondern in einer sanften Wellenbewegung, wie Kuchenteig, der sich in eine Form ergießt. Von hinten sah sie aus, als wäre sie etwa acht Jahre alt.

»Da.« Sie gab mir einen Umschlag. Darin befanden sich mehrere Farbfotos, 20 x 25 Zentimeter, die Susan Trevett in einem hauchdünnen Body zeigten, der völlig aufgeschnürt war. Ich blätterte die Fotos durch und fragte mich, ob sie wohl erwartete, daß ich mich zu ihrer geschmackvollen Machart äußerte.

»Hat 'n Typ gemacht, den ich kannte«, klärte sie mich auf. »Aber der *Playboy* hat sie zurückgeschickt.« Sie erzählte weiter mit ernstem nachdenklichem Ton: »Ich glaub', es war, weil ich keinen Agenten hatte. Und daß Eddy nicht grade der geborene Fotograf ist, kommt noch dazu. Und deswegen hab' ich überhaupt erst den Job im Annalee angenommen. Damit ich für meine Mappe sparen kann.« Sie erhob sich unvermittelt und kam wie ein aufgeschreckter

Schmetterling in einem anderen Teil des Zimmers wieder zur Ruhe. Ihre Finger mühten sich mit dem Anzünden einer Zigarette ab. »Und deswegen bin ich auch in der einen Nacht erst so spät heimgekommen.«

»Können Sie mir davon erzählen?« Ich wünschte, sie würde mir wieder ins Gesicht sehen, wollte es aber nicht riskieren, mich auf sie zuzubewegen. Unaufdringlichkeit, das war es, was hier gefragt war. Kein Kassettenrecorder. Kein Notizblock. Nichts als Ohren, Augen und Gedächtnis.

Susan Trevett seufzte oder stieß zumindest etwas Rauch aus. Von meinem Platz aus konnte ich das nicht eindeutig sagen. »Ja«, sagte sie endlich. »Warum nicht.«

Es war der sechste Tag der Hitzewelle gewesen. Daran konnte sie sich erinnern, weil zu einer ganzen Woche nur noch einer fehlte. Es war eine Erleichterung gewesen, zur Arbeit gehen zu müssen, sagte Susan, denn dort gab es wenigstens eine Klimaanlage. In ihrer ersten Pause hatte sie sich mit T. J. Shilds gestritten, dem Barkeeper, mit dem sie liiert war, nachdem sie ihn beim Herummachen mit einer anderen Bedienung erwischt hatte. Um ihm eins auszuwischen, hatte sie angefangen, mit einem Studenten der Universität von South Carolina zu flirten, der an der Bar saß. Als ihre Schicht zu Ende war, ging sie mit ihm weg.

»Wie hieß er?«

Sie zuckte die Schultern und wollte sich kooperativ zeigen, indem sie sagte: »Mark, glaub' ich. Mark, oder vielleicht auch Bart.«

»Und der hat Sie dann also heimgebracht«, spornte ich sie vorsichtig an, »richtig?«

Wieder zuckte Susan mit den Schultern. »Wir haben 'ne Zeitlang auf dem Parkplatz rumgefummelt.«

»Sie haben mit ihm geschlafen?«

»Dafür war sein Auto zu klein«, erläuterte sie, »also hab' ich ihm einfach nur einen geblasen.«

Ich nickte, als sei das unter den gegebenen Umständen das Selbstverständlichste auf der Welt. »Und dann hat er Sie heimgefahren?«

Susan drückte die Zigarette in einer großen, flachen Muschel aus. »Na, na, ich bin vielleicht ein bißchen wild«, meinte sie, »aber das heißt ja wohl noch lange nicht, daß ich bescheuert bin.«

Sie ließ sich von dem Studenten ein paar Kreuzungen vor ihrer Wohnung absetzen, erzählte sie, damit er nicht genau wüßte, wo sie wohnt. Langsam setzte sie sich im Schneidersitz auf.

»Das mach' ich immer so, wenn ich 'nen Neuen hab', weil schließlich«, sagte sie, »man kann ja nie wissen.« Sie brach in ein kleines Lachen aus. Auch Susan Trevett erkannte die Ironie, die darin lag.

»Dann sind Sie also den restlichen Heimweg zu Fuß gegangen?«

Sie fing an, mit ihren luftigen Haarspitzen zu spielen. »Mhm. Zu Fuß.«

»Und was ist dann passiert?«

Susan machte ein Hohlkreuz, als habe sie einen steifen Rücken. »Hören Sie«, protestierte sie, »können Sie sich nicht einfach bei der Polizei die Tonbänder anhören? Ich mein', ich hab' das alles doch echt schon hundertmal erzählt.«

»Ich kann ein andermal wiederkommen«, sagte ich und bemühte mich, kein Zeichen von Ungeduld und Erwartung in meine Stimme zu legen. »Es muß nicht jetzt sein.«

Sie murmelte: »Jetzt, später. Was soll das schon groß für'n Unterschied machen.«

Und dann erzählte Susan die Geschichte, *ihre Geschichte*, noch einmal.

Sie fing an, die zweieinhalb Blocks bis zu ihrer Wohnung zu gehen. Es war immer noch heiß. Die Beine taten ihr weh. Sie konnte sich nicht erinnern, irgend etwas gehört zu haben, abgesehen vom Zirpen der Zikaden wie Sandpapier, das gegen die Nacht rieb. »So machen die das doch, oder? Die reiben mit den Beinen an den Flügeln?« fragte sie mich leise. »Oder mein' ich jetzt irgendwelche anderen Käfer?« Es war niemand auf der Straße, sagte sie. Sie zog die Schuhe aus und steckte sie in die Tasche, dann streifte sie die Strumpfhose herunter und hängte sie sich wie ein Handtuch um den Hals. Auf dem Bürgersteig taten ihr die Füße weh, erinnerte sie sich, deswegen lief sie auf dem Gras; sie summte etwas vor sich hin und tanzte ein wenig im Dunkeln. Als sie an der Maisonette angekommen war, in der sie für dreihundertfünfundzwanzig den Monat wohnte, hatte sie den Schlüssel schon in der Hand.

»Ich erinner' mich, wie auf einmal alles so klar war«, erzählte Susan, »wie das mit T. J. und den anderen allen auf einmal ganz egal war. Ich wär' im *Playboy.* Wär' berühmt. Alles tät gut werden. Ich erinner' mich noch, daß ich richtig glücklich war.« Sie mußte noch einmal bitter lachen. »Is' das nich' toll? Aber das Allerbeste kommt erst noch – der Mond hat geschienen, und ich mach' die Augen zu und wünsch' mir was. Hab' die Augen nur für diese klitzekleine Sekunde zugemacht, aber das war genug.« Der Mann war zwischen zwei parkenden Autos hervorgesprungen und hatte sie von hinten gepackt. Sofort würgte er sie mit der Strumpfhose, die sie um den Hals trug. Sie versuchte sich zu wehren. Während des Kampfes löste sich ihr Geldbeutel. Der Schlüssel flog ihr aus der Hand. Später fand man ihn im Gras.

Susan sprach jetzt ohne Erregung, als wären diese Dinge jemand anderem zugestoßen. Immer wieder hielt sie inne und schien in einer dunklen Zone hinter ihren Augen etwas zu sehen. Sie nahm es in sich auf und fuhr dann fort, womöglich von der eigenen Distanziertheit überrascht. Das war mir nichts Neues: Opfer, die sich von der Angst, der Wut, dem Gefühl der nackten Ohnmacht lösten. Sie verlor den

Faden ihrer Erzählung. Ich half ihr vorsichtig wieder auf die Sprünge.

»Haben Sie geschrien?«

»Er hat mir was in den Mund gestopft. Ein Taschentuch, nehm' ich an. Und er hat mir den Kopf auf die Kühlerhaube von einem Auto gerammt, das da stand.« Sie wurde wieder fahrig. »Hat mich richtig brutal draufgedonnert – hey, ham Sie mal Feuer?« Ich griff in meine Tasche und warf ihr eine Schachtel Streichhölzer zu. Ich rauchte zwar schon seit Jahren nicht mehr, aber ich hatte alles bei mir – Streichhölzer, Zigaretten, mehrere Päckchen Kaugummi, jede Menge Papiertaschentücher.

Susan ging an ein angeschlagenes Art-deco-Toilettentischchen, das noch immer ein Prachtstück war mit seinem rosigen Furnier und seinen gewagten Kurven. Ich konnte ihr Gesicht im Spiegel sehen, als sie die Zigarette ansteckte und nach einer Tube flüssigen Eyeliners griff, den sie dann mit ruhiger Hand auftrug. »Und als nächstes«, sie atmete kaum, hatte den Schmollmund geöffnet, als gehöre das unbedingt zum Ziehen des säuberlichen, schmalen Strichs dazu, »lieg' ich auch schon hinten in diesem Transporter drin.« *Beige. Zugelassen in North Carolina. Fensterscheiben im Ladebereich abgedunkelt. Leer geräumt. Angeschimmelter Fußbodenbelag.*

Sie zwinkerte mit einem linken Lid, dessen rauchig-blauer Saum das Weiße im Auge aufblitzen ließ und die Iris exponierte wie das Ziel beim Hütewerfen auf dem Jahrmarkt. Sie machte sich ans rechte.

Der Mann hatte sie niedergeschleudert und die Tür zugeschlagen, setzte Susan ihren teilnahmslosen Vortrag durch die geöffneten Lippen hindurch fort. Er zog ein Kondom aus der Hosentasche. Als er versuchte, sie zu vergewaltigen, setzte sie sich zur Wehr. Massiv. Dann hatte er das Messer gezückt.

»Man hat gemerkt, daß es ihm damit Spaß gemacht hat«, erklärte Susan, »mehr als mit dem Schwanz. Und die ganze Zeit hat er mir dabei seinen Hokuspokus ins Ohr geflüstert. *Dominos nabisko* – lauter so'n verrückten Scheiß.«

»Auf Latein?«

»Schätze schon, obwohl ich nicht behaupten könnt', daß ich es vorher schon mal irgendwo gehört hätt'. Sicher weiß ich bloß, daß es unheimlich war, sogar noch unheimlicher als sein Gesicht.«

»Wie sah er aus?«

»Weiß.« Susan begutachtete ihr Werk im Spiegel. »Und das soll nich' einfach heißen, daß er kein Schwarzer war. Mehr wie wenn er sich 'ne Halloweenmaske daraufgemalt hätt'.«

»Die Tests von Bluse und Rock sprechen von Spuren von Fettschminke.«

Sie zuckte mit den Achseln. »Ein dickes, verschwitztes Mondgesicht, das war er.«

»Was haben Sie gedacht?«

»Gedacht?« fuhr sie mich an. »Überhaupt nichts hab' ich gedacht. Bloß weg von dem Bastard, das is' alles, was ich wollte – und das hab' ich dann auch geschafft, oder etwa nicht?«

Ich sagte nichts und erinnerte mich an Susans Aussage bei der Polizei. Wie beide um das Messer gekämpft hatten, wie sie ihn beiseite drängen und sich schließlich befreien konnte.

»Weiß der Himmel, wie ich aus dem Wagen rausgekommen bin. Ich weiß bloß, wie mir die frische Luft entgegengeschlagen ist und ich plötzlich wieder barfuß auf der Straße gestanden bin. Weiter unten auf der Straße war ein Fenster, wo noch Licht war«, ihre Stimme hatte herzzerreißend jung geklungen, »und ich renn' drauf zu wie der Himmel.«

Ich renn' drauf zu wie der Himmel. Den Satz hatte ich mir gemerkt.

Susan nahm die Arbeit an ihrem Augen-Make-up wieder auf. »Da hab' ich dann angefangen zu schreien, so laut ich konnte, aber es hat mich wohl keiner gehört, weil ja niemand aufgemacht hat.« Wir schwiegen lange und dachten an all die Menschen in der Straße, die nichts hörten, die nicht aufmachten. Es war beinahe Morgen, als sie, in einer Hecke zusammengebrochen, entdeckt wurde.

»Würden Sie den Kerl erkennen, wenn Sie ihn wiedersehen?« fragte ich schließlich.

»Mit dem Kleister im Gesicht auf jeden Fall«, seufzte sie. »Ohne das Zeugs? Kann ich nicht sagen. Ich kann's einfach nicht sagen.« Unter ihren Augen zerlief der Eyeliner zu tintigen, nassen Klecksen.

»Mist«, sagte Susan Trevett. »Mist, Mist, Mist.«

Nicht ganz eine Woche später saß ich mit Susan in einem kleinen Vorführraum auf einer Polizeiwache in der Innenstadt von Columbia. Die schwüle Luft war so mit Spannung geschwängert, daß das Atmen beinahe schmerzte.

»Das ist er«, sagte sie und zeigte auf den dritten von links.

Der Kriminalbeamte kam näher, bis sein Gesicht beinahe das ihre berührte, aber ich hätte nicht sagen können, ob aus Sorge oder bloßer Gier und fragte: »Sind Sie ganz sicher?«

»Hundertprozentig.« Der schmale blonde Kopf nickte.

Vielleicht wäre es das beste, diese Hampelmänner weiß zu schminken, dachte ich. *Alles kräftig durchmischen und die Kleine dann noch mal rangehen lassen.* Aber vielleicht hatte Susan Trevett die eigene Fähigkeit, jemanden zu identifizieren, auch unterschätzt. Denn bei dem jungen Mann handelte es sich um Jefferson »Bird« Turner, und er besaß einen beigen Transporter mit North-Carolina-Nummernschildern, dessen hintere Fenster abgedunkelt waren und der einen schimmeligen Bodenbelag hatte.

4

»Susan! Susan! Können Sie uns irgend etwas sagen?« riefen die Reporter.

Susans Anwalt, Tucker Morton, erklärte: »Mrs. Cox wird eine Stellungnahme abgeben, wenn die Verteidigung ihren Vortrag abgeschlossen hat.«

Shelby Cox legte den Arm fester um seine junge Frau. Er erinnerte mich an ein Opossum – ein fleischfarbenes Gesicht, das in abartiger Reglosigkeit verharrte, während die Augen wie hypnotisiert in die Scheinwerfer eines näher kommenden Autos starrten, das ihn platt walzen würde. Susan schüttelte die beschützende Umarmung ab. »Es gibt bloß eins, was ich jetzt zu sagen hab'.« Die sanfte, kindhafte Stimme hob sich über den Lärm. »Und das ist, daß – ganz egal, was ich früher mal ausgesagt hab' – Mr. Turner unschuldig ist.«

Ein paar Blitzlichter zuckten. Susan Trevett Cox hob die Hand, als wolle sie die Augen abschirmen. Von meinem Standort aus sah ich die rosigen Spuren der Narben auf Handgelenk und Unterarm. Dann führte Tucker Morton seine Mandantin und ihren Ehemann durch den Korridor.

Der Reporter von *People* zwängte sich wieder in meine Richtung. »Habe ich Ihnen schon gesagt, daß ich die Exklusivrechte habe? Wird nächste Woche Titelgeschichte. Und was halten Sie davon«, er knuffte mich mit dem Ellbogen am Arm, »Susie hat sich für die Fotoaufnahmen *Wimperntusche und Lippenstift* aufgelegt. Sie wollte sich wohl unbedingt schön machen für ihren Herrgott.«

Schleimscheißer, dachte ich. Aber ich sagte: »Ich muß jetzt rein, Bryant.« Die Zunge formte den Namen, bevor ich überhaupt wußte, daß ich ihn kannte. Und ich hätte ihn auch dort stehengelassen, hätte eine ältere Dame mit einem

Gebetbuch, dessen Ledereinband so grau war wie die Lefzen eines alten Hundes, sich beim Betreten des Gerichtssaales nicht alle Zeit des guten alten Südens gelassen.

»Und was halten Sie von dieser Dane-Blackmoor-Geschichte?« Bryant wich meinen Absätzen aus. »Sex-ieh, was? Ziemlich sexy.«

»Ich habe mich kaum darum gekümmert«, sagte ich, während ich mir, so höflich ich konnte, den Weg durch die Menge bahnte.

»Erzählen Sie mir doch nichts«, widersprach er mit einem gut hörbaren Flüstern. »Blackmoor ist wie für Sie geschaffen. Ein Gespann wie aus dem Bestsellerbilderbuch!« Er blieb unvermittelt stehen und deutete auf den Bereich, der für die Presse reserviert war. »Tja, hier steige ich also aus. Bei den billigen Plätzen. Wir sehen uns, Quinn.«

Ich ging weiter den Gang hinunter und ließ mich auf meinem gewohnten Sitz, gleich hinter der Verteidigerbank, nieder. Jeff Turners Mutter, Varnie, saß, zusammen mit ihrer Schwester, in der Reihe hinter mir. Ich drehte mich um und schenkte ihnen ein aufmunterndes Lächeln. Sie nickten mit Gesichtern, in die das Elend dieselben Furchen gegraben hatte. Steinerne Tafeln, in die dieselben Gebote gemeißelt standen: *Das Leben ist hart; auf den Armen wird herumgetrampelt; nichts wird je gut ausgehen.* Ich bezweifelte, daß sie je einen Funken von Gefühl zeigen würden, selbst wenn Jeff freigesprochen würde.

Freu dich bloß nicht zu früh, rief ich mich zurück. Wir sind noch lange nicht über den Berg. Aber es fiel trotzdem schwer, das Happy-End nicht vorwegzunehmen. Ich brauchte es bloß noch zu schreiben.

Als die Wärter den Angeklagten hereinführten, schwappte ein Raunen durch den Gerichtssaal. Jefferson Turner hatte eine beachtliche Anhängerschaft. Nick Shawde nannte sie die ›Turnerettes‹ und war felsenfest überzeugt, daß mindestens zwei der weiblichen Geschworenen Gründungsmitglieder des Clubs waren.

»Er hat diesen Verlorenen-Jungen-Charme an sich«, hatte mir sein Verteidiger frohlockend erzählt. »Wenn er lacht, lachen die Ladys. Wenn er diese Armesündermiene auf seine süße Fratze setzt, dann zückt man im ganzen Süden die Taschentücher.«

Ich beobachtete Jeff Turner, wie er, von den beiden Wärtern flankiert, mit schüchternem, etwas verwirrtem Ausdruck zu seinem Platz ging, als sei er neuerlich verblüfft, alle diese Leute nur seinetwegen hier zu sehen. Er trug den marineblauen Blazer, das helle Hemd, die gelbe Krawatte, die Khakihose mit Bügelfalte und die Slipper, die er während der größten Zeit des Prozesses getragen hatte. In vorwitzigen kleinen Büscheln stand das frisch gewaschene maisgelbe Haar dort, wo er es mit einem Handtuch trocken gerieben hatte, von den Ohren ab. Ein schwacher Hauch von Johnson's Babyshampoo wehte zu mir herüber. Einen Augenblick später drehte er sich in seinem Stuhl herum. Als unsere Augen sich trafen, hellte sein gutaussehendes Gesicht sich auf.

Verstohlen zeigten wir uns den erhobenen Daumen.

Nick Shawde wandte sich an die Zeugin. »Jeffs schulische Erfolge sind äußerst beeindruckend, Miß Nadine, da pflichte ich Ihnen gerne bei«, sagte er und tauschte seinen New Yorker Akzent unbekümmert gegen einen weicheren, gemütlicheren aus, gerade so, als sei das nicht schwieriger, als aus einem Paar Dreihundertdollarslipper heraus und in zwei weiche, warme Pantoffeln hineinzuschlüpfen. Er lächelte der Frau gutmütig zu. »Aber einmal abgesehen davon, wie war er wirklich?«

»Na ja, ich würde sagen, er war ganz einfach der perfekte Schwiegersohn«, erklärte Jeffs High-School-Studienberaterin dem Anwalt.

Darla Tate, die Turner kennengelernt hatte, während sie beide ehrenamtlich für den Tierschutzverein ASPCA gearbeitet hatten, beschrieb ihn als mitfühlend und beinahe übertrieben sanftmütig.

»Weil, er war ja nicht nur zu den Tieren gut, nich' wahr«, bezeugte Darla dem Gericht. »Nämlich, Jeff ist immer lieb zu jedem Mädchen gewesen, mit dem er ausgegangen ist, auch zu denen, die nicht so hübsch waren.«

Turners ehemalige Kunsterzieherin, eine kleine, hohlbrüstige Person, etwa sechzig Jahre alt, mit dem schlauen, versonnenen Blick eines Rhesusaffen, erklärte, Jeff besitze ›die reine, unschuldige Seele eines Künstlers‹. »Ich gebe Privatunterricht und nehme kaum jemals Kin-der«, sagte sie und trennte dabei die Silben des Wortes, als sei die eine unappetitlicher als die andere. »Aber bei Jefferson, da mußte ich eine Ausnahme machen.«

Das alles war mir natürlich nicht neu. Zu Beginn meiner Nachforschungen hatte ich einen ganzen Monat in Jeffs Heimatstädtchen verbracht und versucht, die Leute dazu zu bringen, etwas Schlechtes über ihn zu sagen. Ohne Erfolg. Ich nahm das einstweilen so zur Kenntnis. Was mich anging, was hatte das schon zu sagen, wenn er hübsche Bilder malte und die Nachbarn ihn für einen guten Jungen hielten? Malen war die zweitliebste Freizeitbeschäftigung John Wayne Gacys gewesen, und so ziemlich alle, die ich für *Staub zu Staub* interviewt hatte, schworen, daß Harold Beech – das Ungeheuer, das die kleine Deirdre Purdy bei lebendigem Leibe begraben und elend hatte sterben lassen – ein vielseitig begabter, geradliniger Kerl sei. Jefferson Turner hätte ohne weiteres der sprichwörtliche Junge von nebenan sein können. Nur, daß sich der Junge von nebenan oft als der Mörder mit der Axt erwies.

Es hat lange gedauert, bis ich meine Meinung änderte.

5

An jenem ersten Tag, an dem ich ihn im Gefängnis besuchte, bestand für mich nicht der Hauch eines Zweifels, daß Jeff Turner der »Heilige Geist« war.

Er saß jenseits der dicken Glasscheibe und wirkte noch jünger als bei der Gegenüberstellung. »Kann ich Ihnen irgendwas anbieten«, wollte er wissen. »Eine Cola, ein Glas Wein vielleicht?« Für den Bruchteil einer Sekunde dachte ich: *Großartig, jetzt kommt er auch noch mit der Unzurechnungsfähigkeitsmasche.* Aber dann lachte er, und seine Körperhaltung änderte sich, der Kopf senkte sich, die Schultern fielen herab, ganz als drücke die nackte Demütigung dieser Situation ihn zu Boden.

»Jeff, ich heiße –«, setzte ich förmlich an.

»Ich weiß, wer Sie sind.« Er lächelte. Seine Zähne waren gerade und weiß. »Ich bemühe mich, keine Ausgabe der Literaturbeilage in der *New York Times* zu verpassen. Ganz schön schwach, was? Ihre Rezensionen zu lesen, aber nicht die Bücher.«

»Auch dafür bekomme ich anteilige Tantiemen«, sagte ich, während ich noch damit beschäftigt war, die Tatsache zu verdauen, daß dieser Farmersohn im Gefängnisdrillich die Literaturbeilage der *New York Times* las.

Er schien sich zu entspannen. »Das ist Ihnen vielleicht neu«, erklärte er mir, »aber wir beide hatten mal eine ziemlich heftige Beziehung miteinander, für, na ja, ich würde schätzen, beinahe zwei Wochen.«

Er hatte tatsächlich einen an der Waffel.

»Allerdings, Ma'am«, fuhr Jeff unbekümmert fort, »nachdem ich vor ein paar Jahren diesen Artikel in *People* über Sie gelesen habe, da war mir klar, daß Sie das schönste, faszinierendste weibliche Wesen auf der ganzen Welt sind.

Kennengelernt haben wir uns, dachte ich mir, und jetzt halten Sie sich fest, bei einer von Ihren Signierstunden. Wie Sie sich denken können, war es Liebe auf den ersten Blick. Hach ja, 'ne Zeitlang war das echt 'ne Schau mit uns, in meinem Kopf wenigstens –« Mein Blick ließ ihn abrupt innehalten.

»Machen Sie das nie?« fragte er ein bißchen einfältig.

»Kann ich nicht behaupten.«

»Dann sollten Sie's mal ausprobieren. Wissen Sie, wenn man dann mal was Blödes sagt, egal, du fängst einfach von vorne an und spielst die Szene in deiner Vorstellung so lange immer wieder durch, bis alles stimmt. So wie ich das jetzt auch gern machen würde.« Er lachte noch einmal peinlich berührt. »Ist nicht bös gemeint, aber im Traum war es wesentlich schöner, Sie kennenzulernen. Wenigstens war ich da nicht im Gefängnis.«

»Träumen Sie oft davon, Frauen zu treffen, die Sie nicht kennen, Jeff?« versuchte ich die Frage zu deichseln.

»Wenn Sie damit meinen, ob ich in einer Traumwelt lebe«, erwiderte er, »dann lautet die Antwort nein.« Er neigte sich näher an die Scheibe. »Hören Sie, ich bin es nicht gewohnt, daß man alles, was ich sage, ins Negative verdreht, okay? Ich erzähl' Ihnen zufällig, daß ich in der Dritten mal auf Chrissie Evert gestanden bin, und schon beweist das, daß ich so 'ne Art Psychokiller bin.«

Er schaute auf seine Hände. »Wahrscheinlich war das nicht gerade schlau von mir, so von mir und Ihnen und diesem Zeitungsartikel und meinen blöden Vorstellungen anzufangen. Also gut, ich bin nicht schlau. Aber deswegen bin ich noch lange kein Krimineller. Das war bloß meine ungeschickte Art, Ihnen zu sagen, daß ... ich Sie bewundere.«

»Und was ist dann passiert?« fragte ich. Er schaute verwirrt drein. »Sie sagten, unsere Beziehung dauerte nur zwei Wochen.«

»Ach so. Der Altersunterschied«, sagte er so selbstverständlich, daß ich mich unwillkürlich geschmeichelt fühlte. »Sie sagten, ich müßte erst mal erwachsen werden, dann haben Sie mich geküßt, sind in die große, schwarze Limousine gestiegen und in den Sonnenuntergang gefahren«, seine phantasierte Erinnerung ließ ihn lächeln, »und ich fing wieder an zu glauben, daß Jolie Brenner – mit der ich damals gerade ging – so ziemlich das schönste, faszinierendste weibliche Wesen auf der ganzen Welt ist.«

Wir verfielen in eine seltsam beruhigende Stille. »Nun, da wir schon so gute, alte Bekannte sind, wissen Sie sicher auch, warum ich hier bin«, sagte ich schließlich.

»Ja, Ma'am.« Er nickte ernst. »Ich denke schon. Aber ich hab' niemanden umgebracht. Ich war's nicht.«

Ich ließ meinen Standardspruch vom Stapel. »Ich bin keine Anwältin, Jeff, und auch keine Richterin. Ich fühle mich niemandem verpflichtet, genausowenig wie diese Fliege da drüben an der Wand.« Natürlich saß da gar keine Fliege, aber er schaute auch gar nicht hin. Das taten sie nie. »Ich bin einfach nur jemand, der sich alle Seiten anhört«, erklärte ich ihm, »und dann seine eigenen Schlüsse zieht.«

»Klingt gut, Miß Quinn«, meinte er.

Ich sagte: »Also gut, nennen Sie mich Garner. Oder Quinn. Oder meinetwegen auch Lady. Aber lassen Sie das Miß bleiben, und nennen Sie mich bloß nie wieder Ma'am, okay?«

»Lady ist fein.« Er grinste. »Ich bin Jeff. Bird für die Leute daheim.«

»Woher kommt der Spitzname?«

»Hatte wahrscheinlich damit zu tun, daß ich als Kind knochiger war als jedes Frischgeschlüpfte.« Er grinste. »Und damit, wie ich mit Tieren umgehe.«

»Haben Sie viele Haustiere?«

»Früher mal. Die meisten waren einfach arme Viecher, die die Leute rüberbrachten. Spatzen. Kätzchen. Dreibeinige

Hunde und blinde, all so was halt. Ich hab' sie immer auf der Veranda gefunden, in Schuhschachteln oder in blutige Decken gewickelt. Wissen Sie«, fuhr er fort, »bei uns daheim haben sie noch eine ziemlich bäuerliche Einstellung. Sie wissen schon, Tiere müssen einen Nutzen haben – müssen arbeiten, Milch geben und so fort. Wenn sie das nicht können, na, dann muß man sie halt umbringen, heißt es.« Ein Anflug von Traurigkeit huschte über sein hübsches Gesicht. »Aber nach einer Weile hat sich das mit mir rumgesprochen, und dann haben die Leute sie halt mitten in der Nacht bei uns daheim ausgesetzt.«

»Und Sie haben sich um sie gekümmert?« wollte ich wissen.

»Ich hab' mich um sie gekümmert«, er nickte. »So gut ich konnte.«

Der Wärter wankte, ungefähr so subtil wie ein digitaler Wecker, der Dixie spielt, auf uns zu. Jeff schien plötzlich in Panik zu geraten. »Nur eins noch –«

Er sah mich flehentlich an.

»Ja?«

»Hat sich schon mal irgend jemand, über den Sie geschrieben haben, als unschuldig rausgestellt?«

»Bis jetzt nicht«, erwiderte ich.

Seine Grübchen blitzten auf. »Und meinen Sie, es könnt' 'n erstes Mal geben?«

»Ich will so unvoreingenommen sein, wie ich nur kann«, versprach ich, während ich zusah, wie der Wärter ihm grob die Hand auf die Schulter fallen ließ und ihn abführte.

6

Myrna, North Carolina, die Stadt, in der Jeff Turner die ersten zwanzig Jahre seines Lebens verbracht hatte, lag neunzig Meilen südlich von Raleigh und eine Million Meilen von irgendwo. Jedesmal, wenn ich es mir ins Gedächtnis rufe, haben die Bilder, die mir vorschweben, den vergilbten Farbton von Tabakblättern, die zu lange zum Trocknen hingen, die Farbe von verbrannten Feldern und Scheunen, von denen der Lack abblättert. Selbst der Himmel schien in meiner Erinnerung keine Farbe zu besitzen.

Ich hatte beschlossen, nicht im Holiday Inn am Highway abzusteigen, sondern mich bei Turners Mutter, Varlie, einzuquartieren. In dem Moment, als ich mit dem Mietwagen in die staubige Auffahrt einbog, bereute ich meinen Entschluß. Jeff hatte erzählt, sein Großvater hätte sich hier als Tabakfarmer mehr schlecht als recht durchgeschlagen, aber die Felder, die sich hier vor mir ausbreiteten, waren schon seit Jahren nicht mehr bestellt worden. Zwei Trockenscheunen waren offenbar kurz davor, in sich zusammenzufallen, und das Haus selbst war ein Monument des Verfalls, als hätte das jahrzehntelange, erbarmungslose Wüten von Sonne und Wind alles Leben im Inneren ausgetrocknet, es einfach ausgetrocknet und fortgeblasen.

Mehrere Kapitel in *Morgen früh, wenn Gott will* widmen sich Jeff Turners Kindheit, dem Städtchen Myrna und den Menschen, die ich dort traf. Aber viele der lebhaftesten Eindrücke aus dieser Zeit, aus diesem Monat, den ich im Zuge meiner Recherchen mit Varlie verbrachte, würden im fertigen Buch nie erscheinen.

Mehr als die Interviews, mehr als alles, was mir diejenigen, die Jeff kannten, erzählten, blieben mir die langen Abende auf der Turnerschen Farm in Erinnerung – die undurchdringliche Stille; die Einrichtung von Zimmern, die wahllos vom kühlen, blauen Leuchten eines geöffneten Kühlschranks, vom Flackern eines Fernsehers, von den gelben Lichtstreifen unter verschlossenen Türen erhellt wurden. Ich erinnere mich, wie ich abends mit Varlie spazierenging, an Hühnerställen vorbei, bis an den kleinen Begräbnisplatz, auf dem Jeffs Großvater beerdigt lag. Ich erinnere mich auch daran, wie ich in Jeffs ehemaligem Zimmer am Schreibtisch seine Briefe las, umringt von Tuschezeichnungen, von Postern und Wimpeln, der langen Reihe zusammengesteckter Anstecknadeln aus der Sonntagsschule. Und ich erinnere mich an das seltsame Gefühl der Rührung.

Ich hatte ihn gebeten, mir zu schreiben, und jeden Tag kamen Briefe an mich und Varlie, abgestempelt im Richland County Jail.

Lady,

vielen Dank für das Zeichenmaterial. Ich habe schon Porträts von Bobby und Jimmy Harold in Pastell gemacht, und der neue Wärter möchte, daß ich ein Foto von seiner Verlobten abzeichne. Ich male mir dauernd aus, was sich alles ändern wird, wenn man mich in ein Zuchthaus bringt. Ich habe keine Lust, die nächsten vierzig Jahre damit zuzubringen, einer endlosen Schlange von Lebenslänglichen Tätowierungen aufzumalen, bloß damit sie mich nicht vergewaltigen.

Die Leute hier haben meine doch etwas mageren Fähigkeiten sehr gnädig aufgenommen. Es kann natürlich sein, daß sich das ändert, wenn ich es mit einem Kerl zu tun bekomme, der einsitzt, weil er in einem Schnapsladen sechs Leute umgenietet hat. Wie man so einem wohl klarmacht, daß die Tuschezeichnung von seiner Mutter noch nicht soweit ist? *Sehr schonend,* vermute ich mal.

Langsam fing ich an, Jeff Turner zu mögen, und das ließ mich sehr wachsam, sehr vorsichtig werden. Die Wahrheit war, ich wollte, daß er schuldig ist. Ich ließ es zu, daß mir das Buch voraus war: *Morgen früh, wenn Gott will* nahm ein Eigenleben an, in dem Jeff Turner einen unverzichtbaren Teil der Handlung darstellte.

Und dennoch störte es mich, daß er durch keinerlei forensischen Beweis mit den Verbrechen in Verbindung zu bringen war. Der »Heilige Geist« fuhr auf Latex ab: Latexhandschuhe, Latexkondome. Wären da nicht einige Rückstände an Fettschminke und ein paar schwarze Fasern gewesen (solche, wie man sie für die Herstellung von Priestersoutanen verwendet, stand im Laborbericht) – den Spuren nach hätte es sich um einen echten Geist handeln können. Ebensowenig konnte ich mir Jeffs offenbare Alibis für die Morde erklären. Aber wann immer ein Zweifel an mir nagte, erinnerte ich mich daran, daß das einzig Ausschlaggebende Susan Trevetts Identifizierung des Jungen war.

Und dennoch war es ausgerechnet Susan Trevett, die mir die meisten Kopfschmerzen bereitete.

Seit dem Überfall war sie das Hätschelkind der Revolverblätter. Sehr zum Entsetzen der Staatsanwaltschaft trat sie in einer schwindelerregenden Vielzahl von Talk-Shows und Boulevardmagazinen auf und erzählte ihre Geschichte jedem, der sie hören wollte, und – und das war es, was mich beunruhigte – dabei veränderte sie sie jedesmal.

Ich hatte Jack gebeten, sie im Auge zu behalten, während ich in Myrna war. »Sie hat sich im Abofernsehen bei Howard Stern die Bluse hochgezogen«, berichtete er mir bei einem unserer Telefonate. »Howard durfte mit dem Finger über ihre Narben fahren.«

»O Gott«, seufzte ich.

»Genau.« Jacks Stimme nahm einen versonnenen Ton an. »Kein schlechter Anblick.«

Als ich im Büro der Verteidigung anrief, griff Nick Shawde verzückt zum Hörer. »Ich liebe dieses Mädchen!« frohlockte er. »Wenn ich selber versuchen würde, einen Zeugen in Mißkredit zu bringen, ich könnte es nicht besser machen!« Dann beruhigte er sich wieder und fügte hinzu: »Und wann sind Sie aus der Wildnis zurück, Garny? Ich vermisse Sie.«

Ich ließ ihn im bedrohlichsten Ton, dessen ich fähig war, wissen, daß es nur eine Frage von wenigen Wochen wäre, bis er mich nur allzu gerne wieder loswerden würde.

Das erste Opfer des »Heiligen Geistes«, Janna Mayer, eine neunzehnjährige Französischstudentin der Universität von South Carolina, wurde in den frühen Morgenstunden des 17. September 1993 im Schlafzimmer ihrer Erdgeschoßwohnung ermordet. Einige der Polizisten am Tatort gaben an, vom Schlafzimmer her ein unheimliches Geräusch gehört zu haben. Offenbar war während des Kampfes eine Spieldose vom Toilettentisch gefallen. Die Klänge des Wiegenliedes, das sich, nur Zentimeter von der Stelle entfernt, wo man die Leiche des Mädchens fand, ein ums andere Mal wiederholte, erfüllten das Zimmer mit einer trügerischen Heiterkeit –

Guten Abend, gut' Nacht,
Mit Rosen bedacht,
Mit Näglein besteckt,
Schlupf unter die Deck'.
Morgen früh, wenn Gott will,
Wirst du wieder geweckt.

Ich will gerne zugeben, daß die Sache mit der Spieldose zu Anfang nicht mehr war als ein schöpferischer Ansatz: der perfekte Titel für das Buch. Erst gegen Ende meines Aufenthalts auf der Farm der Turners kam es, daß das Wiegenlied mich verfolgte. Immer kurz vor dem Einschlafen ergab ich mich ihm. Im dunklen Zimmer des Jungen saß ich am Fenster und ließ es mir durch den Kopf gehen –

Guten Abend, gut' Nacht,
Mit Rosen bedacht,
Mit Näglein besteckt,
Schlupf unter die Deck'.

Ich dachte an Jeff, der leidenschaftlich darauf beharrte, er habe Janna oder die anderen Frauen gar nicht töten können, er hätte in all jenen Nächten in der Druckerei gearbeitet.

Morgen früh, wenn Gott will,
Wirst du wieder geweckt.

Ich dachte an Janna Mayers letzte Atemzüge, als ihr die schreckliche Wahrheit bewußt wurde – morgen früh würde Gott sie nicht mehr wecken. Ich malte mir die Szene wieder und wieder aus, so oft, bis ich bei Janna war, als ich sie war und mir das alles widerfuhr: das kalte Aufblitzen der Klinge, ... das rasche Zerreißen des Nachthemds, ... die Kreuze, die sich tief ins Fleisch schnitten, ... die Worte dröhnten in meinem Kopf –

In nomine Patris, et Filii,
et Spiritus Sancti ...

Ich starrte hinaus ins Dunkel, auf den Mond, bis er sich in ein fahles, mit Fettschminke bemaltes Gesicht verwandelte; und dann kniff ich die Augen zusammen, versuchte verzweifelt, irgendwo unter dieser verkraterten Oberfläche Jeff Turners schönes Gesicht zu erkennen.

Eines Abends kam ich erst spät zur Farm zurück. Ich schloß die Eingangstür auf und sah Varlie, die mit hochgelegten Beinen in Strümpfen auf dem alten Liegesessel vor dem Fernseher schlief. Ihre Beine waren mit einem Netz aus violetten, knotigen Venen überzogen. Bevor ich mich auf Zehenspitzen durch den Flur in mein Zimmer schleichen konnte, hatte sie meine Anwesenheit schon gespürt und sich aufgesetzt und hätte dabei beinahe den Suppenteller auf ihrem Schoß umgeworfen.

»Hab' Sie gar nicht reinkommen hören«, entschuldigte sie sich.

Ich sah sie an und fragte mich, ob mein Gesicht auch so aussähe, hätten Armut und Verzweiflung seine eierschalenzarte Haut in tausend Splitter geschlagen. Ich sagte: »Ich wollte Sie nicht wecken.«

Sie hob die Beine schwerfällig vom Sessel. »Hab' nur die Füße hochgelegt.« Sie hielt den Suppenteller hoch. »Da steht noch etwas Campbell's auf dem Herd, wenn Sie mögen.«

»Danke, ich habe schon gegessen.«

Ich ließ mich auf dem durchgesessenen Sofa nieder, als Varlies jämmerliche Einsamkeit auch mich umfing. Zum ersten Mal hatte ich einen Eindruck davon, wie das Leben hier für sie gewesen sein mußte, nachdem Jeff in Richtung Columbia fortgegangen war. Seine Anwesenheit hätte diesen Räumen Farbe gegeben. Ich stellte mir vor, wie er durch diesen Flur ging, auf sein Zimmer zu, vielleicht ein Pfeifen auf den Lippen, wie er unterwegs das Licht anmachte und wie das gleichmäßige Stampfen seiner Schuhe den Staub von den Möbeln aufwirbelte.

Varlie nahm die Fernbedienung in die Hand und schaltete von einer bekannten Sitcom zu »Inside Edition« um.

Das Gesicht von Susan Trevett füllte den kleinen Bildschirm aus. Es dauerte einen Augenblick, bis ich sie erkannte. Zum einen sah ihr Haar anders aus, voluminös und aufgeblasen wie bleiche Zuckerwatte, außerdem trug sie dichte, spitze, falsche Wimpern. Seltsamerweise wirkte sie dadurch noch hilfloser als zuvor.

Der Reporter fragte: »Wie, würden Sie sagen, hat sich Ihr Leben durch den Überfall verändert?«

Susan legte den Kopf zur Seite, als wäre diese Masse an Haaren ihr schlagartig zu schwer geworden. »Aa-lso«, antwortete sie sehr bedacht, »alles in allem, so mit dem Fernsehen und den Angeboten von den Zeitschriften, würde ich sagen, es war durchaus positiv.«

Sie sprach viel zu langsam. *Verdammt,* dachte ich, *die Kleine ist total high.* Ich schämte mich, hier bei Mrs. Turner zu sitzen und zuzusehen, wie Susan Trevett sich öffentlich bloßstellte. Trevett schaute in die Kamera und lächelte. »Ich hab's immer gewußt, daß ich mal berühmt werde«, sagte sie. »Wenn's nicht der Prozeß gewesen wär', dann hätt's bei was anderem geklappt.«

Varlie schaltete das Gesicht von dem kleinen Bildschirm weg. »Ich werde dann mal ins Bett gehen.«

»Ich auch«, sagte ich leise. »Morgen werde ich mich auf den Weg nach Columbia machen und Jeff besuchen.«

Jeffs Briefe waren alle so optimistisch und positiv, daß es ein um so größerer Schock war, ihn wiederzusehen. Er hatte stark abgenommen, und in seiner Stimme lag eine unbekannte Teilnahmslosigkeit.

»Dauernd habe ich diese Träume über Großvater«, erzählte er mir.

»Erzählen Sie mir davon.«

»Na ja, er hat mich praktisch aufgezogen, nachdem Daddy verschwunden war und Mama anfangen mußte zu arbeiten. Ich schätze, er war das, was die Leute meinen, wenn sie vom Salz der Erde reden.« Der Anflug eines Lächelns spielte über seine Lippen. »Er hat mir alles beigebracht, was ich über das Tischlern und über Motoren weiß. Und über Tiere. Hat mit seinen eigenen Händen Tabak angebaut, bis er siebzig war, und dabei hat er in seinem ganzen Leben keinen einzigen Zug von einer Zigarette gemacht. Hat keine in seinem Haus geduldet. Alkohol auch nicht. 's gibt nicht mehr viele wie ihn«, seufzte er. »Von dieser Art Kleinbauern. Sind alle am Aussterben.«

»Wann genau ist er denn verschieden?« fragte ich und benützte diesen Allzweckeuphemismus, als wäre das meine übliche Redeweise, nicht *draufgehen, ... abkratzen, ... den Löffel abgeben.*

»Ich muß so zwölf gewesen sein«, sagte er.

»Und von da ab waren Sie quasi Herr im Haus?«

»Ja.« Er warf den Kopf zurück, als wolle er die Tränen an ihren angestammten Platz zurückzwingen. »Den Part hab' ich ganz ordentlich vergeigt, was?«

»Ich weiß nicht. Haben Sie's denn vergeigt?«

»Manchmal komme ich mir vor, als wäre ich in diesem alten Film gefangen, Sie wissen schon, *Der falsche Mann,* und ich bin Jimmy Steward und keiner glaubt mir, nicht mal Sie.«

Ich überhörte das. »Erzählen Sie mir von diesen Träumen«, forderte ich ihn auf.

»Sogar jetzt«, meinte Jeff, »wirken sie noch so echt. Opa steht immer. Er lehnt sich über die Pritsche in meiner Zelle. Ich spüre, wie er mich anschaut, und dann mache ich die Augen auf, oder wenigstens träume ich, daß ich das mache.« Seine Stimme klang weit entfernt, als käme sie aus einem Brunnen herauf. »Er fragt mich, wie das passieren konnte. Und ich sag': ›Bei Gott, ehrlich, Opa, ich weiß es nicht. Ich weiß es ganz einfach nicht.‹«

Er preßte die Handballen gegen die Augen. »Er hat immer geglaubt, Gott würde uns nicht im Stich lassen, wissen Sie? Daß man ein anständiges Leben führen kann, wenn man nur hart genug arbeitet. Sogar als es bei ihm nicht mehr lief, als die großen, staatlich subventionierten Farmen anfingen, ihm das Geschäft kaputtzumachen, nicht mal da hat er seinen Glauben verloren.

Aber in meinen Träumen, da sieht er so niedergeschlagen aus. Trauriger, als ich ihn jemals gesehen habe. So als wäre das jetzt etwas, was er ganz einfach nicht verstehen kann. Immer und immer wieder fragt er mich: ›Hast du diese Frauen umgebracht, Jefferson?‹ Und ich sage: ›Nein, Opa, ich schwör's dir, ich war's nicht.‹

Und dann beugt er sich ganz nah zu mir, so daß ich ihn grade mal sehen kann im Dunkeln, mit seinem Nadelstreifenanzug und dem roten Hut, den er immer getragen hat, ganz wie in echt, und dann fragt er mich, und er sagt: ›Aber warum bist du dann hier, mein Junge?‹ Und ich versuch's, Garner, ich versuch's wirklich, aber ich kann meine Lippen nicht bewegen, und da kommt nichts raus. Weil ich's nämlich auch nicht weiß. Ich weiß es einfach nicht ... ich weiß es nicht ...«

Als er den Kopf auf den Tisch legte und schluchzte, faßte ich an seine Schulter. Es war eine ganz unwillkürliche Geste des Trostes, die gar nicht viel bedeuten sollte; aber er fand meine Hand, rasch, ohne zu schauen, und schob sie unter seinen Kopf. Ich spürte das kalte Metall der Tischplatte, spürte seine Haut an meiner Handfläche. So verharrten wir eine kurze Weile, bis ich die Hand wieder zurückzog. Sachte.

7

An meinem letzten Sonntag in Myrna begleitete ich Varlie Turner zur Kirche. Rückblickend gesehen war das etwas, das ich schon viel früher hätte tun sollen. Kreiden Sie die

Verzögerung einfach der Tatsache an, daß ich aus der katholischen Kirche ausgetreten bin – und daß mich seitdem eine Art Haßliebe zu jeder Form von organisierter Religion verbindet, das unentschlossene Verhalten eines versetzten Liebhabers. Die Erste Baptistenkirche von Myrna traf mich völlig unvorbereitet.

Trist und quaderförmig, schlammbraun gestrichen, wirkte sie mehr wie eine Versammlungshalle für Kriegsveteranen als ein Gotteshaus. Eine Ankündigungstafel, auf der in weißen Steckbuchstaben die Worte SIND DEINE SÜNDEN DIR VERGEBEN? standen, verkündete die Gottesdienstzeiten und den Namen des Geistlichen, *B bby H ward Brigham, Past r,* offensichtlich gingen der Kirche ein paar Os ab.

Das Innere war eine weitere Offenbarung. Jeff Turners Gemeindekirche besaß keinen Altar, sondern einen einfachen Holztisch, den eine Vase mit Plastikchrysanthemen krönte. Ein metallenes Lesepult diente als Kanzel. Es gab keine bunten Glasfenster, keine Heiligen, kein Kruzifix. Pastor Bobby Howard Brigham war ein Mann, dessen Gesicht vor Leben sprühte, der einen ausgebeulten, braunen Anzug trug, und der aussah, als könne er ohne weiteres von Montag bis Freitag gebrauchte Autos verkaufen, was, wie ich später erfuhr, auch genau das war, was er tat.

Mein Herz pochte heftig. »Wo ist hier die katholische Kirche?« flüsterte ich Varlie zu.

»Kann nicht behaupten, daß es da eine gibt«, flüsterte sie zurück.

»Und wo gehen die Katholiken zur Messe?«

Varlie schüttelte den Kopf. »Gibt keine Katholiken in der Gegend«, sagte sie, »jedenfalls ist mir noch keiner untergekommen.« Dann, vielleicht weil sie meine Eindringlichkeit spürte, setzte sie hinzu: »Wir hatten mal 'ne jüdische Familie. Die Petermanns. Stevie war in der Baseballmannschaft von der Junior-High-School, bevor sie dann alle miteinander wieder zurück nach Capel Hill sind.«

Den ganzen Gottesdienst hindurch dröhnten mir Susan Trevetts Worte im Kopf. *Er war schwarz angezogen,* hatte sie mir gesagt, *und hat mir seinen Hokuspokus ins Ohr geflüstert, Dominos nabisko.* Als ich mich schließlich mit den übrigen zum Schlußsegen erhob, war es, als wäre mir eine Art Epiphanie zuteil geworden.

Von der nächsten Telefonzelle aus rief ich Jack an.

»Garner, Gott sei Dank, daß du das bist –«, setzte er an.

»In Myrna gibt es keine Katholiken.« Ich fiel ihm atemlos ins Wort. »Jeff Turner spricht kein Latein. Er hat nie im Leben eine katholische Messe besucht.«

»Okay, gut, jetzt hör dir das mal an.« Jack war genauso aufgeregt wie ich. »Ich hab' grade mit jemand telefoniert, der sagt, er sei Susan Trevetts Mann.«

»Wie bitte?«

»Du hast ganz recht gehört«, sagte er. »Der Bursche heißt Shelby Cox. Behauptet, er und Susan hätten heute vormittag geheiratet.«

»Und uns hat wieder mal niemand eingeladen.« Ich versuchte, schnippisch zu klingen, aber mein Puls raste. Instinktiv wußte ich es. Ich wußte, etwas Großes war geschehen.

»Ja«, pflichtete Jack bei. »Muß ein ziemliches Ereignis gewesen sein. Einen Augenblick nachdem der Pfarrer sie zu Mann und Frau erklärt hatte, fiel die Braut zu Boden und fing an, all ihre Sünden zu bekennen. Und gekrönt wurde die Litanei von dem Bekenntnis, sie hätte einmal gelogen.«

»Soll das etwa heißen –«

»Laut ihrem neuen Mann hat Susan den Herrn zu ihrem persönlichen Heiland erwählt«, gluckste Jack, »und jetzt ist die Hölle los. So, wie es sich anhört, solltest du, so schnell es nur geht, wieder da unten aufkreuzen.«

8

Ich fand das Haus, ein bescheidenes Halbgeschoßhaus in einem riesigen, baumlosen Areal voller Halbgeschoßhäuser, zwanzig Meilen außerhalb von Columbia. Shelby Cox begrüßte mich an der Tür. Er war ein großer Mann mit weichen, rosigen Händen und Doppelkinn. »Sie ist im Wohnzimmer«, erklärte er mir, und er sprach in jener ausgewogenen Mischung aus Achtung und Besorgnis, als betrachtete er mich als einen Arzt, den man gerufen hat, um einen schwerkranken Patienten zu behandeln. Ich folgte ihm über eine Treppe nach unten.

Susan kauerte auf einem Sofa in der Ecke. Sie trug ein beinlanges, cremefarbenes Polyesterkleid und ein elastisches Mieder. Ihr Gesicht sah aus, als hätte eine Autowaschanlage es blutig poliert. Shelby ließ sich auf ein Knie sinken und legte den Arm um sie. Unwillkürlich dachte ich, was für einen erstaunlich gelassenen Eindruck er doch machte für einen Mann, der soeben hatte feststellen müssen, daß seine ihm gerade erst angetraute Gattin nicht etwa von einem Psychopathen entstellt worden war, sondern statt dessen in einer Kirche voller Hochzeitsgäste erklärt hatte, ihre Vergangenheit sei eine einzige, gewaltige Orgie gewesen und sie selbst hätte sich, als eine Art bizarrer Buße, Kreuze in die Haut geritzt und daß sie – aus einer bloßen Laune heraus – einen gänzlich Unschuldigen angeklagt hatte.

»Der Herr vergibt den Schuldigen, und er wird die Sünde noch aus dem schwärzesten Herzen tilgen«, verkündete Susan zur Begrüßung, während sie sich unter Shelbys kräftigen Arm vor und zurück wiegte.

»Wundervoll«, erwiderte ich. »Freut mich wirklich, daß er das tut.« Ich hockte mich neben sie und drehte ihre Hand um, um die über Kreuz geschlagenen Narben zu betrachten, die noch geschwollen und ebenso gerötet waren wie Susans Augen. »Aber wollen Sie tatsächlich behaupten, daß Sie sich das ganz allein angetan haben?«

»Die Male sind meinethalben da«, sie wiegte sich schneller, »meines wollüstigen und ehebrecherischen Lebens wegen.«

»Aber warum sollten Sie sich solche Schnitte zufügen?«

»Mein Leib ist ein Tempel Gottes«, entgegnete sie. »Der Tempel muß von allem gereinigt werden, was da unrein und unheilig ist. *Mein Haus soll ein Haus des Gebetes sein. Ihr aber macht daraus eine Räuberhöhle.*«

So kamen wir nicht weiter. Ich warf einen Seitenblick auf Shelby, der den verzweifelten Ausdruck von jemandem hatte, der dringend mal für kleine Mädchen muß. »Vielleicht täte Susan ein Schluck Wasser gut«, schlug ich vor.

»Wasser«, wiederholte der Mann dankbar. »Ja, gewiß. Bin gleich wieder da, Schatz.« Er küßte seine Frau auf die Stirn. Sie zuckte kaum merklich zurück. Ich beobachtete, wie er die Treppe hinaufging, und setzte mich neben sie. »Wie lange kennen Sie Shelby schon?«

»Was spielt das für eine Rolle?« keifte Susan trotzig; dann der Umschwung, als ihre Augen sich mit Tränen füllten: »Er ist *gut* zu mir«, sagte sie schlicht.

»Und was ist mit Jeff Turner?« fragte ich. »Wollen Sie etwa sagen, daß er nicht der ›Heilige Geist‹ ist?«

»Gott weiß, daß Mr. Turner unschuldig ist«, antwortete Susan Trevott Cox, und ihre Stimme wurde lauter und lauter. »Unschuldig wie ein Lamm! Ich habe die Wahrheit erkannt, und die Wahrheit hat mich befreit!«

»Aber bei der Gegenüberstellung haben Sie ihn identifiziert. Sie haben seinen Transporter beschrieben«, erinnerte ich sie, »das Innere, alles.«

Susan Cox erhob sich und schleuderte meinem Gesicht eine narbige Hand entgegen. »*Darauf machte der Herr dem*

Kain ein Zeichen«, schrie sie. »*Leistet dem, der euch etwas Böses antut, keinen Widerstand, sondern wenn dich einer auf die rechte Wange schlägt, dann halt ihm auch die andere hin.«*

Shelby war mit dem Wasser zurückgekommen. Er stellte sich neben sie, und sein Gesicht zeigte nicht das geringste Anzeichen von Überraschung, als seine Braut in eine seltsame Litanei unsinniger Silben ausbrach, die für mich nicht anders klang, als würde jemand rückwärts eine Seite Dr. Seuss lesen.

»Hey, Susie«, versuchte ich zu scherzen, »seien Sie so nett und übersetzen das für mich.«

Wie das Meer wogte ihre Stimme auf und nieder. »Ob es mit dem Leib oder ohne den Leib geschah«, schrie sie, »weiß ich nicht, nur Gott weiß es.«

»Was soll das heißen?« wollte ich wissen.

Mit einem schmalen, kindlichen Finger, dessen Nagel bis zum Bett abgekaut war, deutete sie auf mich. »Richtet nicht«, kreischte sie, »damit ihr nicht gerichtet werdet!«

Ausnahmsweise wollte mir keine schlagfertige Antwort einfallen.

»Und was passiert nun?« fragte Shelby Cox leise. In seinem Blick lag so viel blindes Vertrauen, daß ich am liebsten geweint hätte.

9

Ich sah auf die Uhr. Dreiviertel vier. Das war bestimmt der letzte Zeuge für heute.

»Würden Sie dem Gericht bitte Ihren Namen und Beruf nennen?« bat Nick Shawde.

»Tom Kelland«, antwortete der Mann im Zeugenstand.

»Ich bin der, äh, Nachtschichtleiter bei Vickers Offset and Printing.«

»Sie waren Jeff Turners Chef?«

»Ja, Sir«, erwiderte Mr. Kelland.

»Weshalb haben Sie Jeff Turner eingestellt?« wollte Nick Shawde wissen.

»Na ja, Sir, Loy Meachum von droben in Myrna hat mir geschrieben«, sagte Tom Kelland. »Mr. Meachum ist Rektor an der Myrna High-School. Er und mein Daddy sind schon ewig befreundet. Na egal, Loy meint also, ein Junge, der vor ein paar Jahren bei ihm den Abschluß gemacht hat, würde nach Columbia kommen, um an der USC Kunst zu studieren, und ob wir nicht in der Druckerei Verwendung für ihn hätten. Na ja, und Mr. Vickers, äh, der Besitzer also, der hat also tatsächlich gerade einen Drucker für die Nachtschicht gesucht, und das hat dann ja auch alles wunderbar geklappt, wie Jeff tagsüber seine Kurse hatte und so.«

»Waren Jeffs berufliche Leistungen zufriedenstellend?«

»Lieber Himmel und wie.« Mr. Kelland lächelte breit. »Jeff hat schwer geschuftet! Immer pünktlich, alle Termine eingehalten. Viele haben ja Schwierigkeiten mit der Nachtschicht. Ich mein', wenn viel Betrieb ist, bist du ganz allein, und niemand kann dir helfen, und wenn wenig los ist, na ja, dann kommt man leicht ins Trödeln. Aber Jeff nicht. Er hat immer noch einen draufgelegt. Hatte 'n künstlerisches Händchen, wie man so sagt.«

»Sie hatten also keinen Grund zur Klage?«

»Nein, Sir, überhaupt nicht.«

»Wie lange war Jeff Turner bei Vickers beschäftigt?«

Kelland hatte seinen Auftritt offensichtlich geprobt. »Er hat am, äh, 19. August '93 angefangen und war bei uns, bis er ... Sie wissen schon ... bis zu seiner Verhaftung.«

Die Wichtigkeit dieser Daten war jedermann im Gerichtssaal bewußt. Das erste Mädchen war am 17. September ermordet worden, einen Monat nach Jeffs Ankunft in Columbia.

Nick marschierte vor dem Zeugenstand auf und ab. »Und wie lange dauerte seine Schicht?«

»Von zehn bis sechs«, antwortete Mr. Kelland.

»Das heißt von zweiundzwanzig Uhr«, betonte der Verteidiger, »bis sechs Uhr morgens?«

»Ja, Sir, so war es.« Das war einer der springenden Punkte. Alle Morde wurden zwischen elf und drei Uhr nachts begangen.

Shawde blickte die Geschworenen frontal an und sprach jedes Wort überdeutlich aus. »Und hat Jeff während dieser ganzen Zeit – zirka ein Jahr, von August bis August – in irgendeiner Nacht gefehlt?«

»Nein, Sir«, sagte Tom Kelland laut. »Kein einziges Mal.«

Nick sprach jetzt ebenso laut wie sein Zeuge. »Mr. Kelland, in der Nacht, in der Susan Trevett überfallen wurde, wo war da Jefferson Turner?«

»In der Druckerei beim Arbeiten.«

»Woher wissen Sie das so genau?«

»Ich habe ihn gesehen«, erklärte Mr. Kelland feierlich. »Er hat sich wie immer an- und abgemeldet. Und auch an den ganzen anderen Nächten steht sein Name in den Arbeitslisten –«

»Einspruch!« Der Staatsanwalt Charlie Biggs sprang auf.

Richter Stuart winkte ungeduldig. »Stattgegeben. Sie haben ausschließlich die Ihnen gestellten Fragen zu beantworten, Sir«, erinnerte er Kelland, bevor er Shawde mit einer Geste zum Fortfahren aufforderte.

»Sie behaupten also, daß Jefferson Turner am 3. August 1994, in der Nacht, in der Susan Trevett vorgeblich überfallen wurde, in der Druckerei arbeitete?«

»Ja, Sir.« Der Zeuge nickte leidenschaftlich.

Nick Shawde lächelte. »Keine weiteren Fragen.«

Charlie Biggs trat halbherzig vor. »Mr. Kelland«, setzte er an, »waren Sie in der Nacht, in der Susan Trevett überfallen wurde, während der gesamten Schicht im selben Raum mit Jeff Turner?«

Ein ungeduldiger Blick schlich sich auf Kellands Gesicht. »Die ganze Zeit nicht, äh, nein –«

»Wo hielten Sie sich auf?«

»In meinem Büro«, gab Kelland an. »Aber ich schaue regelmäßig in die Druckerei rüber.«

»Dann ist es also möglich«, fuhr Biggs fort, »daß Mr. Turner das Gebäude für, sagen wir, etwa eine Stunde verlassen hatte, ohne daß Sie es bemerkt hätten?«

»Wahrscheinlich ist das nicht gerade.«

»Ich sagte nicht, wahrscheinlich«, rügte der Staatsanwalt, »ich sagte, möglich.«

Tom Kelland rutschte auf seinem Stuhl herum. »Wie schon meine Mama immer gesagt hat, möglich ist alles, Mr. Biggs«, erwiderte er schmollend. »Man hat schon Pferde vor der Apotheke kotzen sehen.«

Wie an jedem Freitag seit Prozeßbeginn blickte Richter Nelson Stuart um Schlag vier auf die Uhr, dann schüttelte er den Kopf, seufzte tief und vertagte den Prozeß auf den folgenden Montag, zehn Uhr.

»Ich lad' Sie auf 'nen Drink ein, Garn, was ist?« schlug Nick Shawde vor.

»Heute nicht«, sagte ich. »Sobald ich mit Jeff gesprochen habe, bin ich auf dem Weg zum Flugplatz.« Ich hatte mich mit den Wärtern etwas angefreundet, die Jeff zum Gerichtssaal und zurück brachten. Sie ließen mich meistens eine Weile mit ihm reden, bevor sie ihn wieder nach Kirkland brachten.

»Hallo, Lady.« Jeff winkte ungelenk mit seinen gefesselten Händen, als ich die Arrestzelle betrat. »Was meinen Sie?«

»Sieht gut aus«, sagte ich.

»Und was ist mit dem alten Tom am Schluß?« Seine blauen Augen sahen besorgt aus.

»Biggs hat sich selber ins Abseits gestellt«, antwortete ich und ärgerte mich darüber, daß Shawdes Sportmetaphern sich nun auch schon in meinem Wortschatz ausbreiteten. »Der Staatsanwalt zieht einfach sein Pflichtprogramm durch. Sogar ohne Susans Aussage würden Sie gar nicht schlecht dastehen.«

Turners Gesicht hellte sich auf. »Meinen Sie echt?« Er beugte sich vor. »Das habe ich nur Ihnen zu verdanken.«

»Shawde ist derjenige, der –«

»Nur Ihnen«, wiederholte er. »Nicht Mrs. Cox. Nicht Nick Shawde oder Tom Kelland oder sonstwem. Sie waren die allererste, die an mich geglaubt hat.«

»Nun werden Sie bloß nicht sentimental, bevor die Geschworenen ihre Entscheidung gefällt haben«, protestierte ich, denn diese überschwengliche Dankbarkeit war mir unangenehm. »Die ist nämlich die einzige, die zählt.«

Jeffs Blick fiel auf meine lederne Reisetasche. »Auf dem Weg nach Norden, Tochterherz besuchen?«

»Richtig. Und selber?« Das war unser privates Spiel.

»Ach, ich dachte mir, ich werd' mich in irgendeinem winzigen Loch verkriechen.« Er grinste. »Paar Nummernschilder stanzen, bißchen fettigen Fraß reinstopfen.«

»Klingt verlockend.«

»Aber ich hab' noch 'n paar Bücher, die mich drüber wegbringen müßten.« Er arbeitete sich mit einem Eifer durch meine Bestseller, der mir beinahe peinlich war. »Wie Sie beschreiben, was die Opfer gefühlt haben müssen, das ist das, was mich total fertigmacht«, sagte Jeff, als befänden wir uns in einem Seminar für kreatives Schreiben und würden unsere

Einsichten austauschen, anstatt auf den Transporter zu warten, der ihn ins Gefängnis zurückbrachte.

»Bei Ihnen ist der Leser immer mitten im Geschehen«, erzählte er weiter, »und die Beengung und das Gefühl, man würde ersticken, das spürt man genauso wie der Kleine von Dulcie Mariah in dem Schrank oder wie die arme Deirdre Purdy aus *Staub zu Staub*, wenn Harold Beech sie lebendig begraben hat.«

»Ich fühle mich von Verbrechen angezogen, die meine tiefsten Ängste schüren«, gab ich zu.

Er beugte sich auf diese übertrieben ernsthafte Art vor.

»Und was ist mit meinem Fall? Was ist es diesmal?«

»Die Möglichkeit, ausnahmsweise einmal etwas Gutes zu tun.«

Das war die Wahrheit. Wenn Jeff Turner Susan Trevett nicht überfallen hatte, dann war der »Heilige Geist« immer noch auf freiem Fuß. Ich wollte nicht, daß das in Vergessenheit geriete.

Das Walkie-Talkie des Wärters quäkte. »Dein Chauffeur ist da, Jeffie«, verkündete er.

Ich stand auf und hängte mir die Tasche über die Schulter.

»Kopf hoch«, munterte ich ihn auf.

»Mir fehlt schon nichts.« Er lächelte. »Grüßen Sie Ihre kleine Yankeetochter von mir, ja?«

10

Wegen der schlechten Wetterbedingungen in Newark hatte mein Flug Verspätung. Wegen einer Verwechslung beim Autoverleih mußte ich noch mal eine Stunde warten, bis ein Fahrer kam. Als der Mietwagen endlich den Garden State

Parkway verließ, hämmerten golfballgroße Hagelkörner auf sein Dach; die Sicht endete schlagartig an der Motorhaube. Ich lotste den Fahrer die kurvige Landstraße entlang, und es waren nicht die Augen, die mich leiteten, während ich im Geiste die Entfernung von einem unsichtbaren Ort zum nächsten überschlug – die gesamte Halbinsel lag in der Gewalt des Nebels –, bis wir Rumson erreichten. »Wir sind fast da«, log ich.

Als wir endlich an meiner Privatstraße angekommen waren, war sie praktisch unpassierbar. Das massive Tor wirkte surreal, als sei es nicht im Erdboden verankert, Form gewordener Nebel und Graupel. »Ganz bis zum Ende«, wies ich an.

Die Fenster waren beschlagen. Der Fahrer fing an, die Innenseite der Windschutzscheibe mit dem Taschentuch abzuwischen. »Himmel«, murmelte er kaum hörbar; dann dachte er womöglich an sein Trinkgeld und setzte höflich hinzu: »Sie leben aber wirklich abseits aller ausgetretenen Pfade.«

»Ja«, sagte ich. Zu beiden Seiten ragten drohend hohe Kiefern auf, deren schwer herabhängende Äste einen dunklen Tunnel bildeten. Ich wies den Fahrer nicht darauf hin, daß Nadelbäume in solchen Stürmen als erste umstürzten. Er war schon nervös genug. Als wir die Bäume hinter uns ließen, hörte ich ihn durch das Rattern der Scheibenwischer hindurch seufzen – Erleichterung, gemischt mit einer Art Ehrfurcht. Das Haus tauchte auf wie eine Fata Morgana, die über den massiven Steinen der Kaimauer schwebte. Der Dunst ließ das Dach flach scheinen, hatte Gästehaus und Büro umhüllt; sie wirkten wie die Ruinen einer uralten, befestigten Stadt.

»Zu Hause«, verkündete ich mehr mir selbst als ihm.

Cilda öffnete in Hauskleid und Pantoffeln die Tür. »Die Kleine is' im Bett«, sagte sie in dem anklagenden Ton, den sie, wie ich wußte, immer dann verwandte, wenn sie sich fürchtete. Ihre starken Arme halfen mir schnell aus dem Regenmantel. »Neununddreißig Fieber.«

Vor Jahren, im Haus meines Vaters, hatte Cilda den offiziellen Titel Haushälterin getragen; aber sie hatte auch über mich gewacht, war mir Kindermädchen und Lehrerin gewesen, war abwechselnd Segen und Fluch meines Lebens. Sie hatte ohne jede Vorwarnung an dem Tag, an dem Temple geboren wurde, ihre Stellung bei Dudley gekündigt und war unangemeldet vor meiner New Yorker Wohnung erschienen, zwei Koffer und eine große Aloepflanze bei sich.

Dafür liebte ich sie. Daß sie meinetwegen Dudley verlassen hatte.

»Haben Sie Dr. Boden verständigt?«

»Von dem will sie nichts wissen«, erwiderte Cilda. »Sie meint, er is' bloß ein Doktor für kleine Babys.«

Während ich Jeff Turners Verhandlung begleitet hatte, war meine Tochter ihrem Kinderarzt entwachsen. Ich legte diese Information im Geiste ab wie all die anderen Meilensteine, die sie während meiner Abwesenheit passiert hatte.

In Temples Zimmer brannte das Nachtlicht. Sie schlief tief und fest, hatte den Kopf zur Seite gelegt und die Lippen geöffnet. Sie atmete in flachen, kurzen Stößen. Ich hockte mich neben das Bett und versuchte mich erneut mit ihrem Gesicht vertraut zu machen: mit der Länge ihrer Wimpern, ihrem Nasenrücken, dem Mund, der Haut. Das erstaunte mich immer wieder aufs neue. Jedes Buch, das ich je geschrieben habe, war das Ergebnis unermüdlichen Korrigierens und Überarbeitens. Meine Tochter war das einzige, was mir auf Anhieb geglückt war.

Ihre Stirn schien mir heißer als neununddreißig. Ich fühlte Cildas Schatten hinter mir die Tür ausfüllen.

»Essen Se lieber was«, flüsterte sie.

Ich winkte ab. »Mir geht's gut. Gehen Sie schlafen.«

Sie nickte. Ich hörte ihre Pantoffeln über die Treppe schlurfen, hörte Temples keuchenden Atem, das ferne Brechen der Wellen, das Ticken der Uhr.

Zu Hause.

Die ganze Nacht schlief ich neben meiner Tochter auf dem Boden. Erst als der Morgen graute, kroch ich in mein Zimmer. Sie wußte nicht, daß ich bei ihr gewesen war.

»Was hat der Arzt gesagt?«

»Streptokokken. Schläft schon wieder.« Nachdem Temple wieder eingedöst war, hatte ich mir einen Pullover genommen und war zur Hintertür hinaus. Die Fliesen waren glitschig vom Regen, aber am Himmel zeigte sich ein klarer, blauer Streifen; ich war angenehm überrascht, Jack an einem Samstag im Büro anzutreffen.

»Hast du dich schon entschieden, was du damit machst?« Er reichte mir eine weiße Einladung, auf der fette, schwarze Lettern verkündeten: DANE BLACKMOOR – BAUERN.

»Fürs erste ignorieren«, erklärte ich.

»Es ist heute abend. Wenn du nicht hingehst, sollte ich –«

»– sie ignorieren.«

Jack zupfte sich am Bart, ein Zeichen leichter Verärgerung. »Blackmoor ist der nächste, oder?«

»An den nächsten denke ich überhaupt noch nicht«, sagte ich und holte eine Diet Coke aus dem Kühlschrank. »Erst muß ich noch *Morgen früh, wenn Gott will* fertigschreiben, schon vergessen?«

Er zuckte die Achseln. »Für mich macht es einen ziemlich fertigen Eindruck.«

In diesem Punkt konnte ich ihm nicht widersprechen. Abgesehen vom Schluß, den die Geschworenen zu liefern hatten, war das Buch praktisch geschrieben. Man muß das Zeug auf den Markt werfen, solange es heiß ist, lautete das Motto meines Verlegers.

Ich nahm einen Schluck aus der Dose. »Ist dir schon mal in den Sinn gekommen, daß ich einfach mal eine Pause machen und mich um meine Tochter kümmern möchte?«

Wir blickten uns in die Augen. Es war offenkundig, daß die Vorstellung von mir als Hausfrau und Mutter bei ihm nicht zog. Er sagte: »Beim nächsten Buch will ich mehr Verantwortung.«

»Okay«, erwiderte ich. »Du kannst ab jetzt auch die Betten machen und den Abwasch erledigen.« Ich sah seinen Blick. »Das war ein Witz, Jack.«

Er lachte nicht. »Die letzten paar Jahre waren toll, aber ich will mehr sein als dein Privatsekretär. Ich bin soweit, daß ich Nachforschungen anstellen kann, vielleicht sogar ein paar von den Interviews.«

Jack Tatum schien mich jedesmal wieder zu überrumpeln. Er war aus dem Nichts in mein Leben getreten, war einfach eines Tages vor meiner Tür gestanden und hatte es irgendwie geschafft, mich zu überzeugen, daß ich – mehr als alles andere auf der Welt – einen Assistenten brauchte. Er hatte meine Zweifel einen nach dem anderen zerstreut. Geld spielte keine Rolle; er hatte ein paar Ersparnisse beiseite gelegt. Es machte ihm nichts aus, die Wohnung in Manhattan aufzugeben; an der Küste von Jersey waren die Mieten ohnehin niedriger. Er wollte lernen, wie man lebensnahe Krimis schreibt, hatte er mir erklärt, und er wollte es von der Besten lernen. Das war Jack – eine seltsam anziehende Mischung aus Schmeichelei und Streberei. Und jetzt machte er es wieder.

»Selbstverständlich wäre jeder Anteil, den ich an dem Buch haben könnte, minimaler Art«, sagte er ernst. »Ich würde die Drecksarbeit erledigen. Ich würde dir den Rücken für andere Dinge freihalten.«

Ein Anfall von kindlichen Gefühlen überkam mich, die Art von territorialen Instinkten, die einen Achtjährigen dazu bringen, Grenzstriche auf den Boden zu ziehen – *das gehört mir, und du darfst da nicht drauf.* Ich sah Jack ins Gesicht und wußte, ich sollte es mir lieber noch einmal überlegen, falls ich ihn behalten wollte.

»Okay«, sagte ich. »Schauen wir, wie es läuft.« Ich wollte ihn behalten.

Jack kam mit mir zurück zum Haus. Temple saß am Küchentisch und sah schon viel besser aus. Bis zum Mittagessen spielten wir zu dritt Poker. Cilda hatte einen Braten gemacht, und Temple fragte, ob Jack mit uns essen könne. Ich war einverstanden, wenn es ihm nichts ausmachte. Als er ging, war es schon nach sieben, und Temple hatte wieder Fieber. »Abmarsch ins Bettchen, Kleines«, befahl ich ihr. Sie machte die üblichen Einwände, aber nur schwach. Wir gingen gemeinsam nach oben, ich steckte sie unter die Decke und zog einen Stuhl ans Bett.

»Ich wette, ich weiß, was du vorhast«, sagte sie mit einem schläfrigen, kleinen Lächeln.

Ihre Worte trafen mich völlig unvorbereitet. »Was?« fragte ich und versuchte dabei, nicht schuldbewußt zu klingen.

»Du schreibst ein Buch über die Hand, die sie in dieser Statue gefunden haben.« Sie stützte sich auf einem Ellenbogen auf.

»Wer hat dir das erzählt?«

»Gar keiner. Ich hab' einfach geraten.«

»Na, dann hast du eben falsch geraten.«

Sie rollte sich zu mir herum, den Kopf auf eine Hand gestützt. »Kennst du ihn? Dane Blackmoor meine ich.«

»Temple«, sagte ich streng, »schlaf jetzt.«

Aber sie wollte nicht lockerlassen. »Könnte gut sein, hab' ich mir gedacht.« Jetzt setzte sie sich auf. »Weißt du, gestern abend haben sie im Fernsehen lauter Prominente interviewt, ob die meinen, daß er es war, daß er jemand die Hand abgeschnitten hat, und Opa Dudley war auch dabei.«

Die altbekannte Wut stieg in mir auf; so kannte sie ihren Großvater, als Interviewschnipsel, als Rechtsexperte, der dann und wann bei »Larry King« auftauchte.

»Und so, wie er geredet hat, wußte ich, daß *er* Dane Blackmoor kennt, also dachte ich mir, vielleicht hast du ihn ja auch kennengelernt, daheim bei Opa.«

Ich wollte sie fragen, was Dudley gesagt hatte, aber statt dessen drückte ich sie an den Schultern sanft auf das Kissen zurück. »Psst.« Ich blieb bei ihr, bis sie eingeschlafen war.

Es war zehn nach acht.

Als wäre es eine plötzliche Eingebung und nicht etwas, das mir schon den ganzen Tag im Kopf herumgegangen war, ging ich in mein Zimmer, zog Jeans und Pulli aus und nahm ein sehr kurzes, sehr enges und sehr rotes Kleid vom Bügel. Cilda saß in ihrem Zimmer im Erdgeschoß und strickte beim Flackern einer Comedyserie. Das Klackern der Nadeln unterbrach die Dialoge der Sendung wie ein leises, metallisches, eingespieltes Lachen.

»Ich gehe aus«, sagte ich. »Da gibt es etwas in New York, wo ich heute nacht noch hin muß.« *Etwas.* Der Volvo war vollgetankt und die Stadt nur etwas mehr als eine Stunde entfernt. Erst als ich die Schnellstraße erreicht hatte, erlaubte ich mir, an Temples Worte zu denken: *Also dachte ich mir, vielleicht hast du ihn ja auch kennengelernt, daheim bei Opa*, und ihre Frage endlich doch noch zu beantworten, stumm, während sie schlief, meilenweit entfernt, ohne Interesse, ohne zuzuhören.

II

Die Geschichte

Das Kindermädchen fand den kleinen Charlie auf dem Boden des engen Wandschranks liegend; und eine blaugesäumte Kinderdecke wand sich wie ein Leichentuch um Arme und Rumpf. Sein ehemals engelsgleiches Gesichtchen war nur noch eine geronnene Maske aus Blut und Fleisch und Haut. Die Schläge hatten ihn völlig entstellt ...

Laut dem Autopsiebericht waren dem Kind bereits in den Monaten vor seinem Tod eine Reihe von Verletzungen zugefügt worden, so unter anderem: zwei von Zigaretten stammende Verbrennungen an der Innenseite der Unterarme sowie eine Quetschung der rechten Schulter.

Aus: *Schlafe, mein Prinzchen:*
Die Ballade der Dulcie Mariah
von Garner Quinn (Random House, 1981)

Von verschiedenen Seiten wurden mir unlautere Motive für das Schreiben dieses Buches unterstellt. Man betrachtet es als Verunglimpfung meines Vaters, als Angriff auf seinen Ruf. Lassen sie mich versichern, dass ich niemals die Absicht hatte, Dudley Quinns Integrität als Verteidiger zu untergraben. Es ging mir einzig und allein darum, die Wahrheit aufzudecken. Dieses Buch ist kein persönlicher Rache-

FELDZUG. WENN ÜBERHAUPT, DANN IST ES DIE SPÄTE WIEDERGUTMACHUNG AN EINEM KLEINEN KIND. VON ANFANG AN GING ES MIR UM NICHTS ANDERES ALS UM DAS KIND ...

AUS DEM VORWORT ZUR ZWEITEN AUFLAGE
VON *SCHLAFE, MEIN PRINZCHEN:*
DIE BALLADE DER DULCIE MARIAH
VON GARNER QUINN (POCKIT BOOKS, 1983)

1

Er kam im Sommer 1969, dem Sommer, der mein Leben bestimmen sollte.

In diesem Juli schienen alle Turbulenzen eines stürmischen Jahrzehnts, alle Unruhen einer ruhelosen Welt, ihre Kräfte gesammelt zu haben, um sich wie ein Tornado aus dem Mittelwesten einen direkten Weg zu unserem Strandhaus in Spring Lake, New Jersey, zu bahnen – bis hinauf auf unsere Veranda, um so das Haus bis auf die Grundmauern zu erschüttern und im Inneren das Unterste zuoberst zu kehren, bevor er schließlich weiterzöge, hinaus aufs offene Meer. Für mich wird es immer der Sommer des Mariah-Prozesses bleiben. Der Sommer, in dem ich meine erste Menstruation bekam – als wollte mein Körper auf die Vorgänge um mich herum reagieren, indem er von sich aus noch etwas mehr Aufregung dazulegte. Und der Sommer Dane Blackmoors. Er tauchte gänzlich unerwartet an einem Wochenende auf und kam dann bis Ende August immer wieder, als zöge der Geruch des Bluts ihn unwiderstehlich an: das Blut des spektakulären Falles, an dem Dudley arbeitete; und, auf eine merkwürdige Art, auch das meine.

Daß er überhaupt gekommen war, scheint mir heute sogar noch erstaunlicher als damals. Blackmoors Statuen aus Gipsverband waren 1964 mit der Wucht einer Granate in der Kunstszene eingeschlagen. Er war sechsundzwanzig und wurde über Nacht zum Star. Wohin man auch schaute, überall war sein Gesicht: auf den Titelseiten von *Time* und *Life*, im Inneren von *Vogue*, überall dieser starre, kalte Blick, das unablässige finstere Stieren, die Ahnung einer Narbe, die auf seinem Kinn Amok lief, diese Essenz körperlicher Schönheit, die sich in die schiere Gewalttätigkeit gestohlen hatte.

Frauen, das stellte ich fest, schwärmten für so etwas. Mit dreizehn war ich selbst nun für den Zauber des Unvollkommenen ausgesprochen unempfänglich. Die Bilder Blackmoors, die meine Phantasie anstachelten, zeigten ihn, wie er aus geparkten Limousinen in Nachtclubs tauchte, wie er aus heimlichen Liebesnestern in schnelle Autos eilte. Ich beneidete Menschen, die Ziele hatten und die Mittel, sie auch zu erreichen. Ich saß das ganze Jahr über im Landhaus meines Vaters fest wie die Korbstühle auf der Veranda und die leeren Hängematten, wie das Hausmädchen – darauf harrend, daß der große Mr. Quinn uns mit seiner Anwesenheit beehren würde.

Und dann kam Blackmoor.

Wie gewöhnlich war ich an diesem Vormittag in der Küche und las die Zeitungsberichte über den Mariah-Prozeß. Dudleys Gesicht strahlte von der Titelseite zu mir herauf und lächelte dieses Lächeln, das schwarzweiß um so vieles warmherziger war als in Fleisch und Blut.

»Nimm deine dreckigen Finger von den Plätzchen weg«, bellte Margaret, die Köchin. Ich wischte die Druckerschwärze an meinem Kleid ab und ließ einen Schokokeks vom Blech mitgehen, auf dem sie abkühlten.

»An den Kleidern wischt sie sich ab«, schnaubte Margaret verächtlich in Richtung Cathy, dem Dienstmädchen, das das Obergeschoß betreute. »Aber so, wie die zusammengerichtet ist, ist das auch schon egal.«

Cathy dehnte sich träge auf ihrem Hocker. »Dabei tät' man meinen, bei dem ganzen Geld«, gähnte sie, »könnt' er ihr ein paar anständige Kleider kaufen.«

So redeten sie dauernd über mich. Als wäre ich taub oder zurückgeblieben oder gar nicht da. Solange ich noch klein war, verletzte mich das, aber als ich älter wurde, stellte ich fest, daß es auch gewisse Vorteile hatte, unsichtbar zu sein. Solange ich still in der Ecke blieb, etwas aß oder die Zeitung las, schwirrten mir die erstaunlichsten Neuigkeiten um die Ohren.

»Möcht' bloß wissen, welche er diesmal wieder mitbringt«, sagte Margaret mit einem verschlagenen Zwinkern. Ich wußte, daß sie über Dudley und seine zahlreichen Geliebten sprach. Ich blätterte weiter die Zeitung durch und überflog die Reportage im Vermischten. Auch auf diesem Bild war Dudley; er stand direkt hinter seiner berühmten Mandantin, und die fahle Gloriole ihres Haares verdeckte sein Gesicht. Ich versuchte, sie mir hier in der Küche vorzustellen, Dulcie Mariah, wie sie lässig an der verchromten Anrichte lehnte, flankiert von Töpfen und Pfannen, den Küchengeräten, die in säuberlichen Reihen hingen, eingeschlossen von der tagtäglichen Langeweile dieser kleinen Welt. Ich fragte mich, ob es ihr – beiläufig fast – wohl herausrutschen würde. Ob sie ihren kleinen Sohn Charlie nun umgebracht hatte oder nicht.

»Ga'ner! Ga'ner Quinn!« Mit ihren kräftigen Armen stieß Cilda die Schwingtür auf. »Was treibst du eigentlich so lange da drin?« wollte sie mit ihrer bissigen jamaikanischen Altstimme wissen. Ohne zu antworten, lief ich aus der Küche in das Eßzimmer, durch die Diele und zur Tür hinaus. Das war der neueste Weg, mit Cilda umzugehen. Die Flucht-statt-Kampf-Methode. Es schien zu funktionieren. Ich setzte mich auf die Treppe und zog blaue Rockfalten über die Knie nach unten. Ich mußte mich unbedingt mit Dudley über den erbärmlichen Zustand meiner Garderobe unterhalten. Das Schwierige war nur, ihn alleine zu erwischen, vor allem jetzt, wo der Prozeß in vollem Gange war.

Pete, der Laufbursche, kam von hinten heran, in der Hand einen großen, schwarzen Kübel voller Geranien. »*Was gibt's*

Neues, Pussy?« rief er und zeigte dabei Zähne von der Farbe einer schmutzigen Emailwanne. Pete sagte niemals einfach nur hallo. Er sagte Sachen wie: *»Was macht die Kunst?«* oder: *»Is' was, Doc?«* Früher einmal hatte ich das lustig gefunden, aber seit ich dreizehn war, langweilte es mich.

»Bringst du mich zum Strand?« fragte ich.

»Geht nicht, Garn.« Pete schüttelte den Kopf. »Mr. Quinn wird heute abend zurück sein. Ich muß erst noch die Blumen aufstellen.«

Mr. Quinn. Das sagte jeder so, nie *»dein Vater«, »dein alter Herr«, »dein Daddy«*. Das war einer der Gründe dafür, daß ich mir die *Geschichte* überhaupt erst ausgedacht hatte. Wenn ich ihn mir jetzt betrachtete, gebückt und verdreckt, war es schwer vorstellbar, daß Pete der Laufbursche einmal eine tragende Rolle in der *Geschichte* gespielt hatte. Seit jenem ersten Mal war ich wesentlich wählerischer geworden, so wählerisch, daß ich seit über einem Monat schon keinen Kandidaten mehr gefunden hatte. Die längste Durststrecke überhaupt.

Um die Wahrheit zu sagen, es gab einfach kaum Männer, die als mein richtiger Vater durchgehen konnten.

Zuerst einmal mußte er alt genug sein. Mr. Kelly, mein Klavierlehrer, konnte in den meisten Kategorien punkten. Er war gutaussehend, intelligent und er hatte diese väterliche Art, den Arm um mich zu legen, wenn er mir den Part der linken Hand demonstrierte. Zu Weihnachten hatte er mir sogar eine Karte geschenkt, und zwar nicht eine aus einem Set, sondern eine von denen, die man einzeln kauft, in einem Geschäft extra ausgesucht. Darauf stand: »FÜR EIN BESONDERES MÄDCHEN«. Er hatte sie unterschrieben mit: »Alles Liebe, Mr. K.«

Liebe.

Mr. Kelly war praktisch perfekt gewesen, bis mir klarwurde, daß er gerade mal zwölf Jahre alt war, als ich zur

Welt kam. Und es bestand überhaupt kein Zweifel: Mr. Kelly war keiner von denen, die es mit zwölf gemacht hatten. Mr. Kelly schien nicht einmal einer von denen zu sein, die es mit vierundzwanzig gemacht hatten.

Und so ging es weiter. Die Kandidaten waren entweder zu jung oder zu alt. Pater Barnes war schließlich Priester, und es schien mir einfach nicht richtig zu sein, ihn da mit hineinzuziehen. Dann gab es da noch den Hauslehrer, den ich wegen seines starken Körpergeruchs ausscheiden ließ, und Dudleys Partner in der Kanzlei, Geoffrey Nash – die größte Enttäuschung von allen. Dieser Strang der Erzählung fand sein abruptes Ende an dem Abend, an dem ich Dudley fragte, warum Geoff nicht verheiratet war. »Weil er homosexuell ist, Garner«, hatte er mir ungeduldig erklärt. Ich nickte, als hätte ich das schon immer vermutet. Später, in meinem Zimmer, holte ich das Lexikon und las:

»homosexuell

Adj. In seinem sexuellen Empfinden u. Verhalten zum eigenen Geschlecht hinneigend od. von einem solchen Empfinden u. Verhalten zeugend.«

Ich lag auf dem Bett, barfuß, die nackten Beine hochgelegt, zeichnete mit den Zehen Muster auf die Tapete und versuchte, mir vorzustellen, Geoffrey Nash sei jemand, der von einem solchen Empfinden zeugte. Ich schloß die Augen und stellte mir vor, wie er einen anderen Mann küßte – Mr. Kelly oder Pete, sogar Dudley selber –, aber ich kam nur bis zur ersten Umarmung, bevor die Kamera vor meinem geistigen Auge auch schon wieder aufhörte zu knipsen. Ich entschied, es wäre vielversprechender, einen zweiten Homosexuellen zu finden, mit dem ich ihn mir vorstellen konnte. Dieses Vorhaben füllte in der Folge einen Großteil meiner Zeit aus. Aber es wurde langweilig, immer nach – wie Cathy das nannte – *Schwulen* Ausschau zu halten. Was Geoffrey privat machte, schien nichts mit mir zu tun zu haben. Es war etwas anderes als die *Geschichte*, denn die war immerhin mein Leben.

Pete war inzwischen fertig damit, die Vasen voller Blumen auf der Veranda zu verteilen. »Juicy Fruit gefällig?« Er zog ein Päckchen aus der Tasche. Ich nahm einen Streifen. Er war warm und schlaff, weil er in seiner Hose gewesen war, und er roch so süß, daß ich ihn schon schmecken konnte, bevor ich ihn wirklich im Mund hatte.

»Wie war eigentlich dein Vater, Pete?« fragte ich.

Er legte sein Gesicht in knittrige Falten. »Ach, mein Alter ist schon vor 'ner ganzen Weile gestorben.«

»Hast du ihn geliebt?«

Pete dachte darüber eine Weile nach, dann sagte er: »Er war einfach nur mein Alter, Garn. Ich hab' ihn gar nicht richtig gekannt.«

Ich nickte. Das verstand ich. Dann sagte ich: »Bis bald« und machte mich auf, Richtung Einfahrtstor. Ich überlegte, ob ich es riskieren sollte, zum Strand zu laufen, bevor Cilda mein Verschwinden bemerken würde.

»Hey, Kleine, komm mal her«, zischte ein Mann auf der anderen Straßenseite. Ich wußte natürlich, daß man sich von Fremden nicht ansprechen läßt, aber ich war allein und langweilte mich. Ich ging hin.

Der Kerl hatte eine Elvistolle und einen Wanst, er trug einen hellblauen Kunstfaseranzug und ein gemustertes Hemd mit offenem Kragen, eins von der Sorte, die man für ein Seidenhemd halten kann, vorausgesetzt, man hat noch nie Seide gesehen. Er trug eine schwarze Segeltuchtasche. »Wohnst du in dem großen Haus da drüben?« fragte er in leisem, freundlichem Ton. Ich vermutete, daß er mir als nächstes einen Lolli anbieten würde. Das wäre dann der Moment, um in den Tarzanschrei auszubrechen.

Fürs erste nickte ich.

»Paß auf«, sagte er, »ich weiß zufällig, daß Dane Blackmoor heute dorthin zu Besuch kommt.« Er zückte die Brieftasche. Sie war flach und speckig, und das Wort *Angeber* war darauf geprägt.

»Du scheinst mir ein kluges Mädchen zu sein«, meinte der Mann, »du könntest mir vielleicht helfen.« Er holte einen zerknitterten Fünfdollarschein heraus. »Du brauchst nichts weiter zu tun, als mich durch das Tor zu schmuggeln und keinem etwas davon zu sagen.«

»Und wieso?« fragte ich.

»Das ist überhaupt nichts Verbotenes«, versicherte er mir. »Ich will einfach nur ein paar Fotos machen.«

Ich nahm das Geld und fragte mich, ob ich die Abmachung mit einem Händedruck besiegeln sollte. Bevor ich das tun konnte, war der Kerl schon in ein undefinierbares Auto gestiegen. Einen Mietwagen, wie mir auffiel, als er losfuhr. Ich stopfte den Fünfer in die Tasche, und auf dem Weg zurück zum Haus überlegte ich mir, was ich mir von dem Blutgeld kaufen würde.

Cilda stellte den Staubsauger aus, als ich vorbeikam. »Er kommt heut abend mit dem Wagen. Schau zu, daß deine Haare in Ordnung sin'.« Ich fing an, die Treppe hinaufzuhüpfen, von einer Stufe zur nächsten. »Aufhören! Willst vielleicht das ganze Haus aufwecken?« zischte Cilda.

»Und du vielleicht nicht?« Ich machte eine heftige Kopfbewegung in Richtung Staubsauger.

»Wird sowieso Zeit, daß die aufstehen. Den ganzen Tag im Bett zu vertrödeln.« Cilda rümpfte die Nase und schaltete die Maschine wieder ein.

Ich ging durch den Flur im Obergeschoß. Heute war kein Zimmer frei. Jetzt, da die große Zugnummer über das Wochenende zu Hause war, würde das Haus nur so wimmeln von dem, was Dudley *unsere Gäste* und Cilda Schnorrer nannte. Es machte Cilda immer nervös, wenn Fremde im

Haus waren. An manchen Vormittagen kam sie humpelnd herunter, sprühte finsterste Blicke und ermahnte mich, dem Mann mit dem Hut nicht zu nahe zu kommen oder der Frau mit dem bösartigen kleinen Hund aus dem Weg zu gehen, die ihren Rücken behext hatte. Ich vermutete, daß Cildas Rückenschmerzen eher vom Schrubben der Fußböden stammten als von Männern mit Hüten oder alten Damen mit Pudeln, aber weil ich es genoß, ihre Geschichten über Leute mit dem bösen Blick zu hören, behielt ich diese Theorie für mich.

Ich trampelte den Flur entlang und machte so viel Lärm wie ich nur konnte, ohne gegen die Wände zu hämmern. Mein Zimmer lag ganz am hinteren Ende und war mit einem Emailschild ausgezeichnet, auf dem zwischen üppig wuchernden Rosen das Wort *Garner* zu lesen war. Ich machte die Tür auf und wappnete mich gegen diesen Sturmangriff von Blumen und Schleifen. Eine von Dudleys Geliebten, eine Französin namens Simone, hatte das Obergeschoß kürzlich neu eingerichtet. Sie hatte versprochen, ich würde Chintz und Blümchenmuster lieben, wenn erst alles beieinander wäre, aber aufgrund einer angeborenen Pastellschwäche in meinem Gehirn sehnte ich mich nach den gedeckten Rot- und Brauntönen in Dudleys Arbeitszimmer.

Ich zog mein Tagebuch unter dem Kopfkissen heraus, setzte mich im Schneidersitz auf das Bett und teilte eine leere Seite in drei Spalten.

1. Mein Vater ist tot.
2. Mein Vater lebt.
3. Dudley Quinn III. ist mein Vater.

Bis zu der Unterhaltung mit Pete an diesem Morgen war mir die Möglichkeit, daß mein richtiger Vater tot sein könnte, noch gar nicht in den Sinn gekommen. Ich setzte ein Fragezeichen unter die »Tot«-Spalte.

Ich schaute auf die zweite Spalte »Mein Vater lebt« und

schrieb *Wo? Kenne ich ihn? Kommt er hierher?* Dann zog ich einen langen Pfeil die Seite hinunter und kringelte schließlich ein Wort ein. *Mutter.*

Diesen ausrangierten D-Zug von einem Menschen in der *Geschichte* unterzubringen war immer ein Problem. Ich dachte an die hagere Gestalt, die Cilda einmal im Jahr, wenn Dudley an der Westküste war, wie eine streunende Katze ins Haus ließ, die in der Küche saß und Tee hinunterwürgte, als würde das Schlucken ihr Schmerzen bereiten, bis Cilda sagte: »Gib deiner Mama einen Abschiedskuß« und ich gezwungen war, eine Wange hinzuhalten, auf der ich ihren Atem spürte, der schal vom Alkohol war und muffig wie ein Schrank, in dem ein kleines Nagetier gestorben war.

Ich lehnte mich an das Kopfbrett zurück und versuchte, die Handlung zurückzuverfolgen bis in eine Zeit, zu der meine Mutter noch jung und schön gewesen war, so wie auf dem Schwarzweißfoto, das Dudley in seinem Schlafzimmer im Garderobenschrank eingeschlossen hatte. Wodurch hatte sie sich so verändert? Hatte Dudleys Kälte sie gezwungen, an anderer Stelle nach Zuneigung zu suchen? Hatte sie eine rückhaltlose Leidenschaft zu dem Mann erfaßt, der mein richtiger Vater war? Das würde zumindest erklären, warum Dudley sie niemals erwähnte. Warum er sich verhielt, als sei sie tot.

Mein Blick wanderte zurück zum Kopfende der Seite, zu der Zeile »Dudley Quinn III. ist mein Vater«. Lange Zeit schrieb ich gar nichts. Solange ich zurückdenken konnte, hatte Dudley so getan, als sei ich ein Einrichtungsgegenstand, etwas, das nach Wachstumsschüben immer wieder einmal *aufgemöbelt* werden mußte, so, wie man einen Stuhl neu beziehen läßt. Kein richtiger Vater würde seine Tochter behandeln, wie er mich behandelte.

Wäre da nicht dieses eine Mal gewesen. Mein zehnter Geburtstag.

Cilda hatte einen Kuchen gebacken. Geoffrey Nash brachte einen großen Teddy. Beim Essen fand ich auf meinem Stuhl ein Päckchen, das in glitzerndes Papier und grob geripptes Band gewickelt war. Darin lag ein weißes Nachthemd mit handgehäkeltem Besatz an Kragen und Aufschlägen. Auf der Karte stand: »Alles Gute zum Geburtstag. In Liebe, Simone und Daddy«, oder wenigstens dachte ich damals, daß das dastand, obwohl es auch »Simone und Dudley« hätte heißen können – als ich es nachprüfen wollte, hatten sie es schon weggeworfen, und so konnte ich nie sicher sein.

In dieser Nacht trug ich das neue Nachthemd. Ich erinnere mich, daß es ungewöhnlich warm für eine Mainacht war. Ich legte die Steppdecke beiseite, aß das Stück Kuchen, das Cilda auf das Nachttischchen gestellt hatte, und ließ dabei die Krümel wie Schneeflocken auf das reine, weiße Laken rieseln. Als ich später aufwachte, merkte ich, daß die Lampe noch an war.

Dudley stand an meinem Bett.

Ich machte die Augen zu und hielt ganz still, so wie vor einem wilden Tier, das man nicht verscheuchen will. Ich hatte ein komisches Gefühl in der Brust, nur weil ich versuchte, normal ein- und auszuatmen. Er beugte sich über das Bett. Durch den Vorhang der Wimpern konnte ich den Umriß seiner riesenhaften, vornübergeneigten Schultern sehen, die das Licht der Lampe auslöschten. Er beugte sich tiefer. Seine große Hand strich das Haar aus meinem Gesicht.

Ich dachte, er wolle mir einen Kuß geben. Er hatte mir noch nie einen Kuß gegeben, zumindest konnte ich mich nicht daran erinnern, und allein der Gedanke ließ mein Herz wild pochen. Vielleicht hatte er das gehört, denn plötzlich zog er sich zurück. Ich wollte mich aufsetzen, losweinen: »Daddy, bleib da!« Aber irgend etwas hielt mich zurück.

Eine Träne war von seinem Gesicht auf meine Stirn gefallen. Ich ließ ihn die Lampe löschen, den Türknauf drehen, die Tür zuziehen. Im Flur hörte ich Simone schillernd und blond über den Teppich schreiten, dann das tiefe Brummen von Dudleys Stimme und ihr Antwortkichern. Erst als sie weggegangen waren, bewegte ich mich, fuhr ich mit den Fingern über die Augenbraue, um das Salz seiner Träne darauf zu schmecken.

Seit jener Nacht ließ ich immer, wenn Dudley im Haus war, das Licht an und die Tür einen Spaltbreit geöffnet. Um zwei oder drei Uhr morgens, wenn die letzten Gäste in die Schlafzimmer gestolpert waren und ich seinen unverkennbaren Schritt auf dem Flur hörte, strich ich mein Haar auf dem Kissen glatt und wartete.

Ich war sicher, wenn er mein richtiger Vater war, würde er bestimmt eines Nachts wieder hereinschauen. Er würde sich ans Fußende des Bettes setzen und mir all das zuflüstern, was er mir nicht zu sagen vermochte, wenn ich wach war.

2

Den ganzen Tag lang trug ich den Fünfdollarschein mit mir herum und wartete auf Dane Blackmoor. Aber nicht ich fand ihn, er war es, der mich fand. Es war gegen drei Uhr, weit vor der Zeit, zu der die Stargäste der Woche üblicherweise eintrafen, und ich hatte beschlossen, mich eine Weile zum Strand zu schleichen. Ich watete ins Wasser, dessen Kälte meine nackten Beine betäubte und mir den Atem raubte, ich zog den Rocksaum hinauf, während ich seewärts ging – der Horizont hat mich immer schon angezogen –, bis ich weiter draußen war, als ich ohne Badeanzug sein sollte, und der dünne Stoff meiner Bluse von der Gischt durchnäßt war.

Plötzlich, und das ist schwer erklärbar, überkam mich das Gefühl, zwei Strömungen würden an mir ziehen – der Sog der Wellen vor mir und eine andere, direkt hinter mir, vom Strand her. Ich drehte mich um und verlor mich in Dane Blackmoors Augen.

»Hallo, Tochter von Gabrielle«, sagte er und ließ den Namen meiner Mutter ein wenig um seine Zunge spielen, als koste er den ersten Schluck eines guten, alten Weines.

Stechend schlug mir eine Welle von hinten an die Schenkel. Ich ging mit weiten Schritten auf den Strand zu und wäre beinahe gestolpert.

»Ich heiße G-Garner«, stammelte ich.

Blackmoor streckte mir sehr ernsthaft die Hand entgegen. »Freut mich, dich kennenzulernen«, sagte er. Ich starrte ihm nach, während er mit einem Hemd, das sich wie ein Segel blähte, weiter den festen Streifen Sand entlanglief, der sich parallel zum Meer hinzog. Unter seinen aufgerollten Jeans kamen Beine zum Vorschein, die fest und braun waren wie Pfähle.

Er war schon mindestens sechs Meter weit gegangen, als er über die Schulter sah. Er wollte, daß ich ihm nachkam. »Ich war gerade mit der Kunstakademie fertig«, sagte er, als ich ihn einholte. »Ich ging auf eine Party, und da stand sie, deine Mutter.«

Er hob eine Muschel auf und ging ins Wasser, um den Sand von ihr zu waschen. Wir standen beieinander zwischen den vordersten Wellen. Mein Rock war klatschnaß, die Falten klebten an den Knien. »Das muß gewesen sein, nachdem sie aufgehört hat, Modell zu stehen. Damals war sie schon verheiratet mit …« Seine Stimme verlor sich, als wolle der ungeduldige Mund sich nicht mit so etwas aufhalten. Was hatte er sagen wollen? *Verheiratet mit Dudley? Verheiratet mit deinem Vater?*

»Sie saß ganz allein in einer Ecke. Sie hatte einen Hut auf.

Einen Hut!« Blackmoor klang, als wolle er lachen, könne sich aber nicht daran erinnern, wie man das macht. »Sie schien mir die schönste Frau, die ich je gesehen hatte. Ein paarmal ist sie mir Modell gestanden. Die Studien habe ich noch. Ich habe sie nie weitergeführt. Nur Torsi. Ich habe ihr nie das Gesicht verbunden.« Er gab mir die Muschel. »Nicht einmal ich bin so arrogant.«

Seine Augen schienen mich aufzufordern zu sagen, daß ich das auch nicht angenommen hätte.

Ich konnte nicht lügen, deshalb sah ich weg.

Später, als wir zurückgingen, sah ich ihn einmal kurz von der Seite her an, sah die eingefallenen Stellen an den Wangen, die wirkten, als hätte dort jemand mit einem Meißel die Haut herausgeschlagen. Er war älter, als ich ihn mir vorgestellt hatte, an die Dreißig wahrscheinlich. Alt genug, um mein –

Ich ließ den Blick über den Sand vor mir schweifen und mir seine Worte noch einmal durch den Kopf gehen. *Sie schien mir die schönste Frau, die ich je gesehen hatte.* Das nächste Mal, wenn meine Mutter zu Besuch käme, beschloß ich, würde ich netter sein. Nächstes Mal würden wir uns unterhalten, von Frau zu Frau. Damals wußte ich nicht, daß es kein nächstes Mal mehr geben sollte.

Als wir am Haus ankamen und ich immer noch die Muschel umklammert hielt, die den ganzen, langen Sommer hindurch neben meinem Bett liegen sollte, sagte Dane Blackmoor: »Also dann, wir sehen uns, Garnele.«

»Das heißt Garner«, korrigierte ich ihn ernst und haßte plötzlich die Ecken und Kanten meines Namens.

Er nahm mein Kinn in die Hand, drehte es hin und her, inspizierte mein Gesicht aus allen Winkeln, dann ließ er unvermittelt los. »Du hast ihre Augen«, meinte Blackmoor. Er ging die Stufen zur Eingangstür hinauf. Blieb stehen. »Und es heißt doch Garnele«, rief er mir zärtlich zu, »ein kleines, wohlschmeckendes Etwas.« Er ging hinein, ohne sich zu verabschieden.

Mein Herz raste. Ich wollte ihm folgen, aber genau in dem Moment hörte ich, wie der Mann vom Tor her rief. »Psst! *Psst!* Kleine!« Er trug diesmal kein Jackett, Hemd und Hose waren in dunklem Braun gehalten, als wolle er sich dem Schmutz angleichen oder den Baumrinden. Ich ging zu ihm.

»Das war Blackmoor, stimmt's?« Die Kamera hatte keine Schutzhülle; er nestelte am Objektiv herum. »Paß auf, Schätzchen, ich brauch' bloß ein kleines Plätzchen da drüben, wo ich mich aufbauen kann.« Er deutete sichtbar erregt zur Garage und sprang von einem Fuß auf den anderen, als lägen glühende Kohlen auf dem Pflaster oder als müsse er dringend auf die Toilette.

Ich zog den zerknitterten Fünfdollarschein aus der Rocktasche. »Vergessen Sie's«, erklärte ich und sah dem guten alten Abe Lincoln nach, der in seine aufgehaltenen Hände segelte. Ich machte mich auf den Weg zurück zum Haus und drehte mich noch einmal um, um mit dem lästigsten, klugscheißerischsten Tonfall, den ich zusammenbrachte, zu plärren: »Und wenn ich Sie noch einmal hier rumhängen sehe, rufe ich die Polizei!«

Ich hatte vorgehabt, mir mit dem Geld ein rückenfreies Oberteil zu kaufen, wie Cathy eins hatte. Ich hatte vielleicht die Chance vergeben, etwas Anständiges zum Anziehen zu bekommen, aber dafür hatte ich etwas weit Wichtigeres bekommen.

Endlich stand der männliche Hauptdarsteller für die *Geschichte* fest.

3

Wenn an den Wochenenden Dudley, Dane Blackmoor und der Prozeß gegen Dulcie Mariah den Platz im Rampenlicht einnahmen, dann gehörten die Wochentage den Nebendarstellern in der Küche. Denn in diesem Sommer erhielt ich auch meine ersten Lektionen in Sachen Sex, mit der Unterstützung von *Webster's* Wörterbuch, einer mit Unterstreichungen versehenen Ausgabe von *Lady Chatterley* und Cathy und ihrem Freund Jimmy, der Page im Hotel Essex-Sussex war.

So gut wie jeden Montagvormittag konnte ich eine weitere Folge jenes Hintertreppenmelodrams verfolgen, das um die zentrale Frage kreiste, ob Cathy nun schwanger war oder ob sie nicht vielmehr ein »böses Ding im Darm« hatte, wie Cilda glaubte. Und jeden Montagvormittag war ich da, setzte den Ausdruck ermatteter Langeweile auf, den ich vor dem Spiegel geübt hatte, während Cathy, die langen Beine über zwei Küchenschemel gestreckt, mit einer brennenden Zigarette auf der Untertasse, die ihr als Aschenbecher diente, herumstocherte und dabei erzählte, wie sie es am Strand getrieben hatte und auf dem Rücksitz des Firebird von Jimmy dem Pagen.

Durch Cathy – die anzunehmen schien, daß ich ein umfassenderes Verständnis von Sex hatte, als das tatsächlich der Fall war – gelangte ich nach und nach zu der Vorstellung, beim Liebesakt handele es sich um einen höchst komplexen Tanz zu einem äußerst unregelmäßigen Rhythmus. Meine Gedanken überschlugen sich angesichts der Implikationen, die ein völlig neues Feld von Fachausdrücken mit sich brachte – *ausgefallene Perioden … Knaus Ogino … Coitus interruptus …* Ich hatte nur eine vage Vorstellung davon, was das alles bedeutete (*Webster's* war frustrierend wenig erhellend), aber es klang doch alles recht deprimierend. Es schien ein schlechter Scherz, daß ich, die der große Dudley Quinn einmal hoffnungslos tolpatschig genannt hatte, eines Tages an einem Akt teilhaben sollte, für den Timing und Abstimmung offensichtlich so unabdingbar waren.

»Für mich ist es natürlich noch härter als für die meisten andern«, seufzte Cathy und trug einen Finger voll Lipgloss aus einem durchsichtigen Gefäß auf, das nach Kaugummi roch, »wo doch Jimmy immer seinen multiplen Orgasmus hat und so.«

In solchen Momenten mußte ich immer den akuten Drang unterdrücken, sofort auf mein Zimmer zu rennen und das Wörterbuch zu Rate zu ziehen. Während die Diskussion in der Küche sich in andere Richtungen wendete, flüsterte ich mir, um es auch ja nicht zu vergessen, wieder und wieder vor: *Orgasmus … Orgasmus … Orgasmus* … und wartete darauf, daß Cilda mich nach oben scheuchte, um mich zum Essen umzuziehen, und da fand ich sie dann, genau zwischen Organ und Orgel, eine Definition, die vielversprechender war als die üblichen.

Und da meine Phantasie angestachelt war, schwor ich mir, einen Weg zu finden, einen der diensthabenden Erwachsenen dazu zu bringen, mit mir ins Foyer des Essex-Sussex zu gehen, damit ich einen Blick auf diesen Pagen Jimmy werfen könnte, dieses Monster an Manneskraft, diesen herkulischen Rammler auf dem Heuboden.

Es kam mir in den Sinn, Dane Blackmoor könnte mit meiner Mutter multiple Orgasmen erlebt haben, aber ich versuchte, diesen Gedanken nicht allzusehr nachzuhängen. Was die eigenen Eltern anging, vermutete ich, war es nicht angebracht, sich allzusehr auf die praktischen Aspekte der körperlichen Liebe zu konzentrieren; obwohl es wahrscheinlich nur natürlich war, sich ein paar vorsichtigen Phantasien hinzugeben, wenn der richtige Vater zufällig ein berühmter

Mann war, der in einer Welt der Kunst und Leidenschaft lebte.

Selbst wenn ich es versucht hätte, es gab kein Entrinnen. Das war die Welt, in der sie alle lebten – Dudley und seine Blondinen; Cathy und Jimmy; Geoffrey Nash; selbst Cilda, die drüben auf Jamaika Mann und Kinder hatte.

»Wenn du auf Besuch heimfährst«, hatte ich sie einmal gefragt, »wo schläfst du dann?«

»Bei mei'm Mann im Bett. Wo soll ich denn sonst schlafen?« hatte Cilda geantwortet, als hätte ich nicht mehr alle Tassen im Schrank.

Selbst *Cilda*!

Und dann war da natürlich noch Dulcie Mariah, die Rocksängerin, die angeklagt war, ihren Sohn Charlie ermordet zu haben; und Mr. C. J. Stratten, ihr reicher Ehemann; und Ben Slater, der Gitarrist aus Dulcies Band. Ich wußte aus erster Hand, was die Zeitungen nur andeuteten – Dulcie hatte ein Verhältnis mit Mr. Slater. Ich hatte es aufgeschnappt, als Dudley darüber sprach, oder eigentlich nicht einmal wirklich aufgeschnappt, denn als er es sagte, schien er sich meiner Anwesenheit sogar tatsächlich bewußt zu sein.

Das waren Neuigkeiten, bei denen mir schwindlig wurde: verheiratete Frauen, Frauen, weit über *Dreißig*, machten es nicht unbedingt nur mit dem eigenen Mann. Ich stellte mir vor, wie Dulcie mit Ben Slater und Mr. Stratten am gleichen Tag Sex hatte. Ich fragte mich, ob man davon ein komisches Gefühl bekäme oder sich schuldig fühlte, ob es einem gar schlecht werden würde, wie wenn man zuviel Eis ißt oder ein Päckchen Kekse stibitzt und dann beim Abendessen so tun muß, als ob man immer noch Hunger hat.

Das Ganze lief einfach darauf hinaus, daß alle, außer mir *Eingeweihte* waren.

Und doch hatten sie in diesem Sommer, dem aufregendsten in meinem Leben, die Verstellungen fallenlassen, hatten aufgehört, leise zu reden oder das Gespräch abzubrechen, wenn ich das Zimmer betrat. Sie ließen mich zuhören. Und das, entschied ich, war, als hätten sie mir erlaubt, in diesem Erwachsenenspiel namens »Darf ich?« zwei klitzekleine Schrittchen in Richtung der Schlafzimmerwelt zu gehen, die sie nach Einbruch der Dunkelheit bevölkerten.

4

»Was macht die Kunst?« rief Pete.

»Gar nichts.« Ich kickte meine Leinenschuhe weg und zog die Gummisandalen an, die ich mit dem Geld gekauft hatte, das für Nylonstrümpfe gedacht war.

»Gehst du zum Strand?« fragte Pete, der gerade einen Rosenstrauch beschnitt.

»Kommt drauf an, wer's wissen will.« Ich zuckte die Achseln.

Er setzte sich auf die Stufen der Veranda und wischte sich mit einem dreckigen Taschentuch den Schweiß von der Stirn.

»Ach, die werden viel zu beschäftigt sein, um es überhaupt zu bemerken«, meinte er, »an einem Freitag, und wenn Mr. Quinn kommt noch dazu.«

»Schon.« Ich steckte die Schuhe in eine Segeltuchtasche zu der heutigen Zeitung und der Flasche Johnson's Babyöl. »Aber falls Cilda trotzdem fragen sollte, hast du mich nicht gesehen.«

»Alles klar«, versprach Pete. »Ich schau dir in die Augen, Kleines.« *Armer Pete*, dachte ich beim Weggehen. Er war sicher traurig, daß ich nicht mehr bei ihm spielte wie früher. Letzten Sommer hatte ich meine ganze Zeit draußen im Hof verbracht, hatte ihm Limonade geholt, mit ihm im Schuppen gewerkelt, die Lieder mitgesungen, die ununterbrochen aus seinem Kofferradio plärrten.

Der Gedanke an dieses Radio ließ mich plötzlich innehalten. Ein Radio war genau das, was ich an diesem Nachmittag noch brauchte. Mit einem Radio würde die Zeit im Flug vergehen. Ich warf einen kurzen Blick über die Schulter zurück und sah, daß Pete im Springkraut grub. Ich machte mich auf den Weg zurück zum Garten hinter dem Haus.

Es stand genau dort, wo ich es vermutete. Ich drehte den Lautstärkeregler voll auf, um die Batterien zu prüfen, dann ließ ich es in die Tasche fallen. *Pete wird nichts dagegen haben*, sagte ich mir. *Schließlich war ich wie eine Tochter für ihn. Das hatte er selber gesagt.* Und ein paar Monate lang hatte ich das auch wörtlich genommen.

Aber natürlich lagen die Dinge in diesem Jahr anders. Ich war kein kleines Kind mehr. Und dann war da noch Dane Blackmoor. Er würde heute abend wiederkommen. Vielleicht war dies das Wochenende, an dem er das Geheimnis lüften würde – wer er wirklich war. Ich stellte mir Dudleys Gesicht vor, wenn ich ihm sagte, daß ich es wußte. Oder würde es geheim bleiben? So daß nur ich und Dad es wüßten. Das mußte ich noch ausarbeiten – eigentlich gab es eine Unmenge, worüber ich nachdenken mußte, so viele Handlungsstränge, die ich bis heute abend noch im Geiste ausarbeiten mußte.

Ich verließ den Schuppen und verfehlte Pete, der gerade einen aufgerollten Gartenschlauch vor das Haus zerrte, nur knapp. Bevor er aufschauen konnte, rannte ich zur Einfahrt. Cilda wollte nicht, daß ich an den öffentlichen Strand ging. »Was mußt du dich mit dem Gesindel abgeben«, fragte sie, »wenn hinterm Haus ein großes Schwimmbecken is'?« Sie rümpfte die Nase. Aber mich mit dem Gesindel abzugeben war nun einmal genau das, was ich wollte.

Der Strand war nicht überfüllt, eine dünne Wolkendecke hatte bis auf wenige Hartgesottene alle abgeschreckt. Später, wenn der Wind diesen Himmel auf das Meer hinaustrüge und ihn durch einen leeren blauen ersetzte, dann würden sie kommen – die Wochenendausflügler mit ihren Saisonkarten, ihren Badetüchern, ihrem ungleichmäßigen Braun. Ich holte die eingerollte Decke aus der Tasche und legte sie so aus, wie Cathy das immer machte, wenn sie die Sonnenstrahlen ganz direkt abbekommen wollte. Da ich keinen anständigen Badeanzug besaß, mußte ich mein Strandkleid ganz bis zur Unterhose hochziehen, damit ich jeden Zentimeter meiner Beine mit Babyöl eincremen konnte. Mit Babyöl wurde man schneller braun als mit Sonnencreme, sagte Cathy. Ich rieb mir die Waden ein und staunte über ihre ungewohnte Zartheit.

Noch etwas, wovon Cilda nichts hielt, war, daß Mädchen in meinem Alter sich die Beine rasierten. Zu Beginn des Sommers hatte ich die Angelegenheit mittels einer Nagelschere in die eigenen Hände genommen. Das war ein langwieriger und letztlich erfolgloser Vorgang, der mir dort, wo ich nicht hinkam, stoppelige Ecken bescherte. Aber als Cathy letzte Woche mein Bad putzte, erwischte ich sie dabei, wie sie einige Stücke parfümierter Seife anschmachtete.

»Paris«, las Cathy, die das in Zellophan gewickelte Stück in der Hand umdrehte und den Duft einatmete, als wäre es eine ihrer Zigaretten. »Hat mindestens zehn Dollar gekostet, möcht' ich wetten.«

Von einer plötzlichen Eingebung ergriffen, schob ich sie ihr in die Hand. »Nimm«, sagte ich.

»Aber nein.« Sie schüttelte den Kopf. »Sachen aus dem Einkaufszentrum, das ist okay. Aber bei Leuten, die ich kenne, würde ich niemals was mitgehen lassen.«

»Es wäre ja nicht geklaut«, beharrte ich. »Es wäre ein Tausch.«

»Was für ein Tausch denn?« fragte sie argwöhnisch.

Und so kam ich zu der kleinen, rosa Plastikflasche Nair-Enthaarungsmittel.

Auf dem Kofferradio stellte ich den örtlichen Rockmusiksender ein, dann streckte ich mich auf der Decke aus. Die Sonne tanzte auf der Oberfläche meiner Lider und ließ meine gutgeölten Beine brutzeln wie Fett in der Pfanne. Ich konnte es beinahe hören. Es tat so gut, hier zu sein statt im großen Haus, wo Cilda mich immer wieder ermahnte, keine Unordnung zu machen, und wo das gesamte Personal in heller Aufregung war, weil *Mr. Quinn* auf dem Weg hierher war. Es tat gut, sich nicht darum zu kümmern, ob Dudley meine Anwesenheit zur Kenntnis nehmen würde oder ob er an mir vorüberginge wie an einem Stuhl oder einer Lampe – von denen er nichts weiter erwartete, als daß sie da waren, blitzblank herausgeputzt, und daß sie niemandem unangenehm auffielen.

Die Sonne briet meine geölten Beine, bis das Blut in ihnen pochte wie ein elektrischer Baß. Ich zwang mich, einzuschlafen. Als ich aufwachte, war das erste, was ich hörte, das Lied im Radio – eine kleine Ironie des Lebens: *»Do you believe in magic?«* Die Strahlen fielen jetzt aus einem anderen Winkel ein. Jemand warf einen Schatten auf mich. Von meinen Fußsohlen kroch ein Frösteln herauf.

»Sieht aus, als wär's an der Zeit, in den Schatten zu gehen«, meinte Dane Blackmoor. Die Flecken vor meinen Augen überdeckten sein ganzes Gesicht.

Ich versuchte wieder scharf zu sehen und bemerkte die feuerroten Streifen auf Waden und Schenkeln. Und noch nicht einmal parallele Streifen, schauderte mir, denn der eine war ein horizontaler Strich, der andere lief vom Knöchel bis zur Hüfte. Rasch setzte ich mich auf und zog das Kleid über die Knie herab. Der leichte Baumwollstoff hätte ebensogut aus Rasierklingen und Stacheldraht bestehen können. »Mir geht's gut«, log ich.

Blackmoor hockte sich auf die Fersen. »Ich hab' dir was mitgebracht.« Aus der Tasche zog er etwas, das wie ein zusammengefalteter Zettel aussah.

Ich öffnete es und kniff vor der Sonne die Augen zusammen. Es war ein altes Foto, auf dem einige Leute um einen Restauranttisch saßen. Ganz links, beinahe außerhalb der Reichweite des Objektivs, saß ein sehr junger Dane Blackmoor. Neben ihm sah man eine wunderschöne Frau. Die beiden waren die einzigen, die nicht in die Kamera schauten; und das grenzte sie gewissermaßen aus, ließ sie scheinen, als lebten sie in einer völlig anderen Welt.

»Deine Mutter«, sagte Blackmoor. »Ich dachte mir, du würdest es vielleicht gerne –«

Aber ich hörte schon nicht mehr zu. Es war, als reiche mein Verstand nicht aus, um diesen Gedanken zu fassen. *Dane Blackmoor ist mein richtiger Vater.* Und dieses Foto hatte er mir zum Beweis gebracht.

»Ich – ich –« Die Worte blieben mir im Halse stecken.

»Dane!« Über Blackmoors Schulter schaute ich auf die junge Frau, die ihn von der Strandpromenade her rief. »Ich bin müde! Ich will duschen!«

Er drehte sich nicht um. Ließ sich nicht einmal anmerken, daß er sie gehört hatte. »Du kannst es behalten«, sagte er und drückte das Foto zurück in meine Hand, »wenn du willst.«

Ich betrachtete ihn, wie er langsam zu seiner Gefährtin ging. Selbst aus dieser Entfernung sah ich, daß sie schön war, mit ihrem blonden Haar, das im Wind flatterte, und dem dünnen Schleier ihres weißen Kleides, der sich wie Zuckerguß um ihren schlanken Leib legte. Als beide nicht mehr zu sehen waren, machte ich das Radio aus und steckte das Foto vorsichtig in die Tasche. Übelkeit überfiel mich in eisigen

Schüben. Die Sonnenstrahlen schienen meine verbrannten Beine auch unter dem Schutz des Kleides noch zu finden. Ich bewegte mich über den Sand wie im Traum und fragte mich, ob es wohl möglich war, an einer Mischung aus Enthaarungsmittel und zuviel Sonne zu sterben.

Das spielte keine Rolle, entschied ich. Denn wenn ich jetzt stürbe, dann gäbe es zumindest einen Menschen, der um mich trauerte.

Ich wußte, daß es meinem Vater nicht gleichgültig wäre.

5

Es war aussichtslos, meine Beine vor Cilda verbergen zu wollen. Sie brauchte nur einen Blick darauf zu werfen, auf das flammende Glühen ihrer purpurnen Pracht, und schon sprudelte ihr Mundwerk los. »Mädchen, was läßt du dich auch durchbraten, bis du schwarz bist?«

»Ich bin eingeschlafen«, sagte ich und wartete geduldig, bis die alte Frau mir saubere, weiße, aloegetränkte Geschirrtücher aufgelegt hatte. Es tat weh, aber ich wagte nicht, mich zu beklagen.

»Wie kommt es eigentlich«, knurrte Cilda, »daß du solche Geschichten immer bloß dann anstellst, wenn er selber heimkommt?«

»Das genügt«, sagte ich. »Es geht schon wieder.«

»Ja, natürlich geht es wieder«, meinte Cilda, »so lange, bis die Sonne am Himmel untergeht und dann auf deinen Beinen wieder auf.« Ich hüpfte vom Küchenhocker und warf die Badetasche um. Ihr ganzer Inhalt ergoß sich in all seiner Beweiskraft über den frisch gewischten Boden.

»Wo kommt das Radio her?« bellte Cilda.

»Pete hat es mir geliehen.« Ich beobachtete, wie Cildas

runde Augen vom Babyöl zum Foto wanderten. Ich wollte es an mich reißen, einen Augenblick zu spät.

»Und was haben wir denn da?«

Ich nahm es ihr weg. »Das gehört mir«, erklärte ich trotzig. »Dane Blackmoor hat es mir geschenkt.«

Cildas große Hände klammerten sich um mein Handgelenk. »Laß das bloß verschwinden«, zischte sie in leisem, gefährlichem Ton. »Wenn der große Meister das sieht, dann ist hier die Hölle los.«

Pete steckte den Kopf durch die Hintertür. »Hurra, hurra, der Lenz ist da.«

Cilda ließ meinen Arm los und strich sich das Kleid glatt, während sie zur Tür ging. »Steck es weg«, sagte sie zum Abschied. »Sofort.«

Es stimmte, dachte ich und stopfte eilends alles zurück in die Segeltuchtasche. Zwischen Blackmoor und meiner Mutter war etwas gewesen, und Dudley würde einen Wutanfall bekommen, wenn man ihn nur daran erinnerte. Sogar Cilda wußte davon. Ich stieß die Küchentüren auf. Dudleys Entourage stand, inmitten einer Tonne Gepäck, in der Diele.

»Es ist mir ganz egal, ob sie ihn deswegen aus dem blöden Dampfbad zerren müssen«, erklärte Dudley seinem Assistenten, »ich will, daß er ans Telefon kommt, und zwar jetzt.« Der junge Mann ging mit verzweifeltem Blick ins Arbeitszimmer.

»Tag«, sagte ich, mit der Badetasche hinter dem Rücken.

»Hallo, Garner.« Dudley wandte sich sofort an Cilda. »Sind die Kisten mit Brandy, die ich bestellt habe, schon da?«

»Sind heut morgen gekomm'«, antwortete Cilda.

Er lächelte zum ersten Mal. »Gut.«

»Darf ich dich mal etwas fragen –«, setzte ich an, Cildas Blick verfinsterte sich, »– über das, was der Staatsanwalt letzte Woche beim Prozeß gesagt hat?«

»Jetzt nicht, Garner. Siehst du denn nicht, daß ich völlig erschöpft bin?« Dudley lief an mir vorbei und lockerte sich die Krawatte. »Sei so gut und bring mir einen Drink, Cilda, Schatz.«

»Aber –« Ich wollte ihm hinterher.

»Also wirklich, Garner«, sagte Dudley, der wie angewurzelt stehenblieb, als er meine Beine sah. Einen Moment lang glaubte ich, er würde mich rügen. Aber statt dessen lachte er nur und schüttelte den Kopf.

Zum ersten Mal seit Jahren schmerzte es kaum.

»Sei ihm nich' lästig, Mädchen«, meinte Cilda fürsorglich, nachdem er die Tür zum Arbeitszimmer geschlossen hatte.

»Der Mann is' hundemüde. Er braucht Ruhe.« Sie huschte davon, um ihm seinen Drink zu holen.

Ich fragte mich, und das nicht zum ersten Mal, wie es kam, daß keiner sonst es bemerkte. Alle – Cilda, Pete, einfach jeder –, alle dachten sie, Dudley Quinn III. käme heim, um sich auszuruhen. Aber ich wußte es.

Ich wußte, daß er heimkam, um zu üben.

6

Ich saß auf den Verandastufen und starrte in den Himmel, der sich langsam verfinsterte. Die hölzerne Fliegengittertür hinter mir schwang in den Angeln träge auf und zu. Die Luft roch nach Moskitospray und dem aufziehenden Sturm, ein schwerer Duft, der mich so betäubte, daß ich mich beinahe gar nicht umgedreht hätte. Ich wußte auch so, daß es Blackmoor war.

»In der Nacht ist es immer am schlimmsten«, sagte er.

Ich drehte mich um und sah fragend zu ihm auf.

»Sonnenbrand.« Er setzte sich eine Stufe höher als ich, in der Hand ein Weinglas, das mit bordeauxroter Flüssigkeit gefüllt war. Instinktiv zog ich mir den Rock über die schmerzenden Knie. So verharrten wir und blickten still in den Himmel. Drinnen spielte einer von Dudleys Gästen auf dem Flügel »Eleanor Rigby«. Die Klänge trudelten ins Freie, wo die schwere Luft sie augenblicklich dämpfte. Es klang, als stammten sie von weit, weit her. Vom Mond vielleicht. Verstohlen blickte ich kurz auf Blackmoors Profil. Es war nicht seine Schokoladenseite. Ich konnte die Höcker sehen, wo seine Nase gebrochen war. Der Gedanke, er würde verletzt, blute, brach mir das Herz. Ich spürte den plötzlichen Drang, die Arme um ihn zu schlingen, wollte mich auf seinem Schoß wiegen, den Kopf in die Beuge zwischen Schulter und Hals gebettet.

Er rutschte eine Stufe herunter, auf meine Höhe. »Bist du oft hier?« Ich nickte, traute mich nicht zu sprechen. Was, wenn ich mich verspräche? Wenn ich ihn Daddy nannte?

»Und was machst du dann?«

Ich brachte ein Schulterzucken zuwege. »Warten«, erklärte ich ihm.

Er lachte. Sein Lachen klang nie fröhlich. »Daß die Show beginnt«, sagte er sarkastisch.

Drinnen brach der Pianist sein Lied unvermittelt ab, indem er, wie aus Überdruß, mit der Faust in die Tasten schlug. Dane bot mir seinen Wein an. Ich warf einen Blick zur Tür, bevor ich annahm, schluckte einen Mundvoll und gab ihm das Glas zurück. In diesem Augenblick bekam das Wort *Kommunion* eine zusätzliche Bedeutung.

»Was hältst du von der Angeklagten Lady Mariah?« wollte Blackmoor wissen. Das war eine Frage, die ich in diesem Sommer schon in vielen Formen gehört hatte, aber von ihm gestellt überraschte sie mich.

»Ich weiß nicht«, antwortete ich aufrichtig.

Er spielte den Schockierten. »Solltest du nicht sagen, daß sie so unschuldig ist wie der helle Tag? Du bist doch hier immerhin die Anwaltstochter.«

War das eine Fangfrage? Wein und Sonne hatten mein Blut in Wallung gebracht. Ich war verwirrt. Ich mußte all meinen Mut zusammennehmen, um ihm fest ins Auge zu schauen und so ruhig ich konnte zu sagen: »Ich betrachte Dudley eigentlich nicht als meinen Vater.«

Blackmoor neigte sich im Zwielicht vor. »Was geht in diesem geschäftigen Köpfchen da bloß alles vor, mein kleines Garnelchen?« flüsterte er.

Die Fliegengittertür ging quietschend auf. »Was machst du so spät noch da draußen?« rief Cilda streng. »Beweg deinen Hintern, bevor die Moskitos dich noch ganz auffressen.«

Dane stand auf. »Wir wollten sowieso gerade hineingehen, Mrs. Fields«, erklärte er. Er nahm den letzten Schluck Wein, streckte die Hand aus und zog mich hoch. »Mögen die Spiele beginnen!« Ich warf Cilda einen Da-hast-du's-Blick zu und ging hinter ihm ins Haus.

Von der Art, wie sich alle Blicke in unsere Richtung wandten, als ich den Raum betrat, wußte ich, daß er hinter mir war. Die besten Plätze waren alle schon besetzt. Blackmoor legte mir die Hand in den Nacken und manövrierte mich in die Mitte des Zimmers.

Ein Blitzstrahl zerschnitt den Himmel. Das Licht flakkerte. Durch die Fenster fielen schwere Tropfen. Die plötzliche Gewalt des Sturms ließ hektische Aktivität ausbrechen. Diverse Frauen kreischten. Geoffrey Nash stürmte herum, schloß die Fensterläden, rief: »Cilda! Cilda, Schätzchen, schnell, bitte komm doch!«

»Mr. Blackmoor weiß wirklich aufzutreten«, bemerkte Dudley. Alle lachten. Jemand bot Dane einen Stuhl an.

»Danke, wir kommen schon zurecht.« Er führte mich an

die Klavierbank. Das wäre nicht meine erste Wahl gewesen. Der Stutzflügel stand am falschen Ende des Zimmers. Wir würden nur ein düsteres Viertel von Dudleys Profil sehen können. Wenn er leise spräche, nachdenklich oder traurig, würden wir ihn womöglich gar nicht hören.

Aber warum sollte mich das kümmern, ermahnte ich mich. Meine Solidarität verlagerte sich rasant.

Die Blondine, die Dane bereits zuvor am Strand zugerufen hatte, versuchte erneut, seine Aufmerksamkeit für sich zu gewinnen. Sie trug inzwischen einen kanariengelben Mini und hatte das glatte, blonde Haar zu einem Pferdeschwanz zurückgebunden. Als er sie ignorierte, ließ sie sich auf den Boden plumpsen und streckte die langen Beine, die sich verjüngten und so kastanienbraun waren wie die Geländerpfosten der großen Stiege, weit von sich.

Ich starrte sie wie hypnotisiert an. Aus irgendeinem Grund erinnerte sie mich an Zoey, Petes Katze, wenn sie sich in der Sonne putzte und sich, ein Bein über den Kopf geschlagen, das Geschlecht leckte. Sie war genauso ungehemmt. »Wie heißt sie?« flüsterte ich.

»Wer?« Blackmoor zuckte die Achseln. »Ach so, Sherrie. Sherrie … Irgendwas.«

Es donnerte. Cilda huschte ins Zimmer und machte mit einem Anzünder aus der Küche, den sie zitternd in den schwarzen, gekrümmten Fingern hielt, Kerzen an. Der Sturm und ein Raum voller Fremder, von denen sie annahm, ein jeder sei zu Schwarzer Magie und jeder Art Niederträchtigkeit fähig, waren ihr zutiefst unheimlich. Ich stieß einen erleichterten Seufzer aus, als sie ging. Dudley würde jetzt jeden Augenblick loslegen, und dann wäre ich sicher. Nicht einmal Cilda würde nach mir schauen, wenn Dudley erst die Bühne betreten hatte.

Einmal hatte ich zwei der weiblichen Gäste belauscht. »Dinner und Drinks sind nur das Vorspiel zu Dudley«, hatte eine von ihnen gesagt, und beide hatten sich angesehen und gelacht. Später schlug ich Vorspiel nach. *Dem eigentlichen Geschlechtsakt vorausgehender Austausch von Zärtlichkeiten.* Seit damals war das für mich die Zeitspanne zwischen dem Nachtisch und Dulcie Mariah – Dudleys Vorspiel. Wenn er nur halb so aufregend war wie die Geschichten über den Prozeß, entschied ich, dann mußte Sex sogar noch besser sein, als ich gedacht hatte.

An diesem Abend aber war irgend etwas überhaupt nicht in Ordnung. Vielleicht lag es an Blackmoors Anwesenheit oder am Wetterumschwung; vielleicht wurde Dudley aber auch das ewig gleiche Zeremoniell zuwider. Er schien nervös, nicht bei der Sache.

Der Regen hämmerte auf das Dach wie Pennies, die in eine Blechbüchse fallen. Ich erhaschte einen Blick auf mein Spiegelbild im Fenster. Die Frisur medusenhaft, ein Knäuel widerspenstiger Locken. Die Haut übermäßig glänzend, als hätte man mich in einen Bottich Zuckerglasur getunkt. Meine versengten Beine ließen mich frösteln. Als Blackmoor das Jackett auszog und es mir um die Schultern legte, krampfte sich mein Magen zusammen wie ein zerknülltes Papiertaschentuch.

Das war, dachte ich, der endgültige Beweis. Für ihn war ich nicht unsichtbar. Geoffrey Nash lenkte die Unterhaltung langsam in Richtung Prozeß, und seine Stimme übertönte mit Mühe den dröhnenden Regen, doch Dudley blieb ungewohnt still. Er saß auf seinem angestammten Stuhl und streichelte ruhig einen Gin Tonic. Die schöne Frau, Sherrie, beugte die großartigen Beine und streifte den großen Meister mit einer Zehenspitze. »Wollen Sie uns denn nicht von Dulcie Mariah berichten?«

Ich hielt überrascht den Atem an, als Dudleys Gesicht sich unter einem Lächeln aufhellte. »Ach«, sagte er mit einem entschuldigenden Schulterzucken, »das langweilt doch inzwischen bestimmt schon alle zu Tode.« *Also das war es.* Er wollte sich bitten lassen. Seine Gäste taten ihm den Gefallen, sie schmeichelten, bettelten, hofierten ihn, bis er schließlich mit strahlendem Gesicht die Hände hob und sich, jetzt ganz in seinem Element, ergab.

Und das war der Moment, in dem Blackmoor zu seinem ersten Schlag ausholte. »Genau, Quinn«, sagte er. »Sagen Sie's uns. Wie geht's der kleinen Mörderbiene denn so?«

Ich hielt mich an der Klavierbank fest, als würde ich gleich herunterfallen. Nervöses Gelächter schwappte durch den Raum. Aller Augen richteten sich starr auf Dudley, während sie versuchten, seine Reaktion einzuschätzen. Er lehnte sich auf seinem Stuhl zurück, das Eis klirrte an den gegenüberliegenden Glasrand.

Er sprach in freundlichem Ton. »Nun, Mr. Blackmoor, Sie kennen ja meinen Standpunkt in dieser Sache. Wenn Sie eine andere Meinung vertreten wollen«, Dudley hob das Glas zu einem spielerischen Salut, »lassen Sie sich um Gottes willen nicht aufhalten. Ich bin sicher, daß Ihre Ansicht, wie unfundiert sie auch sein mag, bei weitem interessanter sein wird als alles, was die Staatsanwaltschaft bislang zum besten gab.« Allseits beifälliges Lachen.

Ich wünschte mir, daß es dabei bliebe. Und wußte, daß das nicht sein konnte. Dudley ging an die Bar hinüber und redete, während er die Ginflasche entkorkte, den Kopf über die Schulter gewandt, weiter. »Offen gestanden, ich würde liebend gern hören, was Sie zu sagen haben. Sie sind mit der fraglichen Dame bekannt, richtig?«

Blackmoor verzog die Mundwinkel. *»Ich kannte sie.«* Seine Stimmlage verriet, daß die Worte hier im biblischen Sinne verwendet wurden. Ich beobachtete, wie Dudley sich einschenkte, die Schnapsflasche abstellte – gluck, gluck, *rumms.* Nicht gerade fröhliche Geräusche.

Er drehte sich um, die Liebenswürdigkeit in Person. »Wie

kommt es nur, daß ich das Gefühl nicht loswerde, ich sollte darauf verzichten, Sie als Leumundszeugen zu benennen?« – Und zerstreute so die Spannung im Raum, was es jedermann wieder erlaubte, frei zu atmen. Sherrie Irgendwas nahm sich eine Cocktailserviette, mit der sie sich Luft zufächelte. Zwei der Stammgäste – ein Countrysänger und ein Quarterback, der einen protzigen Super-Bowl-Ring trug – überschlugen sich förmlich in dem Versuch, ihr als erster ein Fenster zu öffnen.

Als schon alles den Anschein machte, im Zimmer sei wieder Ruhe eingekehrt, wandte sich Geoff Nash an Blackmoor und sagte beiläufig: »Nur so aus Neugierde, Dane. Sie glauben doch nicht wirklich, daß sie schuldig ist?«

»Doch«, erwiderte er, »das glaube ich.«

Alle fingen gleichzeitig zu reden an.

»Nein, nein, ich möchte mir das anhören«, sagte Dudley über alle Einwände hinweg. Er drehte seinen Stuhl um und setzte sich rittlings darauf. »Gründet sich Ihre Ansicht auf Tatsachen, Mr. Blackmoor – oder gefällt Ihnen einfach das Gesicht der Dame nicht?«

»Oh, ihr Gesicht hat mir eigentlich immer gefallen«, erwiderte Blackmoor. Sie betrachteten sich lauernd, als führten sie die Unterhaltung telepathisch fort. Ich hatte das Gefühl, dem Mittelpunkt des Geschehens zu nahe zu sein, allein mit dem Gegenstand von Dudleys Interese auf einer Klavierbank ausgesetzt. *Ich bin bloß ein Staubkörnchen,* sagte ich mir im stillen beschwörend auf, *bin viel zu klein und unbedeutend, als daß jemand mich sehen könnte.* Offenbar wirkte das Mantra, denn Dudleys Blick fiel nicht auf mich, sondern richtete sich auf die anderen.

»Nun gut, Sir«, donnerte er mit seinem besten Verhandlungsbaß, »warum erzählen Sie uns also nicht einfach Ihre Version der Vorfälle.«

»Versionen sind Ihr Geschäft, nicht meins«, antwortete

Blackmoor leise. »Ich dachte, hier ginge es um Schuld.« Er saß sehr aufrecht neben mir und artikulierte jedes Wort äußerst sorgfältig. Plötzlich wußte ich, daß Dane Blackmoor betrunken war.

»Schuld«, wiederholte Dudley, als würde er dieses Konzept zum ersten Mal bedenken. Er gab Geoffrey Nash einen Wink. »Gib mir doch mal die Akte von dem Tisch da drüben, sei so gut, Geoff.« Nash griff nach einer Mappe. »Oder noch besser«, korrigierte sich Dudley, »reich sie doch bitte unserem Gast, ja?«

Geoffrey übergab Blackmoor die Mappe. Ich sah zu, wie er ihren Inhalt herauszog: vier Hochglanzfotos, 20 x 25 Zentimeter, von Dulcie Mariahs Sohn Charlie, auf dem Boden eines Wandschranks liegend, den halben Kopf zertrümmert. Die Detailfotos waren weniger schlimm als die Totalen. In der Totale konnte man sehen, wie winzig klein er war. Blackmoor betrachtete jedes Foto einen Augenblick lang intensiv, dann schob er sie in den Umschlag zurück. Ich konnte sein Gesicht nicht sehen.

»War die Frau, die Sie *kannten«*, Dudley schleuderte das Wort heraus wie einen Giftpfeil, »zu so etwas *fähig*?«

Urplötzlich erhellte ein Blitz das Zimmer und tauchte es in unirdisches Weiß. Dann wurde alles schwarz. »Ich sag's Ihnen, legen Sie sich bloß nicht mit Mariah an«, platzte Geoffrey heraus. Die übrigen lachten.

»Sie müssen entschuldigen, meine Damen und Herren«, erklärte Dudley, als er einen flackernden Armleuchter auf den Couchtisch stellte. »Der muß in eine Leitung eingeschlagen sein.«

Blackmoors Sherrie ließ sich auf die Fersen sinken. »Ach, Mr. Quinn, können wir nicht trotzdem weitermachen? Das wäre dann, als ob man sich im Zeltlager Gespenstergeschichten erzählt.«

»Es ist mir immer ein Anliegen, einer reizenden Dame zu

Diensten zu sein«, sagte Dudley, »aber vergessen Sie eines nicht. Dies ist keine Gruselgeschichte. Es ist etwas, das meine Mandantin ihr Leben lang verfolgen wird. Die Erinnerung an den Tod des geliebten Kindes, den Tod des einzigen Sohnes. Den man ihr unwiederbringlich entrissen hat auf diese schreckliche, unmenschliche Weise.«

In seinen Augen schimmerten Tränen, die im Kerzenlicht aufleuchteten. Er zwinkerte zweimal und schüttelte den Kopf, als sei seine Schwachheit ihm peinlich, und dabei konzentrierte er all sein aufgestautes Leiden auf ein dünnes Rinnsal aus Wasser, das langsam an seinem Ginglas hinabfloß. Ich zählte leise mit – einundzwanzig ... zweiundzwanzig ... dreiundzwanzig ... und wartete auf das Lächeln. Versonnen. Tapfer. Die Geschworenen flogen regelrecht auf so etwas.

Nur langsam schien er sich unserer Anwesenheit wieder bewußt zu werden. »Entschuldigen Sie ... aber diese Bilder«, seufzte er und straffte die Schultern. Ich hatte Angst um Dane. Ich wußte, daß Dudley jetzt zum Todesstoß ansetzen würde.

Die Veränderung spiegelte sich in seiner Stimme. »Sie wollten uns gerade erläutern, weshalb Sie sie für schuldig halten, Mr. Blackmoor?«

»Vergessen Sie's.«

»Nein, ganz im Ernst« – überschwenglich, im Angriff –, »ich möchte es wissen. An diesem Abend waren über hundert Leute auf der Party – ganz zu schweigen von Kindermädchen, Partyservice, Personal. Eine Reihe von Gästen waren als Gewalttäter bekannt. Viele waren drogensüchtig.« Er wandte sich den übrigen zu und nahm ihre Gedanken vorweg. »Zugegeben, es war nicht die klügste aller Entscheidungen, diese Ausgeflippten zu sich nach Hause einzuladen, solange ihr kleiner Sohn da war, aber so ist nun mal das Musikgeschäft, das ist Rock 'n' Roll.« Er sprach es zwar nicht aus, aber dennoch hatte jeder die Worte im Kopf: *Okay, sie ist vielleicht nicht die Mutter des Jahres, aber deswegen ist sie noch lange keine Mörderin.*

»Möchte wetten, daß es einer von diesen Junkies war«, sagte der Quarterback. »Der Bastard muß schon ziemlich miesen Stoff genommen haben, um so draufzukommen, daß er dem Kind so was antun konnte.«

»Es ist mir völlig unbegreiflich«, meinte ein weiterer Stammgast, die Herausgeberin einer Modezeitschrift, »wie eine Frau eine derartige Grausamkeit begehen sollte. Dazu sind wir schlicht nicht fähig.«

Der Sturm hatte nachgelassen. Das Prasseln des Regens klang wie von Taftröcken. Es war unheimlich, ganz als stünde Dulcie Mariah da draußen und schaute hinein zu uns, in das breite, durchsichtige Tuch gehüllt, das sie auf dem Cover ihres letzten Albums getragen hatte. Auf dem Bild war sie mit Charlie schwanger. Obwohl ich gar keine Anlage hatte, kaufte ich mir die Platte. Im Moment lag sie oben in meinem Zimmer, immer noch in Plastikfolie gepackt. »DULCIE: Knocked Up – Knocked Out.«

»Sie hätte es nicht tun können, und sie hat es nicht getan«, sagte Dudley zu niemand Bestimmtem. »Es gibt keinen Grund. Kein Motiv.«

Blackmoor rutschte ein wenig auf der Bank. »Da bin ich mir nicht so sicher«, sagte er. »Dulcie war immer auf der Suche nach dem absoluten Kick.«

»Das ist die Höhe!« rief Geoffrey mit seiner besten *Einspruch-Euer-Ehren*-Stimme.

Dudley schnitt ihm das Wort ab. »Lassen Sie mich das klarstellen.« Er wandte sich von Dane Blackmoor ab, um sich an das Publikum zu richten. »Sie meinen also, als die Party langsam einschlief, wäre es Dulcie irgendwann *langweilig* geworden und da hätte sie sich – weil sie ja immer nach etwas Neuem und Aufregendem suchte – einfach gedacht«, er schnippte mit den Fingern, »*hey, ich könnte doch einfach Charlie aufwecken und dem kleinen Bastard den Schädel einschlagen?*«

»Ich weiß nicht, ob sie es alleine getan hat«, erwiderte Blackmoor, »oder ob es jemand anders war und sie nur zugesehen hat. Das Entscheidende ist, es ist passiert.«

»Aber wieso?« kreischte Dudley. »Warum sollte sie ihr eigenes Kind ermorden?«

»Es war unschuldig. Für manche Menschen«, da war er wieder, dieser telepathische Blick zwischen Dane und Dudley, als wollte er sagen: *Für Menschen wie Dulcie und Sie und mich,* »ist Unschuld ein Spiegel. Und was man darin sieht, ist nicht leicht zu ertragen.«

Ich wußte nicht, wovon er sprach, aber ich wurde das Gefühl nicht los, daß es weit über den Mariah-Prozeß hinausging, daß es um etwas ging, was mit ihnen beiden zu tun hatte, und mit meiner Mutter, vielleicht sogar mit mir. Ich dachte an die *Geschichte* ... an meinen richtigen Vater ... all die endlosen, dummen Handlungsstränge. Als ich jetzt in die Gesichter der beiden Männer sah, wurde mir klar, daß ich noch nicht bereit war, das Gebiet der Fiktionen zu verlassen. Nicht in dieser Nacht. Vielleicht niemals.

Ich wollte aufstehen, aber Blackmoor nahm meine Hand. »Wenn sie sich mit der Unschuld konfrontiert sehen«, sagte er und blickte Dudley unverwandt ins Auge, »dann haben solche Menschen nur zwei Alternativen.« Er drückte meine Handfläche an seinen Mund, eine Geste, die nicht ganz ein Kuß war. Seine Lippen waren spröde, sein Bartschatten kratzig. »Wir können sie töten. Oder wir können sie korrumpieren.«

Es war einer jener Momente, die sich in einer Zeitzone abspielen, in der eine jede Sekunde Lichtjahre dauert – *nur Blackmoor, der meine Hand hält und Dudley anstarrt, der Blackmoor anstarrt, der meine Hand hält und Dudley an-*

starrt, der Blackmoor anstarrt. Endlich ließ Dane mich los. »Natürlich«, meinte er, »könnte das Töten die humanere Lösung sein.«

Ich hatte noch nie einen Vulkanausbruch erlebt, aber ich würde schwören, daß die Augenblicke kurz vor dem Ausbruch des Vesuv nicht anders sind. Ich stellte mir vor, dies wäre der Moment, in dem wir festgehalten würden – Geoffrey Nash, das Tom-Collins-Glas an den Lippen. Sherrie mit angezogenen Beinen und vorspitzendem Slip; die buschigen Brauen des Footballspielers zusammengekniffen vor Anspannung, als überlege er, wen er zuerst angreifen solle – jeder einzelne mit angehaltenem Atem, konserviert bis in alle Ewigkeit, da der Strom geschmolzenen Zorns unaufhaltsam über uns hinwegfuhr und all unser beredtes Schweigen zu Asche zermalmte. Ich sah, wie sich Dudleys Lippen gefährlich zusammenzogen, wie er die Wangen aufpumpte – *dann will ich husten und will pusten und* – doch dazu kam es nicht.

Denn das war genau der Moment, in dem der Mann durchs Fenster stürzte.

7

Wir alle folgten gebannt dem häuslichen Drama, das sich vor unseren Augen entspann, und so war der phantastische Auftritt des Mannes nur um so wirkungsvoller. Es dauerte einige Momente, bis mein Verstand registriert hatte, daß diese Explosion keineswegs von Dudley ausging, sondern aus einem völlig anderen Winkel des Raumes kam, einem Eckfenster nämlich, durch das ein menschliches Geschoß segelte, das letztlich, die Kameragurte wie eine Schlinge um den Hals gebunden, in sich zusammengesunken auf dem Aubussonteppich zu liegen kam.

Natürlich erkannte ich den Haufen brauner Kunstfasern sofort. Das hätte ich auch sagen können, aber ich sparte mir die Mühe. Es gab schon zuviel Geschrei, zu viele Leute, die alle zugleich losplapperten. Nur Blackmoor schien das alles nicht zu kümmern, was witzig war, denn schließlich war er ja der Anlaß für den tollkühnen Auftritt des fliegenden Paparazzo gewesen, unabhängig von dessen kläglichem Scheitern.

Footballspieler und Countrysänger hockten sich wie zwei wütende Stiere, die auf dem Teppich scharren und denen der Dampf aus den Nüstern quillt, neben den Kerl; zweifellos waren sie dankbar für diese Gelegenheit, sich vor Sherrie zu produzieren. Gänzlich überraschend – vor allem, weil ich zuvor jeden Zentimeter des Zimmers durchstöbert hatte und mir nicht vorstellen konnte, wo er ihn versteckt hielt – hatte Dudley einen kleinen, eleganten Revolver gezückt.

»Nicht schießen.« Der Mann duckte sich und preßte sich den Fotoapparat an die Brust. »Ich bin kein Einbrecher, ich bin Fotograf.« Seine Augen fielen auf mich. »Ich wollte doch bloß ein Bild von Blackmoor. Fragen Sie die Kleine.«

Wieder sah ich mich im Zentrum ungewollten Interesses. »Ich – ich habe ihn vor ein paar Wochen gesehen, wie er draußen rumlief«, stammelte ich. »Ich hab' ihm gesagt, er soll verschwinden, sonst holen wir die Polizei.«

»Und genau das werden wir jetzt auch tun«, erklärte Dudley und zielte mit der Pistole auf eine Stelle gerade unterhalb der durchhängenden Gürtellinie des ungebetenen Gastes. Geoffrey Nash griff zum Telefon.

Dane Blackmoor stand auf und streckte sich. Während er den Salon verließ, blickte er auf den verängstigten Fotografen hinab, hielt sich eine imaginäre Kamera vors Gesicht, und seine Zunge schnalzte *klick-klick*. Dann ließ er die Zähne so weit aufblitzen, daß man es für ein Lächeln halten konnte, und ging zur Tür.

Der gefangene Fotograf saß mit dem Presseausweis in der Hand trübsinnig auf einem kleinen Holzstuhl und wartete darauf, daß die Polizei ihn befreien käme. Sein plötzliches Erscheinen hatte wie eine Hochdruckfront gewirkt, die Blackmoors sturmschwangere Schwüle auf das offene Meer hinausgetrieben hatte und eine entspannte Partyatmosphäre zurückließ. Überall mixte man frische Drinks und redete. Sherrie saß auf der Armlehne von Dudleys Stuhl und streichelte die Trommel seines eleganten Revolvers. Instinktiv wußte ich, daß dies der richtige Zeitpunkt war, um mich zurückzuziehen. Ich machte mir nicht die Mühe, gute Nacht zu sagen. Niemand würde mich vermissen, und ich hoffte, Dudley wäre von Sherries wie aus Zitroneneis geschnitztem Profil, von Pistole, Gin und Eindringling ausreichend abgelenkt, um zu vergessen, daß ich an der gescheiterten Meuterei des heutigen Abends – wenn mir auch noch nicht recht klar war, wie und warum – beteiligt gewesen war.

Ich stahl mich hinaus und lief Cilda vor die Füße, die eine silberne Obstschale trug. »Ich hab' noch ein Hühnchen mit dir zu rupfen, Lady«, zischte sie.

»Laß mich in Ruhe«, meinte ich müde. »Mir geht's nicht gut.«

Die Hühnerschlachterin verwandelte sich in eine Glucke. »Wart in der Küche«, befahl sie. »Ich hab' gute Wurzeln für den Sonnenbrand da.«

»Ich muß an die frische Luft.« Ich schoß durch die Eingangstür, über die Veranda bis zu den Büschen, wo ich mich zweimal übergab. Ein paar Minuten lang stand ich einfach nur auf wackligen Beinen in den Büschen. Die Rhododendren waren schwarz und naß vom Regen. Ich drückte mir ein großes klatschnasses Blatt ans Gesicht, strich mir zuerst über den Mund, dann über Wangen und Augen. Das Brennen war mir von den Beinen in die Knochen geschlichen, die nur noch verschmorter Gummi waren. Der Hals tat mir weh, weil ich mich übergeben hatte. Morgen würde mir Cilda die Hölle heiß machen und Dudley wahrscheinlich auch, aber das war jetzt egal.

Im Haus spielte der Geisterpianist ein Lied, das ich im Radio gehört hatte. Ich erinnerte mich, daß es aus einem neuen Broadway-Musical namens »Hair« stammte. Cathy wollte es sehen, weil sich alle Schauspieler auf offener Bühne auszogen. Ich summte leise und fing an, mich im Rhythmus der Musik zu wiegen. Die Bewegung ließ Regenschauer von den Büschen fallen. Tropfen, feentassengroß, spritzten von den Blättern, mir auf den Kopf, die Schulter hinab. Meine Hände bewegten sich ohne meinen Willen, knöpften das feuchte Kleid auf, ließen es zu Boden sinken. Meine Unterwäsche leuchtete wie mit Schwarzlicht angestrahlt.

Sa-ba-si-be-sa-ba

Ich wirbelte herum, bis mir schwindlig war, und konnte doch nicht aufhören – weiter und weiter wirbelte ich halbnackt im Veitstanz durch den nassen Garten. Steife Spitzen von Blättern, Stengeln und Zweigen peitschten mich an, durchnäßten mein dünnes Unterhemd und den Schlüpfer.

Martinshörner kreischten von fern, unterwegs, den voyeuristischen Journalisten zu verhaften. Sie kamen hierher, und ich hatte nichts an.

Das geht schon, machte ich mir Mut. *Die Gäste sind im Salon. Cilda ist in der Küche. Du klemmst dir jetzt das Kleid unter den Arm und gehst ganz ruhig die Stufen rauf. Dann machst du die große Haustür auf, gehst über die große Stiege und gehst einfach immer weiter, bis auf dein Zimmer.* Niemand würde mich sehen. Niemand würde jemals erfahren, daß ich mich übergeben hatte und nur in Unterwäsche durch den Garten getanzt war. Ich würde mir ein Nachthemd überziehen, unter die Decke schlüpfen und auf der Stelle einschlafen.

Die Polizei kam näher.

Mach schon, Garner, befahl ich mir, *beweg dich.*

Verblüffenderweise gehorchte mein Körper. Ich trat zwischen den Büschen hervor, triefend naß, das Kleid in der Hand zusammengeknäuelt. Erst die Stufen. *Gut.* Dann die Veranda. *Kinderspiel.* Jetzt die Tür.

Ein Flüstern erschütterte das Dunkel. »Ich muß mit dir reden«, sagte Blackmoor leise. »Morgen.«

Einen Augenblick blieb ich wie angewurzelt stehen, mit dem Rücken zu ihm, schmerzlich, erniedrigend bloßgestellt. Die Sirenen kamen schnell näher.

»Schlaf gut, Garnelchen«, rief er. Sie waren, als hätte er mir einen Kuß zugeworfen, diese Worte.

Ich stieß die Tür auf und floh.

8

Am nächsten Morgen war er fort, und er kam auch nicht wieder. Zumindest nicht gleich.

Was die Sache noch schlimmer machte, war, daß der Prozeß nicht gut lief und Dudley an den Wochenenden in New York blieb. Einer nach dem anderen suchten sich die Gäste andere Orte, die sie heimsuchen konnten – Orte, an denen mehr gelacht wurde, wo weniger Spannung in der Luft lag –, bis schließlich nur noch ein exzentrischer, heruntergekommener Maler übrig war. Ich fand nie heraus, wie er hieß, obwohl er sich oft mit mir unterhielt. Er fing jeden Satz in der Mitte an und nahm das Gespräch immer exakt dort wieder auf, wo man es abgebrochen hatte. Er war immer als erster im Eßzimmer, aß jede Mahlzeit, als wäre sie seine letzte, schaufelte Berge von Essen in Servietten, die er sich dann mit zittrigen, mit Farbe bekleckten Fingern unters Hemd schob.

Abgesehen von ihm, Cilda und dem Personal, war ich allein. Ich fragte mich, wie ich dieses Leben jemals hatte aushalten können. Vormittage in der Küche. Ausbüxen an den Strand. Mit Pete reden. Mit Cilda streiten. Küche, dann wieder Strand. War es wirklich immer so trübselig gewesen? Nur, um überhaupt etwas zu tun zu haben, begleitete ich Cathy beim Wechseln der Bettwäsche. »Die Federn hier müßten reden können, was?« sagte sie und klemmte sich einen frischen Kopfkissenbezug unter das Kinn.

»Wie meinst du das?«

Sie steckte das Kissen hinein und warf es mit einem kleinen Schlag gegen das Kopfbrett. »In dem Zimmer hat Dane Blackmoor geschlafen, Dummchen.« Sie berührte die Matratze und saugte die Luft durch die Zähne, als hätte sie sich verbrannt. »Der Typ war heiß.« Sie setzte sich auf das Bett. »Soll ich dir ein Geheimnis verraten?«

Ich wollte es wissen. Ich wollte es wirklich wissen.

»Eines Morgens bin ich hierhergekommen, spät, hab' angeklopft und alles«, flüsterte sie erregt. »Und er sitzt auf dem Stuhl da, ohne Hemd, und trinkt Whiskey. Und ich mein' zu ihm ganz lieb: ›*Oh, Mr. Blackmoor, ich hab' nicht gewußt, daß Sie da sind. Ich komme später wieder*‹, und er meint: ›*Ach, das macht gar nichts*‹, und er hält mir sein Glas hin und fragt: ›*Auch 'n Schluck?*‹ – du weißt schon, mit dieser Stimme, die er hat – ich hätt' mir fast in die Hosen gemacht.«

»Was hast du gemacht?« *(mit meinem Vater)* fragte ich völlig ruhig.

»Was glaubst du denn?« Cathy lachte.

»Und was ist dann passiert?« *(mit meinem Vater)*

»Nicht gerade viel«, seufzte sie. »Genau in dem Moment kommt die Schlampe mit den Titten rein.« Ich mußte raus aus dem Zimmer, mußte Cathy davon abhalten, mehr und mehr zu erzählen – *allein die Vorstellung, Dane Blackmoor, eine Flasche Jack Daniels und ein Bett, ganz ruhig, ganz, ganz ruhig bleiben …*

»Ga'ner! Ga'ner Quinn!« rief Cilda von unten.

Danke, lieber Gott.

Ich sprang immer zwei Stufen auf einmal hinunter und hoffte, so den Würgegriff der Erregung von meiner Kehle abzuschütteln. Vielleicht war es doch keine so gute Idee, Dane Blackmoor zum Vater zu haben. Während des ganzen restlichen Tages versuchte ich, jeden Gedanken an ihn, der mir durch den Kopf gehen wollte, zu verscheuchen. Aber am nächsten Abend wurde mir die Hoffnungslosigkeit meiner Lage mit voller Macht bewußt. Ich brauchte den Trost der *Geschichte,* um die langen Tage und Nächte zu überstehen. Er trinkt also zuviel, und wennschon? sagte ich mir. Er ist Bildhauer, arbeitet schöpferisch. Wahrscheinlich holt er sich so seine Inspiration. Daß er sich seine Inspiration mit Hilfe des minderjährigen Hausmädchens verschaffte, war ein bißchen viel des Guten; aber schließlich war ja Cathy bei ihm eingedrungen.

Meine Gefühle wallten wieder auf. Ich wähnte mich am Beginn einer neuen Ära des Küchentratsches. Wenn ich sie nur ein bißchen anstieß, würde Cathy vielleicht noch mehr von Blackmoor erzählen. Allein der Gedanke, seinen Namen von den Lippen anderer zu hören, erregte mich. Zusammen mit den Zeitungsberichten über den Prozeß, die ich mir täglich zu Gemüte führte, schien mir das Leben damit beinahe lebenswert.

Gegen Anfang August wurden die Schlagzeilen unfreundlich – NEUE BEWEISE IM FALL MARIAH; KINDERMÄDCHEN NENNT MARIAH RABENMUTTER; SEX, DROGEN UND ROCK 'N' ROLL WAREN CHARLIES TOD. Abgesehen von einer Stunde am Sonntagabend durfte ich nicht fernsehen, deswegen horchte ich Cathy jeden Morgen in der Küche nach Neuigkeiten aus.

»Angeblich ist ihr das Kind immer egal gewesen«, sagte sie und nippte gedankenverloren an einer Cola. »Und einmal, als er geweint hat, soll sie zu dem Typen aus der Band gesagt haben –«

»Ben Slater?«

»Der Süße mit dem Schnurrbart –«

»Ben Slater.«

»Ja, genau. Eine der Backgroundsängerinnen hat gehört, wie Dulcie ihm gesagt hat, er soll dafür sorgen, daß das Kind still ist, und zwar für immer.« Empörung und *Cover Girl Flamenco Ice*-Lidschatten rangen um die Herrschaft über Cathys Augen. »Nicht zu glauben!«

Margaret brummte. »Reiche Schlampe. Die sind doch alle gleich.«

»Und sonst?«

Cathy überlegte kurz. »Na ja, man hat die Leute gesehen, wie sie aus dem Gericht gekommen sind. Und was meinst du, wer da dabei war? Roger Daltrey und Neil Young. Großes Indianerehrenwort! – Ich mein', stell dir vor, du sitzt im Gericht direkt neben Roger Daltrey! Ich würd' feucht werden.«

Ich hatte keine Ahnung, wer Roger Daltrey war. »War sonst noch jemand dabei, den du kanntest?«

Cathy verdrehte die Augen. »Anwaltstypen, ich weiß auch nicht.« Sie zuckte die Achseln. »Mr. Quinn hat dauernd erzählt, wie sie beweisen würden, daß die Zeugin nicht glaubwürdig ist. Dann hat er den Arm um sie gelegt und ist mit ihr in einen von diesen überlangen Schlitten gestiegen.« Cathy warf Margaret einen vielsagenden Blick zu.

Sie, nahm ich an, damit war Dulcie Mariah gemeint. Aber was der vielsagende Blick zu bedeuten hatte, fand ich erst später heraus.

9

Am folgenden Freitag kam Dulcie Mariah zum ersten Mal mit Dudley nach Hause. Ich schlief, als sie ankamen. Als Cilda mich am nächsten Morgen zum Spielen nach draußen schickte, damit ich »die Dame« nicht aufweckte, nahm ich an, es drehe sich einfach nur um eine weitere von Dudleys zahllosen, blonden Gespielinnen, und ging hinaus.

Pete harkte den Kies auf der Auffahrt. »Morgen, Sonnenschein«, rief er, »Dulcie Mariah schon gesehen?« Er harkte weiter. »Was is', is' sie vielleicht noch nich' auf?«

Ich lief in die Küche. Margaret trank gerade ihren Kaffee. Sie konnte es nicht leiden, wenn irgend jemand, außer Cathy vielleicht, mit ihr redete, wenn sie ihren Kaffee trank.

»Ist das wahr?« fragte ich völlig außer Atem. »Dulcie Mariah ist hier?«

»Reiche Schlampe.« Margaret nahm die Tasse nicht von den Lippen. *Ein eindeutiges Ja.*

Später sah ich sie mit eigenen Augen. Zu Mittag kam sie mit Dudley die Treppe hinunter und sah aus, als wäre sie gerade erst aus dem Bett gestiegen. Ihr Haar, das so bleich war, daß es silbrig glänzte, hatte sie sich offenbar nicht schneiden, sondern abhacken lassen, und darin steckten lange, schlanke Nadeln mit Lackbändern daran, Spangen, groß wie Rattenfallen. Aber nichts – nicht der fettige Pony, nicht das fleckige Morgenjäckchen oder die schmutzigen, nackten Füße – konnte ihrer strahlenden Schönheit etwas anhaben. Ich schaute an meinem perfekt gebügelten, fleckenlos reinen Baumwollkleid hinunter und wäre am liebsten gestorben.

»Das ist Garner«, sagte Dudley, und jubelnd setzte er hinzu: »Und *das* ist Cilda.«

Das berühmte Halbmondgrinsen breitete sich über Dulcies Gesicht. »Es ist mir eine Freude«, sagte sie mit einem kleinen Knicks, der irgendwie aufrichtig war. Sie gingen ins Eßzimmer. Cilda schloß die Schiebetüren, was mir die Sicht nahm und mir verdeutlichen sollte, daß ich bis auf weiteres in der Küche essen würde.

Nach jenem ersten Mal sollte ich Dulcie Mariah nur noch zweimal sehen, obwohl sie viele Wochenenden im Strandhaus verbrachte. Dudley überließ seinem Gast die beiden größten zusammenhängenden Zimmer als Suite. Ein vornehmes Geschäft in Manhattan lieferte spezielle Bettwäsche; und die Liste dessen, was Miß Mariah aß und was nicht, machte Margaret noch reizbarer als gewöhnlich.

Ich fragte mich, wo C. J. Stratten, ihr Mann, war und warum er seine Frau nie zu diesen Ausflügen begleitete. Einmal fragte ich sogar Dudley.

»Sie ist erschöpft, Garner. Sie braucht etwas Abstand von allem«, erklärte er mir und fügte hinzu: »Und du gehst ihr gefälligst nicht auf die Nerven, ist das klar?«

Als ich Cilda berichtete, wie Dudley auf meine Frage nach Mr. Stratten reagiert hatte, lachte sie nur. »Erschöpft? Was strengt die schon groß an, außer vielleicht, daß sie einen Mann mit sich rumschleppt?« Ich bemerkte, daß Dudleys Gäste Cilda zwar unweigerlich umschmeichelten, sie aber kaum jemals jemanden in ihr Herz schloß. Dulcie bildete da keine Ausnahme.

Ich blieb in ständiger Mariah-Alarmbereitschaft, lungerte im Flur im ersten Stock, in der Diele, vor dem Eßzimmer herum. Wenn sie mich fortschickten, baute ich auf der Wiese unter Dulcies Zimmern einen Liegestuhl auf, in der Hoffnung, am Fenster einen Blick auf sie zu erhaschen. Aber die Vorhänge blieben von morgens bis abends zugezogen. Nach Wochen verbissener Wachsamkeit zeigte sie sich schließlich am unwahrscheinlichsten aller Orte. Es war gegen vier, an einem Samstag. Ein leichter Regen hatte mich schon früh vom Strand vertrieben. Ich ging gelangweilt und entmutigt die Treppe hinauf zu meinem Zimmer, zog mir unterwegs das Strandkleid aus, so daß ich nur noch den altmodischen Badeanzug trug. Ich roch es in dem Moment, in dem ich die Tür öffnete – einen süßlich-stechenden Duft, Cathy nannte ihn *Eau de WC*.

Dulcie Mariah stand mit dem Rücken zu mir und betrachtete die Bücherregale. Falls sie mich hereinkommen gehört hatte, ließ sie es sich nicht anmerken. Sie nahm einfach weiterhin alles genau unter die Lupe, die botanischen Motive auf dem Moiré der breiten Schiebefenster, die Rüschenvorhänge, die mit Rosenknospen bemalte Schmuckschatulle.

»Sehr mädchenhaft.« Ihr Lächeln glich einer reifen Wassermelone. Ich weiß nicht, ob sie die Einrichtung oder meinen Badeanzug meinte. Ohne ein weiteres Wort rauschte sie an mir vorbei, und die winzigen Glöckchen auf ihrem langen Kattunrock bimmelten.

Sie hatte mir ein Andenken dagelassen. Auf meinem Kopfkissen lag das Album »Knocked Up – Knocked Out«. Dulcie Mariah hatte das Cover mit einem nagelneuen *Bonne Belle*-Augenbrauenstift signiert: »Für Garner, xxx Dulcie«. Die Küßchen hatte sie über ihren schwangeren Bauch gekritzelt. Ich nahm die Platte in die Hand. Die saubere Plastikfolie war aufgeschnitten.

Eines Nachts wachte ich auf, weil jemand unter meinem offenen Fenster redete. Ich stand auf, ohne Licht zu machen. Die Außenbeleuchtung erhellte den Swimmingpool und die Umkleiden; durch das Mondlicht konnte ich bis hinüber zu Petes Geräteschuppen sehen.

Dudley und Dulcie Mariah standen auf dem Kiesweg. Sie trug ein langes, hauchzartes Kleid, durch das die Konturen ihres Körpers sich deutlich abzeichneten. Ein dünnes Band, wie es die Holzindianer vor den Zigarrenläden tragen, spielte Haschmich in ihrem Haar.

Selbst in der Nacht noch, vom ersten Stock aus betrachtet, glänzte sie.

»In mah midna-ight con-fes-sion«, sang sie aus vollem Hals. Dudley streckte die Hände aus wie ein Dirigent, der pianissimo fordert. Sie lief voraus, und mit dem Hals einer entkorkten Sektflasche winkte sie ab.

Er rief ihr zu: »Dulcie ... Dulcie, um Himmels willen!« Dudley Quinn III., der sanftmütige, pflichtbewußte Anwalt, der Mann, der seinen Mandanten geduldig folgte, ihnen ihre Ängste nahm, ihre Hysterie linderte. Oder ging das hier tiefer?

Er holte Mariah ein und drehte sie an der Taille zu sich um. Sie lachte heiser. *»In mah ...«* Sie schüttelte den Schampus, bis er aus der Flasche spritzte und Dudleys gestärktes, weißes Hemd von oben bis unten mit Schaum begoß.

»Dulcie ... Dulcie, um Himmels willen!« sagte er noch einmal, sanfter diesmal.

Wenige Wochen später stieß ich zufällig auf Dudley, der allein in der Bibliothek saß. Dunkle Ringe lagen unter seinen Augen. Er wirkte völlig erschöpft.

»Ich wußte nicht, daß jemand hier ist«, entschuldigte ich mich. Er sagte nichts. Ich ging zu den Regalen und erwartete fast, er würde mich hinausschicken.

»Was hast du denn so angestellt, Garner, den ganzen Sommer über?« fragte er.

Auf dich gewartet, dir zugehört, alles getan, was ich konnte, um ein Teil deines Lebens zu sein, schrie ich in Gedanken. Ich sagte: »Nicht viel.« Dann: »Und du?«

Er starrte eine Weile vor sich hin, bevor er ein gequältes Lächeln zustande brachte. »Ach, du weißt schon. Immer derselbe alte Trott.« Er ließ sich in den Lehnstuhl sinken und seufzte. »Mir war klar, daß ich einmal erfahren würde, wie es ist, wenn man verliert, aber ich werde dir ein Geheimnis anvertrauen, nur zwischen dir und mir.« Ich kam näher. »Ich wollte nicht, daß es diesmal passiert«, sagte er.

Er stand auf und ging ohne ein weiteres Wort aus dem Zimmer. Ich schaute auf die zusammengerollte Zeitung, die er auf dem Sitzkissen zurückgelassen hatte. Die Schlagzeile lautete: BITTERES ENDE FÜR MARIAH.

Danach kam außer dem alten Maler keiner mehr. Während Dulcie zu Besuch war, hatte er mit Cilda und mir in der Küche gegessen. Später führten wir diese Prozedur fort. Das Eßzimmer war zu höhlenhaft und leer.

Die Zeitungsberichte waren immer noch besorgniserregend. Tag für Tag strömten neue Zeugen der Anklage in den Gerichtssaal und gaben Dulcies Versagen als Mutter zu Protokoll, berichteten von wilden Partys, Wutausbrüchen, Unberechenbarkeit. Eines Abends stellte Cilda den Fernseher auf die Anrichte in der Küche und schaltete ein. Danach wurde es zum Ritual, während des Essens Nachrichten zu sehen.

Ich saß still da und schaute auf meinen Teller. Ich fürchtete, wenn ich zuviel Interesse zeigte, würde der Fernseher wieder verschwinden; und doch registrierte ich jedes Wort. *Wieder zweiundzwanzig Soldaten in Vietnam gefallen ... Vizepräsident Agnew weist alle Vorwürfe zurück ... einhundert Festnahmen bei Antikriegsdemonstration.* Da draußen war eine ganze, riesengroße Welt, die sie mir nicht auf ewig vorenthalten konnten.

Als der Bericht über den Mariah-Prozeß kam, beugten sich alle auf ihren Stühlen vor. Die Bilder von Dudley versetzten mir einen Schock. Er sah aus wie eine herausgeputzte Leiche – frisch manikürte Nägel, frisiert, der passende Anzug, aber alles Leben schien aus ihm gewichen. Wenn man ihn etwas fragte, schaute er nicht direkt in die Kamera. Dulcie dagegen schien sich recht gut zu halten. Mit ihren altmodischen, taillierten Jacketts, langen Röcken und spitzenbesetzten Schuhen hätte sie die Heldin eines Liebesromans sein können – bedrängt, aber stolz. Im Fernsehen sah man nicht, daß ihre Kleidung wahrscheinlich schmutzig war.

»Sie ist wirklich schuldig«, sagte der Maler, auf dessen Kinn die Soßentropfen zwischen den Bartstoppeln glänzten.

»Warum sagen Sie das?«

Er kaute mit offenem Mund weiter. »Die Augen.«

Etwas in mir erbebte. »Was ist mit ihnen?«

»Schau her.« Der alte Mann nahm einen Porzellanteller und hielt ihn mir vor das Gesicht. »Siehst du die Glanzlichter? Wenn du die auf die Leinwand bringen willst, nimmst du die Schmalseite von einem Zweierpinsel, tippst sie in Titanweiß und tupfst damit auf die Augen, so, damit das Licht lebendig wird.« Er machte es vor, indem er seine Gabel als Pinsel benutzte. »Ich hab' mal eine Frau porträtiert, die ihr Kind verloren hatte. Da war nichts in ihren Augen. Überhaupt kein Licht. Die Trauer löscht es aus wie eine Kerze.«

Ich sah ihm zu, wie er die rote Beete mit den Kartoffeln zu einem blutfarbenen Brei vermischte. »Und was diese Mariah angeht.« Er nahm einen großen Bissen. »Ist dir schon mal aufgefallen, wie ihre Augen funkeln?«

Vielleicht funkeln sie ja wegen irgendwelcher Drogen oder durch den inneren Frieden, den die Unschuld verleiht, wollte ich einwerfen, aber ich ließ es bleiben. Ich wollte nicht über Dulcie Mariah nachdenken. Ich dachte über Dudley nach. Der Anblick seines angespannten Gesichts in den Nachrichten hatte mich an eine Träne erinnert, die ich einmal geschmeckt hatte, an eine leise Stimme in der dunklen Bibliothek. *Was hast du bloß angestellt, Garner?* Dane Blackmoor war fort. Dudley war alles, was ich hatte. Vielleicht, sagte ich mir, würde diesmal ja alles anders werden. Vielleicht würde er sich in Niederlage und Verzweiflung mir zuwenden.

»Wach auf, Mädchen!« Cildas Stimme holte mich aus weiter Ferne zurück. Sie schlurfte zum Fenster und ließ das Rollo hochschnalzen, so daß es über die Walze wirbelte. Das Licht war schwach, aber unverkennbar.

»W-wie spät ist es?«

»Sechs Uhr.« Cilda war jetzt im Wandschrank und kratzte mit den Bügeln über die Stange.

»Geh fort«, protestierte ich. »Laß mich schlafen.«

Cilda schwenkte mein bestes häßliches Kleid in der Hand. »Was mußt du noch schlafen, jetzt, wo die furchtbare Geschichte endlich vorbei ist?«

»Welche –«

»Der Prozeß, Mädchen!« flüsterte sie. »Der Prozeß!«

Ich warf mich auf das Kissen zurück. »Es dauert noch Wochen, bis der Prozeß endlich vorbei ist. Sie haben ja noch nicht mal die Plädoyers gehalten.«

»Sonst weißt du aber nichts«, sagte Cilda eingeschnappt. »Während du hier nämlich den ganzen Tag verträumst, hat Mister Benjamin Slater seine Seele zur Hölle geschickt und sich das Leben genommen.« Ich saß aufrecht im Bett. »Und einen Brief hat er dagelassen, in dem steht, er selber war's, der den Kleinen umgebracht hat, dem Himmel sei Dank. Mister Quinn hat gewonnen.« Sie packte impulsiv meine Hand. »Der große Meister hat wieder gewonnen!«

Die Presse bekam gar nicht genug davon.

Der Rockstar und Mädchenschwarm Ben Slater hatte sich eine Pistole in den Mund gesteckt und das, was von seinen Gehirnzellen noch übrig war, über die Küchenwände seines Hauses in Connecticut verspritzt. In einem unsignierten, handgeschriebenen Abschiedsbrief gestand er, Charlie ermordet zu haben, denn er habe Dulcies Leben auf dieselbe Weise zerstören wollen wie sie das seine.

Ich kann mit meiner Tat nicht länger leben, schrieb er unnötigerweise; und dann: *Dulcie, Baby, wir treffen uns in der Hölle wieder.* Die Autopsie ergab, daß Ben Slater, bevor er sich erschoß, eine beinahe tödliche Mischung aus Heroin und Barbituraten zu sich genommen hatte.

Es gibt einen lateinischen Ausdruck, *deus ex machina* – der Gott aus der Maschine –, ein Kunstgriff, den die Autoren der Antike verwenden, wenn es gilt, eine Menge schmutziger Details rasch in Ordnung zu bringen und ein Pseudo-Happy-End auf eine Geschichte aufzupfropfen, die ansonsten ein ziemlich trauriges Bild abgeben würde.

Als ich zum ersten Mal davon hörte, dachte ich an Ben Slater.

Von Anfang an hatte ich immer das Gefühl, daß Slaters Abgang etwas *Aufgepfropftes* an sich hatte. Die Jahre vergingen, Dulcie starb bei diesem Flugzeugabsturz, und es ließ mich einfach nicht zur Ruhe kommen wie ein Kiesel, den man im Schuh hat. Schließlich machte ich mich in jenen furchtbaren ersten Monaten nach meiner Scheidung daran, die ganzen Akten noch einmal durchzugehen. Und das war – im Gegensatz zu Dudleys öffentlichen Verlautbarungen – der Grund, aus dem ich *Schlafe, mein Prinzchen* geschrieben habe. Aus Neugier. Nicht aus Rache.

11

Plötzlich war das Haus wieder von Leben erfüllt. Dudley kam zurück, magerer zwar, aber er hatte definitiv wieder zu seiner alten Schärfe gefunden.

»War sie überrascht?« fragte ich ihn. »Hat sie die ganze Zeit gewußt, daß Ben es war?«

Er winkte mich weg. »Das ist vorbei, Garner. Kannst du mich nicht einmal ein bißchen in Frieden lassen?« Dann redete er weiter mit den geladenen Gästen über Mariah, über den Prozeß und wie sie sich gerade daranmachen wollten, die Schlinge um Slaters Hals zu ziehen, als sie die Nachricht von seinem Selbstmord erhielten. Alle hörten gebannt zu. Ich blieb ruhig und gönnte Dudley seine Art von Frieden. Der erste Hauch des Herbstes lag in der Luft. Touristen belagerten Straßen und Strände, Fremde belagerten unser Heim. In drei Tagen wäre ich wieder in der Schule, bei den Nonnen. Deprimiert saß ich auf der Veranda.

»Hallo, Pete.«

»Ich mach's wie die Schmetterlinge und schwirr' ab, Garn«, erklärte er. Neben dem Swimmingpool wurde ein Zelt aufgebaut. Töpfe mußten bepflanzt werden, und Tagelöhner trampelten den Rasen nieder. Pete trabte mit besorgtem Gesicht davon.

Et tu, Pete?

Der Klang von schnellen Reifen auf Kies elektrisierte mich. Dane Blackmoor sprengte mit dem Jaguar heran. Er hupte einmal und rollte dann gemächlich in die Garage.

Er schien irgendwie verändert, zornig, so als haßte er sich selbst dafür, daß er zurückkam. Diesmal brachte er statt einer schönen Frau einen großen, weißen Vogel mit, den er durchs Haus fliegen ließ. Nie erwähnte er ihn, nannte ihn nie beim Namen; und er ignorierte die Tumulte, die er auslöste, wenn er mit wirbelnden weißen Federn auf den Köpfen und Tellern der Anwesenden landete.

Er sprach kaum mit mir. »Blackmoor hat sich gewaltig verändert, oder?« fragte ich Cathy in der Küche.

Sie hob eine sorgfältig nachgezogene Braue. »Der ist der reinste Schluckspecht.«

»Was ist ein Schluckspecht?«

Cathy kippte pantomimisch einen Drink.

Ich überdachte die Lage. Mein richtiger Vater war offenbar ein Mann, der von seinen persönlichen Dämonen heimgesucht wurde. Das machte ihn nur um so vollkommener. Dane Blackmoor brauchte mich auf eine Weise, in der Dudley mich niemals brauchen würde. Deshalb war er zurückgekehrt. Das war der Moment, in dem ich beschloß, ihn nicht wieder gehen zu lassen, bevor er mir nicht die Wahrheit gesagt hätte.

Am Wochenende vor dem Tag der Arbeit war das Haus erfüllt von Lachen und Musik. Am Swimmingpool waren warme und kalte Buffets aufgebaut, und über eine gemietete Anlage dröhnten Dulcie-Mariah-Songs. Dane Blackmoor sah man entweder in der Mitte einer Menschenmenge oder gar nicht. Am Sonntagabend schaute ich eine Weile zu, wie er in einer Gruppe von Bewunderern Kartentricks vorführte. Aus irgendeinem Grund schnürte mir der Anblick seiner schnellen, geschmeidigen Hände die Brust ab. Ich hatte genug vom Sommer, hatte genug davon, am Rande des Geschehens zu stehen und so zu tun, als gehörte ich dazu. Ich ging zurück zum Haus.

Das ganze Erdgeschoß sah aus, als hätte ein Wirbelsturm darin gewütet. Aber es war ruhig hier, denn dicke Vertäfelungen und Behänge dämpften den Lärm von draußen.

Ich holte mir einen Pullover aus der Garderobe in der Diele und ging zur Veranda. Der angegraute Künstler stand in der Diele. »Immer weiter so«, sagte er und hielt mir eine zittrige Hand entgegen.

»Sie gehen?« fragte ich, überrascht über die Enttäuschung in meiner Stimme.

Er rückte den dreckigen Segeltuchsack auf seinem Rücken

zurecht. »Man soll gehen, wenn's am schönsten ist. Ich wollte nur schnell der Dame des Hauses danken.« Er spähte in den Salon. Cilda saß fest schlafend auf dem Sofa, zwischen einer Unmenge leerer Tassen und abgestellter Teller. Er legte einen Finger auf die Lippen und zwinkerte. »Grüß sie von mir.«

Ich folgte ihm auf die Veranda. »Weiter womit?« fragte ich. »Womit soll ich so weitermachen?«

»Mit den Beobachtungen«, sagte der Maler kryptisch. Dann humpelte er die Auffahrt hinunter.

Ich setzte mich auf die Stufen. Überall um mich herum versprühten auf den Korbtischen Kerzen den ausgebrannten Glanz kleiner, verlöschender Vulkane. Grillen zirpten sich in ihrem eigenen, privaten Morsealphabet das Ende des Sommers zu. Ich fühlte mich allein, am Ende der Welt. Aus den Büschen kam ein wildes Rauschen, ein weißes Rauschen. Blackmoors Kakadu landete kreischend vor mir auf der Verandabrüstung. *Wiegehtsdennso? Wiegehtsdennso?«*

»Komm mir nicht zu nahe«, warnte ich ihn. Der Vogel legte den Kopf schief, so daß ein glasiges Auge himmelwärts, eins auf mein Bein gerichtet war. *»Hastemafeuer?«* Ich scheuchte ihn mit dem Rock fort.

»Der tut dir nichts.« Lautlos wie ein Indianer trat Blackmoor aus dem Garten.

»Ich hab' Angst vor Vögeln«, sagte ich.

Dane schnippte mit den Fingern, und der Kakadu hüpfte von der Brüstung auf seinen Handrücken, als würde er in einen Bus einsteigen. »Sie traut uns nicht«, erklärte er dem Vogel. Er kreischte wieder und suchte mit glasigen Augen die Veranda ab. Blackmoor machte die Tür auf und schüttelte den Vogel von der Hand. Er flog ins Obergeschoß, wahrscheinlich, um jemand auf den Bettpfosten zu kacken.

Blackmoor saß auf einem Korbstuhl neben einem der Tische mit den brennenden Kerzen und spielte mit einer weichen Kugel aus geschmolzenem Wachs, die er in der Handfläche rollte und mit den Fingern formte. Von hinten ertönte ein Schrei. Jemand war in den Swimmingpool gestoßen worden. Die Musik klang jetzt weicher, leiser als das Zirpen der Grillen.

»Als Sie das letzte Mal hier waren«, ich sah ihn nicht an, »wollten Sie mir etwas sagen.«

»Wollte ich das?« Die Wachskugel schien ihn völlig zu fesseln.

»Ja.« *Erinnerst du dich nicht? Du mußt dich daran erinnern!*

Lange Zeit sagte Blackmoor gar nichts; dann reichte er mir in der Dunkelheit sein wächsernes Werk. Er hatte meinen Kopf geformt. Mein Profil. Meine widerspenstige, lange Mähne. Es war das Schönste, was ich je gesehen hatte.

Das sagte ich ihm.

Er sah mir unaufgeregt und intensiv in die Augen. »Es gibt Länder in der dritten Welt, wo man sagen würde, daß ich jetzt deine Seele besitze.«

Ich wollte etwas Schlaues erwidern, aber ich brachte nicht einmal einen simplen Aussagesatz zustande. Frustriert platzte ich heraus: »Ich weiß nicht einmal – ich weiß nicht einmal, wie ich Sie nennen soll ...«

Blackmoor schaute mich unverwandt weiter an. »Wie willst du mich denn nennen?« fragte er.

Vater, schrie ich innerlich, *Vater möchte ich dich nennen.* Was ich laut sagte, war: »Ich weiß auch nicht. Ich habe nur das Gefühl, daß – zwischen uns – eine Art – Verbindung besteht.«

Es kam mir vor, als würde er mich eine Ewigkeit ansehen. Wäre es nicht so ganz gegen seine Art gewesen, ich hätte gedacht, er sei verwirrt. Endlich sagte er: »Ja«, und dann: »Ja, ich glaube, es ist unvermeidlich, daß du das spürst.« Die harten Züge seines Gesichts lockerten sich. *Jetzt ist es soweit,* dachte ich, *jetzt sagt er es mir.*

Die Eingangstür ging auf. Cildas dunkle Silhouette ragte drohend über uns auf. Ich wartete darauf, daß das Wort »Ga'ner!« wie eine unerbittliche jamaikanische Peitsche die Luft zerrisse, aber es blieb aus. Ihr Schweigen war bedrohlicher. Dane Blackmoor erhob sich.

»Guten Abend, Mrs. Fields«, grüßte er höflich.

Cilda funkelte ihn finster an. »Dieser Vogel von Ihnen, der tut da am Swimmingpool um eine Dame rumflattern, und die schreit wie ein abgestochenes Schwein.«

»Ich werde mich darum kümmern.« Blackmoor schritt auf die Tür zu.

»Wissen Sie eigentlich, Mrs. Fields«, sagte er, als er neben ihr stehenblieb, »daß Sie ein außergewöhnliches Gesicht haben?«

Er ging hinein, ohne gute Nacht gewünscht zu haben.

»Schlafenszeit.« Als ich sofort aufstand, setzte sie böse hinzu: »Was gibt's denn da zu sehen, he?«

»Gar nichts«, antwortete ich. Aber da gab es etwas zu sehen. Ich betrachtete Cilda mit Blackmoors Augen und war verblüfft, daß jemand, der schon so alt war, jemand weit in den Zwanzigern, noch immer – wie Blackmoor gesagt hatte – ganz außergewöhnlich sein konnte.

Früh am nächsten Morgen gingen die Feierlichkeiten weiter. Für Cilda, Margaret, Pete und das restliche Personal war das der letzte Großkampftag. Morgen würde das ganze Volk verschwunden sein. Sie würden die Überreste beseitigen und am Ende der Woche ginge dann wieder alles seinen gewohnten Gang.

Der gewohnte Gang, das bedeutete für mich, daß ich meine altmodischen Strandkleider gegen eine altmodische Schuluniform tauschen würde. Es hieß, wieder auf die Nonnen zu hören, zur Messe zu gehen und daheim allein mit Cilda zu Abend zu essen – keine Gäste mehr, keine Aufregungen, kein Dudley. Und am allerwichtigsten, kein Dane Blackmoor. Es mußte heute noch passieren. Irgendwie mußte ich die Wahrheit über Dane und meine Mutter herausfinden, koste es, was es wolle.

Aus dem Fenster meines Zimmers konnte ich eine Reihe von Frauen sehen, die sich bereits auf Liegestühlen am Swimmingpool räkelten; gut geölte Körper flehten die Sonne an, sie zu beglücken. Ich betrachtete den Stil ihrer Badeanzüge und die Art, wie sie diese ausfüllten, sorgfältig, dann ging ich an mein Bett und ließ die Hand unter die Matratze gleiten, wo der blütenweiße Maidenform-BH mit dem rosa Satinband versteckt war. Ich zog ihn an. Nach all der Mühe, die es mich gekostet hatte, ihn ohne Cildas Wissen zu kaufen, war das Ergebnis allerdings enttäuschend. Ich stopfte ihn mit etwas Kleenex aus, legte die Handflächen von außen an die Körbchen und drückte, so fest ich konnte. Eine aufregende Schwellung war die Folge. Draußen lachte eine Frau kreischend. Ich versteckte mich hinter den Falten des blumengemusterten Spitzenvorhangs und sah zu, wie ein Mann sie um den Pool jagte und mit einem nassen Handtuch auf ihren Hintern schlug.

Für später waren Feuerwerk und Tanz angesetzt. Dudley hatte eine Band engagiert. Ich hatte das Gefühl, es würde der wichtigste Abend meines Lebens werden. Eine Gelegenheit, die nach mehr verlangte als nur neuer Unterwäsche. Es gab viel zu tun.

12

Ab neun Uhr gab es Musik. Ich wartete in meinem Zimmer auf Cathys Klopfzeichen – *eins-zwei-eins-zwei-drei* –, bevor ich scheu die Tür öffnete.

»Absoluter, totaler Wahnsinn«, sagte sie, während sie das Tuch um meine Hüften in Form brachte und Dudleys Unterhemd mit dem V-Ausschnitt bis wenige Zentimeter über meine Knie raffte. »So.« Sie tupfte etwas Lipgloss auf meinen Mund.

»Und jetzt mach so.« Sie machte ein Geräusch, als ob man mit weißen Handschuhen klatscht.

»Schau dich an!« rief sie und schob mich vor den Spiegel. Durch das Weiß des T-Shirts wirkte meine nur leicht gebräunte Haut dunkler. Ich hatte das Satinbändchen des Sport-BHs auf die Brust genäht, wo es in das V eintauchte. Die Frisur war der einzige Makel. Cathy hatte mir die Haare mit Campell's-Suppendosen glattgerollt, aber danach waren sie nicht gerade, sondern hingen mir in langen, wurstigen Wellen herunter.

»Schau' ich auch wirklich nicht blöd aus?«

»Nein«, versicherte sie mir und versuchte gar nicht erst, die Überraschung in ihrer Stimme zu verbergen. »Aber du solltest dich lieber beeilen, bevor die alte Dildo-Cildo noch was mitkriegt.« Ich atmete tief durch und ging durch die Tür. »Hau ihn um, egal, wer es ist«, rief sie mir nach. Es blieb keine Zeit, ihr zu erklären, daß er mein Vater war und daß ich ihn keineswegs umhauen wollte. Ich wollte, daß er stolz auf mich war.

Ich schlängelte mich durch die verschiedenen Grüppchen auf dem Rasen. Eine ältere Frau, eine Freundin von Geoffrey, hielt mich an – *Warte! Dreh dich mal um ... Das ist ja eine richtige Dame, die wir da haben!* Mit gesteigertem Selbstvertrauen ging ich weiter.

Dudley hielt am Swimmingpool hof. Ich war mir sicher, daß er mich sah, daß er sogar zweimal schaute, bevor er sich wieder seinen Gästen zuwandte. Blackmoor konnte ich nirgends entdecken. Sein Vogel hockte hoch oben im Zelt. Immer wieder stürzte er sich nieder, um sich etwas von einem verlassenen Teller zu picken. Geoffrey Nash tanzte schwer betrunken an mir vorüber. »Garner, meine Süße«, rief er, »komm und tanz mit mir!« Er ignorierte all meine Einwände, daß ich das nicht könne, daß ich nicht wisse, wie, und zerrte mich auf die überfüllte Tanzfläche auf der Terrasse.

Einen Augenblick lang blieb ich dort wie angewurzelt stehen, unsicher, was ich jetzt machen sollte. Als Tänzer machte Geoff einen eher bemühten, denn begabten Eindruck. Ich fing an herumzuhüpfen wie alle anderen auch. Als ich das beherrschte, machte ich ihre Handbewegungen nach, die wirkten, als würden dort kleine Kinder Lokomotive spielen. Plötzlich spielte es keine Rolle mehr, ob ich es richtig machte oder nicht. Es machte Spaß.

Ich warf den Kopf zurück und lachte laut. Geoff faßte mich um die Taille und wirbelte mich so linkisch herum, daß ich noch lauter lachen mußte. Alles – der Abend, die Leute, der verrückte Tanz – verschwomm zu einem leuchtenden Streifen. Hohe Picknickfackeln funkelten in der Dunkelheit wie diamantene Ohrgehänge. Der Rhythmus der Bässe kitzelte meine Fußsohlen. Als Geoff mich schließlich wieder freigab, dauerte es einen Moment, bis ich wieder klar sehen konnte. Ich meinte, im Augenblick Blackmoor gesehen zu haben. Ich wurde starr, wieder gehemmt.

Die Musik hörte auf. Geoffrey verneigte sich tief und machte sich auf die Suche nach einem weiteren Drink. Ich schlenderte in die Richtung, in der ich Blackmoor vermutete, aber jetzt war dort nichts mehr von ihm zu sehen. Das

Gewühl der Leute machte mich fast seekrank. Ich schlängelte mich durch sie hindurch, an ihnen vorbei bis zum äußersten Rand des Gartens.

Ich merkte, daß ich trotz der kühlen Luft das T-Shirt durchgeschwitzt hatte. Mein halbwegs geglättetes Haar fing an, sich wieder einzurollen, die Wurstlocken dröselten sich auf. Ich lehnte mich an einen von Petes massiven Blumenkübeln und schloß die Augen. Auf der Terrasse machte Dudley gerade eine Durchsage wegen des Feuerwerks – *»Zehn Minuten ... wenn Sie also ... in der Nähe ... der Tennisplätze«* –, die sich anhörte, als würde er in ein kaputtes Mikrophon sprechen. Ich wollte gerade hinübergehen und mir einen Platz sichern.

»Magst du keine Feuerwerke?«

»Es geht so«, antwortete ich, und mein Herz ging schneller.

»Krach, Blitz, Bumm«, meinte Blackmoor höhnisch. »Wie das Leben.« Er lehnte sich neben mir an den Kübel. Ich roch den Alkohol in seinem Atem. Er gab mir sein Glas, ich setzte es an die Lippen, ohne es anzusehen, und schluckte aus echtem Durst, was noch darin war.

Die Band machte gerade Pause. Aus den Lautsprechern bebte Dulcie Mariahs rauhe Stimme durch die Nacht. »Komm mit«, sagte er. »Verschwinden wir von hier.« Er nahm mich ganz selbstverständlich bei der Hand und führte mich zurück zum Haus. Als wir hineingingen, kam Cilda gerade mit einer Buffetplatte heraus. Ich drängte mich an Blackmoor, wollte mich verstecken. Sein Hemd roch nach Dampfbügeleisen und Puder.

Ich hatte keine Ahnung, wohin er mich brachte. Das spielte auch keine Rolle, überlegte ich, solange ich nur allein mit ihm reden konnte. Er torkelte die große Treppe hinauf und blieb oben für den Bruchteil einer Sekunde stehen, als hätte er kurzzeitig die Orientierung verloren.

»Und wo wohnt denn nun die geheimnisvolle Garnele Quinn?« fragte er heiser und wankte dabei ein wenig.

»Da.« Ich deutete zur Tür, zum blumenumrankten Schildchen, das meinen Namen trug. Er drehte den Knauf. Ich ging zuerst hinein und erinnerte mich zu spät an den Altar, den ich auf meinem Nachttisch errichtet hatte: an die Muschel, die er mir an jenem ersten Tag geschenkt hatte ... die kleine Wachsfigur ... das Foto von ihm und meiner Mutter ... Blackmoor überging ihn kommentarlos. »Das ist vielleicht der Ort, wo die mysteriöse Garnele schläft«, sagte er, »aber nie im Leben wohnt sie hier.«

»Eine von Dudleys Freundinnen hat es eingerichtet«, erklärte ich.

»Wie kommt es nur, daß mich das nicht überrascht?« Er lachte, ich auch.

Ich setzte mich auf das Bett. »Ich hatte nie das Gefühl, daß es meins ist. Nichts davon.« Das halbe Glas Wein hatte eine umwerfende Wirkung, und nun bewegte sich mein Mund, bevor mein Verstand ihn zurückhalten konnte. »Ich hatte nie das Gefühl, irgendwo hinzugehören«, hörte ich mich sagen, »bevor ich dieses Bild von Ihnen und meiner Mutter gesehen habe.«

Blackmoor sah mich an und hielt dabei den Kopf beinahe genauso schief wie der blöde Vogel. »Manchmal denke ich, du weißt ganz genau, was du sagst«, sagte er sanft, »und manchmal denke ich, du hast überhaupt keine Ahnung.«

Ich schaute ihm tief in die Augen. »Ich habe sehr wohl Ahnung«, sagte ich. Er kam näher. Ich dachte: *Ein Atemzug noch, dann spüre ich, wie er seine Arme um mich legt, väterlich, tröstend, stark.*

Aber als es dann geschah, war alles ganz anders.

Statt den Kopf beiseite zu neigen, steuerte er geradewegs auf mich zu. Seine Haut war heiß, viel trockener als meine eigene, sein Atem süßlich vom Wein. Plötzlich lag er auf mir,

Mund an Mund, Brust auf Brust, die Hüften nach vorn gestemmt, mit dem klaren Unterschied, der ein unmittelbares Aufeinanderliegen unmöglich machte.

Ich kämpfte. Einmal riß er den Kopf hoch wie ein Ertrinkender, der auftaucht und nach Luft schnappt, bevor er wieder untergeht. »Aufhören«, keuchte ich. »Was – was machen Sie da?«

Als er diesmal hochkam, war jedes Licht aus seinen Augen gewichen. »Was glaubst du denn, was ich mache?« flüsterte er heiser. »Du wolltest das doch. Das ist es doch, was du wolltest.«

Ich zwängte mich unter ihm heraus und schob mich mit ausgestreckten Beinen rückwärts bis ans Kopfende. »Nein«, weinte ich und hielt schützend ein Kissen vor mich. »Ich wollte einen Vater!« Ich nahm das Foto vom Nachttisch und schleuderte es ihm entgegen. »Ich wollte, daß Sie mein Vater sind!«

Eine Zeitlang sagte Blackmoor gar nichts. Dann ließ er sich vom Bett auf die Knie fallen und lachte. Er lachte aus vollem Hals. »Das ist ja toll«, platzte er heraus, »das ist... einmalig –! Einen Vat –! ... Unglaublich!« Er schleuderte die Worte in abgehackten, betrunkenen Rülpsern heraus.

Ich wartete, beobachtete ihn, noch immer zitternd. Von draußen hörte ich *Tat-tat-tat-tat-tat-Oohh! ... Tat-tat-tat-tat-tat-Oohh!* Das Feuerwerk hatte begonnen. Nach einer Weile stand Blackmoor auf und klopfte sich das Gewand ab. Er lehnte das Foto gegen die Muschel und den eingeschrumpften Wachskopf an die Nachttischlampe. »Ob du's weißt oder nicht, kleines Mädchen«, sagte er und sein Kopf war so nah, daß seine Wimpern an meine Wange strichen, »du bist nicht auf der Suche nach einem Daddy.«

Ich wollte etwas sagen. Tat es nicht. Er nahm mein Gesicht zwischen die Hände und suchte es im Lampenschein auf Fehler ab, wie er es schon bei unserer ersten Begegnung getan hatte. »Sobald du weißt, was du *wirklich* suchst«, sagte er, »ruf mich an.« Dann beugte er sich sehr, sehr langsam vor und küßte mich auf den Mund.

Und das Zimmer explodierte.

Dudley stürmte auf das Bett zu, riß Blackmoor am Hemdkragen zurück. Dane blieb nicht die Zeit, sich wieder aufzurichten, da holte Dudley schon mit der Faust aus und landete einen direkten Schlag auf sein Kinn. Er stürzte gegen die Wand und riß diverse botanische Drucke von den Moirébändern mit zu Boden.

»Verlassen Sie dieses Haus«, brüllte Dudley. »Auf der Stelle!«

Blackmoor rieb sich die Wange. Seine Augen hatten ihr gewohntes spöttisches Leuchten wiedererlangt. Ruhig ging er zur Tür, wo Cilda Wache stand.

»Nur für den Fall, daß es irgendwelche Fragen geben sollte«, sagte er, bevor er ging, »es war nicht ihre Schuld.« Nachdem er weg war, verharrten wir alle drei in benommener Stille, und ich zitterte unkontrollierbar. Ich versuchte, aufzustehen. Das Tuch hatte sich von meinem improvisierten Kleid gelöst, das T-Shirt war mir von der Schulter gerutscht. Dudley machte einen Schritt auf mich zu.

»Es tut mir leid, Daddy«, weinte ich und streckte ihm die Arme entgegen.

»Du bist genauso eine Schlampe wie deine Mutter«, sagte er. Krachend fiel die Tür hinter ihm zu.

Ich sank zu Boden und spürte Cildas starke Arme mich umfassen. »Ga'ner, Ga'ner Quinn.« Sie wiegte mich und sang mir meinen Namen wieder und wieder ins Ohr.

Und als mir das Herz brach, dachte ich: *Das werden sie mir büßen. Alle beide. Irgendwann werden sie mir das büßen.*

III

Der Kopf

Der Kopf wurde am Hals vom Rumpf getrennt und mit einer Acrylschicht versehen, augenscheinlich, um zu verhindern, dass Flüssigkeit und Gerüche durch die Gipshülle nach aussen dringen. Ironischerweise erlaubte aber die Lackschicht die Identifikation des so konservierten Kopfes. Bei der jungen Frau handelt es sich um die 16jährige Victoria (Torie) Lynne Wood. Dane Blackmoor liess verlautbaren, dass Wood als Assistentin in seinem Atelier in Bucks County beschäftigt war und vor ihrem Verschwinden im letzten März für mehrere Arbeiten des Bildhauers Modell gesessen war.

USA Today (15. November 1995)

Dane Blackmoor zeigte sich von der jüngsten Entwicklung erstaunt, es ist jedoch bei Weitem nicht das erste Mal, dass sein Leben von Skandalen und Gewalttaten heimgesucht wird. 1977 erschoss sich während einer Party des Bildhauers eine junge Frau vor den Augen der Gäste. 1984 schliesslich wurde Blackmoors langjähriger Freund, der Galerist Conrad Vestri, des Mordes zweier junger Männer aus der S & M-Szene für schuldig befunden.

New York Magazine (18. November 1995)

1

Sollte es der Leitung des Metropolitan Museum of Art unangenehm gewesen sein, einem vermeintlichen Mörder eine große Vernissage auszurichten, dann war das zumindest nicht an der großen Fahne abzulesen, die der Welt Blackmoors Namen und den Titel der Ausstellung »BAUERN« förmlich entgegenschrie. Inzwischen nieselte es leicht, so daß meine Haare sich kräuselten, bis sie sich wie ein exotischer, falscher Pelz auf meinen Schultern bauschten.

Das Gebäude war vollständig in Licht getaucht. Regentropfen fingen sich in den strahlenden Bögen, die die Halbkugeln aussandten, und versilberten so, als hätte man sie eigens für den Anlaß engagiert, das Straßenpflaster. Vor dem Haupteingang staute sich unter einem Heer von Regenschirmen der Jet-set. Die Schönen und Reichen hatten offenbar noch nie etwas davon gehört, daß man sich auch ordentlich anstellen kann.

An der Tür bat ein Uniformierter um meine Einladung. »Ich habe sie nicht dabei«, antwortete ich. »Ich heiße Garner Quinn.«

Plötzlich erschien ein kleiner, sehr bleicher, weiß gekleideter Mann. »Das ist schon in Ordnung, Derwin«, erklärte er dem Wärter und setzte dann hinzu: »Was für ein Abend! Ich hoffe sehr, Sie genießen die Ausstellung, Ms. Quinn.« Er reichte mir einen Katalog, auf dem dasselbe Logo prangte, das ich schon draußen auf der Fahne gesehen hatte. Ich war drauf und dran, ihn zu fragen, ob er wüßte, wo Blackmoor war, aber da war er schon wieder in der Menge verschwunden.

Ich richtete den Blick auf das unglaubliche Gedränge. Das Bild verschwamm und wurde wieder scharf wie bei einer Kamera. *O nein,* dachte ich. *Sag mir, daß ich träume.*

Alle waren kostümiert.

Phantastische Ensembles. Schwarz. Weiß. Schwarz und Weiß. Frauen in tief ausgeschnittenen Rokokokleidern oder weiten elisabethanischen Röcken mit Wespentaille schwebten vorüber. Die Männer paradierten mit Umhängen, tiefschwarzen Brustpanzern, Kutten, Dominos. Im Foyer kam ich an einem atemberaubenden Mädchen in einer kurzen, gegürteten Jacke und einer Strumpfhose vorbei, das ich von Zeitschriftentitelbildern her kannte. Manche trieben das Schwarzweißspiel bis zum Äußersten: gepuderte Perücken und Gesichter, gefärbte Haare, Lippen und Nägel gelackt. Kurz registrierte ich die Requisiten – Mitren, Kronen, Szepter, Schwerter, hell, dunkel, im Karomuster; Türme, Damen, Könige, Springer, Läufer.

Dane Blackmoor hatte für die große Vernissage seiner Ausstellung »BAUERN« ein lebendiges Schachspiel inszeniert. Mir fiel ein, daß auf der Einladung vermerkt sein mußte, welche Garderobe für den Abend erbeten war, aber so weit zu lesen wäre dem Eingeständnis gleichgekommen, hierher zu gehen. Mein vom Regen geflecktes rotes Kleid stach heraus wie ein Blutgerinnsel. Soweit zum Thema »nur nicht auffallen«.

Ein Kellner in samtenem Wams und Strumpfhose reichte ein Tablett Champagnerflöten zu mir her. Ich kippte den Schampus auf einen Schluck. Demonstrativ starrten die geziemend gewandeten Geladenen nicht in meine Richtung. Ich kratzte all meine Unverfrorenheit zusammen und betrat die Ausstellung.

Gleich hinter dem Eingangsbogen war eine Frau in hautengem, gepunktetem, rückenfreiem Kleid stehengeblieben, die sich für ein Foto in Positur stellte. Mein erster Gedanke war, Gott sei Dank, noch ein modischer Ausrutscher. Dann schaute ich ein zweites Mal hin. Die blonde Sexbombe und der erwartungsvolle Fotograf verharrten absolut regungslos – Fiberglasfiguren, fotografierend gebannt in ein Tableau des Grauens; er, den Finger auf dem Auslöser, sie, die Lippen zu einem immerwährenden Kußmündchen geschürzt. Auf dem Schild stand »*Starlet,* Dane Blackmoor, 1979«. Ich ging hin, so nah ich konnte. Blackmoor hatte den Bereich um ihre Augen abgedunkelt, um so die Plastikeinlagen lebensnäher erscheinen zu lassen. Die Nägel des Starlets waren karminrot lackiert, und auf den Handgelenken des Fotografen sah man unterhalb der Manschetten drahtige Härchen. Nichts, nicht das kleinste Detail schien ihm entgangen zu sein.

Im Ausstellungsraum wurden einige der berühmtesten Arbeiten des Bildhauers präsentiert. Im Zentrum des Raums befand sich ein graffitibeschmierter U-Bahn-Waggon. Die Türen standen klaffend weit offen und gaben den Blick auf die Insassen frei – ein Stilleben toter Augen, gebrochener, leerer Gesichter. Ich warf einen Blick auf das Schild. Das war *Linie D,* das Werk, das Blackmoor einem breiteren Publikum bekannt gemacht hat.

Geladene Gäste glitten vorüber, und mit ihren leise gebrummelten Kommentaren wirkten sie wie große, exotische Käfer einer seltenen Spezies. Ich hatte das Gefühl, wenn ich nur lange genug verharrte, würde einer von ihnen stehenbleiben, um die lebensechte Beschaffenheit meines Haars zu bewundern; also blieb ich unablässig in Bewegung und versuchte, Blackmoor in der Masse auszumachen. Ich fragte mich, wie er wohl gekleidet sein würde. Schwarzer Springer? Ein König, hermelinummäntelt? Oder kapuzenbekrönter Läufer, Künder Schwarzer Künste? Eine Skulptur mit dem Titel *Crack* schlug mich in ihren Bann, und ich blieb stehen. An einem Küchentisch mit Kunststoffplatte saß ein junges, schwarzes Pärchen, das sich gerade die Pfeifen anzündete.

Der Tisch war einer von denen, auf denen auch Donna Reed ihrer geschniegelten und gestriegelten Familie das Essen servierte.

Plötzlich tauchte an meinem Ellenbogen der kleine Mann im weißen Anzug auf. »Haben Sie Dane schon getroffen?« fragte er.

»Nein. Und ich bin mir auch gar nicht sicher, daß ich ihn bei all diesen Kostümen überhaupt erkennen würde.«

»Keine Sorge, Sie erkennen ihn schon«, meinte er. Seine Haut glänzte unter einer leichten Puderschicht. Mascara trug er auch, wie ich jetzt erst bemerkte. »Vielleicht versuchen Sie es ja mal beim *Hospiz.*« Er wandte sich von mir ab, um eine hochgewachsene, bereifrockte Marie Antoinette zu begrüßen, in deren Busen er mit entzücktem Jauchzen sein Gesicht begrub.

Das Hospiz war ein Tableau, in dem sieche junge Männer im Aufenthaltsraum eines Krankenhauses in einen Fernseher starrten. Auf dem Bildschirm lief ein Endlosvideo, in dem Präsident Clinton unaufhörlich seine Anstrengungen im Bereich der Aids-Forschung herunterleierte. Diese Arbeit schien ein hohes Maß an Aufmerksamkeit zu erregen, aber ich konnte niemanden entdecken, der Dane Blackmoor auch nur im entferntesten ähnlich gesehen hätte.

Die Wände des großen Saals waren von Einzelfiguren gesäumt. Hinter jeder der Figuren stand ein Spiegel, was ihnen eine unheimliche Wirkung verlieh – ein Saal voll von stillen, hohlen Menschen. Die meisten der Figuren stellten eindeutige Typen dar. Ein Playboy-Bunny. Ein Footballspieler auf der Bank. Ein Manager mit Aktentasche in der Hand. Eine Tambourmajorette. Ein schwarzer Zeuge Jehovas, der eine Handvoll Broschüren umklammert hielt.

Aus der Sicht des Künstlers waren sie Bauern, die geopfert werden konnten, einer wie der andere.

Mir wurde schwindlig. Die Reihe von Gipsabgüssen, gebrochen und vervielfacht von den Spiegeln, beengte mich, von allen Seiten brach es über mich herein. Ich war schon immer leicht klaustrophobisch veranlagt; aber Anfälle bekam ich für gewöhnlich nur in geschlossenen, engen Räumen mit vielen Menschen – nicht in weiten, hohen Sälen, in denen weit und breit kein lebendiger Mensch zu entdecken war. Ich sah eine Bank an der Rückwand des Saals. *Bloß bis dahin*, sagte ich mir, *dann hast du es geschafft*.

Dann sah ich ihn, völlig unvermittelt, am Ende der Figurenreihe stehen, er trug einen anthrazitfarbenen Armani-Anzug, ein weißes Hemd, eine bordeauxrote Krawatte und starrte zu mir. »Sie wollten mich sprechen?« Meine Stimme klang unsicher.

Seine Stimme kam von hinten. »Ja.«

Ich drehte mich viel zu schnell um. »Ich –« war alles, was ich herausbrachte, bevor ich in Ohnmacht fiel.

Mühsam kam ich wieder zu Bewußtsein. Er hielt mir ein Glas an die Lippen. »Was ist passiert?«

»Ihre Beine sind eingeknickt.« Blackmoor lächelte mit Zähnen, die jederzeit zuschnappen konnten. »Vor Aufregung, mich wiederzusehen, vermute ich.«

Ich versuchte krampfhaft, mich aufzusetzen. Allmählich sah ich meine Umgebung wieder scharf. Ein gepolsterter Sitz. Niedrige Decke. Feudal ausgeschlagener Innenraum. »Wo sind wir?«

»In einem 1933er Silver Shadow Rolls-Royce.« Blackmoor klopfte an die Trennscheibe. »Das ist Jeeves«, erklärte er und deutete auf den in Gips gegossenen Chauffeur hinter dem Steuer, »und das hier ist Mrs. Whittaker.«

Noch bevor ich sie sah, spürte ich die steife, harte Kälte – eine vertrocknete, alte Witwe, die genau neben mir auf der Bank saß und mit einer knochigen Hand den silbernen Knauf ihres Stocks umfaßte. Ich wäre vor Schreck fast noch einmal in Ohnmacht gefallen. »Sagen Sie Jeeves, daß ich jetzt nach Hause möchte.« Blackmoor lachte. »Das ist mein Ernst.«

Er richtete einen mörderischen Blick auf mich. »Ich vermute, es wäre Ihnen lieber gewesen, wenn wir uns an einem anderen Ort wiederbegegnet wären. Im Gefängnis zum Beispiel. Natürlich gibt es noch keine Anklage gegen mich. Aber nur Geduld, Garnelchen. Das kommt sicher noch.« Er reichte mir noch einmal das Glas. »Mineralwasser«, sagte er, als er mein Zögern bemerkte. »So rein wie frischer Schnee.«

Ich trank gierig. Er sagte: »Das mit Ihrer Mutter tut mir leid.«

Ich war verwirrt; dann wurde mir klar, daß er mir nach all dieser Zeit sein Beileid ausdrückte. Ich hätte nicht einmal mit Sicherheit sagen können, in welchem Jahr meine Mutter gestorben war, höchstens, daß Dudley mich damals schon ins Internat abgeschoben hatte. Vielleicht hätte ich es niemals erfahren, wenn nicht Cilda eines Tages mit ihrem einfachen Wollmantel und dem Hut in meinem Wohnheim aufgetaucht wäre. »Ga'ner«, hatte sie gesagt, »du mußt dich jetzt von deiner Mama verabschieden.«

Der Gottesdienst fand in Manhattan statt. Ich erinnere mich noch, wie die Anzahl der Menschen, die sich anstellten, um Rosen auf den blendendweißen Sarg zu werfen, mich schockiert hatte; einige von ihnen weinten ungeniert – alle Welt war da, schien es mir, bis auf meinen Vater. Alle Welt, und ich hätte nichts davon erfahren, wäre Cilda nicht gewesen.

Später erfuhr ich, daß Dudley das Begräbnis bezahlt hatte. Es war nicht genug, es war zu spät.

Ich gab Blackmoor das leere Glas zurück. »Warum haben Sie mich heute eingeladen?« fragte ich.

»Ich dachte, das sei offensichtlich.« Er durchbohrte mich mit seinen Blicken. »Sie brauchen sich da gar keine komplizierte Geschichte zusammenreimen, es sei denn, aus Gewohnheit.« Ich faßte nach dem Türgriff. Er legte die Hand auf meine. »Gehen Sie nicht. Bitte.«

Ich entwand mich seinem Griff und spürte die Krücke der Alten im Rücken. Aus dieser Lage konnte ich Blackmoor ungehindert ins Gesicht sehen. Etwas in dem, was ich sah, ließ mich augenblicklich ruhiger werden – der sarkastische Schwung seiner Lippen hatte sich zu einem angsterfüllten Strich verengt. »Wo ist eigentlich Ihr Kostüm?« wollte ich von ihm wissen.

»Ich bin kein Bauer«, sagte er. »Und wo ist Ihr's?«

Ich fühlte, wie er den Blick über mich schweifen ließ. Ich wollte nichts dringender, als mir das kurze, rote Kleid über die Knie hinunterzuziehen. Ich setzte mich auf die Hände. »Ich bin geschäftlich hier«, erklärte ich. »Ich verkleide mich nicht für die Arbeit.«

»Trinken Sie?« Blackmoor holte eine Flasche und zwei langstielige Gläser aus einem getäfelten Behälter an der Tür. »Ich dachte, wir könnten vielleicht auf Champagner umsteigen«, sagte er, »es sei denn, Sie fürchten einen neuen Anfall.«

»Packen wir's an«, erwiderte ich.

Er schenkte ein, und die goldene Flüssigkeit zischte in das Glas. »Langsam wird es ernst. Angeblich wollen sie meine Arbeiten mit irgendwelchen komplizierten Geräten röntgen. Meine Anwältin will das natürlich verhindern, aber …« Er zuckte mit den Achseln und reichte mir den Champagner.

»Angenommen, die übrigen Skulpturen werden tatsächlich geröntgt, was, glauben Sie, wird man finden?«

Blackmoor lächelte traurig. »Das kann man nur erahnen.« Ich nahm einen kleinen Schluck und fühlte mich zugleich kühl und hitzköpfig. »Und welche Rolle spiele ich bei der ganzen Sache?«

Die Frage schien ihn nervös zu machen. »Ich dachte einfach«, sagte er eindeutig überfragt, »nun ja, irgend jemand wird mit Sicherheit etwas darüber schreiben ...«

»Und da dachten Sie, daß ich diejenige sein soll.«

»Das war das Naheliegendste.« Er schenkte sich nach.

Wir erschraken beide, als jemand an die Autotür klopfte. Blackmoor kurbelte die Scheibe herunter. Eine große Frau in weißem Netzkleid beugte sich vor, um mit ihm zu sprechen. Mit dem herzförmigen Gesicht und den dunklen Zöpfen erinnerte sie mich an all die rehäugigen Schönen, denen Errol Flynn in den Filmen, in denen er Strumpfhosen trug, immer den Hof machte. »Entschuldige, Dane«, sagte sie, »aber sie warten alle auf dich.«

Er schickte sie mit einer Handbewegung fort. »Also, was sagen Sie dazu?« fragte er, als er sich wieder mir zuwandte. »Wollen Sie dabeisein, wenn die Geschichte unschön wird, was mit ziemlicher Sicherheit passieren wird?«

»Ich werde es mir überlegen.«

Blackmoor öffnete die Tür und schälte sich aus dem Wagen. Er bewegte sich wie eine Katze. Eine große, gefährliche Katze. »Kommen Sie das nächste Mal in die Mühle«, sagte er und meinte damit sein Atelier in Bucks County.

Ich wollte den Griff auf meiner Seite fassen, aber die Skulptur der alten Dame versperrte mir den Weg. Beim Versuch, auf den anderen Sitz zu rutschen, verhedderte sich mein Kleid. Als ich endlich ausstieg, war mir wieder schwindlig und matt.

Dane Blackmoor war nirgends zu sehen.

2

»Warum darf ich nicht mit dir nach Columbia?« wollte Temple wissen. »Mir geht es schon viel besser.« Es hieß immer, sie sei ganz die Mutter, aber für mich war sie Andy wie aus dem Gesicht geschnitten. Das war auch ganz in Ordnung. Sein Aussehen war das einzige, was ich zum Schluß unserer Ehe noch an Andy mochte.

Ich machte den Reißverschluß der Reisetasche zu und setzte mich auf den Bettrand. »Du mußt zur Schule. Da unten ist niemand, der sich um dich kümmern kann, und außerdem werde ich die ganze Zeit arbeiten. Da kann ich keinerlei Ablenkung gebrauchen.«

»Ich würde überhaupt nicht stören.«

»Beim nächsten Mal.«

»Das sagst du jedesmal«, protestierte Temple.

Ich zog sie auf meinen Schoß. »Es dauert nicht mehr lang, dann bleibe ich für immer daheim.« Das war ebenfalls etwas, was ich jedesmal sagte.

Temple schwang die Beine vom Boden hoch und schmiegte sich an meine Schulter – für uns beide keine leichte Übung. Seit dem Prozeß gegen Turner war sie wieder um ein paar Zentimeter gewachsen, und ihr Körper war mir fremd. An einigen Stellen lang und kantig, an anderen weich und rund. Und trotzdem versuchte ich sie so zu umarmen, als sei sie vier, nicht vierzehn.

»In ›A Current Affair‹ haben sie gesagt, Heather Locklear spielt Susan Trevett«, sagte sie.

»Du weißt, daß ich es nicht mag, wenn du diese Sendungen anschaust.« Sanft drückte ich sie zurück. Ich war es leid, über den »Heiligen Geist« zu reden, über Susan Trevett, über Jefferson Turner. Jack hatte recht. Mit diesem Buch hatte ich so gut wie abgeschlossen. Für den Bruchteil einer

Sekunde schoß mir das Gesicht von Dane Blackmoor durch den Kopf. Das angsterfüllte Gesicht Dane Blackmoors.

»Komm, wir haben noch drei volle Stunden, bevor ich wegmuß«, meinte ich und gab Temple einen spielerischen Klaps aufs Hinterteil. »Wer mehr Fastfood essen kann!«

Ich nahm einen ganzen Stapel Post mit, den ich im Flugzeug lesen wollte. Etwa in der Mitte des Stapels lag ein schlichter Umschlag, weiß und quadratisch, der in einer willkürlichen Folge von großen und kleinen Buchstaben an *Miss Garner Quinn, PERSÖNLICH,* gerichtet war; ohne Absender.

Er hieß angeblich Peter Michael Salvatore. Vor zwölf Jahren hatte er mit seiner Mutter einen Sommer in Myrna, North Carolina, verbracht, ein Stück weiter unten auf der Straße, an der Jefferson Turner wohnte. *Mein Vater,* schrieb Peter, *verließ uns im März. Ich sah ihn beim Frühstück. Es gab Hafergrütze mit Butter und Zucker. Ich habe die Milch verschüttet, und er bekam etwas davon auf den Anzug. Lange dachte ich, er sei nicht mehr zurückgekommen, weil ich ihm die Milch auf den Anzug gekleckert habe. Mutter hat nie etwas darüber gesagt. Sie weinte viel. Eines Tages sagte sie dann, wir würden in den Süden fahren, unsere Verwandten besuchen. Wir sind mit dem Greyhound von Newark nach Raleigh gefahren. Der Vetter meiner Mutter hat uns in seinem Pick-up abgeholt, und wir sind den restlichen Weg bis Myrna gefahren.*

Bis zu dieser Stelle des Briefes war Salvatores Handschrift klein und präzise. Jetzt wurde sie von jeder vollgeschriebenen Vorder- und Rückseite an größer, dehnte sich breit von Rand zu Rand, so daß teils nur drei oder vier Wörter in eine Zeile paßten.

Am ersten Tag, schrieb Peter, hatte er Jeff kennengelernt, und die nächsten paar Monate hatten die beiden jede wache Stunde miteinander verbracht. Seine Mutter weinte, wie er schrieb, noch immer ununterbrochen. Der Wohnwagen, in dem sie hausten, war viel zu eng, und ihm fehlten seine Freunde von daheim. Jeff lebte bei seiner Mama, genau wie er. Sein Vater hatte ihn genauso verlassen. Er war sehr beliebt bei den Kindern und sehr nett; aber, setzte Peter dazu, auch er war eine verlorene Seele.

Die Wörter *verlorene Seele* waren mit dicken, tiefschwarzen Zügen dreifach unterstrichen.

Die beiden Jungen, fuhr der Brief fort, verbrachten die meiste Zeit draußen bei den Bahngleisen oder mit den Tieren, die Jeff bei der Scheune in Käfigen hielt. Nun fing Peter Salvatore an, abzuschweifen – *Ich wollte schon immer Priester werden,* schrieb er, *ich fühlte mich von Gott berufen.* Er war Ministrant gewesen und auf eine kirchliche Schule gegangen. Die Handschrift von Peter Salvatore wurde jetzt flüssig – *Kardinal John Henry Newman, der, wie Sie, Miß Quinn, sicherlich wissen, inzwischen heiliggesprochen ist, lehrt uns, wenn wir nicht gerne in der Kirche sind, wird es uns auch im Himmel nicht gefallen. Ich werde den Himmel lieben, Miß Quinn,* versicherte er mir, *denn schon immer habe ich alles geliebt, was mit der Kirche zu tun hat.*

Und aus diesem Grund, fuhr Peter fort, hatte ihm seine Mutter die Soutane auch überhaupt erst gemacht. So war es auch gekommen, daß er und Jeff nach Einbruch der Dunkelheit, am Rande der Felder von Jeffs Opa die Requien gefeiert hatten, vor so vielen Sommern.

Anfangs, schrieb Peter in seiner schnellen, ungebändigten Schrift, hatte er nichts davon gewußt. Er hatte gedacht, die kleinen Vögel, die Kaninchen und die Katzen würden einfach sterben. Jeder karrte seine kranken Tiere zu den Turners, damit Jeff sich um sie kümmerte. Er schrieb, er habe gedacht, sie seien einfach nur weit kränker, als allen klar war.

Eines Morgens aber näherte er sich seinem Freund von hinten und überraschte ihn. Jeff war zur Hälfte in den Käfig gekrochen, in dem er die Vögel hielt, und sein Körper war in höchstem Maße angespannt. Als Peter ihn rief, drehte er sich um, und da sah Salvatore es dann.

Jefferson Turner würgte einen kleinen Spatzen zu Tode. Die Pranke des Farmerjungen brach das kleine Genick. *Er hat nicht einmal mit der Wimper gezuckt,* schrieb Peter weiter, *er hat nur gelächelt und gesagt: »Wie es aussieht, gibt es heute abend wieder ein Begräbnis.« Dann drückte er mir das tote Tier in die Hand und ging davon.*

Der Brief wurde jetzt schwer verständlich, ganz als schütte das Hirn des Schreibers Gedanken einfach über die Seiten, ohne eine Hand zu Hilfe zu nehmen, die sie in eine ordentliche Form faßte. Sätze waren zerstückelt, Wörter fehlten ganz; wo sie vorhanden waren, sprangen sie vom Blatt wie eine gemorste Nachricht.

Salvatore fing an, von einem Vertreter namens George zu berichten, davon, wie George die Seele seiner Mutter der ewigen Verdammnis überantwortet habe. *»Die Frau soll sich nicht von ihrem Manne scheiden – hat sie sich aber geschieden, soll sie ohne Ehe bleiben oder sich mit ihrem Mann versöhnen.« »Ohne Ehe bleiben«* war ebenfalls dreifach unterstrichen. Egal, welche Rolle George dabei gespielt haben mochte, aus dem restlichen Brief ging eindeutig hervor, daß Peter und seine Mutter Myrna im selben September verlassen hatten.

Ich habe gesündigt, Miß Quinn, schrieb Peter Michael Salvatore. Er führte eine lange Liste seiner Verfehlungen auf, wobei seine Wortwahl von alttestamentarisch *(»Kebsweib«)* bis farbig *(»die Fliege machen«)* reichte. Zwei Begriffe waren durch Sternchen abgesetzt:

* Wollust *

* Götzenbilder *

Um sie stärker zu betonen, hatte er diese Wörter mit rotem Marker eingekreist.

Aus dem abrupten Wechsel des Schreibstils schloß ich, daß Salvatore an dieser Stelle abgebrochen und den letzten Absatz erst nachträglich hinzugefügt hatte. Dieser lautete in kleiner, sorgfältig beherrschter Schrift:

Ich weiß, wer Sie sind. Ich habe gelesen, daß Sie ein Buch über Jefferson Turner schreiben. Ich glaube, daß Sie der Wahrheit verpflichtet und Katholikin sind. Ich schreibe Ihnen, welch ein Ungeheuer Jeff ist, um womöglich im Fegefeuer immerwährende Buße und Sühne tun zu können, statt auf ewig im Schlund der Hölle schmachten zu müssen.

Peter Michael Salvatore

Am Fuß der Seite befanden sich diverse Postskripta.

PS, schrieb Peter. *Was die Zeitungen über den Spitznamen schreiben, ist falsch. Ich war der erste, der ihn ›Bird‹ nannte; nach der Sache mit dem Spatz.* Danach *PPS*: *Auch als ich es schon wußte, begruben wir noch eine Katze und zwei Hunde.*

In die rechte Ecke hatte Salvatore *JMJ* geschrieben, was, wie ich aus meiner eigenen Zeit im Kircheninternat wußte, für Jesus, Maria und Joseph stand; und dann standen da die vielleicht erst nachträglich angefügten, säuberlich geschriebenen Worte:

Ich betrachte ihn noch immer als Freund.

Der Absender stand ganz unten auf der Seite. Was immer Salvatore seit der Begegnung mit Jeff Turner in seinen Kindertagen zugestoßen sein mochte, konnte ich nur raten.

Als er den Brief abfaßte, lebte er in einem Priesterseminar.

Über Lautsprecher sagte der Pilot: »Meine Damen und Herren, wir beginnen jetzt mit dem Landeanflug…«, aber das blendete ich aus. Ich dachte an Peter Salvatore, der mit einem hingekritzelten *JMJ* und einem handgenähten Meßgewand ein Buch wieder aufgeschlagen hatte, von dem ich glaubte, ich hätte es für immer geschlossen.

3

Ich saß auf meinem angestammten Sitz im Gerichtssaal. Alles machte denselben Anschein wie noch vor achtundvierzig Stunden. Aber in meinen Augen hatte sich alles geändert.

»Wenn das, was Sie sagen, stimmt«, Nick Shawdes Stimme dröhnte, »wie kommt es dann, daß Sie uns Jeff Turners Transporter so genau beschrieben haben?«

Susan Trevett Cox rutschte auf der Zeugenbank herum. »Ich wünschte, ich könnte Ihnen darauf eine Antwort geben, Sir«, sagte sie leise. »Es ging alles so schnell. Die Polizei hat immer wieder nach Details gefragt, und irgendwie hatte ich plötzlich diesen Wagen im Kopf. Vielleicht habe ich ihn auf dem Parkplatz vom Annalee gesehen, oder vielleicht auch, wie er durch die Stadt gefahren ist, und mit dem ganzen Druck ist sie mir dann einfach rausgerutscht, die Beschreibung, bevor ich überhaupt nachdenken konnte.«

»Und dennoch haben Sie anschließend Jeff Turner als Täter identifiziert?«

»Schon«, seufzte Susan. »Ich sag' doch, ich war total fertig. Die Sünde hat mir das Herz verstockt.«

Fragen Sie sie, warum sie Latein gesprochen hat, Nick, dachte ich bei mir. *Fragen Sie sie, wie es kommt, daß auf dem Ärmel ihrer Bluse Fettschminke war.* All die Dinge, die mich gestört hatten, die kleinen Unstimmigkeiten, die mit der Zeit unwichtig erschienen waren, nagten wieder an mir. Shawde ging langsam auf die Geschworenen zu. »Sie erklären also, daß Jefferson Turner des abscheulichen Verbrechens, das ihm zur Last gelegt wurde, nicht schuldig ist?«

»Absolut, total.« Susans blonder Kopf wippte auf und ab, und ihre Stimme war so sicher wie an jenem brütendheißen Tag vor einem Jahr, als sie bei der Gegenüberstellung auf Jeff Turner gezeigt hatte.

»Ich wünschte, ich könnte mich erinnern«, erklärte Jeff ernst. »Wenn Sie wollen, daß ich es sage, dann mache ich es, wenn Ihnen das hilft.«

Ich will nicht, daß du mir hilfst, dachte ich, *ich will, daß du dir selber hilfst.* Ich sagte: »Ich möchte nur, daß Sie die Wahrheit sagen.«

»Ich sag' aber doch die Wahrheit.« Jetzt klang er gekränkt. Der Wärter sah zu uns herüber.

»Wie ich's sag'«, fuhr er fort, »ich erinner' mich dunkel an 'ne Lady und 'nen Jungen, die in dem Wohnwagen von Teeny Lloyd gewohnt haben. Da war ich vielleicht zwölf oder dreizehn, ich weiß nicht genau. Aber was dieses Priesterzeugs angeht und die Beerdigungen, das ist was, was sich dieser Salvatore-Knabe selber aus den Fingern gesaugt hat.«

»Weshalb glauben Sie, sollte er sich so was ausdenken?«

»Was weiß ich«, seufzte er. »Mein ganzes Leben lang hab' ich immer Streuner mit heimgenommen. Und zwar nicht bloß vierbeinige, wenn Sie verstehen, was ich meine. Ich schätze, ich hatte einfach immer Mitleid mit denen, über die die anderen sich lustig gemacht haben. Also hab' ich mit ihnen geredet, war nett zu ihnen. Und so war ich irgendwie der Held von denen.« Er war sichtlich peinlich berührt und wurde rot.

»Aber ein paar von denen waren so einsam und durcheinander, daß sie sich Sachen zusammenphantasiert haben. Daß ich ihr bester Freund bin, oder ihr Bruder oder ihr

Schatz – und wenn ich dann versucht hab', ihnen das auszureden, sogar wenn ich es ihnen so sanft beibringen wollte, wie ich nur konnte, dann war ich plötzlich der Buhmann.« Er hielt inne und sah mir offen in die Augen. »Und ich denke, genauso war das auch mit diesem Peter Salva-soundso, oder was meinen Sie?«

Ich sagte, ich wisse es nicht, würde es aber herausfinden.

»Ich bin auf der Suche nach einem Peter Salvatore«, sagte ich und versuchte mich daran zu erinnern, wie man junge Männer nannte, die noch keine Priester waren. »Ich glaube, er ist Student in Saint Anthony.«

»Bitte bleiben Sie am Apparat, ich stelle durch.« Die Telefonistin wartete keine Erwiderung ab.

»Pater Podalski am Apparat.« Ich erklärte noch einmal, daß ich Peter Salvatore sprechen wollte. »Sind Sie eine Angehörige?« fragte Pater Podalski.

»Nein, Pater. Ich heiße Garner Quinn. Mr. Salvatore hat mir einen Brief geschrieben wegen eines Buches, an dem ich gerade arbeite. Ich hatte gehofft, ich könnte mich persönlich mit ihm unterhalten.«

»Ich fürchte, das wird nicht möglich sein.« Ich rief mir meine katholische Schulbildung aus Kindertagen wieder in Erinnerung und fragte mich, ob Podalski mich wohl für eine grell geschminkte Versucherin hielt, die nichts anderes wollte, als keusche Jünglinge hinter Klostermauern hervorzulocken.

»Wenn er gerade Unterricht hat«, oder fastet oder betet oder sein härenes Hemd überstreift, dachte ich respektlos, »kann ich auch gerne zu einem passenderen Zeitpunkt noch einmal anrufen.«

»Es gibt keinen passenden Zeitpunkt für Peter Salvatore«, sagte der Mann mit unpriesterlicher Offenheit. »Der junge Mann ist tot.«

Als ich Jack an diesem Abend anrief, klang er skeptisch. »Der Typ hatte offensichtlich nicht mehr alle Perlen am Rosenkranz«, meinte er.

Ich klemmte den Hörer an der Schulter ein und ging zum Schrank. Das dunkle Kostüm reichte aus. Ich nahm es vom Hotelbügel und drapierte es über einen Stuhl. »Kann sein. Aber ich kann es mir nicht leisten, so einen Faden einfach baumeln zu lassen.«

»Soll ich zum Priesterseminar fahren und es überprüfen?« Ich hörte den Eifer in seiner Stimme.

»Nein, ich will nicht, daß du einen Flug nach Columbia buchst. Shawde ruft morgen seine sachverständigen Zeugen auf. Ich brauche dich hier.« Ich war erleichtert, daß er nicht darauf hinwies, um wieviel sinnvoller es wäre, wenn er nach Saint Anthony fahren würde, was nur zwei Fahrstunden vom Strandhaus entfernt war. Es war egal, daß mein Plan für uns beide zusätzlich lange Fahrtzeiten bedeutete. Ich wollte die Sache Salvatore selbst in die Hände nehmen.

»Du weißt, was du zu tun hast. Halt Augen und Ohren offen. Achte auf die Leute. Nicht nur, was sie sagen, wie sie es sagen. Die Fakten können wir später mit den Protokollen abgleichen. Ein Zimmer für dich ist schon reserviert.« Ich warf eine Bluse und eine Jeans in die Ledertasche. »Ich müßte morgen abend zurück sein. Spätestens Mittwoch.«

Bevor er mich mit Temple verband, sagte er noch: »Ach übrigens, da hat ein gewisser Roberto angerufen. Wollte einen Termin mit dir ausmachen, wann du dir das Atelier von Dane Blackmoor anschaust, heißt die Mühle oder so.«

»Darüber kann ich jetzt nicht nachdenken«, sagte ich. Den neuesten Fernsehmeldungen zufolge war der Versuch der Anwältin Diana Gold gescheitert, mit dem sie verhindern wollte, daß die Behörden diverse Statuen ihres Klienten durchleuchten, die in etwa zur Zeit der Vollendung der *Sit-*

zenden geschaffen worden waren. Die Schlinge um Blackmoors Hals zog sich zu.

Das war die einzige erfreuliche Nachricht des Tages.

4

Man hatte ihn von einem der Balken in der Chorempore hängend gefunden, sagte Monsignore Fahy.

Er erinnerte mich an die Priester, die ich als Mädchen kennengelernt hatte – weißhaarige, pausbäckige Männer mit Nikotinflecken auf Zähnen und Fingern, deren Wissen über Sport und Showbusineß ausgesprochen diesseitig war.

»Ich habe Ihren Film gesehen«, sagte er, als wir uns die Hände gaben. »Den über den Prozeß gegen Mariah.« Er wirkte geknickt, als ich ihm sagte, daß ich weder das Drehbuch geschrieben, die Aufnahmen besucht noch einen der Schauspieler kennengelernt hatte. »Aber na ja«, seufzte er, »es kommen bestimmt noch andere Morde.« Dann hielt er plötzlich inne und lachte, und in seinen Augen blitzte mehr auf als die reine Naivität.

Er bestand darauf, mich auf eine Tasse Tee einzuladen, und erzählte unterdessen von der Geschichte des Priesterseminars, von den Wandlungen, die es durchgemacht hatte. Als er noch ein junger Bursche war, sagte er – ein Verweis darauf, daß er einem liebenswerten Zeitalter entstammte –, hatte noch jede gutkatholische Mutter einen Sohn, der für die Sache Gottes in den Ring steigen sollte. Damals wimmelte Saint Anthony nur so vor jungen Männern mit rosigen Gesichtern und strammen Leibern, Jungen, die Football spielten und die sich danach sehnten, ein Mädchen zu küssen; Jungen, die stolz und demütig waren, die dem Ruf, der sie erreicht hatte, mit Idealismus folgten.

»Heute ist das anders«, berichtete er und reichte mir einen Teller Teegebäck. Als ich ablehnte, gönnte er sich einen Augenblick und suchte sich mit der Miene dessen, der die sinnlichen Vergnügungen, die sich ihm bieten, nicht auf die leichte Schulter nehmen, das größte und vollkommenste Stück aus.

»Wir haben jetzt zwölf, alles in allem. Nächstes Jahr verlegt uns die Diözese in eine ›neuere Anlage‹ bei der Universität.« Er schüttelte den Kopf. »Die Heizkosten in so einem alten Klosterkasten können einen natürlich das letzte Hemd kosten, und dann wären da noch die Ländereien –«

Der Monsignore zwinkerte. »Aber ich war immer der Ansicht, daß Gott hier draußen leichter zu finden ist als in einem vor Kunststoff und Chrom strotzenden Seminarraum, in dem man nach der Stunde das Kruzifix abnehmen muß, um den nächsten Dozenten nicht zu beleidigen.«

Er zündete sich eine Zigarette an. »Peter Salvatore.« Er blies den Rauch aus und betrachtete ihn beim Aufsteigen.

»Ja.« Ich hatte das Gefühl, wieder beim Katechismus zu sein, daß dieser Priester mir etwas Bedeutendes beibringen würde.

»Er war einer von den Geplagten«, sagte Fahy. »Das war von Anfang an ganz klar.« Er drehte sich in seinem Stuhl herum und schaute durch das Fenster auf den säuberlich gepflegten Garten darunter. »Früher, da wäre er nicht mal durch die Tür gekommen.«

Der Monsignore zuckte die Achseln. »Wenn Sie mich fragen, war Peter die ganze Zeit kurz davor, durchzudrehen. Und als dann vor zwei Monaten seine Mutter starb, war das das Ende.«

»Hatte er einen Nervenzusammenbruch?«

»Einen Zusammenbruch nicht gerade. Er steigerte sich höchstens noch mehr hinein, hat ganze Nächte lang durchgelesen und studiert. War jeden freien Augenblick in der Kapelle. Er führte sich auf wie ein Junge, der«, er hielt inne, als würde ihm dieser Gedanke erst jetzt kommen, »der sehr viel vorhat, dem aber kaum Zeit bleibt, es zu tun.«

Ich wartete und studierte sein Profil im Gegenlicht der untergehenden Sonne. Nach einem kurzen Moment fuhr der Monsignore fort. »Wir hätten ihn am Ende des Semesters entlassen«, sagte er leise. »Der Anwärter sei ›für den Dienst an der Gemeinde nicht geeignet‹, so sagt man das wohl.« Mit einem entschuldigenden, kurzen Lachen wandte er sich wieder ab. Ich fragte mich, was er wohl fühlte. »Der Junge hat einen Abschiedsbrief hinterlassen. Wir haben ihn natürlich an die Polizei weitergeleitet.«

»Können Sie mir ungefähr sagen, was darin stand?«

»Er war etwas zusammenhanglos. Er schrieb von seiner Mutter, die sich scheiden ließ und dann nicht kirchlich wieder geheiratet hat. Er meinte, ihre Seele sei verdammt. Seine Sünden, schrieb er, hätte er Gott, einem Priester und einem ›Racheengel der Wahrheit‹ gebeichtet, der sie der Welt verkündigen würde.« Der Monsignore sah mich an und zog die buschigen Augenbrauen hoch. »Ich vermute, damit könnten Sie gemeint sein.«

Ich stellte die Beine, die ich überkreuzt hatte, wieder nebeneinander und versuchte, so gut ich konnte, den Eindruck eines wie auch immer gearteten Engels zu erwecken. »War da sonst noch etwas?«

»Nicht daß ich wüßte«, sagte der alte Priester. »Abgesehen von den Bildern.«

»Den Bildern?«

»Zeichnungen«, erklärte er. »Der untere Teil der Seite war voll davon.«

»Wie sahen sie aus?«

»Hauptsächlich waren es Vögel«, erwiderte Monsignore Fahy, »kleine Vögel.« Er schloß die Augen, als wolle er sie sich vergegenwärtigen. »Vermutlich sollten sie Friedenstauben darstellen, die seine Seele mit sich forttrügen …« Seine Stimme verlor sich.

Ich beugte mich vor. »Aber Sie sind sich nicht sicher?«

»Nun ja, sie sahen schon ein wenig wie Tauben aus«, sagte der alte Mann und wägte seine Worte dabei sorgfältig ab. »Aber was er darunter geschrieben hatte, fand ich doch ziemlich beunruhigend.«

»Was war das?«

»Götzenbilder«, antwortete Monsignore Fahy leise. »Er zeichnete einen Pfeil zu den Bildern und schrieb: ›Götzenbilder‹.«

5

Statt nach Columbia zurückzukehren, flog ich nach Raleigh und mietete mir dort ein Auto.

Saint Anthony war für mich nichts anderes gewesen als für Peter. Eine Sackgasse. Den Beamten zufolge, die seinen Tod untersucht hatten, waren Salvatores Eltern und sein Stiefvater George Fazekas bereits verstorben. Fazekas war der Vertreter, von dem Peter glaubte, er habe die Seele seiner Mutter dem Teufel vermacht. Während ich über den Highway fuhr, stellte ich sie mir vor, wie sie miteinander für alle Zeiten in einem unbenannten Kreis der persönlichen Hölle dieses armen Kindes festsaßen: der abwesende Vater, die willensschwache Mutter, der junge Selbstmörder und George, der mit Strohhut und Vertretergrinsen das Lächeln der Verdammten lächelt.

Als ich Myrna erreicht hatte, dräuten dunkle Regenwolken. Ich stellte den Mietwagen neben der Scheune der Turners ab. Alles war verlassen. Varlie war in Columbia bei der Verhandlung. *Endstation*, rief ich der verödeten Landschaft zu. *Alles aussteigen.*

Vom Flughafen aus hatte ich ein paar Telefonate geführt und herausgefunden, daß ein Mann namens Lloyd, der, unabhängig davon, daß er über dreihundert Pfund wog, Teeny genannt wurde, über viele Jahre einen großen Wohnwagen am Rande des Turnerschen Besitzers stehen hatte; aber inzwischen war Teeny tot, und keiner von denen, die ich gesprochen hatte, erinnerte sich daran, daß ihn jemals irgendwelche Verwandten aus dem Norden besucht hätten.

Ich ging am Hühnerstall vorbei auf die langen Reihen leerer Käfige zu, die am rückwärtigen Ende der Scheune standen.

Plötzlich kam Wind auf, rüttelte an Käfigtüren und wirbelte einen Schwall von winzigen Federn in den Käfigen auf, als schlügen die Geister der toten Vögel mit den Flügeln dagegen, bevor sie sich wie Staub auf den zahllosen ausgebleichten Zeitungen am Boden der Verschläge niederließen.

Ich erinnerte mich daran, wie ich mit Varlie durch die vernachlässigten Felder bis an den niedrigen, schmiedeeisernen Zaun gegangen war, der den Begräbnisplatz der Familie umgab, auf dem Jeffs Opa neben seiner Oma und Onkel Jarvis lag.

»Sieht aus, wie wenn alles vor die Hunde geht, jetzt, wo Bird nicht mehr da ist«, hatte sie gesagt. »Ich war nie dafür, daß er runter nach Columbia geht. Hab' ich gleich gewußt, daß das nicht gut ausgeht mit dieser Kunst.«

»Es muß ziemlich still sein«, hatte ich angemerkt, »jetzt, wo Jeffs Tiere nicht mehr da sind.«

Sie wirkte überrascht. »Scho-on. Ich schätze schon.«

Aus einer Eingebung heraus hatte ich gefragt, was mit ihnen passiert war. »Na ja«, antwortete Varlie, »ich nehme mal an, die meisten von denen sind einfach gestorben.« Sie wies auf ein Stück Land, das etwa dreißig Meter vom Hühnerstall entfernt lag. »Er hat sie immer christlich beerdigt.

Hat gesagt, daß sie an einen Ort kommen, wo es besser ist, zusammen mit Jarvis und Oma und Opa.«

Ihre Worte nahmen in meinem Kopf unvermittelt eine neue Bedeutung an. Ich ging an genau die Stelle, an der wir miteinander gestanden hatten, und kämpfte gegen den unglaublichen Drang an, meine Fingernägel in den trockenen Staub zu versenken und im Boden zu scharren, bis er sich öffnete, zu graben, bis ich auf – auf was träfe? Ein winziges Gerippe? Ein kreidebleiches Nichts? Die Überreste einer schwachen, hinfälligen Kreatur? Oder einen Zigarrenkistensarg, ausgeschlagen mit verblichenem Purpur und mit Kreuzen geschmückt?

Plötzlich hörte ich hinter mir etwas, schrill und unirdisch, das mir eine Gänsehaut machte. Eine Katze schoß so nah an mir vorüber, daß sie meine Wade streifte. Und dann wieder dieses Geräusch, dieselbe Höhe, dieselbe Frequenz wie der Schrei einer Kreischeule im Dunkel. Das Mädchen kam hinter der Seite der Scheune hervor. Sie trug ein leichtes Baumwollkleid, das mit Blümchen überzogen war, und ihr langes, braunes Haar war frisch gebürstet. Ich hob den Arm wie ein Hollywoodindianer, der »Hough« sagt. Das war alles, was mir einfiel. Ich wußte, daß sie taub war.

»Hallo, Jenny – kennst du mich noch?« sagte ich langsam, während sie näher kam. »Garner Quinn? Ich habe mich vor ein paar Monaten mit dir und deiner Mama über Jeff Turner unterhalten.«

»Ich suche meine Katze«, sagte sie in einem hohen, konsonantenlosen Singsang, bei dem jede Silbe mit der nächsten verschmolz.

»Ich habe sie gesehen. Sie lief an mir vorbei. Über den Zaun.«

Sie lächelte scheu. »Vielleicht läuft sie heim.«

Ich dachte an das saubere, kleine Farmhaus, in dem Jenny mit ihrer Mutter wohnte – wo auf jedem fadenscheinigen Millimeter Sofa ein Quilt und eine Katze lagen. »Ich begleite dich«, schlug ich vor. Zusammen gingen wir über das Feld. Regenwolken von der Farbe einer wenige Tage alten Quetschung legten sich vor uns über die fahle Haut des Himmels. Als wir den Ort erreicht hatten, von dem ich annahm, daß dort Teeny Lloyds Wohnwagen gestanden war, berührte ich sie am Arm.

»Kanntest du Teeny?« Jenny nickte. Ich fuhr fort und machte nach jedem Wort eine kleine Pause. »Ich habe einen Brief bekommen von einem jungen Mann, der sagt, er war mit Mr. Lloyd verwandt. Er sagt, er ist mit seiner Mutter einen Sommer lang hier gewesen vor elf oder zwölf Jahren.«

Schatten verdunkelten das Gesicht des Mädchens und machten es unergründlich.

»Er hieß Peter«, erklärte ich ihr. »Peter Salvatore. Er muß ungefähr in deinem Alter gewesen sein. Er sagt, er war ein Freund von Jeff Turner.« Jenny nickte wieder. »Ja, du verstehst?« fragte ich. »Oder ja, du erinnerst dich?«

»Ich erinnere mich«, sagte sie. »Ich habe sie gesehen.«

Wir waren stehengeblieben. Das Farmhaus der Prices war nur noch etwa fünfundvierzig Meter entfernt. Im Wohnzimmerfenster brannte Licht. »Wie sie zusammen gespielt haben?« Mein Herz raste. Wieder das Nicken. »Was noch, Jenny? Was haben sie sonst noch gemacht?«

Jenny riß die Augen weit auf. »Ich weiß es nicht«, weinte sie mit einer Stimme, die irgendwo zwischen einem Heulen und einem Computerton lag. »Ich habe nichts von dem anderen gesehen!«

Und dann rannte sie hinein und ließ mich mit dem Rätsel der ungesehenen Dinge zurück.

Die kurze Zeit, die es dauerte, dem Mädchen ins Haus zu folgen, hatte alles geändert. Jenny wollte nicht mehr mit mir sprechen, es sei denn durch ihre Mutter.

Nein, bedeutete sie Mrs. Price, die mir dann erklärte, sie

könne sich an sonst nichts über Bird Turner und den Jungen aus dem Norden erinnern. Das Wort »Götzenbild« hatte keine Bedeutung für sie, außer dem, was in der Bibel geschrieben stand. Von erwürgten Vögeln oder katholischen Totenmessen wußte sie nichts.

Als ich einwarf, womöglich könne der Staatsanwalt noch ein paar Fragen an Jenny haben, wurde Mrs. Price augenblicklich mißtrauisch. »Wozu? Da gibt es überhaupt gar nichts mehr zu sagen.« Sie stand auf und wollte mich zur Tür bringen. »Bird war wie ein Bruder zu diesem Mädchen, Miß Quinn. Immer hat er auf sie aufgepaßt. Hat ihr kleine Kätzchen gebracht. Bilder gezeichnet. Bücher gegeben.« Sie wandte sich an ihre Tochter. »Bird war immer lieb zu dir, nicht wahr, Schätzchen?«

Jennys Kopf wackelte auf und ab. »Ja-a-a«, sagte sie. Das Wort entrang sich ihr wie der Klang eines Nebelhorns, eindringlich und voller Trauer. Gerne hätte ich dem Mädchen noch ein paar Fragen gestellt, aber der Ausdruck in ihren Augen hielt mich davon ab.

Offensichtlich hatte sie noch immer Angst vor mir.

6

Nick Shawde war groß in Fahrt.

»Ich weiß nicht, ob Sie, hochverehrte Geschworene, dem christlichen Glauben angehören«, sagte er in Richtung der Bank, wobei er es selbstverständlich wußte, »aber Sie haben gehört, wie Susan Cox aussagte ... Nein«, er rief sich leise zur Ordnung, »Sie hörten Susan Cox Zeugnis von der Tatsache ablegen, daß sie an einem schicksalhaften Sonntag im April vergangenen Jahres unseren Herrn Jesus Christus zu ihrem persönlichen Heiland erwählte.«

Geschworene Nummer sechs, die der Pfingstbewegung angehörte, flüsterte kaum hörbar: »Amen.«

Shawde fuhr fort. »Und für all diejenigen unter Ihnen, die es nicht wissen sollten«, sagte er, als sei es tatsächlich denkbar, daß sich, von ihm selbst einmal abgesehen, ein Agnostiker in Hörweite befände, »für einen Christenmenschen bedeutet neu geboren zu werden, alle Sünden von sich abzustreifen, wie die Schlange ihre Haut abstreift.« Seine Stimme senkte sich gramvoll. »Und wir haben gehört, hier in diesem Gerichtssaal, daß es in Susan Trevett Cox' jungem Leben viele Sünden gab, für die sie Rechenschaft abzulegen hat. Ihre Angehörigen und jene, welche sie am besten kannten, sagten aus, daß Susan bereits in sehr jungen Jahren ihrer Unschuld beraubt wurde.«

Der Verteidiger wandte sich von den Geschworenen ab, und unter seinem makellos geschneiderten Anzug – der von amerikanischer Herkunft und speziell für Verhandlungen an Orten wie diesem erworben war – sackten die Schultern ein wenig ab.

»Ihr, die seit dem fünften Lebensjahr von Stiefvater und dem eigenen Bruder mißbraucht wurde«, er sah zu Boden, dann hob er den Blick wieder, ganz flammende Hölle und Verdammnis, »die seit dem fünften Lebensjahr Opfer des vernichtendsten Vertrauensmißbrauchs, des verheerendsten Schutzentzugs, den ein Kind nur erleiden kann, war, kann es ihr denn jemand zum Vorwurf machen, daß sie in dem Glauben aufwuchs, ihr einziger Wert läge in ihrer Sexualität?«

Shawde schritt zuversichtlich auf die Geschworenenbank zu. »Mrs. Cox hat uns berichtet, wie die Jahre voller Schuld und Schande, das Unrecht, das an ihr begangen wurde, und die Jahre der Promiskuität – über die sie, und mochte sie sich auch noch so sehr bemühen, keine Kontrolle hatte – sie bis an den Rand des völligen seelischen Zusammenbruchs trieben.«

Er seufzte und ließ sein Klemmbrett auf die Balustrade sinken, dann blickte er davon auf, direkt in die Augen von Geschworenem Nummer drei.

»Und ist das, wenn Sie darüber nachdenken, denn nicht auch verständlich?« Ein kaum wahrnehmbares Nicken von Geschworenem Nummer drei.

»In jenem Sommer quollen die Zeitungen geradezu über vor Geschichten über einen wildgewordenen Irren.« Shawde legte einen Zahn zu. »Ein Ungeheuer, das junge Frauen anfiel. Kreuze in ihre Haut schnitt. Das vergewaltigte und mordete. Ein Kranker, gewiß, aber für diese junge Frau ging eine seltsame Faszination von ihm aus, denn er war jemand, der die Frauen *büßen* ließ.«

Nick machte eine Pause. »Der sie büßen ließ für eine verborgene, dunkle, womöglich fleischliche Sünde. Und so brach denn diese verstörte junge Frau«, fuhr er fort und nahm Fahrt auf, »nach einem weiteren schnellen Abenteuer mit einem der Namenlosen, Gesichtslosen, den sie sich in der Bar, in der sie arbeitete, aufgerissen hatte, schließlich zusammen. Sie drehte regelrecht durch. Und mit einem Schälmesser ging sie auf sich selbst los und schnitt sich, in einer Art bizarrer Sühne für ihr bisheriges Leben, Kreuze in die Haut.«

Er wirbelte zu den Geschworenen herum. »Danach, in den Fängen von Schock und Verwirrtheit, gab sie der Polizei die Beschreibung eines Transporters mit Nummernschildern aus North Carolina, eines Transporters, den sie auf dem Parkplatz hinter dem Annalee gesehen hatte. Eines Transporters, der einem jungen Mann gehörte, einem Studenten, kaum dem Knabenalter entwachsen, der in seinem ganzen Leben noch nicht einmal einen Strafzettel für falsches Parken erhalten hat.«

Nick ließ den Blick über die Gesichter der Geschworenen schweifen. »Ist hier einer, der bereit ist, für einen Akt des

Selbsthasses, einen Akt – wie unorthodox auch immer – der Sühne und Reue, den ersten Stein auf dieses mißbrauchte und gequälte Mädchen zu werfen?

Ist einer unter uns, der ihre Worte bezweifeln kann, wenn sie endlich vor uns tritt, um die Wahrheit zu sagen? Daß nämlich Jeff Turner sie in jener Augustnacht nicht überfallen hat. Wie können wir ihre Aussage anzweifeln, wenn sie so vor uns steht – nicht länger das verwirrte, von Schuld geplagte Kind, nein, eine glücklich verheiratete junge Frau, ein neuer Mensch vor dem Angesicht ihres erwählten Heilands?«

Shawde blickte zum Leuchter auf. Das war einer von Dudleys Tricks. Ich zählte bis zehn und sah zu, wie er sich abmühte, nicht zu blinzeln oder zu schlucken. Als er sich endlich wieder den Geschworenen zuwandte, standen Tränen in seinen Knopfaugen.

»Susan Cox ist überzeugt, daß die Wahrheit sie befreien wird. Ist einer unter uns, der ihr diese Wahrheit verweigern will? Vor allem, wenn das hieße, einen Unschuldigen zu verurteilen?«

Nicks Stimme schwang sich auf zur Decke, brach sich an akanthusbekrönten Pilastern und stürzte wie ein ausgebrannter Feuerwerkskörper zurück in den Gerichtssaal. Er setzte jetzt zu einem emotionsgeladenen Schluß an, in dem er Punkt für Punkt abhakte, weshalb die Geschworenen im Falle Jefferson Turner in allen Anklagepunkten auf Unschuldig erkennen sollten.

Laß mich wieder glauben, Nick, flehte ich innerlich, *laß mich glauben.* Aber ich hatte meinen Glauben an Anwälte verloren, noch bevor ich aufgehört hatte, an den Weihnachtsmann zu glauben. Zynismus gehörte zu den wenigen Gaben, die mein Vater mir je vermacht hat.

»Könnte die Staatsanwaltschaft weitere Zeugen benennen, die meinen Mandanten mit jenen grauenvollen Morden in Verbindung bringen könnten, so hätten wir von ihnen gehört«, erklärte Shawde, »aber das ist nicht der Fall. Eine einzige, und nur diese eine, war für seine Festnahme verantwortlich«, erinnerte er die Geschworenen. »Und die hat aus freien Stücken gestanden, gelogen zu haben.« Nick blickte in den Gerichtssaal und forderte die Zuschauer heraus. »Ich frage Sie – ist einer unter uns, nur ein einziger, der mit Recht behaupten kann, Mr. Turner sei etwas anderes als das Opfer einer grausamen Verkettung von Umständen?« Er wartete, bis die Stille, die ihm antwortete, ihre Wirkung bei den Geschworenen tat.

Vielleicht hätte Peter Salvatore es können, dachte ich. Aber so, wie die Dinge standen, würden wir das nie erfahren.

7

Am Abend, bevor der Staatsanwalt sein Schlußplädoyer hielt, besuchte ich Jeff in seiner Zelle in der Untersuchungshaft. Ich wußte, daß dies wahrscheinlich unser letztes gemeinsames Interview sein würde, bevor der Spruch der Geschworenen verkündet würde. Er war auf seiner Pritsche gesessen und hatte gezeichnet; aber sobald er uns kommen hörte, stand er auf und wartete höflich, während der Wärter aufschloß.

»Danke, Bobby«, sagte er.

»Keine Ursache, Jeff.« Der Wärter verschloß hinter mir die Tür. Ich hörte seine Schuhe den ganzen Flur entlang quietschen.

»Setzen Sie sich«, sagte Jeff und deutete auf die Pritsche, »bitte.«

Mir fiel wieder ein, was er gesagt hatte, als wir uns zum ersten Mal begegnet waren: *Kann ich Ihnen irgendwas anbieten? Eine Cola, ein Glas Wein vielleicht?*

»Sie haben hier drinnen ja wahre Wunder vollbracht«, sagte ich und meinte die Dutzenden von Tuschezeichnungen, die er an die Wand geheftet hatte.

Jeff lachte. »Genau«, er wurde rot und blickte starr auf den rostigen Klosettschrank, »fast wie zu Hause. Wird mir bestimmt nicht fehlen.«

Der Junge wußte, daß er so oder so nur noch ein paar Tage hier zu verbringen hatte. Mir war klar, daß er darauf vertraute, daß sein nächster Aufenthaltsort keine Zelle wäre.

Seine Miene wurde ernst. »Tut mir leid, diese Sache mit dem Kerl vom Seminar«, behauptete er. »Aber ich schätze, das beweist bloß, daß er ein ziemlich kaputter Typ war.«

»Wahrscheinlich.«

»Hören Sie, ich finde es schlimm, daß Sie deswegen Zweifel bekommen haben. Ich will Ihnen nur sagen, daß ich es verstehe, wenn Sie dem jetzt noch weiter nachgehen wollen, auch wenn das für mich bedeutet, daß es länger dauert, bis ich völlig entlastet bin.« Er setzte sich mir gegenüber auf das andere Ende der Pritsche. »Tun Sie, was Sie tun müssen.«

Das war mehr Unterstützung, als ich von meinem Agenten erhalten hatte. »Sei nicht dumm, Garner«, hatte Max Shroner gesagt, als ich ihm von dem Brief berichtete. »Du bist nicht bei der Kripo, du bist Schriftstellerin. Die Leute wollen was über diese blöde Heilige-Geist-Geschichte wissen? Fein. Schreib ihnen 'nen Bestseller. Niemand erwartet, daß du den blöden Fall löst. Überlaß das lieber den Bullen und den verdammten Anwälten.« Als ich protestieren wollte, legte er die Arme um mich. »Angenommen, in zwei Jahren kommt tatsächlich raus, daß der Bauer es doch gewesen ist, und wennschon?« Er strahlte. »Dann schreibst du einfach ein neues Buch, du weißt schon, wie der Dingens mit dem ›Der-unbekannte-Ted-Bundy-in-unserer-Mitte‹. Streich noch 'n paar Millionen ein.«

Zu Jeff sagte ich: »Nick glaubt, Salvatore wollte sich einfach vor aller Öffentlichkeit ausjammern. Sogar die Staatsanwaltschaft hält es für einen schlechten Scherz.«

»Da brauchen Sie mir nichts zu erzählen.« Jeff lächelte und schüttelte den Kopf. »Sie sollten mal sehen, was ich so alles bekomme.«

Er griff unter die Matratze und zog eine Mappe mit Blättern heraus, die er zwischen uns auf dem Bett ausbreitete. Als ich mich vorbeugte, erhaschte ich einen Hauch Life-Savers-Menthol und von etwas Staubig-süßem wie von einem Fliederduftkissen. Seine Fans schrieben Jeff Turner auf parfümiertem Papier!

»Hören Sie sich das an«, sagte er, und seine Stimme wurde verschwörerisch leise. *»Lieber Jeff«*, las er. *»Immer, wenn ich ein Bild von Dir in der Zeitung sehe, schneide ich es aus und klebe es in mein Album.«* Er sah auf und zuckte schüchtern die Schultern. *»Nachts im Bett denke ich an Dich, wie Du ganz für Dich allein hinter Gittern liegst. Meine Muschi wird feucht, wenn ich mir bloß vorstelle, was wir miteinander machen könnten –«*

»Danke, das genügt«, erklärte ich.

Jeff hob ein Foto in die Höhe. »Sie schicken mir Bilder. Praktisch nackt.« Er klang verblüfft. »Schauen Sie sich bloß mal das hier an.« Er gab mir ein Polaroidfoto. Eine Frau im Tanga, ohne BH, hockte auf einem Bett und hatte die Hände um ihre riesigen Brüste gelegt.

»Scheint 'ne klasse Nummer zu sein.«

»Vielleicht sollten Sie ein paar davon für Ihr Buch benutzen.«

Urplötzlich wurde mir bewußt, daß er es ernst meinte. Mit einer Stimme, die kaum mehr als ein Flüstern war, fing er wieder an vorzulesen. *»Ich träume davon, wie ich Dich in den Mund stecke. Ich will Deinen steifen Schwanz schlucken, spüren, wie Du an mir runterrutschst und meinen Kitzler mit der Zunge leckst –«*

»Hey.« Ich stand plötzlich auf. Ich muß lauter gewesen sein, als ich dachte, denn ich hörte, wie am Ende des Flurs ein Metallstuhl gegen die Wand schlug. Bobby, der Wärter, war alarmiert.

»Tut mir leid«, stammelte Jeff, »ich hab' Sie schockiert, oder?«

»Du hast mich überhaupt nicht schockiert«, blaffte ich. Seine Augen strahlten arglos in ungetrübtem Blau. »Das wollte ich nicht.« Er sammelte Fotos und Briefe ein. »Ich wollte nur, daß Sie wissen, wie sehr die mich lieben«, sagte er, »sonst nichts.«

8

Die Beratung dauerte drei Stunden und elf Minuten. Shawde rief an, um mir Bescheid zu geben. »Sie klingen irgendwie abgeschnürt«, meinte er. »Was haben Sie gemacht, geschlafen?«

»Nachgedacht«, erklärte ich.

»Vergessen Sie den Blödsinn.« Ausnahmsweise klang er ernsthaft. »Dafür ist es jetzt zu spät.«

Im Gerichtssaal ging es zu wie während der ersten Stunde eines irischen Leichenschmauses, bevor die Mischung aus Alkohol und dichtgedrängten Leibern Zeit hatte, ihre volle Wirkung zu entfalten. Ich erkannte all die verräterischen Zeichen. Die leuchtenden Augen. Überlaute Gespräche. Bewegungen, die zu ausladend für diesen vollgequetschten, heißen Ort waren. Ich wußte, es würde nicht mehr lange dauern, bevor Schnaps und Körpersäfte flossen.

Maria Lombardi traf mich auf dem Korridor. Sie hatte das Kostüm, das sie zuvor getragen hatte, gegen ein taubengraues Seidenkleid und einen Leinenblazer getauscht. Die unerwartet schnelle Rückkehr der Geschworenen hatte augenscheinlich ein stilles, kleines Dinner für zwei unterbrochen, und es war keine Kunst, den Namen ihres Gegenübers zu erraten.

»Nick macht sich Sorgen«, verriet sie sich. »Ich habe ihm gesagt, je früher, desto besser, aber er hat mich einfach bloß mit diesem Was-verstehst-denn-du-schon-davon-Blick angeschaut.«

Sie seufzte. »Ich bin sicher, es geht alles gut.«

Ich schaute sie mit einem von diesen Was-verstehst-denn-du-schon-davon-Blicken an und ging hinein, um meinen Platz zu besetzen.

Als Shawde mich bemerkte, lehnte er den Kopf zurück. Aus dem Mund roch er nach Sardellen. »Zeit für den Showdown, Kleines.« In seinem Zwinkern lag noch ein kleiner Rest der alten Tollkühnheit.

Varlie Turner und ihre Schwester waren bereits da, ebenso wie das Ehepaar Cox – Susan blaß und vergeistigt, Shelby in gewohnt stoischer Verwirrtheit. Eine Seitentür ging auf. Zwei Wärter geleiteten Jeff in den Saal. Wieder schwoll das Flüstern an – Bird... Bird... Bird... Ich dachte an die schmale Pritsche, die mit kleinen, rechteckigen Briefbögen bedeckt war, an den Geruch von Flieder und Menthol. »Ich wollte nur, daß Sie wissen, wie sehr die mich lieben«, hatte er gesagt.

»Haben die Geschworenen ein Urteil gefällt?«

»Das haben wir«, erklärte der Sprecher. »Wir erkennen im Fall des Angeklagten Jeff Turner in allen Punkten auf ›nicht schuldig‹.« Der Gerichtssaal brach in donnernden Applaus aus. Susan Trevett Cox rief: »Preiset den Herrn!« Einige lachten.

Ich hatte die Augen auf Jeff gerichtet, aber genau in diesem Moment beugte sich Nick dazwischen und nahm mir die Sicht. Hinter mir wurde geweint. Jeffs Tante schluchzte in ihr Taschentuch. Varlie verharrte trockenen Auges und ohne Regung, als verstünde sie nicht, was gerade geschehen war.

Der Richter machte eine Schlußfeststellung; aber seine langsame, leise Stimme hatte gegen den Überschwang der Gefühle im Gericht nicht den Hauch einer Chance. Es war wie Silvester. Die Menschen waren aufgesprungen, winkten und umarmten sich, von allen Seiten wurde gerufen. Ich kämpfte mir den Weg durch die Menge und lief prompt Bryan, dem *People*-Reporter, in die Arme, der mich auffing und stürmisch auf den Mund küßte. »So ein Happy-End«, behauptete er, »ist genau das, was Hollywood braucht.«

Ich hatte das dringende Bedürfnis, ihm einen Faustschlag zu versetzen, zu sehen, wie er sich vor Schmerz krümmte, aber genau in dem Moment teilte sich die Menge, und zum ersten Mal, seit der Verkündung des Urteilsspruchs, stand ich Jeff Turner gegenüber. Ein Mann, den ich noch nie gesehen hatte, stand bei ihm und riß seinen Arm auf und ab, während er ihm auf den Rücken klopfte. Jeff schien völlig benommen. »Gratuliere.«

Er zog mich zu sich. Das berauschende Bukett von Champagner und Life Savers warf mich beinahe um. »Wie soll ich Ihnen nur jemals danken?« flüsterte er.

»Ich habe überhaupt nichts getan«, erwiderte ich. »Das waren Susan und Nick.«

»Nein.« Er schüttelte den Kopf. »Das Wichtigste war, daß Sie an mich geglaubt haben.«

Ich wollte etwas sagen. Aber was? *Ich bin mir nicht sicher, daß ich wirklich an dich glaube, Jeff?* Ich war mir über gar nichts mehr sicher. Die Lampen im Gericht erschienen mir ungewöhnlich hell. Sie taten mir in den Augen weh. Ich hob schützend die Hand, aber Jeff packte sie.

»Hören Sie, ich weiß, daß die Lage in letzter Zeit etwas

gespannt war.« Auch er litt unter den Lampen. Kleine Schweißperlen bildeten sich auf seiner Oberlippe. »Ich hoffe einfach, daß wir jetzt, wo alles vorbei ist –«

Ich konnte ihm nicht mehr folgen. Der Raum hatte sich verflüssigt und schlug in Wellen gegen meine Bein. Aus dem Nichts schlang sich eine Hand um meine Taille. Nick Shawde brüllte mir ins Ohr: »Garny, Sie schauen ja aus wie der Tod. Was is' los?«

»Nichts, was ein Jahr in völliger Abgeschiedenheit nicht wieder in Ordnung bringen würde.« Ich schaffte es zu lächeln.

»Sie?« Shawde bohrte mir einen Ellenbogen in die Rippen. »Nie im Leben!«

Jemand packte ihn; als ich wieder nach oben sah, standen Varlie Turner und ihre Schwester bei Jeff. Ich wollte mich davonquetschen. »Dann viel Glück, Ihnen allen.«

»Wir sind Ihnen wirklich dankbar für alles, Miß Quinn«, sagte Varlie.

»Ich habe eigentlich gar nichts getan.«

»Aber wir bedanken uns trotzdem.« Ihrer Stimme fehlten jegliche Wärme und Freude.

Bevor ich gehen konnte, ergriff Varlies Schwester das Wort. »Miß Quinn? Fast hätte ich es vergessen. Hat Bird es Ihnen schon erzählt?«

Turner zog einfältig den Kopf ein. »Mist, Tante Dot. Bei dem ganzen Trubel hab' ich das doch glatt übersehen.«

Sie machte die Handtasche auf. »Dieser junge Assistent, mit dem Sie arbeiten?«

»Jack Tatum?«

»Ja, ich glaube, der war's. Na ja, der hat ja angerufen wegen diesem Jungen und seiner Ma, die bei Teeny gewohnt haben?« Mein Herz pochte wild. »Und da hab' ich mich dann doch dran erinnert, daß das zu der Zeit gewesen war, wo mein Mann diese Sofortbildkameras gekauft hat.«

»Zeig ihr einfach das Bild«, drängte Varlie ungeduldig. Sie gab mir ein kleines Schwarzweißfoto mit perforierten Rändern. »Das sind Bird und dieser Junge«, erklärte sie. »Ich bin zufällig drauf gestoßen, wie ich gestern daheim war, und da bin ich dann richtig ins Grübeln gekommen.« Sie wandte sich ihrem Neffen zu. »Dir fällt doch jetzt auch alles wieder ein, das stimmt doch, oder, Bird?«

Ein Grinsen ließ seine Grübchen aufblitzen. »Ja, Ma'am, jetzt, wo ich es sehe, kommt es mir langsam wieder.«

Ich sah auf das Foto hinab. Zwei Jungen standen neben der Scheune der Turners. Der große, gutaussehende hielt eine Katze unter ihren Vorderbeinen fest, so daß die Hinterbeine baumelten. Der kleine, dicke hatte eine Art Schal um den Hals gelegt. An beiden Enden war etwas aufgestickt. Ich war mir nicht ganz sicher, aber es könnte ein Kreuz gewesen sein.

Ich schob mir das Foto in die Tasche und verabschiedete mich eilends.

Als ich bei der Tür angekommen war, schaute ich über die Schulter zurück und konnte gerade noch erkennen, wie Jeff Turner sich für die Fotografen in Positur stellte, den Arm lässig über die Schulter von Susan Trevett Cox gelegt.

»Bitte lächeln!« rief jemand.

Und das taten sie auch wie gewünscht.

9

Ich saß allein in der abgedunkelten Suite, die einst den Kriegsrat der Verteidigung beherbergt hatte, und preßte die Lehne von Nicks Drehstuhl gegen die Wand. Die Füße hatte ich auf den Tisch gelegt und scheuerte damit das teure Notizbuch ab. In der Beuge meines Schoßes hielt ich den Schnappschuß. Ich konnte ihn tatsächlich gar nicht sehen, aber ich wußte, daß er da war. Ich ließ seine scharfen Kanten über meine Handballen streifen.

Die Tür ging einen Spaltbreit auf. Etwas Licht vom Flur drang herein, bevor eine Hand auf den Schalter für die erbarmungslosen Deckenleuchten drückte. Ich setzte mich gerade und zwinkerte im grellen Licht.

»Herrgott noch mal, Garn.« Nick Shawde klang heiser. »Wollen Sie mir 'n Herzinfarkt verpassen?«

»Ich hätte nicht gedacht, daß so spät noch jemand hier ist«, sagte ich wahrheitsgemäß. »Warum sind Sie nicht beim Feiern?«

Shawde zuckte die Schultern. »War ich.« Er kam zum Tisch und holte eine Flasche Jack Daniels aus einer der unteren Schubladen. »Bin ich.« Er holte zwei Schnapsgläser, die er so heftig absetzte, daß das Geräusch durch den leeren Raum hallte. »Und ich werde.«

Ich ruckelte den Stuhl auf den Rollen vorwärts und sah ihm zu, wie er die goldfarbene Flüssigkeit einschenkte und mir reichte. Wir tranken, ohne uns anzusehen. Dann zückte er ein gebügeltes Taschentuch, putzte sich die Nase und ging zum Fernseher hinüber.

Es kamen Nachrichten, und der Aufmacher war Jefferson Turners Freispruch. Wir sahen eine Weile zu. Nick gab eine zweite sparsame Runde aus, und wir starrten nippend in den Apparat. Ich hatte erwartet, daß Nick, sobald der Bericht vorüber war, umschalten würde, um zu sehen, was die restlichen Kanäle berichteten; aber das tat er nicht. Statt dessen ließen wir einen Beitrag über einen Autounfall auf der Route 20 über uns ergehen, in dem drei Fahrer umgekommen waren; dann den Wetterbericht; schließlich eine Reportage über eine Armenküche für Obdachlose, die einige Jugendliche organisiert hatten.

Während der Werbepause hob Nick noch einmal den Jack

Daniels. Ich schüttelte den Kopf. »Und wenn er nun schuldig ist?« fragte ich endlich.

»Ist nicht mein Problem«, erwiderte Nick. »Das Gericht hat ihn soeben für unschuldig befunden.«

»Das genügt mir aber nicht.«

»Was treiben Sie da eigentlich? Einen verdammten Kreuzzug?«

Seine kleinen, dunklen Augen funkelten spöttisch. »Garner Quinn, die unermüdlich nach der Wahrheit Suchende? Ich bitte Sie!« Er setzte sich mir gegenüber an den Schreibtisch und legte die Füße hoch, einen nach dem anderen, als würde ihn das unendlich langweilen. »Kommen Sie runter von Ihrem hohen Roß, Garny. Mein Job ist es, den Kerl zu vertreten, so gut ich kann, und Ihrer ist es, über das Geschehen zu berichten. Punkt. Ich meine, die Bücher, die Sie schreiben, sollen ja wohl ausschließlich auf Tatsachen beruhen, richtig? Glauben Sie vielleicht, Sie können sich da irgendwelche poetischen Freiheiten rausnehmen? Lassen Sie mich eins klarstellen – wenn Schluß ist, ist Schluß, Schätzchen.«

Ich kickte mein Schnapsglas auf den Tisch, auf dem es herumrollte und klackerte wie ein geriffeltes Katzenauge. »Gesprochen wie ein wahrer Anwalt.«

»Aber klar, machen Sie nur weiter, spielen Sie weiter die Selbstgerechte«, sagte er überraschend wütend. »Aber eines sage ich Ihnen, ich werde heute nacht ruhig schlafen. Ich werde ausgehen, spät essen, wenn ich Glück habe, mit jemandem ins Bett gehen und dann träumen wie ein unschuldiges Baby. Und Sie? Wann haben Sie's zuletzt gemacht? Oder war das vielleicht die Frage, mit der der Vogelknabe es sich verschissen hat?«

Ich gab ihm eine Ohrfeige. Im Fernsehen rappten vier junge Schwarze etwas über Hamburger und Fritten. Nick brachte ein Lächeln zuwege. »Ich habe schon davon gehört, daß Sie einen Fall nie abschließen, ohne dem Anwalt eine zu schmieren. Ich hatte schon Angst, Sie würden mich nicht ernst nehmen.« Er ging zum Fenster und rieb sich die Wange. »Wissen Sie, was der Unterschied zwischen uns ist?« fragte er. »Sie hören niemals auf zu wühlen. Und ich? – Wenn eine Sache erst vorüber ist, dann will ich sie auch verdammt noch mal begraben.«

Ich ging zu dem kleinen Kühlschrank und wickelte einen Eiswürfel in eine Papierserviette. »Da«, sagte ich.

Er nahm sie. »Sie sind bestimmt ein Tiger im Bett, Quinn.«

»Sie sind ein Schwein.«

»Genau«, pflichtete der Anwalt bei, »nicht wahr?« Etwas im Fernsehen erregte seine Aufmerksamkeit, und er sah an mir vorbei. Eine schöne, junge Reporterin sprach frontal in die Kamera, über ihrer Schulter ein Bild von Dane Blackmoor.

»– die Anwältin des Bildhauers, Diana Gold«, berichtete die Reporterin, »veröffentlichte heute eine Erklärung, nach der Blackmoors Werk, Zitat, mißhandelt und zerstört wurde, als die Polizei nach weiteren Leichenteilen suchte. Letzte Woche erst fand man eine Hand, als –«

»Ich sag's Ihnen, Garn«, meinte Nick, »das ist Ihr nächstes Buch.«

»Nie und nimmer, Shawde.«

»Nicht mal, wenn sie den Kopf finden?« Er strich sich die Anzugjacke glatt und richtete die Krawatte.

»Auch dann nicht.«

»Egal, wir sehen uns dann vor Gericht, Quinn. Außer Sie wollen mit Lombardi und mir noch 'ne Runde feiern?« Er hob zweimal die Brauen.

»Ach, Mist«, seufzte ich. »Nichts lieber als das, aber ich muß mir die Haare waschen.«

»Bleiben Sie noch?«

»Ja. Ich dachte, ich treib' einfach Ihre Telefonrechnung ein bißchen in die Höhe.«

»Kopf, Sie rufen Blackmoor an. Zahl, Ihre Tochter.« Nick tat so, als würde er eine Münze werfen. »Huch.«

Ich fing ihn an der Tür ab. »Beides falsch. Ihre Frau.«

Einen Augenblick lang blieb er wie versteinert stehen, dann schlüpfte er auf den Flur hinaus.

10

Der bleiche Marmorboden des Hotelfoyers glänzte wie das Deck eines Kreuzfahrtschiffes. Es war zwar schon Mitternacht vorbei, aber das Atrium war immer noch hell beleuchtet und ohne Schatten, ein Ort ohne dunkle Nischen oder Winkel. Das gab Sicherheit, half den Menschen zu vergessen, daß sie weit von zu Hause entfernt waren, in abgenutzten Zimmern schliefen, auf Laken, in denen noch vor dem letzten Mal Waschen Fremde gelegen hatten.

Ich hatte mir überlegt, an der Bar noch einen Schlummertrunk zu nehmen, aber jetzt, wo ich hier unten war, wollte mir die Idee gar nicht mehr gefallen. Ich ging zurück zu den Aufzügen.

Jeff Turner saß in einem der blauglänzenden Ohrensessel. »Hallo, Lady.«

»Jeff«, sagte ich atemlos. »Was machen Sie denn hier?«

»Ich wollte Ihnen etwas schenken.« Er streckte mir ein eingerolltes Blatt Papier entgegen. »Machen Sie es auf. Bitte.« Vorsichtig entrollte ich es.

Es war die Zeichnung eines Vogels. Mit Tausenden von feinsten, säuberlichen Federstrichen hatte er die gefiederte Struktur gestaltet. Die Frontalperspektive hatte etwas Beunruhigendes an sich – der vorgereckte Schnabel, die schwarzen Äuglein, die so weit auseinanderstanden.

»Es ist sehr hübsch.« Ich schaute gebannt auf Jeff Turner und versuchte ihn mir schwarzgewandet vorzustellen, die hübschen Züge von einer Schicht Fettschminke verwischt; aber irgendwie entzog sich mir das Bild und flog hinauf in die farngesäumten Höhen des Atriums. Da war nur ein attraktiver, junger Mann in marineblauem Blazer und hellem Hemd mit Kragenknöpfen, der an einem hell erleuchteten Ort ohne dunkle Schatten in respektvoller Entfernung vor mir stand.

»Wahrscheinlich sind Sie schon wieder an der nächsten Sache dran«, sagte er. »Und planen schon das nächste Buch.«

»Nein. Eigentlich nicht.«

»Na ja, ich werd' Sie dann wohl besser in Ruhe lassen«, meinte er. »Draußen im Auto wartet ein Freund auf mich.«

Das überraschte mich. Viele hatten behauptet, Bird zu mögen, aber jetzt, wo ich darüber nachdachte, fiel mir auf, daß Peter Salvatore der einzige war, der ihn je Freund genannt hatte.

Ich rollte die Zeichnung wieder zusammen und streckte die Hand aus. »Alles Gute, Jeff.«

Er drückte sie sanft an die Lippen. »Ich werde Sie niemals vergessen, Garner«, sagte er.

11

Ich kniete und grub mit einem kleinen Löffel. Die Erde war feucht. In schwarzen Streifen klebte sie an meinen Armen. Zwischen den Fingern hingen kleine, feste, von Regenwürmern durchzogene Erdklumpen.

Ich stieß auf etwas Hartes.

Eins. Zwei. Drei. Vier. Fünf. Sechs. Eine ordentliche Reihe von Tiersärgen, und auf jedem der Deckel standen Worte in einer Sprache, die mir eigentlich vertraut schien. Beinahe gegen meinen Willen machte ich mich daran, den ersten Sarg zu öffnen. Darin lag ein toter Spatz. Den Schnabel nach vorn. Die Äuglein weit auseinander. Das purpurne Tuch, das den Leib umhüllte, war mit Kreuzen versehen.

Einen nach dem anderen öffnete ich die Särge. Eine Maus. Ein Kaninchen. Eine Katze. Ein Hund. Eine namenlose Furcht wuchs in mir an, während ich mich zum größten der Behältnisse vorarbeitete. Dieses war sicher und fest vernagelt. Mit dem Löffel versuchte ich den Deckel auszuhebeln. Ein Schwall heißer, beißender Luft schlug mir entgegen und drang mir in die Nase.

Ich hatte es fast geschafft, als ich einen Schatten in meinem Rücken spürte. Eine langsame, sanfte Stimme sagte: »Mach ihn auf, Garner. Mach ihn auf, den großen«, und ich sah das Gesicht vor mir, ohne mich umdrehen zu müssen, fahl wie der Mond, die langgezogenen Grübchen, tief wie Krater …

Das Telefon läutete. Ich tauchte aus den Tiefen des Traums auf. Die Ziffern auf der Uhr zeigten dreiviertel drei. Wieder das hübsche, kleine Schellen. Ich tastete nach dem Hörer. »Ja?«

»Die Bars sind zu«, sagte der Anrufer.

»Nick?«

Shawdes Lachen klang wie ein Keuchhusten, den man einatmet.

»Was soll das?« wollte ich wissen. Dann wurde mir Angst. »Ist etwas –?«

»Ganz ruhig, Häschen«, sagte er besänftigend. »Ich wollte nur, daß Sie es auch wissen.«

»Was soll ich wissen?«

»Die Bars sind zu, habe ich das schon gesagt?«

Ich hörte jemanden kichern und fragte mich, ob er alleine war. »Ja, das haben Sie«, erwiderte ich ungeduldig.

»Aber da hab' ich's gesehen. In voller Größe, auf einem von diesen Jumbofernsehern. Und ich sag' mir, Mist, jetzt muß ich Sie anrufen. Ich muß die G-Lady anrufen.«

»Wovon reden Sie überhaupt?«

»Spitz den Bleistift, Mädel –«

»Sie sind ja betrunken. Ich lege mich wieder ins Bett.«

»Sie können aber jetzt nicht schlafen, Garny. Das will ich Ihnen ja klarmachen.« Nick stieß einen von seinen unbändigen, eselshaften wiehernden Lachern aus. »Sie haben den Kopf gefunden! Hörst du? Die ham den verdammten Kopf gefunden!«

IV

Die Mühle

»Gott danken, mit meinem Mann nach Hause gehen und viele, viele Kinder bekommen.«

Susan Trevett Cox auf die Frage nach ihren Vorhaben für die Zeit nach dem Prozess gegen Turner.

People (14. November 1995)

»Also, Ma'am, dass ich heute hier sitze, verdanke ich nur Gott und Garner Quinn.
Während dem Prozess sind wir uns richtig nahegekommen, aber in letzter Zeit hab' ich sie natürlich nicht mehr gesehen. Sie schreibt ja gerade wieder ein Buch über diesen Bildhauer ...«

Jefferson »Bird« Turner im Hinblick auf die bevorstehende Veröffentlichung von *Morgen früh, wenn Gott will*

»Today Show« (22. November 1995)

1

Das Atelier befand sich in einer alten Getreidemühle. Blackmoors Assistent hatte mir gesagt, ich könne sie nicht verfehlen, und das stimmte. In einer Landschaft, in der Bilderbuchfarmen sich tummelten und efeuumrankte Holzhäuser auf Hügelchen standen, auf die schmale Straßen sich hinaufschlängelten, dräute sie wie eine druidische Kultstätte – fremdartig, geheimnisvoll, etwas beängstigend. Die kahlen Bäume, die die Auffahrt säumten, reckten die Äste empor wie Soldaten, die sich dem Feind ergeben. Neben dem eigentlichen Haus erkannte ich mindestens vier Nebengebäude. Ein Ziegelschlot diente als eine Art Wachturm.

Oder als Krematorium, dachte ich. Vielleicht hat er hier die übrigen Leichenteile entsorgt.

Ich folgte einer Reihe von kleinen, handgeschriebenen Schildern, auf denen einfach nur DIE MÜHLE stand. Das Gelände gehörte zu den neueren Erwerbungen Blackmoors. Meinen Nachforschungen zufolge hatte er, kurz nachdem der Vestri-Skandal aufgeflogen war, seinen Betrieb aus Manhattan vollständig hierher verlegt. Hinter dem Haupthaus lag ein Parkplatz. Ich lenkte meinen treuen, alten Volvo 190 in eine Parklücke und zog den Zündschlüssel ab. Von hier hatte ich einen guten Blick auf das Mühlrad und das stahlgraue Band des Kanals unterhalb der Klippe. Ich stieg aus und ging gemächlich zum Wasser. Drei große, klobige Gegenstände, die vor mir am Ufer lagen, fesselten sofort meine Aufmerksamkeit. Sie sahen beinahe aus wie Grabplatten –

Grabplatten, die unter starren, schweren Abdeckungen verborgen waren. Ich beugte mich vor, um eine davon zu berühren. Sie war hart. Unnachgiebig wie Granit.

Ich drehte mich wieder zur Mühle um und blinzelte gegen die morgendliche Sonne an. Ich fragte mich, warum Blackmoor bei all dem Geld, das er besaß, den Immobilien, die ihm gehörten, und seinem zügellosen Lebensstil beschlossen haben mochte, ausgerechnet in dieser gottverlassenen Gegend zu wohnen.

Wenn er seine Freizeit damit verbrachte, junge Frauen zu zerhacken, dann war das natürlich der ideale Ort dazu. Nur die Krähen würden die Schreie hören.

Ein junger Mann, dessen langes, rotblondes Haar zu einem Pferdeschwanz gebunden war, öffnete mir. »Ist es denn zu glauben, daß wir tatsächlich November haben?« wollte er wissen. »Mensch, wenn das die Klimaerwärmung ist, dann bin ich hundertprozentig dafür. Sie sind Garner Quinn, stimmt's?« Er strahlte so stolz, als habe er gerade in einem Fernsehquiz richtig geantwortet. »Ich habe Sie auf der Vernissage gesehen.«

Ich wurde rot, als hätte ich an diesem Abend betrunken auf einem Tisch getanzt und unanständige Lieder gesungen und nicht einfach nur ein rotes Kleid getragen. Der Jüngling führte mich in ein enges, zugiges Foyer. Schmale Sonnenstreifen fielen aus Schlitzen in den Steinwänden und warfen Zacken auf den Boden. Auf einem gebleichten Kieferntisch stand eine Tonschale mit weißen Tulpen.

»Wissen Sie eigentlich, daß Sie in Wirklichkeit viel jünger aussehen als auf den Buchumschlägen?« plapperte Mr. Pferdeschwanz.

»Danke«, sagte ich. »Erinnern Sie mich daran, meinen Fotografen zu feuern.«

Er schnaubte verächtlich und streckte die Hand aus. Er

schüttelte einem die Hand, ohne sie zu geben. »Roberto. Wir haben telefoniert.«

»Schön, Sie kennenzulernen.«

»Sie sind alle im Atelier«, erklärte er. »Dane fängt am Donnerstag mit einem neuen Stück an, und da heißt es jetzt natürlich husch, husch, werkel, werkel.« Er öffnete den Riegel einer wuchtigen Holztür. »Kommen Sie, ich führe Sie ein bißchen herum.«

Ich folgte ihm in einen riesigen, luftigen Raum. Massive Steinmauern schwangen sich zu gewölbten Höhen empor. In einem mannshohen Kamin aus unbehauenem Stein schimmerten an einer Wand kupferne Töpfe. Die Wachsspuren, die von hohen schmiedeeisernen Kerzenhaltern auf die Ziegel der Feuerstelle getropft waren, zeugten von einem ganzen Menschenalter.

Alles war sehr freundlich und nicht so düster, wie ich erwartet hatte. Durch hohe Bogenfenster und – in zylindrischen Schäften – aus Oberlichten fiel Tageslicht in den Raum. Eine Lichtrigg wie im Theater war an Stangen von der Decke abgehängt. Mehrere Männer turnten auf Gerüsten herum und brachten Lichtschirme in Stellung, die helle Muster auf die erhöhte Plattform warfen, die das Zentrum des Raums bildete. Aus unsichtbaren Lautsprechern schmachtete eine Sängerin: *»Ohh! I love to hate you.«*

Weitere Gerüste, die mit feinem Maschendraht und Ballen von schwerem Baumwollstoff beladen waren, schoben sich in seltsamen Winkeln in das Atelier. Eine große Frau stand auf der Plattform und gab den Technikern Anweisungen. Ich erkannte in ihr die blasse Schönheit im Netzkleid wieder, die Blackmoor an jenem Abend vom Rücksitz des Rolls-Royce geholt hatte.

Sie beschattete die Augen mit einer Hand und rief: »Roberto?«

»Die Pflicht ruft.« Roberto zuckte fröhlich die Schultern.

»Bitte. Fühlen Sie sich ganz wie zu Hause.« Weg war er. *Husch, husch, werkel, werkel.*

Die Musik war zu laut. Ich mußte mich zwingen, mich nicht im Takt zu bewegen. Mr. Pferdeschwanz und die Amazone standen eng beieinander auf der Plattform und berieten sich. Sie griff an den Gürtel hinab und führte etwas an die Lippen. Ein Walkie-talkie. Vor meinem geistigen Auge tauchte plötzlich das Bild von Blackmoor auf, wie er in einem dunklen, holzgetäfelten Zimmer saß, eine Perserkatze auf dem Schoß, und nur darauf wartete, daß seine schöne, aber todbringende Handlangerin ihm das Signal gab. »Sie ist hier, Boß.«

Ich konzentrierte mich auf den Raum. Ein Paar Wendeltreppen führten auf Galerien, wo sich, wie ich annahm, weitere Werkstatträume befanden. Roberto hatte gesagt, ich solle mich wie zu Hause fühlen. Ich beschloß, ihn beim Wort zu nehmen. Ich schlenderte zur nächsten Treppe und erwartete fast, daß die Alarmglocken losschrillten und wütende Stimmen kreischten: »Entschuldigen Sie, aber da können Sie nicht rauf!«

Aber ich hörte nichts.

Die Galerie im ersten Stock war in mehrere Lagerräume mit Garagentoren unterteilt. Ich zog an einem altmodischen Hebezug mit Gegengewicht. Scheppernd öffnete sich der metallene Rolladen. Noch bevor meine Augen sich an das Licht gewöhnt hatten, trat ich ein und stolperte sofort über einen Körper.

Der ganze Boden war damit übersät. Rümpfe. Gliedmaßen. Füße. Ich war in eine Müllhalde hohler Gipsabgüsse geraten. Oder wenigstens – sagte ich mir – *schienen* sie hohl. Nur vom Ansehen wäre niemand darauf gekommen, daß die *Sitzende* den Sarkophag für die Hand einer Leiche darstellte. Oder daß die *Frau im Spiegel* einen abgetrennten Kopf enthielt. Ich ging weiter.

In einer Ecke des Raumes stand etwas, das mit einem Baumwolltuch verhüllt war. Vorsichtig zog ich den Stoff ab. Ein kleiner Junge lag auf dem Boden, entstellt und blutüberströmt, den Hals krumm, ein Teil des Gesichts, den man ihm zu Brei geschlagen hatte, eingedrückt. Ein Schrei bildete sich in meiner Kehle, aber ich brachte keinen Laut heraus – zum Glück, denn in dem Moment bemerkte ich das kleine Messingschild.

»BANDENKRIEG, DANE BLACKMOOR, 1991«.

Mein Herzschlag hatte sich kaum beruhigt, als sich, von einem Holzregal hoch über mir, etwas Schnelles, Weißes auf mich stürzte.

Flapp-flapp-flapp.

Ich kippte in den Stapel aus steifen Händen und unnachgiebigen Brüsten und löste damit eine Lawine aus Körperteilen aus. Sie stachen und zwickten und setzten meiner Nase mit einem staubigen Geruch zu, der an Medizin erinnerte. Ich kämpfte darum, mich zu befreien.

»*Wiegehtsdennso? Wiegehtsdennso?*« Der Kakadu pfiff flügelschlagend vorbei.

»Bleib bloß weg«, warnte ich den Vogel.

Ein Paar kräftiger Arme, einer unter der Schulter, einer an der Hüfte, hob mich auf und stellte mich wieder auf die Füße. Auch wenn mir das Haar noch vor den Augen hing, die mir wegen des beißenden, chemischen Geruchs noch brannten, erkannte ich doch Blackmoor, auf dessen Schulter der große, weiße Vogel hockte, klar und deutlich. Sie steckten die Köpfe zusammen und warfen mir von der Seite den wohlbekannten, abschätzigen Blick zu.

»Wann werden Sie je lernen, daß wir nicht beißen?« fragte er gutmütig.

Blackmoor hockte sich wie ein Indianer auf die Plattform, und ein Ring von Menschen, die jedes seiner Worte aufzusaugen schienen, umstand ihn. Nur der Kakadu täuschte Desinteresse vor. Er saß auf einer Leitersprosse und putzte sich mit seinem scharfen, forschenden Schnabel die spitzen Krallen.

»Das Ganze muß noch schräger stehen.« Er rieb mit der Hand über den Boden und wischte eine Markierung aus Schneiderkreide weg. »Und sag Kyra, sie soll früh hier sein«, wies er seinen Helfer an. »Wie sieht's mit den Klamotten aus?«

»Ich hab' ein paar verschiedene Stilrichtungen zusammengestellt, such dir was draus aus, Dane«, schnatterte jemand.

Ich nahm mir die Sprecherin unter die Lupe, eine teiggesichtige Frau, deren kristallbesetzte Brille sich an den Rändern aufschwang wie ein verschlagenes Grinsen. Sie trug einen orangefarbenen Kittel über Leggins im Leopardenmuster, die es irgendwie schafften, gleichzeitig zu weit und zu eng zu sein. *Wenn die für die Garderobe zuständig ist,* dachte ich, *dann tut mir die arme Kyra jetzt schon leid, wer immer das auch sein mag.*

»Welchen Spiegel nehmen wir, Dane?« Das kam von einem hageren Mann Anfang Dreißig, der sich etwas hinter den anderen hielt.

Blackmoor überging die Frage achselzuckend. »Laß einfach beide kommen.« Er schritt von der Plattform herunter und blieb stehen, als er mich sah.

»Nur falls es euch interessieren sollte«, sagte er den anderen, »das ist Miß Quinn. Sie schreibt Bücher über Mörder, und sie ist hier, um mich zu durchleuchten.« Er lächelte, ohne die Zähne zu zeigen. »Ihr könnt davon halten, was ihr wollt.«

Ich sah an der Reihe von zumeist feindlich gestimmten Gesichtern entlang und sprach freundlich, aber bestimmt. »Für die nächsten Tage werde ich im Atelier sein und beobachten, wie der Laden so läuft, und ein paar Fragen stellen«, erklärte ich ihnen. »Vielleicht fangen wir einfach mal mit den Vorstellungen an.«

Blackmoor kürzte die Höflichkeiten ab. »Elizabeth Rice.« *Die benetzte Langbeinige.* »Richard Lewan.« *Der dünne Mann.* »Lucy Moon.« *Die Leopardendame.* »Und Roberto haben Sie ja wohl schon kennengelernt.« *Mr. Pferdeschwanz.*

Elizabeth Rice reichte mir die Hand. Wie schon der von Roberto, hatte auch ihr Händedruck nur Form, keinen Gehalt. »Wenn Sie irgendwelche Fragen haben, zögern Sie nicht.«

Unter diesen Scheinwerfern konnte ich die ersten Fältchen auf ihrem Hals und Krähenfüße um die Augen ausmachen. Sie war nicht wirklich die Naive, als die sie sich auf der Vernissage verkleidet hatte. Elizabeth Rice war in ihrem Leben schon ein paarmal um die Häuser gezogen. Im Regen. In tropischem Klima.

Blackmoor berührte mich am Arm. »Ich werde mich in meinem Büro mit Ihnen unterhalten.« Er drehte sich um und durchquerte energisch das Atelier. Alle sahen zu, wie ich mich entschied, ihm zu folgen.

Es war eine sehr öffentliche Kapitulation.

2

Als ich Blackmoors Büro erreicht hatte, saß er bereits bequem hinter dem Schreibtisch. Um dieses einzigartige Ambiente zusammenzustellen, mußte sein Innenarchitekt eine Reihe von alten, europäischen Kirchen geplündert haben. Bleiglasfenster ließen das Sonnenlicht in allen Farben erstrahlen. Sakrale Antiquitäten dienten weltlichen Zwekken – die Statue eines Heiligen hielt einen Stapel *Architec-*

tural Digest in den ausgebreiteten Armen; mehrere Flaschen Evian lagen in einem reich verzierten Taufbecken. Blackmoor blickte auf, als sei er erstaunt, mich zu sehen. »Ach, da sind Sie ja.« Ich setzte mich unaufgefordert.

»Und«, sagte er, »wie geht's Dudley?«

»Gut.« Ich hatte nicht vor, ihm einzugestehen, daß ich es nicht wußte. Daß ich nicht die geringste Ahnung hatte, wie es meinem Vater ging oder auch nur, wo er sich gerade befand.

»Und die Tochter – Temple, nicht wahr?« Blackmoor lächelte. Es machte mich nervös, daß dieselben Lippen, die dieses Lächeln zu lächeln imstande waren, den Namen meiner Tochter formten.

»Der Name gefällt mir«, sagte er. »Könnte von Faulkner sein.«

»Hören Sie, das ist kein Gefälligkeitsbesuch.«

»Nein, wahrscheinlich ist es das nicht.« Er hob einen Lehmklumpen auf, den er in der Hand zusammendrückte. »Der Anruf Ihres jungen Mitarbeiters hat mich etwas überrascht.«

Die Art, in der er *Ihres jungen Mitarbeiters* sagte, deutete an, Jack sei mehr als nur mein Mitarbeiter. Aber vielleicht war ich in diesem Punkt auch nur etwas überempfindlich. »Ich war mir nicht sicher, ob Sie wirklich schon so bald wieder mit einem neuen Buch anfangen wollten. Ich fühle mich geschmeichelt.«

»Tun Sie's nicht«, sagte ich offen. »Ich habe mich dazu entschlossen, weil es gut paßt von der Logistik her. Die meiste Arbeit kann ich daheim erledigen.«

Den anderen Grund nannte ich ihm nicht. Daß Jeff Turner einen bitteren Nachgeschmack bei mir hinterlassen hatte. Hätte ich daheim gesessen, von unbeantworteten Fragen bestürmt, zusammen mit dem Gespenst des »Heiligen Geistes«, das bei mir umging, ich wäre verrückt geworden. Ein

Buch über Dane Blackmoor warf keine moralischen Bedenken auf. Er war schuldig. Ich wußte es, und er wußte, daß ich es wußte. Es würde mein Schwanengesang werden – würde einen vollkommenen Kreis schließen, der mit Dulcie und Dudley begonnen hatte und mit ihm endete.

»Ich möchte Ihnen gerne einige Fragen stellen.« Er richtete einen gestreckten Finger auf mich, als wolle er sagen: *Schießen Sie los.* Das tat ich. »Wann hat Torie Wood angefangen, hier zu arbeiten?«

Blackmoor lehnte sich in seinem Stuhl zurück. »Das wollte die Polizei auch wissen. Ich habe ihnen erklärt, daß ich das nicht so genau sagen kann.

Ich glaube, Roberto hat sie ursprünglich mitgebracht. Er hat sie wohl irgendwo in einer Disko in Manhattan kennengelernt, und dann ist sie immer mal wieder im Atelier vorbeigekommen. Irgendwann habe ich sie dann gefragt, ob ich einen Abdruck von ihr nehmen kann. Sie hatte einen guten Kopf. Kräftige Knochen.« Er bearbeitete unablässig den Lehm und blickte gelegentlich auf. »Später fand ich dann heraus, daß sie ein Talent für Skulpturen hatte.«

»Also haben Sie sie eingestellt?«

»Ja, allerdings nur in der Verwaltung für Gelegenheitsarbeiten. Ich hatte keine Lust, einen Doppelgänger von mir zu schaffen. Ich wollte, daß sie ein bißchen am Rand bleibt und sich in ihrem eigenen Tempo entwickelt.« Seine Finger hatten eine kleine Figur aus dem Lehmklumpen geformt. Plötzlich zerquetschte er sie. »Und das war's.«

»Torie saß sowohl für die *Sitzende* als auch für die ›Frau im Spiegel‹ Modell«, sagte ich. »Erinnern Sie sich an etwas Ungewöhnliches während dieser beiden Sitzungen?«

»Sie meinen, ob ich ihr den Kopf abgeschlagen habe?« Er starrte mich wütend an. »Nein. Und ich glaube, daran könnte ich mich erinnern.«

»Aber kurz darauf ist sie verschwunden?«

»Ja.« Er hatte wieder angefangen, den Lehm gedankenverloren zu kneten.

»Und Sie waren nicht der Meinung, daß ihr Verschwinden ungewöhnlich war? Daß man es vielleicht der Polizei hätte melden sollen?«

Blackmoor seufzte. »In diesem Atelier herrscht dauernd ein einziges Kommen und Gehen.«

»Aber Sie haben gesagt, daß Torie etwas Besonderes war«, erinnerte ich ihn.

Er warf den Lehm aus der Hand. Mit einem wütenden Klatschen landete er auf der Tischplatte. »Sie war frei. Wenn Sie andeuten wollen, ich hätte den Verdacht haben müssen, daß sie in kleine Stücke gehackt wurde, dann tut es mir leid«, wieder das wölfische Grinsen, entschlossen und gefährlich, »aber vielleicht fehlt mir dazu einfach die nötige Phantasie.«

Ich trat an eine Vitrine mit kleinen Modellen, Bozzetti für größere Stücke, und ich sah kurz mein Spiegelbild im Glas. Auf meiner Nasenspitze klebte ein Fleck Tonerde. *Wahrscheinlich geilt sich dieser arrogante Sack auch noch an mir auf.*

»Für die nächsten drei Wochen werde ich Ihr Schatten sein«, erklärte ich. »Ich werde das Gerichtsverfahren von der ersten Vernehmung bis zur Urteilsverkündung – wenn es denn dazu kommt – begleiten.«

»Ich habe eine Vorladung für morgen«, sagte er leise.

»Ich weiß. Ich habe mich mit Diana Gold unterhalten.«

»Sie meint wohl, daß eine Kaution festgesetzt wird.« Zum ersten Mal hatte ich das Gefühl zu hören, wie sich eine winzig kleine Spur von Angst in seinen ansonsten gelangweilten Tonfall schlich.

»Das ist die übliche Prozedur«, meinte ich, »bei Prominenten.«

»Und wenn nicht«, er verfiel wieder in einen spöttischen Ton, »besuchen Sie mich dann im Knast?«

»Worauf Sie sich verlassen können«, versicherte ich ihm.

»Ich habe dafür sorgen lassen, daß Sie sich im Gästehaus einquartieren können.«

»Das wird nicht nötig sein«, erwiderte ich. »Ich werde jeden Tag nach Hause fahren.«

»Falls Sie Ihre Meinung ändern, das Angebot steht.«

»Ich werde sie aber nicht ändern.«

»Na gut«, sagte er. »Ich fürchte, von jetzt an bin ich Ihnen schutzlos ausgeliefert, Garner Quinn.« *Das hast du ganz richtig erkannt,* dachte ich. Blackmoor erhob sich. »Am Donnerstag fange ich mit einer neuen Arbeit an, wenn ich nicht eingesperrt werde. Wenn Sie also keine weiteren Fragen haben ...«

An der Tür hielt er mich an. »Wissen Sie, vor langer Zeit habe ich Ihnen einmal gesagt, Sie sollen mich anrufen, wenn Sie wissen, was Sie von mir wollen. Und die ganzen Jahre über habe ich mich immer wieder gefragt«, er stockte, »aber ich glaube, jetzt weiß ich es endlich. Sie wollen mir den Arsch aufreißen«, sagte er. »Stimmt's, Garnelchen?«

3

Es war schon nach sieben, als ich den Volvo durch die Einfahrt lenkte, aber im Büro brannte noch immer Licht.

»Früh zurück«, bemerkte Jack.

Ich ließ mich auf den Stuhl vor seinem Schreibtisch fallen.

»Das war nur das Vorspiel. Um zu sehen, wie die Dinge stehen.«

»Und wie stehen sie so?«

»Es ist völlig klar, daß er sie umgebracht hat. Die Frage ist nur, ob er es alleine getan hat. Da drüben arbeiten ein paar echt schräge Vögel.« Ich unterdrückte ein Gähnen. »Was gibt's Neues an der Heimatfront?«

Er schlug eine Aktenmappe auf und schob ein Foto zu mir herüber. »Dreimal darfst du raten.«

»Torie?«

Ich betrachtete den Schnappschuß. Zwei Jugendliche. Er sah auf finstere Weise gut aus, und seine Haut hatte die Farbe eines braunen Koffers, eines gelblichbraunen. Auf seinem Schoß saß ein Mädchen mit einer offenen Bierflasche in der Hand. Ihr Haar war violett gefärbt, ein bißchen wie eine Aubergine. Ihr Haar war mit Gel zurückgestrichen und hätte häßlich gewirkt, wären da nicht ihre Mandelaugen gewesen, die hohen Wangenknochen und die gerade Nase – die kräftigen Knochen, die Dane Blackmoor angezogen hatten. »Wer ist der Typ?«

»Victor Pearce.« Jack schaute in seine Aufzeichnungen.

»Brite. Nennt sich Performancekünstler. Torie hat sich mit ihm zusammengetan, als sie in der großen Stadt gelandet ist. Hat angeblich jede Menge Drogen genommen«, fuhr er fort. »Die Leute, mit denen ich geredet habe, meinen, er hat Torie regelmäßig verprügelt.«

Ich schaute mir noch einmal das Foto des jungen Paares an. Die Augen von Alkohol, Drogen und Sex verschattet, wirkten ihre attraktiven Gesichter verschwommen und ungewöhnlich weich. »War er kaputt genug, daß er sie zerstükkelt hätte?« wollte ich wissen.

»Leider ist Victor zurück nach London, gleich nachdem Torie angefangen hat, sich bei Blackmoor rumzutreiben.«

Ich war erleichtert.

Er schob ein paar 10 x 25-Zentimeter-Abzüge zu mir herüber – Tories Kopf zeichnete sich, in seine Hartgummimaske eingeschlossen, wie für einen obszönen Führerschein überdeutlich ab. *O Gott,* dachte ich, *sie ist ja kaum älter als Temple.*

»Ich weiß«, sagte Jack. Ich frage mich, ob ich laut gesprochen hatte oder ob es ihm auch aufgefallen war. Er holte die Bilder zurück wie Spielkarten. »Die Eltern sind aus Scarsdale. Oberste Mittelschicht.« Er starrte die Abzüge an. »Verdammt hoher Preis, bloß um aus der Vorstadt rauszukommen, wenn du mich fragst.«

»Du hast mir heute auf jeden Fall eine ganze Menge Rennerei erspart«, sagte ich.

»Und das ist noch nicht alles.« Offensichtlich höchst zufrieden mit sich selbst, ließ er sich die Information aus der Nase ziehen. Irgendwie war es mir lieber, wenn er einfach nur ans Telefon ging.

Er beugte sich über den Tisch. »Ich habe mit einer von Tories Freundinnen geredet. Hatte nur Gutes über Dane Blackmoor zu berichten. Sagt, daß Torie ihr erzählt hat, wie glücklich sie im Atelier war. Blackmoor war sehr lieb zu ihr.«

»Darauf möchte ich wetten.«

»Was immer man davon zu halten hat«, sagte Jack, »sie glaubt nicht, daß sie was miteinander hatten. Kurz bevor Torie verschwunden ist, hat sie völlig aufgeregt angerufen. Sie sagte, Blackmoor würde ihr die Kunstakademie zahlen, daß er an ihr Talent glauben würde –«

»Aber klar doch.«

Er mischte ein paar Karteikarten durch. »Das ist ein wörtliches Zitat. Torie hat dem Mädchen gesagt, daß *Dane Blackmoor wie ein Vater für sie war.*«

Ich sprang auf. »Woher will sie das wissen?« Meine Stimme überschlug sich. »*Was weiß denn schon ein blöder Teenager über einen Mann wie ihn?*«

Ich sah es in seinen Augen. Diese Mischung aus Schock und Neugier. »Ich sag' ja gar nichts.« Er zuckte die Schultern. »Ich hab' mich nur an die Anweisung gehalten, Augen und Ohren offenzuhalten, Boß.«

»Weiß ich ja«, entschuldigte ich mich. »Was hältst du davon, noch auf ein Bier mit rüber ins Haus zu kommen?« Bei einem Bier würde ich mich entspannen können. Zwei oder drei, und ich würde mich womöglich um meine Zurückhaltung trinken.

Jack schien überrascht. »Heute nicht«, sagte er. »Ich bin ziemlich kaputt.« Aber er klang erfreut.

»Dann eben ein andermal.« Ich streckte ihm die Hand entgegen. »Tolle Arbeit.«

Er nahm sie und hielt sie fest. »Danke.«

Plötzlich schien mir das alles grundfalsch. Ich knuffte ihm die andere Faust auf die Brust. »Bis dann, Jack.«

»Bis bald, Garner«, erwiderte er. »Bis sehr bald.«

Draußen nieselte es inzwischen leicht. Ich kam durch die Küchentür und schüttelte den Regen aus dem Haar wie ein Hund. Cilda saß am Tisch und wärmte die krummen Finger an einer heißen Tasse Kakao. Ich warf einen Blick auf die Wanduhr. Es war nach acht, und vielleicht würde sie reden, vielleicht auch nicht – das war ihre Art, mich daran zu erinnern, daß, ganz gleich, wie lange wir schon zusammen waren, wir keine Familie waren, keine Zimmergenossinnen; Cilda Fields war meine Angestellte, und die Zeit nach acht gehörte ganz allein ihr, und da würde sie nur reden, wenn ihr danach war, *besten Dank, Ma'am.*

»Wo ist Temple?«

»Wo soll sie schon sein, wo sie jetzt ein Telefon auf'm Zimmer hat?« Natürlich konnte Cilda es sich nicht verkneifen, diesen kleinen Seitenhieb anzubringen. Während des Prozesses hatte ich – größtenteils des schlechten Gewissens der abwesenden Mutter wegen – Temples Flehen nach einem eigenen Anschluß nachgegeben.

»Und hier ist alles in Ordnung?« fragte ich leichthin und war mir durchaus bewußt, daß es während der meisten Wochen im Jahr hieß: *»Und bei euch ist alles in Ordnung?«*

Aber während ich meine Frage noch sorgfältig formulierte, hatte Mrs. Fields sich hinter ihr »Keiner-mehr-da-«, »Wir-haben-geschlossen-«, »Nach-acht-Uhr-Gesicht« zurückgezogen. Sie schaute in den Kakao, als wolle sie die Schokoladenklümpchen lesen wie Teeblätter, die verkündeten: *Alles in Ordnung. Geh ins Bett, Ga'ner Quinn. Ich habe hier alles im Griff wie immer.*

Als ich an ihrer Tür vorbeikam, hörte ich Temple am Telefon plappern. Sobald sie mich sah, sagte sie: »Ich muß auflegen« und ließ den Hörer scheppernd auf die Gabel fallen.

»Wer war das?«

»Emory.«

Ich sagte: *»Ach«* und versuchte angestrengt, mich zu erinnern, ob Emory ein Junge oder ein Mädchen war.

»Sie macht am Samstag eine Party. Darf ich hin?«

»Sicher«, sagte ich erleichtert. »Ich fahr' dich hin, dann lerne ich auch ihre Eltern kennen.«

»Das ist nicht nötig«, meinte Temple hilfsbereit. »Der Bruder von Emory hat gesagt, er fährt.«

»Netter Versuch.« Ich grinste. »Sag ihm, beim nächsten Mal. Und das ist, wenn du einundzwanzig bist.«

»Mut-*ter*«, weinte sie in gespieltem Ärger. »Versprich mir nur, daß du nicht an die Tür kommst, wenn du mich abholst. Du bleibst einfach im Auto und hupst, okay?«

»Vielleicht sollte ich auch noch eine Papiertüte über den Kopf ziehen.« Ich lehnte mich an das Kopfbrett und ließ zufrieden den Blick über das Teenagerdurcheinander schweifen.

»Und wie war's im Atelier von Dane Blackmoor?« fragte Temple aufgeregt.

»Ganz okay.« Ich sah zu, wie sie ein dickes Album zum Bett zerrte. »Aber ich würde viel lieber wissen, was du den ganzen Tag über gemacht hast.«

»Heute war's langweilig. Schau dir das an.« Sie drückte mir das Buch in die Hände.

Ich machte es auf, und der Anblick verschlug mir beinahe die Sprache. Auf die erste Seite hatte sie fein säuberlich eine fotokopierte Doppelseite über Dane Blackmoor aus einer alten Nummer von *Life* geklebt. Sein Gesicht starrte mir entgegen, launisch und unverschämt jung. Schnell blätterte ich durch die restlichen Seiten des Albums, die voll waren von ausgeschnittenen Zeitungs- und Zeitschriftenartikeln; ich überflog Fotos von Skulpturen, persönliche Interviews und neuere Berichte über die Hand, den Kopf, Torie Wood und die Untersuchung zur Anklageerhebung.

»Was zum Teufel soll das darstellen?« wollte ich von ihr wissen.

Mein Ton ließ Temple zusammensinken. »Eine Materialsammlung«, sagte sie. »Ich dachte, es hilft dir vielleicht bei dem neuen Buch.«

Ich schwang die Beine vom Bett hinunter. »Ich habe schon genug Helfer, herzlichen Dank.« Ich kämpfte darum, meine Gefühle in den Griff zu bekommen. »Mir kommt die Hilfe zu den Ohren raus. Ich kann kaum noch geradeaus gehen vor lauter Hilfe.«

»Dann benützt du es halt nicht.« Sie riß mir das Buch aus der Hand. »Dann behalt' ich es eben für mich. Dane Blackmoor finde ich nämlich cool –«

Ich blaffte. »Er ist überhaupt nicht cool. Er ist ein gefährlicher Mann, der andere manipuliert und den ein kleines Mädchen auf gar keinen Fall anhimmeln sollte.«

Temple stellte sich direkt vor mich. »Ich bin aber kein *kleines Mädchen.*« Sie drängte sich an mir vorbei und sprang die Treppe hinunter.

»Temple, warte –«

Als ich sie eingeholt hatte, hatte sie schon die Jacke vom Kleiderständer an der Küchentür gerissen. »Wohin gehst du?«

»An den Strand.«

»Jetzt noch?« Meine schrille Stimme erschreckte mich.

»Das machst du doch selber auch«, erklärte mir meine Tochter und schlug die Tür hinter sich zu.

Cilda saß am Tisch und hatte in einer seltenen, gnädigen Geste, die es mir erlauben sollte, das Gesicht zu wahren, die Augen abgewandt. Ich ging zum Fenster hinüber und sah Temple zu, wie sie draußen über den unebenen Boden lief, als würde das ihren jungen Beinen nicht das geringste ausmachen. Immer noch fiel ein leichter Regen, und der Mond war verdeckt. Ich schaltete die Flutlichter ein. In ordentlichen Reihen flammten vom Haus bis zum Meer halbrunde Lampen auf. Im Scheinwerferlicht zeichneten sich die Umrisse von schwerem Gerät ab – von Schaufelbagger, Schleppbagger, Planierraupe und einigen weiteren Gerätschaften, die ich bisher noch nicht bemerkt hatte.

»Ich wußte gar nicht, daß sie jetzt doch weiterarbeiten.«

»Da is' heute einer dagewesen.« Cilda schlurfte zum Geschirrspüler. »Der hat gesagt, sie könn' nich' bis zum Frühjahr warten wegen dem, was beim letzten Sturm passiert is'.«

Temple war über die wacklige Eisenleiter auf die Kaimauer geklettert und lief jetzt über den steinigen Deich. Sie hatte die Kapuze ihrer Jacke übergezogen. Sie wirkte so klein aus dieser Entfernung.

Ich dachte an das Album, das sie mit den Bildern von Dane Blackmoor gefüllt hatte. Dann dachte ich wieder an Torie Wood. Ich fragte mich, ob ihre Mutter wohl auch so dagestanden hatte und zusehen mußte, wie der Rücken ihrer aufsässigen Tochter sich von ihr entfernte – mit festem, geradem Rückgrat und vorausgerichtetem Blick –, so jung und doch so entschlossen, fortzugehen, auf dem harten Pfad, für den sie sich entschieden hatte.

4

Diana Gold hatte die Art von schlanken, durchtrainierten Beinen, die dauernd *Privatstunden* zu schreien schienen. Sie gehörte jener Eliteschicht von Frauen an, die es sich leisten konnten, helle, glitzernd schillernde Strümpfe zu tragen, ohne dabei entweder elefantös zu wirken oder aber den Eindruck zu machen, sie wären kurz davor, zum Balztanz der Elfenkönigin anzusetzen. Das Jackett ihres Kostüms war selleriegrün und hatte breit geschnittene Schultern. Der dazu passende Kaschmirpulli glitt über ihre Hüften und verdeckte so erfolgreich die Tatsache, daß sie, wie erfahrungsgemäß die meisten Frauen mit schönen, schlanken Beinen, keine nennenswerte Taille hatte. Diesen unbedeutenden Makel machte ein unglaublicher Hintern mehr als wett, an dem nichts Schlaffes oder Schlappes war und den ein kurzer, cremefarbener Rock bis wenige Zentimeter unter seiner muskulösen Wölbung umfing, hinten geschlitzt und gerade noch anständig.

Als die ehrenwerte Julia Fallon die Anwälte an die Richterbank beorderte, konnte man beinahe spüren, wie die Zuschauer im Gerichtssaal auf ihren Sitzen nach vorne rutschten. Das zielte gleichermaßen darauf ab, von hinten einen Blick auf Diana Gold zu erhaschen, wie auch, um einen Brokken von den Anweisungen der Richterin mitzubekommen.

»Mir ist klar, worauf Sie damit hinauswollen, Mr. Richardson«, erklärte die Richterin dem Staatsanwalt mit einem Seitenblick auf ihre Uhr, »aber sparen wir uns das doch lieber für die Verhandlung auf, ja? Im Augenblick sind es ausschließlich Indizienbeweise, die Mr. Blackmoor belasten, und das wissen Sie auch.«

Gold und der glücklose Richardson kehrten zu ihren Plätzen zurück.

Sie ist schon mit diesem selbstgefälligen Gesicht zur Welt gekommen, dachte ich. Eine Jury – vor allem eine überwiegend männlich besetzte, um die sich die Verteidigung zweifellos bemühen würde, wäre womöglich scharf auf sie, aber mögen würden sie sie nicht.

Die Richterin klopfte zweimal mit ihrem Hammer.

»Die Kaution ist auf eine Million Dollar festgesetzt. Der Angeklagte wird hiermit unter der Auflage auf freien Fuß gesetzt, zur Auswahl der Geschworenen wieder vor Gericht zu erscheinen, die in«, sie zog den Sitzungskalender zu Rate, »acht Wochen vom heutigen Tag an beginnt.«

Ich warf einen Blick auf Avery Richardson, der drauf und dran schien, Einspruch einzulegen, es sich dann aber anders überlegte. Acht Wochen waren nicht gerade eine Menge Zeit, um eine stichhaltige Klage gegen jemanden wie Dane Blackmoor zusammenzustellen, aber Richardson wußte offenbar, daß man ihm nicht mehr zugestehen würde.

Während der Anhörung hatte Blackmoor seine gefalteten Hände vor sich auf den Tisch gelegt. Immer, wenn jemand sprach, wendete er sich wie ein höflicher, aber distanzierter Betrachter kaum merklich in die entsprechende Richtung. Es hatte kein Anzeichen gegeben, daß er meine Anwesenheit bemerkt hatte; und doch klopfte mir sofort, nachdem die Anhörung vertagt worden war, jemand auf die Schulter.

»Dane läßt fragen, ob Sie mit uns in der Limousine zurückfahren wollen«, richtete Elizabeth Rice höflich aus.

»Ich habe hier noch zu tun«, erklärte ich ihr. Ich hätte sagen können: *Nein, ich bin mit seiner Anwältin zum Essen verabredet;* aber ich genoß es, neugierigen Fragern ausweichende Antworten zu geben.

Rice reichte mir eine Mappe. »Da sind die Namen der Angestellten, um die Sie gebeten hatten. Ich habe sie so vollständig aufgelistet, wie es ging. Vor meiner Zeit hier waren die Personaldaten allerdings ziemlich lückenhaft.«

»Danke. Das ist zumindest einmal ein Einstieg.« Ich nahm ihr die Akte ab. »Ach, übrigens, wann fängt die Sitzung morgen eigentlich an?«

»Das hängt ganz davon ab, wie Dane sich fühlt.« Wie auf ein Stichwort kam Blackmoor von hinten auf sie zu. Rice fühlte seine Anwesenheit, noch bevor sie ihn sehen konnte. Die Anspannung, die sich ständig auf ihrem Gesicht zeigte, fiel plötzlich spürbar von ihr ab, ganz als hätte eine unsichtbare Hand ein Muskelbündel auf ihrem Schädel durchgeschnitten.

»Das wäre geschafft«, sagte er. »Sind diese Geschichten eigentlich immer so langweilig?«

Ich sagte: »Ich bin sicher, daß Sie während der Verhandlung nicht mehr so ruhig dasitzen werden.«

»Garner fährt nicht mit uns ins Atelier zurück«, erklärte Elizabeth ihm. »Sie hat schon eine Verabredung.«

Diana Gold trat in die enge Lücke zwischen Blackmoor und mir. »Zu Mittag werde ich es nicht mehr schaffen, Quinn«, verkündete sie, »aber zum Tee könnte ich Sie vielleicht noch reinquetschen.«

Ich verneigte mich von der Hüfte heraus. »Jederzeit zu Ihren Diensten«, sagte ich.

»Was halten Sie vom Yale-Club, sagen wir, so gegen drei?« Gold hakte sich bei ihrem Mandanten unter und führte ihn fort. Nach zwei oder drei Schritten schüttelte Blackmoor die Anwältin ab wie ein lästiges Insekt. Die Geste machte ihn mir beinahe sympathisch.

Hätte mich jemand danach gefragt, ich hätte wahrscheinlich gesagt, daß ich Arvin Meek bei einem Fall kennengelernt hatte. Das wäre auch nur zu passend gewesen, ist er doch Bibliothekar in der rechtsmedizinischen Bibliothek drüben auf der Ersten, wo die ganzen gerichtsmedizinischen Protokolle aufbewahrt werden. Aber in Wahrheit lernte ich Arvin in der Oper kennen, Jahre bevor ich mein erstes Buch schrieb.

Die Karten hatten wir von einem von Andys Mandanten. Ich wollte nicht hin. Wir stritten uns jeden zweiten Abend über diesen Punkt, hauptsächlich, weil er nur jeden zweiten Abend nach Hause kam. Jeden Tag – wenn ich Temple im Buggy durch den Park schob, wenn ich mich im Lebensmittelladen anstellte, wenn ich die Straße entlangging – spulte ich im Kopf die brillant begründete und hervorragend vorgetragene Anklage gegen sein Verhalten und mein Plädoyer für den Fortbestand unserer Ehe ab wie ein Tonband. Aber jeden Abend, wenn die Kleine im Bett war, stürzten all diese brillanten Gedanken in sich zusammen und reduzierten sich auf immer dieselben harten, bohrenden Fragen – *Wo warst du? Warum hast du nicht angerufen? Wie geht es weiter?* Fragen, denen Andy begegnete, indem er sich äußerst clever auf den fünften Zusatzartikel zur Verfassung berief.

Aber aus irgendeinem Grund hatte er an diesen Karten Gefallen gefunden. Wir sollten hingehen, hatte er gesagt. Wir waren noch nie zusammen in der Oper. Wir gehen überhaupt nicht mehr miteinander aus. *(Komm schon, sag's! Wenn du dich traust. Sag, seit das Baby da ist.)*

»Es wird bestimmt gut, Garn«, hatte Andy gesagt. Und schließlich war ich gegangen, weil ich mir verzweifelt wünschte, daß *irgend etwas* gut würde.

Er kam nicht.

Es war nicht das erste Mal, daß er mich versetzte, aber noch nie war es so demütigend gewesen. Ich hatte das Gefühl, jedem einzelnen der eingebildeten, schicken Leute um mich herum mußte von Anfang an alles klar gewesen sein. Ich stellte mir vor, wie sie hinter vorgehaltenem Programmheft kicherten und die Köpfe schüttelten angesichts des verräterischen Stuhles, der eine grabestiefe Lücke in die Reihen der Sitzenden riß.

Das Licht war kaum verloschen, als die Tränen schon das nagelneue Mascara über die Wangen spülten. *Wasserfest* stand auf der Packung. *Wasserfest* vielleicht, aber auf keinen Fall *andyfest.* Ich wischte mir mit dem Handrücken über das Gesicht. Ich schluchzte, als ich die schwarz verschmierten Knöchel sah.

Ich spürte, wie mich ein Ellenbogen anstupste. Der Mann neben mir hielt mir ein Taschentuch hin. Er war sehr klein, schon älter und wirkte weder eingebildet noch schick. Ich nahm es und putzte mir die Nase.

Während der Pause saß ich weinend an meinem Platz. »Es tut mir leid«, schluchzte ich dem kleinen Alten vor, »aber ich glaube, ich werde mich scheiden lassen.«

In unserer Reihe waren alle aufgestanden. Sie wollten auf die Toilette, wollten Sekt und Erdbeeren oder was man halt in diesen überkandidelten Halbzeitpausen sonst noch macht. Sie kamen in meine Richtung, sahen mich, drehten um und entschieden sich für den anderen, viel weiteren Weg zum Gang.

»Wahrscheinlich weiß ich schon lange, daß es, daß es nicht funktioniert«, vertraute ich mich diesem Unbekannten an, »aber mir ist erst jetzt klargeworden, daß ich ganz ... all-... all-... allein sein werde. Und deswegen muß ich weinen.«

Er nickte. »Ich dachte mir schon, daß es nicht an der Oper liegt«, sagte er freundlich. »*Carmen* ist ja vergleichsweise heiter.« Wir saßen beieinander und sprachen nicht mehr, bis das Ende der Pause eingeläutet wurde.

»Ich heiße übrigens Arvin.« Er zog eine kleine, weiße Karte aus der Tasche. *Arvin Meek, Bibliothekar,* stand darauf.

»Freut mich, Arvin. Sind Sie auch all-... all-... allein?« Meine Stimme klang vom Weinen verzerrt.

»Aber nein«, meinte er fröhlich. »Meine Frau ist auch

hier.« Ich schaute mich nach einer kleinen, älteren Dame um, es schien aber keine da zu sein. *Phantastisch! Arvin Meek, Bibliothekar. Hat leider nicht mehr alle Bücher im Regal.*

»Auf der Bühne«, erklärte Mr. Meek. Er lächelte ein breites, schelmisches Lächeln, das seine Augen funkeln ließ. »Die dritte alte Zigeunerin von links.«

Im Aufzug drückte ich den Knopf für den sechsten Stock. Im dritten hielt die Kabine an, und zwei Frauen und ein Mann, alle in weißen Kitteln, stiegen ein. Sie standen still da und beäugten gierig die Taschen, die ich umklammert hielt. Vielleicht gab es ja keine Fütterungen hier im Gerichtsmedizinischen Institut. Oder vielleicht dachten sie auch, ich hätte eine andere Art Mitbringsel dabei – ein Körperteil in Formalin eingelegt oder ein paar Fläschchen voller menschlicher Sekrete. Wer kann schon sagen, auf was diese Typen abfuhren? Ich war erleichtert, als sie im fünften Stock wieder ausstiegen.

An der Anmeldung im sechsten Stock erklärte ich dem Wärter, zu wem ich wollte. Es gab keine Sitzgelegenheiten. Keinen Couchtisch, auf dem sich alte Ausgaben von *Consumer Report* und *Newsweek* stapelten. Das war nicht der Ort dafür. Aber dennoch, einen Freund zu haben, der hier arbeitet, hatte sich über die Jahre als äußerst nützlich für mich erwiesen. Arvin Meek wußte mehr über die Wissenschaft des Tötens als praktisch jeder andere, den ich jemals kennengelernt hatte. Vergiftungen, Massenvergewaltigungen, Erwürgen, Enthaupten, Verstümmelungen, Schußverletzungen – was die medizinischen oder rechtlichen Aspekte des Sterbens anging, Arvin wußte Bescheid.

»Garner!« rief er und breitete die Arme aus. Als wir uns umarmten, strich meine Nase über seine Kopfhaut. Sein Schädel war kahl und weißlich grau wie verstaubtes Milchglas. »Macht es dir was aus, mir im Magazin beim Essen Gesellschaft zu leisten? Da sind wir ungestört.« Wir aßen stets im Magazin.

Er ging voran. Von hinten hätte man ihn für einen Knaben halten können, der den Anzug seines Vaters trug. Die Ärmel bedeckten seine Fingerknöchel, und die Hosenbeine schleiften über den Boden. Wir hielten in einer Nische, die von Regalen voller gebundener Bücher völlig umschlossen war.

Ich setzte mich ihm gegenüber an den Holztisch und fing an, belegte Brote auszupacken. »Du magst doch hoffentlich immer noch Pastrami?«

»Und wie und wie«, seufzte Arvin. »Aber ich fürchte, das Zeug mag mich nicht besonders.«

»Wie geht's Sylvie?« fragte ich und nahm den Deckel von diversen Plastikbechern mit Kartoffelsalat ab.

»Gut, gut«, antwortete er bereits mit vollem Mund.

»Gefällt ihr *La Bohème*?«

»Das ist eine von unseren Lieblingsopern.« Arvin nickte begeistert. »Sie hat eine kleine Rolle in der Cafészene, du weißt schon, wenn sich die Liebenden treffen«, er summte ein paar Takte und bewegte dazu die Hände, »und dann dieser wundervolle Registerwechsel ...« Er seufzte, kurzzeitig entzückt.

»Ich würde sie liebend gerne sehen.«

»Unbedingt«, stimmte Arvin zu. »Vor allem, weil das ihr letzter Auftritt in dieser Spielzeit ist.« Die übrigen Produktionen waren, wie er mir erklärte, kleiner, und die stummen Rollen – alte Zigeunerinnen, Halbweltdamen und Bettlerinnen, Statistenparts, in denen man nicht mehr darstellt als die menschliche Kulisse für die riesige Bühne – waren die ersten, die gestrichen wurden. Aber für Sylvie Meek, die kein Geld verlangte, die nur die Musik aus nächster Nähe hören wollte, würde es wahrscheinlich immer eine nächste Spielzeit geben.

»Und wie sieht Temple aus?«

»Du wirst es nicht glauben.« Ich zeigte ihm das Foto in meiner Brieftasche.

»Wunderschön«, rief er aus, »genau wie ihre Mutter.« Alte Herren sind so galant. Wir aßen jetzt langsamer. Ich nahm die Deckel von zwei Styroporbechern mit Kaffee ab und schob ihm einen zu. Arvin beugte den Kopf darüber und atmete den aufgestauten Dampf ein. »Es geht um die Sache Blackmoor, oder?«

»Woher weißt du das?«

Er lächelte. »Als ich zum ersten Mal davon gehört habe, sagte ich zu Sylvie, das ist das Richtige für unsere Garner.« Er nahm einen kleinen Schluck Kaffee. »Du hast das medizinische Gutachten gelesen?«

Ich nickte und fühlte mich irgendwie schuldig. Ich hatte inzwischen Verbindungen zu höheren Kreisen. »Was hältst du davon?« fragte ich.

»Beunruhigend.« Sein Blick wanderte ins All hinaus, dann kehrte er zurück, glänzend wie Manschettenknöpfe. »Will man eine Leiche beziehungsweise den Teil einer Leiche in einer Statue von der Art, wie Mr. Blackmoor sie herstellt, verbergen, so sieht man sich mit einer ganzen Reihe von Problemen konfrontiert. Da wäre zunächst der Vorgang an sich.« Arvin rührte langsam seinen Kaffee um. »Hast du ihn arbeiten sehen?«

»Morgen.«

»Ich vermute, es ist sehr stark bewegungsorientiert«, meinte er. »Der Gips, den er verwendet, ist schnell trocknend. Das dauert nicht mehr als ein paar Minuten. Das Opfer wurde höchstwahrscheinlich bei lebendigem Leib bandagiert. Nach dem Trocknen des Gipses schneidet man Nähte in den Abdruck. Und dabei wurde sie wahrscheinlich getötet – wenn auch die Todesursache meines Wissens nach bis jetzt noch nicht geklärt ist.« Arvin sah mich an, ob ich ihm beipflichten würde. »Also gut. Und dann wurden ihre einzelnen Körperteile wieder in die Gipshülle eingeschlossen.«

»Hört sich nach einer ganzen Menge Arbeit an.«

»Dabei ist die Arbeit noch nicht mal die Hauptsache«, sagte Arvin vergnügt. »Der Witz ist die Planung. Also, Blackmoor ist für zwei verschiedene bildhauerische Verfahren berühmt.« Er nahm einen Stift aus der Tasche und zeichnete kleine Skizzen auf die leere Papiertüte. »Bei einigen Stücken, den sogenannten Gipsverbandskulpturen, sieht man die Außenseite des Abdrucks. Für die lebensechteren bemalten Stücke hat Blackmoor aber eine High-Tech-Version des sogenannten ›Guß mit verlorener Form‹ entwickelt, einer Technik, die von Bronzegießern seit jeher angewandt wurde.« Arvin spuckte das aus, als wäre es Allgemeinwissen wie die Milchpreise.

»Dabei wird die äußere Hülle mit elastischem Gußmaterial gefüllt, das zusätzlich, glaube ich, mit einer Art Fiberglas verstärkt wird.« Er zeichnete eine schematische Ansicht. »Dann trennt man das Gußpositiv vom Negativ, das dabei zerstört wird.«

»Mit anderen Worten«, ich versuchte ihm zu folgen, »er hätte in den bemalten Skulpturen keine Leichenteile verstecken können, weil die keinen äußeren Mantel haben.«

Arvin nickte. »Sogar die Gußpositive werden am Schluß wahrscheinlich noch mit irgendeinem schnell trocknenden, industriellen Werkstoff aufgefüllt, damit sie stabiler sind. Da sie aber, aller Wahrscheinlichkeit nach, Stück für Stück bearbeitet werden, ist nicht völlig auszuschließen, daß das Füllmaterial mit Leichenteilen ersetzt werden kann.« Er sah von den Skizzen auf der Papiertüte auf. »Fertigt Blackmoor die Güsse alle selbst?«

»Das weiß ich noch nicht«, gestand ich ein. »Er hat eine ganze Menge Mitarbeiter. Aber trotzdem, wenn er jemanden loswerden wollte –«

»Aber ging es ihm denn tatsächlich darum, die Leiche loszuwerden?« warf er leise ein.

»Was soll das heißen?«

»Na ja, Rumpf und Beine hat man nirgends gefunden. Genausowenig wie die Oberarme übrigens.« Arvins Flüsterton schwebte geisterhaft zwischen den stummen Bücherregalen. »Bloß einen Kopf und eine Hand.«

Er schüttelte den Kopf. »Sollte man die Teile tatsächlich in die Skulpturen geschlossen haben, um die Leiche aus dem Weg zu schaffen, wo ist dann der Rest der Leiche?«

»Vielleicht hat man sie einfach bis jetzt noch nicht gefunden?« schlug ich vor.

»Vielleicht.« Er klang nicht überzeugt. »Aber vielleicht hat man die Teile auch überhaupt erst eingeschlossen, *damit* jemand sie findet. Sie sind bekanntlich mit einer Acrylschicht überzogen. Das verhindert, daß die Fäulnisprozesse sich durch die Gipsummantelung hindurch auf der Außenseite der Skulptur zeigen.«

Ich griff den Gedanken sofort auf. »Das heißt also, wer auch immer es getan hat, wollte sichergehen, daß niemand herausfinden konnte, was sich unter der Oberfläche verbirgt, richtig?«

Arvin Meek faltete seine Papierserviette fein säuberlich zusammen. »Es gab allerdings Sickerstellen, die vom Kopf ausgingen und die meines Wissens nach dazu führten, daß man dieses eine Werk aufgeschlagen hat.«

»Was bedeutet?«

»Was bedeutet, daß die Schutzschicht womöglich weniger dazu diente, das Finden der Leiche zu verhindern, als vielmehr dazu, sicherzustellen, daß das Opfer identifizierbar blieb.«

Blackmoor hatte gesagt, Torie habe einen guten Kopf. Ich fragte mich, wie weit er wohl gehen würde, um dafür zu sorgen, daß er – in gewisser Weise zumindest – erhalten bliebe.

5

Im Yale-Club trugen weißbehandschuhte Hände farbiger Ober wohlgekleideten Herren eines gewissen Alters, welche vorzugeben versuchten, die Anwesenheit von Damen in ihrer stillen, holzgetäfelten, aus Schultagen herübergerettete Mitte störe sie nicht weiter, Tee auf. Ein paar von ihnen nickten mir gönnerhaft zu, als wäre ich gekommen, um mit Daddy Tee zu trinken.

Ich bin alt genug, um deine Exfrau zu sein, dachte ich und warf einem der alten Käuze einen finsteren Blick zu. Dudley hatte mich gelegentlich an solche Orte mitgenommen. Das war wohl auch der Grund, warum ich sie so haßte.

Diana Gold schwebte mit fünfzehnminütiger Verspätung ein: Das war noch nicht wirklich unhöflich, reichte aber doch aus, um klarzumachen, wer hier das Sagen hatte. Sie nahm an dem leinengedeckten Tisch Platz und harmonierte dabei so vollkommen mit dem herumscharwenzelnden Ober, der den Stuhl erst vor und dann zurück setzte, daß man sie für ein Tanzpaar hätte halten können. »Tut mir leid«, sagte Gold unbarmherzig.

»Schon gut«, erwiderte ich. »Ich habe solange einfach die Atmosphäre auf mich wirken lassen.« *Schlampe.*

Strahlend wandte sich Diana an Mr. Glacéhandschuh. »Ein Kännchen Tee und etwas Gebäck und Brot bitte.« Er sah mich an, und ich schüttelte den Kopf.

»Herzlichen Glückwunsch noch mal wegen heute vormittag.«

Gold überging den Austausch von Nettigkeiten. »Es war doch völlig klar, daß ich dieses Scharmützel gewinnen würde«, sagte sie. Das *ich* entging mir nicht. »Aber der Krieg fängt erst an.« Sie blickte mich selleriegrün an. (Himmel, sie stimmt die Kleidung auf die Augenfarbe ab) »Und auch den werde ich gewinnen. Machen Sie sich da keine falschen Vorstellungen.«

Jetzt hatte ich die Wahl. Ich konnte die Andeutung ignorieren. Ich konnte es aber auch offen ansprechen. Ich wartete ab, bis der Ober ihr den Tee eingeschenkt hatte.

»Wissen Sie, es gibt da dieses häßliche Klischee, daß zwei starke Frauen nicht zusammenarbeiten könnten.« Mit dem kläglichen Rest meines Brötchens machte ich eine weit ausholende Geste. »Wenn ich mir das so anschaue, dann haben es wahrscheinlich ein paar von den Knaben hier in die Welt gesetzt...« Ich lächelte. »Selber glaube ich ja nicht recht daran.«

Diana Gold strich elegant Butter auf ihr Brot. »Starke Männer, starke Frauen«, ein Wort bei jedem kleinen Strich, »das ist mir alles eins.« Sie setzte das abgeflachte Messer ab wie ein Ausrufezeichen. »Hauptsache, wir arbeiten auf dasselbe Ziel hin.«

»Und das ist die Wahrheit, ja?«

»Scheiß auf die Wahrheit, Quinn«, sagte die Anwältin unverblümt. »Das einzige Ziel, auf das ich hinarbeite, ist, daß mein Mandant am Ende als freier Mann dasteht.«

»Dafür werden Sie bezahlt«, sagte ich. »Und ich werde dem nicht im Weg stehen.«

»Verlassen Sie sich drauf«, zischte Diana und ließ ihre eiskalten Wahrnehmungsorgane über die umstehenden Tische schweifen, bevor sie fortfuhr: »Also stellen wir das gleich von Anfang an mal klar. Ich bin kein Nick Shawde, der rumsitzt und mit Ihnen fachsimpelt. Sie werden nicht erleben, daß ich Ihnen die Feinheiten des Falles erläutere, bloß weil ich mich gerne reden höre. Wenn Sie etwas aus meinem Büro brauchen, dann setzen Sie sich hin und passen auf, oder arbeiten Sie dafür wie wir anderen auch.«

Sie beugte sich in ihrem Stuhl nach vorn. »Es ist kein Geheimnis, daß ich Dane von diesem Buch abgeraten habe. Ich sehe keinen Sinn darin. Daß Sie und Ihr Agent noch reicher werden, als Sie ohnehin schon sind? Und daß halb Amerika glaubt zu wissen, wer der Täter ist, bloß weil sie es in ›Geraldo‹ gesehen haben?«

Ein schroffes, kurzes Lachen entfuhr Diana.

»Hören Sie«, sagte sie, »ich habe nicht die geringste Ahnung, welche Macht Sie über Dane haben. Aber ganz gleich, was es ist, Sie müssen verrückt sein, wenn Sie glauben, ich würde mich zurücklehnen und mit ansehen, wie Sie ihn für einen von Ihren scharfen, kleinen Bestsellern fertigmachen.«

Sie tastete nach dem Stift, der auf einer kleinen Ablage lag. »Er ist *mein* Mandant, also Finger weg von ihm.« Sie kritzelte ihre Unterschrift auf die Rechnung. »Es ist mir völlig gleich, was für selbstmörderische Regungen Sie in ihm freisetzen. Ich werde ihn da rausholen, ob ihm das gefällt oder nicht.«

Wie üblich hatte ich gepunktet, indem ich still geblieben war. Diana Gold hatte den einen Fehler gemacht, den jeder kampferprobte Anwalt nach Möglichkeit vermeidet – sie hatte zuviel gesagt. Sie hatte mir erlaubt, einen Blick auf ihre eigenen Schwächen zu werfen, und das war nie klug. Es war völlig egal, welche Dämonen sie hetzten – Ehrgeiz, Macht, Geilheit oder gar Liebe. Wie die Frage auch lauten mochte, die Antwort lautete Dane Blackmoor.

Sie warf den Stift nieder und stieß ihren Stuhl so plötzlich zurück, daß sie den armen Ober überraschte, als er die behandschuhten Hände im wahrsten Sinne des Wortes in den Schoß gelegt hatte.

»Genehmigen Sie sich noch einen auf meine Rechnung, wenn Sie mögen«, sagte Gold und ließ dabei ein kurzes Lächeln aufblitzen. Dann paradierte sie, nachdem sie das glatte, honigfarbene Haar zurückgeworfen hatte, ihren beinahe perfekten Hintern aus dem Saal und ließ eine Schar von halbbenommenen Männern hinter sich zurück, deren Unterhaltungen einen flatternden Herzschlag lang verstummten.

Ich war gerade auf dem Weg zur Toilette, als ich ihn sah. Er saß in einem Ohrensessel in einem der unzähligen nachgemachten, wohnzimmerhaften Eckchen des großen, geselligen Saales. Er unterhielt sich mit einem anderen Mann, der mir den Rücken zugewandt hatte. Einen verrückten Augenblick lang dachte ich, ich könne einfach weitergehen.

»Garner?«

»Hallo, Dudley.«

Er hauchte mir auf französische Art einen Kuß auf beide Wangen. »Du kennst natürlich meinen Partner Trace«, sagte er und wies mit einer ausladenden Handbewegung zu seinem Gefährten, der sich inzwischen erhoben hatte.

Trace knetete meine Hand. »Sicher, sicher«, hielt ein jeder von uns die Fiktion aufrecht, irgendwann einmal seien wir alle ein fröhliches Trio gewesen. *Wie lange ist es her, liebster Vater?* dachte ich. *Sechs Jahre? Sieben?*

»Na, dann will ich eurem Wiedersehen nicht länger im Wege stehen«, verkündete Dudleys Teilhaber etwas nervös.

Ich überlegte, ob Trace wohl sein Vor- oder Nachname war, und entschloß mich endlich zu einem einfachen: »Hat mich gefreut, Sie wiederzusehen.«

»Ebenfalls.« Er schüttelte Dudley die Hand. Auf seiner Oberlippe hatte sich Schweiß gesammelt. Ich hätte nicht sagen können, ob er schwitzte, weil mein eigenes Unbehagen sich auf ihn übertrug, oder ob es einfach zu seiner Stellung als Teilhaber des großen Quinn gehörte.

Dudley beobachtete seinen Abgang. »Einer von den neuen Partnern«, meinte er, und seine Lippen kräuselten sich angewidert.

Plötzlich dachte ich an Geoffrey Nash, fahl und ausgezehrt, der kaum noch ein Wort herausbrachte unter den Schmerzen des Krebses, der sich von der Leber aus über den ganzen Körper ausgebreitet hatte. »Wenigstens ist es nicht Aids«, hatte er gekrächzt. Und wir hatten gelacht, während ich das Gespenst seiner Hand hielt. War es wirklich erst zwei Jahre her?

Dudley ließ sich wieder in den Sessel sinken. »Hast du einen Augenblick Zeit?« Er deutete auf das Sofa, als wäre es sein eigenes, mit dieser Miene, als würde ihm der ganze bescheuerte Club gehören oder gleich die ganze bescheuerte Welt.

»Sicher.« Ich hockte mich auf die Polsterecke. *Wie du feststellen wirst, mache ich es mir nicht bequem.*

»Also«, setzte er sanft an, »was hast du denn so angestellt, Garner?« Ich starrte ihn an und versuchte einen Anflug von Zärtlichkeit in dieser vollkommen lächerlichen Frage auszumachen, die er jedesmal unweigerlich stellte.

Er wartete keine Antwort ab. »Du siehst gut aus.« Er warf einen Blick auf meinen Faltenrock. »Très ... mutine.« Der Ausdruck und seine französische Aussprache machten mich auf einmal wütend.

Ich bin jetzt Schriftstellerin, Dudley, oder ist dir das entgangen? Ich weiß, was dein ach so tolles Französisch bedeutet. Glaub bloß nicht, daß ich jetzt mein Wörterbuch holen gehe. Ich sagte: »Du siehst erschöpft aus«, ohne einen Funken Freundlichkeit.

»Ich bin erschöpft«, gab Dudley Quinn III. zu. Seine Aufrichtigkeit ließ mein Herz schneller schlagen.

»Bist du länger in der Stadt?« fragte ich.

»Für immer, hoffe ich«, antwortete er. »Du weißt natürlich, daß ich das Haus in Portugal verkauft habe.« *Offen gestanden, nein. Das kleine Täubchen, das mir diese Nachricht bringen sollte, muß wohl irgendwo über dem Atlantik seinen Geist aufgegeben haben.* Drei Männer mit überbreiten Aktenkoffern kamen vorbei. Sie begrüßten Dudley in stillem, kameradschaftlichem Ton, und auf seinem Gesicht zeigte sich wieder das alte bezaubernde Grinsen, das die Spuren der Zeit zum Verschwinden brachte.

Als er sich wieder an mich richtete, sagte er: »Wie ich höre, schreibst du an einem Buch über unseren alten Freund, Mr. Blackmoor.«

Ein Gewirr aus paranoiden Fragen ging mir durch den Kopf. *Woher weiß er das? Wer hat es ihm gesagt? Hat Cilda die ganze Zeit über nur für ihn spioniert?* Dann fiel es mir wieder ein. Es war durch die Presse gegangen. »Ja«, sagte ich.

Ein wandelnder Glacéhandschuh kam heran und senkte den Kopf an Dudleys Ohr. »Hast du irgendwelche Wünsche, Liebling?«

»Vielen Dank. Ich habe gerade eine Kanne Tee getrunken und meine Backenzähne stehen noch unter Wasser.« Ich wußte, daß ihm das peinlich war.

Dudley entließ den Ober mit einem Nicken. Eine lange Pause folgte. »Wie geht es meiner Enkelin?«

»Gut«, erwiderte ich und machte keinerlei Anstalten, die Brieftasche zu zücken.

»Richte ihr alles Liebe von mir aus.« Kein *Ich würde sie gerne einmal sehen* oder *Kann ich irgendwann vorbeikommen?* Nur *richte ihr alles Liebe von mir aus*. Zum tausendsten Mal fragte ich mich, wo er es versteckt hielt. Alles Liebe von sich.

»Mach' ich«, sagte ich und streckte die Hand aus, um mich vor einem weiteren Küßchen hier, Küßchen da, zu bewahren. Noch so eine Zurschaustellung von unechter, gequälter Zuneigung hätte ich wahrscheinlich nicht ertragen. »War schön, dich wiederzusehen.«

»Ja«, sagte Dudley. Er wirkte plötzlich verwirrt, so wie alte Leute, die man unvermittelt aus dem Schlaf reißt. Aus dem Nichts kam mir der Gedanke, es hätte alles so völlig anders kommen können, wäre ich Diana Gold geworden. Ich hatte ein Bild von Dudley vor meinem geistigen Auge, in dem er stolz strahlte, während ich auf ihn zukam als selleriegrüne Erscheinung mit selbstbewußtem »Mach-sie-alle-fertig-Blick«.

»Vielleicht können wir –«, sagte er.

»Ja.« Ich nickte und blinzelte mir die Tränen aus den Augen. Dann drehte ich mich um und floh, ohne mich zu verabschieden.

6

Als ich um die Ecke bog, tauchte in den fahlen Kegeln meiner Scheinwerfer Elizabeth Rice auf. Mit ihrem taubengrauen Jogginganzug und der Kappe, unter der ihr Haar steckte, wurde sie eins mit dem Grau des frühen Morgens. Hätte sie nicht gewunken, würde ich sie wahrscheinlich einfach nur für eine fanatische Joggerin gehalten haben und nicht für eine fanatische Joggerin, die ich kannte. Ich dachte daran, anzuhalten und ihr anzubieten, sie mitzunehmen, aber wahrscheinlich hätte sie sowieso abgelehnt. Rice sah aus, als gehöre sie zu denen, denen es Spaß macht, sich durch den eisigen Morgen zu schleppen, bis Nylonjacke und Strumpfhose sogar dort klatschnaß war, wo ich noch nie geschwitzt hatte.

Auf dem Parkplatz hinter der Mühle stellte ich den Wagen ab. Roberto stand draußen und feuerte heftig gestikulierend zwei stämmige Männer an, die sich einen Lacktisch auf den Rücken wuchteten. Ich sah noch einmal auf die Uhr. Dreiviertel sieben. Offensichtlich war Blackmoor heute schon früh in Stimmung gekommen.

Der junge Mann ließ seinen Kopf auf meine Schulter fallen.

»Erst will er den runden Spiegel, dann will er den eckigen. Was kann denn ich dafür, daß die Requisiten für den einen nicht zu dem anderen passen? Was kann ich denn dafür?«

Ich fühlte mich außerstande, ihm das zu beantworten. »Wo krieg' ich hier einen Kaffee?«

»In der Küche steht eine Maschine«, sagte Roberto. »Bedienen Sie sich.« Dann warf er einen panischen Blick auf die Möbelpacker, die sich gerade ineinander verkeilten, und jammerte: »Langsam! Ganz langsam! Benutzt doch eure zarten Fingerchen, Jungens, bitte!« Ich überließ ihn dem zweiten oder dritten Nervenzusammenbruch des Morgens.

Im Inneren des Ateliers ging alles schnell und hitzig zu. Auf den ersten Blick schien es wie eine Zeile aus einem fröhlichen Kinderlied – *So gehn wir an die Arbeit morgens früh* –, aber als ich näher kam, wurde mir klar, daß ich nicht mehr so viele rotgeränderte Augen auf einen Schlag gesehen hatte, seit Max einmal eine meiner Signierstunden in einer Rehabilitationsklinik für Drogensüchtige angesetzt hatte. Ich ging gerade in Richtung Küche, als eine Stimme rief: »Achtung!« Ein Kabel schwang von der Lichtrigg herab und pendelte sich ein paar Zentimeter vor meinem Gesicht aus.

»Tut mir leid«, entschuldigte sich der Techniker auf der Leiter.

Ich ging weiter, vorbei an einem spanischstämmigen Muskelpaket, das die Vorgänge mit einer Handkamera einfing.

Roberto hatte mir erzählt, daß gerade irgendein Produzent an einer Dokumentation über Blackmoor arbeitete. Zu beiden Seiten der Bühnenplattform, die die mit einem Tacker bewaffnete Lucy Moon beherrschte, hatte man zwei große Videowände aufgebaut. Lucys heutiger Modebeitrag bestand aus einem Angorapullover in klassischem Schwarz und einer schlaffen neongrünen Stretchhose.

Klack-klack-klack, schoß es aus Lucys Tacker.

»Verzeihung.« Ich hörte eine schüchterne Männerstimme. »Dürfte ich mal vorbei?« Richard Lewan stand mit zwei großen Kisten hinter mir.

»Kann ich helfen?«

»Wenn es Ihnen nichts ausmacht. Sie müssen da hinüber.« Er reckte den Kopf zur Bühne. Ich nahm eine der Kisten und stellte überrascht fest, daß sie so gut wie nichts wog.

»Vielen Dank«, sagte Richard aufrichtig. Sein Teint war ungesund blaß wie bei einer Frau im neunzehnten Jahrhundert, deren Korsett zu eng geschnürt war.

Als wir das Podium erreicht hatten, setzte Musik ein – Bonnie Raitt, die eine Ballade durch den weiten Saal schmetterte. Die Leute bewegten sich jetzt etwas schneller, riefen sich überraschte Hallos und Heys zu, als würden sie sich jetzt erst der Anwesenheit anderer lebender Wesen bewußt. Die anhaltende Kaffeezufuhr zeigte nun offenbar Wirkung, und der Raum war plötzlich von einem angenehmen, koffeingeschwängerten Surren erfüllt, als hätte jemand einen Schalter umgelegt.

Ich stellte den Karton neben dem von Richard ab. Die Abbott und Costello unter den Möbelpackern, die ich draußen schon gesehen hatte, unternahmen augenblicklich den Versuch, einen rechteckigen Spiegel an dem lackierten Schminktischchen zu befestigen. Roberto tänzelte um sie herum, verdeckte die Augen, während Lucy Moon, den Tacker im Anschlag, sie langsam umkreiste. Ich hoffte um ihretwillen, daß die Möbelpacker nichts fallen ließen.

»Miß Quinn?«

Ich drehte mich um: »Garner.«

»Garner«, wiederholte das Mädchen. »Ach, das ist so unglaublich! Ich habe alle Ihre Bücher gelesen.« Sie streckte mir die Hand entgegen. Sie hatte einen angenehmen, festen Händedruck. »Ich bin Annie. Annie Houghton. Persönliche

Sklavin für den ganzen Laden hier.« Sie hatte glattes, aschblondes Haar und ein aufgewecktes Eidechsengesicht mit kleinen, schnellen Augen und einem schmallippigen Lächeln. »Beth hat mich gebeten, Ihnen das zu geben«, sagte sie, als sie einen Schlüssel aus ihrer Hosentasche angelte. »Für das Gästehaus. Dane meinte, Sie bräuchten vielleicht einen ruhigen Ort zum Schreiben oder Telefonieren.«

»Danke.« Ich nahm den Schlüssel.

»Wenn Sie irgend etwas brauchen –«

»Gegen eine Tasse Kaffee hätte ich nichts einzuwenden.«

»Kommen Sie. Hadary hat ein Buffet in der Küche.« Ich ging neben ihr her. »Kennen Sie ihn schon? Graham Hadary? Kleiner Bursche, jede Menge Schminke?« Sie verdrehte die Augen.

»Ich glaube, ich bin ihm bei der Vernissage in die Arme gelaufen. Was ist seine Aufgabe?«

»Das ist hier die Frage«, antwortete Annie mit tiefem Shakespeareschen Ton. »Theoretisch ist er eine Art Geschäftsführer, aber hauptsächlich kümmert er sich ums Essen. Sagen Sie's mir.« Sie stieß die Schwingtüren auf. Die Großküche war weiß und strotzte vor blitzendem Metall. Wir gossen uns Kaffee in Porzellantassen. Ich nahm mir ein Muffin vom üppigen Buffet. Annie legte sich drei Trauben auf einen Teller.

»Himmel, was würde ich nicht alles dafür geben, Schriftstellerin zu sein«, seufzte sie. »Wenn man dafür bloß nicht so viel – na ja, eben schreiben müßte.«

»Dann sind Sie also eine aufstrebende Bildhauerin?« Ich nahm einen kleinen Schluck Kaffee.

»Kaum.« Annie kicherte. »Ich bin Schauspielerin. Was nichts anderes heißt als: Ich bin arbeitslos.«

Der kleine Mann namens Hadary tauchte plötzlich am Tisch auf. »Es ist so schön, Sie wiederzusehen«, erzählte er mir.

»War das nicht ein traumhafter Abend neulich?«

»Ja. Ich hatte gehofft, wir könnten uns vielleicht unterhalten –«

»Und das werden wir natürlich. Jederzeit. Lassen Sie es mich einfach wissen.« Seine kleinen, flinken Äuglein entdeckten etwas am anderen Ende des Raumes, und schon war er wieder in Bewegung ohne ein bestimmtes Ziel.

»Wirbelt er immer so hektisch rum?«

»Mh ... mhm.« Annie schnalzte sich eine Traube in den Mund.

»Genauso wie der blöde Vogel.«

Zum ersten Mal entspannte ich mich etwas. »Kannten Sie Torie?«

»O ja. Sie war ein Schatz.«

»Wir haben sie alle geliebt.« Ich mußte mich nicht umdrehen, um die Stimme zu erkennen. Elizabeth Rice setzte sich, frisch geduscht, in Kaschmirpulli und Rock, zu uns.

»Ach ja, Annie«, fragte sie, als hätte sie das beinahe vergessen, »hast du eigentlich diese Quittungen gefunden?«

»Ja klar, Beth. Die sind im Büro.«

»Ob du sie mir wohl bringen könntest?« So süß Rice auch lächelte, auf ihren Schneidezähnen hätte das Wort SOFORT stehen können.

»Hat mich gefreut, Sie kennenzulernen, Garner«, sagte Annie und reichte mir die Hand zu einem weiteren offenherzigen Händedruck.

»Du bist ein Schatz«, rief Beth ihr nach. Dann wandte sie sich mir zu. »Sie sind bestimmt furchtbar aufgeregt.«

»Aufgeregt?«

»Weil Sie doch Dane zuschauen. Oder ist das womöglich gar nicht Ihr erstes Mal?« Sie lud die Frage mit so viel Bedeutung auf, wie sie nur konnte.

»Doch, das ist es«, sagte ich.

Sie biß in eine Orangenscheibe. »Mir läuft es immer noch

kalt den Buckel runter beim Zuschauen. Andererseits, Sie sind natürlich selbst Künstlerin.«

»Was ich tue, hat mit Kunst nichts zu tun«, erwiderte ich. »Jemand begeht ein Verbrechen. Ich schreibe darüber. Das ist größtenteils Routine.«

»Sie sind zu bescheiden.« Die Unterhaltung fing offensichtlich an, sie zu langweilen. Sie warf einen prüfenden Blick auf ihre Rolex. »Tja, dann mach' ich mich mal lieber an die Arbeit.«

»Läßt sich ungefähr abschätzen, wann er anfängt?«

»Wir haben noch ein paar Schwierigkeiten mit den Requisiten«, antwortete sie. »So, wie es jetzt aussieht, würde ich sagen, Mittag. Hat Annie Ihnen den Schlüssel für das Gästehaus gegeben?« Ich versicherte ihr, daß sie das getan hatte und daß ich den Weg dorthin ohne fremde Hilfe fände. Aus dem Augenwinkel heraus sah ich kurz, wer mich beobachtete, wie ich Rice beobachtete, die in ihren roten Chanel-Wildlederpumps davontrippelte.

Von der Mühle führte ein überdachter Weg zum Gästehaus, einem selbständigen Gebäude mit Blick auf den Kanal. Die Mauern waren in hellem Gelb gestrichen. Mandarinenranken hingen von den Fenstern herab. Es gab ein Wohnzimmer, in dessen kunstvoller Unordnung ein gebleichter Kiefernholztisch stand, eine winzige Küche, ein großes Bad und ein Schlafzimmer, das mit Paisley- und Plaidmustern in entschieden unfemininen Farben dekoriert war. In Einmachgläsern standen Sträuße frischer Blumen. Ich zählte drei Telefone – eins am Bett, eins am Schreibtisch und ein weiteres im Bad. Der Schrank enthielt eine kleine Bar, einen Fernseher und einen CD-Spieler. Auf dem Tisch lag ein Zettel, auf dem stand: *»Sagen Sie Bescheid, wenn Sie einen PC brauchen – E. R.«* Ich hob den Hörer am Schreibtisch ab und wählte die Nummer meines Büros.

»Hi. Wie läuft's?«

»Ich arbeite gerade die Liste mit den Angestellten durch«, sagte Jack. »Bis jetzt hab' ich schon zwei, von denen es keine Spur gibt.«

»Soll *›keine Spur‹* heißen, daß du nicht weißt, wo sie sich befinden, oder daß sie verschwunden sind?«

»Sind beide als vermißt gemeldet. Beide – o Wunder, o Wunder – weiblich und unter achtzehn.«

»O Gott!«

Im Hintergrund hörte ich Papiergeraschel. »Das erste Mädchen ist eine gewisse Donna Fry, siebzehn, stammt aus Spirit Lake, Idaho. Und dann haben wir da noch Kimberley Arnette, fünfzehn, aus Independence, Kansas.«

Ich notierte mir die Namen. »Meinst du, wir können den Weg von Blackmoors Atelier zu ihrem Verschwinden nachzeichnen?«

»Wird nicht leicht werden. Sie waren beide Streuner. Sind von zu Hause ausgerissen. Die Polizisten, mit denen ich gesprochen habe, meinen, vielleicht wären sie einfach weitergezogen und wollen nicht gefunden werden.«

»Vielleicht«, sagte ich grimmig, »vielleicht sind sie aber auch Teil einer Skulpturenausstellung in irgendeiner Galerie.«

»Ich habe kein gutes Gefühl, wenn du so ganz alleine da draußen bist.«

»Was soll er schon groß machen? Selbst wenn er mich wirklich gerne zerstückeln würde, bei dem ganzen Rummel der letzten Zeit fehlt ihm unter Garantie die nötige Muße.«

»Wollen wir's hoffen.«

»Paß auf, da wäre noch etwas, das du für mich überprüfen kannst«, sagte ich ihm. »Graham Hadary. Er ist Blackmoors Geschäftsführer.«

»Alles klar«, antwortete er. »Und Garn, paß auf dich auf.«

»Keine Angst.« Ich lachte leise. »Er steht auf Jüngere.«

Nachdem ich aufgelegt hatte, suchte ich das freundliche, kleine Zimmer kurz nach versteckten Kameras, Wanzen, Mikrophonen ab. Ich fand nichts; aber die wilden Blumen und Paisleymuster schienen – plötzlich, nicht möglich – Augen zu haben.

7

Blackmoors Büro war verlassen. Auf dem Schreibtisch stand etwas, das sofort meine Aufmerksamkeit erregte – ein tönerner Bozzetto, nicht mehr als zwanzig Zentimeter hoch, einer spärlich bekleideten Frau, die vor einem Schminkspiegel Lippenstift aufträgt. Mehr war da eigentlich gar nicht, und trotzdem wirkte das Stück, selbst im Miniaturformat, seltsam verstörend. Die Frau hatte die Beine provokant gespreizt, ihr Rumpf wand sich vornüber, beinahe in den Spiegel hinein. Das war erstklassiger Blackmoor, ein ausschnitthafter Blick auf die dunklere Seite des Lebens, wo die Gewalt immer nur einen Schritt entfernt lauert, irgendwo hinter dir, am Ende eines leeren Ganges.

Die Arbeit trug den Titel *Rollenspiel.*

Ich ging einen Stapel von Skizzen durch. Anscheinend sollte es eine, abgesehen von einem blutroten Streifen Lippenstift über den Lippen der Frau, unbemalte Gipsfigur werden. Um etwas darin zu verstecken? Oder sollten die farbigen Fiberglasabgüsse etwa auch ihre Geheimnisse bergen – Hände und Köpfe, in Hochglanzlack gegossen –, die unheiligen Reliquien kleiner Ausreißerinnen?

»Da sind Sie ja«, sagte eine Stimme. Ich wirbelte herum.

»Ich wollte Sie nicht erschrecken«, entschuldigte sich Hadary, »aber ich dachte, es würde Sie interessieren. Er fängt gleich an.«

Das Modell saß auf dem Rand der Plattform und reihte seltsame Perlen und Amulette auf ein Halsband aus Sicherheitsnadeln auf. Sie war eine umwerfende Frau – teils afroamerikanischer, teils asiatischer Herkunft, der womöglich eine ungezügelte, betrunkene Begegnung mit einem Iren als Glücksbringer beigefügt war –, aber all die Kreuzungen schienen das Blut verwässert zu haben. Ihr Gesicht war von einer wunderschönen, beängstigenden Leere.

»Kyra, probierst du das hier mal an?« Lucy Moon hielt eine kurze lederne Fahrradhose hoch. Das Mädchen streifte den Kimono ab. Darunter trug sie nur einen hauchdünnen schwarzen BH und den passenden Slip. Sie zog die Hose über die schlanken Hüften.

Lucy Moon schüttelte den Kopf. »Warten wir mal ab, was Dane zu dem Body meint.« Kyra schälte sich wieder aus der Hose, warf sich den Kimono locker über die Schultern und machte sich erneut an der Kette zu schaffen. Blackmoors Kakadu saß auf der Lichtrigg und beobachtete die ganze Aktion, als stünde er auf dem Wachtturm eines Kriegsgefangenenlagers Wache. Hin und wieder kaute er an seinen Klauen.

Roberto trudelte ein und schob einen Handwagen mit einer großen, leeren Wanne darauf vor sich her. »Sobald Dane bereit ist«, erklärte er mir, »kommt da warmes Wasser rein.«

Auf einer Seite des Beckens lagen in ordentlichen Stapeln Bandagen unterschiedlicher Größe. Gegenüber blitzte eine Sammlung von Tapeziermessern, Rasierklingen und kleinen, tückischen Klingen, die mit Reihen von bösartigen Zähnen ausgestattet waren. Ich nahm eine davon in die Hand.

Plötzlich stand Blackmoor hinter mir. »Das ist eine

Kralle«, sagte er. »Die scharfen Kanten führen zu einer Art Kreuzschraffur.«

Ich warf das Instrument zurück auf das Tablett. »Und was ist mit diesen Messern?«

Er betrachtete mich kurz und intensiv. »Möchten Sie einen Blick auf die wirklich scharfen Sachen werfen?« Er packte mich am Arm und schubste mich die Treppe hinauf. Lucy Moon, die beide Arme voller kurzer Lederkleidung hatte, hörte auf zu arbeiten und sah zu. Beth Rice unterbrach die Hängeanweisungen an den Lichttechniker. Kyra stellte das Aufreihen der Perlen ein. Selbst der Vogel ließ von seiner geschnäbelten Pediküre ab. Überall um uns herum blickten Menschen interessiert auf.

Als wir die obere Galerie erreicht hatten, gab Blackmoor meinen Arm frei. Er ging weiter, am Metalltor des Friedhofs der Rümpfe vorbei bis an eine weitere offene Werkstatt.

»Da.« Er knipste das Licht an. »Wenn Sie Mordwerkzeuge suchen, schauen Sie sich das an.« Im Vorübergehen deutete er auf jedes Stück. »Schlegel. Selbstverständlich Hämmer. Ein Pistill – zum Zerquetschen und Zermahlen.« Er sprach zu laut. »Motorwerkzeuge. Bohrer, Sägen. Reibeisen. Feilen. Raspeln. Meißel.«

Er hob eins hoch. »Das hier nennt man auch Körperfräse.«

»Und die brauchen Sie alle für die Skulpturen, die Sie fertigen?«

»Bekannt bin ich für die Gipsbandagentechnik«, erwiderte Blackmoor. »Aber ich habe mich auch ein bißchen an Metall versucht. Auch an Marmor, ein- oder zweimal.« Er öffnete die Türen eines großen Metallschranks. »Ach, und nur für den Fall, daß Sie meinen, ich würde Ihnen etwas verbergen, hier bewahren wir die Materialien zum Verfugen und Verleimen auf. Werkzeuge mit Heizstäben. Styropor. Hartgummi. Aufgeschäumte Kunststoffe.« Plastik. Mittel zum Einschließen, Schützen, Konservieren. Ich dachte an Torie Woods abgetrennten Kopf in seinem durchsichtigen, hautengen Sarkophag.

»Schnüffeln Sie nach Herzenslust herum«, lud er mich kalt ein. »Und wenn Sie irgendwelche Fragen haben, fragen Sie.«

Da gäbe es schon ein paar. *Ist das der Ort, an dem es passiert ist? War es hier, wo Sie das Mädchen zerstückelt haben?* Aber statt dessen sagte ich nur: »Keine Sorge. Das werde ich.«

Blackmoor umkreiste die Plattform und studierte Kyra aus jedem nur denkbaren Winkel. Sie schien ihn überhaupt nicht zur Kenntnis zu nehmen. Er hatte sich für einen ledernen Büstenhalter und einen passenden Hüfthalter mit Netzstrümpfen und hochhackigen Schuhen entschieden; aber das Kostüm sollte erst später kommen, wenn die gipserne Gußform zusammengefügt war. Die Gestalt wurde vom Akt genommen.

Er plazierte sie vor dem Toilettentisch, in dessen Spiegel sie mit leeren Augen zu blicken hatte. Ein Gesichtsausdruck, der Kyra verdächtig leichtzufallen schien.

Es war dreiviertel vier, als Blackmoor endlich das Startzeichen gab.

Der Kameramann nahm seinen Platz ein. Roberto schnappte sich eine Nikon. Die Aufnahmen, Video und Fotos, würden, wie man mir erklärte, später benötigt werden beim Zusammenfügen und Gießen.

Aus der Küche kam ein junger Mann mit einem Eimer dampfenden Wassers, das er in die Wanne auf dem Handwagen goß. Blackmoor kniete sich neben Kyra und flüsterte ihr etwas ins Ohr. Sie stand auf, streckte sich, ließ den Kopf einige Male kreisen und bewegte die Schultern auf und ab. Dann legte sie ihre Unterwäsche ab und schlenderte wieder an den Toilettentisch, als wäre sie nicht nackt auf einer Bühne vor einem Dutzend Leuten.

Aus den Lautsprechern wimmerte Don Henley. Ich kam näher und achtete darauf, nicht in den Gesichtskreis der Kamera zu geraten. Plötzlich erschien Blackmoor auf den beiden Leinwänden, vergrößert, vervielfältigt, überlebensgroß.

Einen Moment lang war ich zwischen seiner leibhaftigen Gestalt und der Projektion hin- und hergerissen. Jede seiner Bewegungen hatte etwas Hypnotisches – die Art, in der er sich die Ärmel des Pullovers zurückschob, wie er die Hand in einen großen Plastikbehälter tauchte.

»Vaseline«, sagte er laut und drehte sich um, um Kyras Beine damit einzuschmieren. »Sie legt sich auf die Haut und erleichtert das Abnehmen der Gußform.« Er rieb sie ihr zwischen die Zehen. Um die Fersen. Über die Waden, auf die Schenkel. Kyra zwinkerte langsam, *auf-zu-auf*, wie eine Katze.

Blackmoor tauchte vier Verbände in das Wasser, dann schmiegte er sie um die Füße des Mädchens. Er bewegte sich rasch, ohne Hast, und formte mit den Fingern. Roberto hockte auf den Fersen und stellte die Kamera scharf. *Klick-klick-klick*. Blackmoor umschlang Kyras Beine. Mit ausladenderen, aber nicht weniger sicheren Bewegungen fand er den Muskelstrang, knetete ihn mit den Handflächen wie ein geübter Masseur. »Die Knie stehen so weit auseinander, um damit die Neigung der Schultern zu kompensieren«, sagte er gerade laut genug, um die Musik zu übertönen.

»Jede Linie – ihre Länge, Breite und Lage in Relation zu den übrigen Teilen – hat Einfluß auf die spätere Interpretation des Werks. Nähere ich ein Bein dem anderen an, ändere ich das gesamte Szenario.« Er arbeitete jetzt seit etwa fünfzehn Minuten, auch wenn es einen weit kürzeren Eindruck machte.

Der junge Mann, der neben dem Handwagen stand, verlagerte sein Gewicht und spritzte Wasser aus dem Becken. Elizabeth Rice flüsterte ihm etwas zu.

Blackmoor lehnte sich auf dem Boden zurück und blickte die langen, umhüllten Beine seines Modells hinauf. »Alles okay?« fragte er. Kyra sagte mhm. Eine Weile verharrten sie noch so, während Blackmoor sich völlig in der Musik verloren zu haben schien. Dann setzte er sich auf die Knie, berührte die Bandagen an einigen Stellen und nickte.

Richard Lewan gab ihm ein Tapeziermesser wie eine Schwester, die dem Arzt ein Skalpell reicht. Blackmoor nahm es und eilte hinter den Rücken des Mädchens. Ich folgte ihm und sah zu, wie er an Kyras linkem Bein eine Naht in den Abdruck schnitt, von der Ferse bis zum Oberschenkel. Er wiederholte den Vorgang am rechten Bein. Er war in die Hocke gegangen, arbeitete sich mit der Hand aufwärts und stemmte den Abdruck mit dem Finger auf, bis er auf ganzer Länge bis zur Hüfte auseinanderbrach. Ob die ganze Fummelei dem Mädchen etwas ausmachte, war unmöglich zu sagen. Sie hatte den gelangweilten Ausdruck von jemandem, der im Geiste eine Einkaufsliste zusammenstellt.

Lewan nahm das Messer und gab Blackmoor einen roten Stift. Er malte schnell ein paar Pfeile auf, die anzeigten, wo die Nähte wieder zusammengefügt werden mußten, dann fing er an, den Gips in Einzelteilen abzunehmen. Als er fertig war, stand Kyra auf und streckte sich. Richard karrte in Gips geformte Beine und den Schoß davon.

Inzwischen hatte derjenige, der sich um den Wagen kümmerte, frisches, heißes Wasser gebracht, das er mit lautem Spritzen in die Wanne kippte. Elizabeth gab Annie ein Zeichen. Sie redeten leise miteinander, während Annie nickte und sich Notizen machte.

Kyra war wieder in Stellung gegangen. Blackmoor schmierte neue Vaseline über ihre Schultern, die Arme hinunter bis an die Fingerspitzen. Er trug sie auf ihren Rücken auf, rieb sie auf die Hügelkette ihres Rückgrats. Wieder dieses Katzenzwinkern – *auf-zu-auf* –, als er ihr, sehr sanft, von hinten etwas unter die Brüste und über ihre vollkommenen Brustwarzen strich. Das Schlucken fiel mir zunehmend schwerer.

Blackmoor hielt einen langen, feuchten Verbandstreifen hoch und begann, ihn an die lange Kurve ihres Rumpfes zu schmiegen. *Klick-klick-klick-klick-klick*. Roberto mit seinem Fotoapparat war nicht mehr zu bremsen. Blackmoors Hände hasteten über Kyras Körper und strichen den nassen Gips in kräftigen Bahnen glatt. Die Musik schien um ein paar Dezibel anzuschwellen, und Don Henley raste.

Außer Blackmoor schien sich niemand zu bewegen oder auch nur zu atmen. Inzwischen hatte er aufgehört zu reden, als wären all seine Gedanken in den Händen gebündelt. Als der Gips vom Hals bis zur Hüfte trocknete, nahm er wieder das Messer und ritzte die Hülle sicher und unbarmherzig auf, zuerst den rechten, dann den linken Arm. Mit einer einzigen, gewandten Bewegung schnitt er den Rücken des Modells hinab, löste dabei den Gipsmantel und nahm den Rumpfteil in zwei Hälften ab. Sie spannte kurz die Muskeln an, blieb aber sitzen. Blackmoor flüsterte etwas, und das Mädchen nickte. Ich erkannte das erste Aufflackern einer Verbindung zwischen ihnen. Kyra bekam langsam Spaß an der Sache.

Klick-klick-klick-klick.

Die Musik änderte sich, und Henleys Gesang wurde von einem schwebenden, ungebundenen Instrumentalpart abgelöst.

Blackmoor bewegte die Lippen; ich konnte sehen, daß er andauernd mit Kyra sprach, aber ich konnte nichts von dem verstehen, was er sagte. Er nahm drei Bänder, die er Kyra über Nasenrücken, Mund, Augen- und Stirnpartie legte.

Seine Hände fuhren die Streifen nach, immer und immer wieder, bis ich noch aus der Ferne zu spüren meinte, wie sie aushärteten.

Er versiegelte den Kopf des Mädchens darunter.

Das Atelier drehte sich langsam. Schweiß perlte auf meiner Haut. Ich wollte rufen: *Haltet ihn auf! Er schließt sie ein ... er gipst ihr die Atemwege zu, die Poren ...*

Blackmoor plazierte dünne Verbandstreifen zwischen Kyras Nasenlöcher, formte sie um ihre Nase herum, zu den vorstehenden Wangenknochen, an die Stirn. Ich wünschte mir, seine Hände würden sich sputen, doch die trödelten nur, streichelten den Schädel des Modells, spielten um ihre leeren Pupillen.

Der Kameramann war nahe herangefahren. Von den Leinwänden starrte Kyras versteinertes Gesicht herab wie eine uralte, augenlose Göttin. *Einatmen,* befahl ich mir. *Ausatmen.*

Einatmen. Mein Körper führte alle Bewegungen korrekt aus, aber es fühlte sich an wie ein Test ohne Sauerstoff.

Klick-klick.

Ich wollte diese Kamera zerschmettern. Jetzt erst bemerkte ich, daß das Geräusch von Blackmoor stammte, der mit den Fingern schnippte; und schon war Richard wieder mit dem Tapeziermesser zur Stelle.

Der gute Richard.

Die Klinge blitzte im Scheinwerferlicht auf, als sie auf Kyras Nacken niedersauste. Mit tödlicher Präzision schlitzte Blackmoor eine Naht von Ohr zu Ohr. Wieder das Katzenblinzeln, begleitet von einem nervösen Auflachen. Die Stille im Raum zersplitterte wie der Gipsabdruck. Ich sank auf den Rand der Plattform und beobachtete, wie der Bildhauer sein Modell zur Wanne führte, um ihr das Gesicht zu säubern. Lucy Moon legte den Kimono um die nackten Schultern des Mädchens.

Blackmoor sah mich an. »Ich hoffe, Sie konnten damit etwas anfangen«, sagte er.

»Ja«, krächzte ich.

Hinter uns brandeten wütende Stimmen auf. Elizabeth Rice stritt sich mit dem Handwagenbeauftragten. »Dafür gibt es keinerlei Entschuldigung.« Sie deutete auf die Pfütze auf dem Boden. »Das ist unachtsam. Das ist schlampig. Das ist unprofessionell.«

Er zuckte mit den Schultern. »Was ist denn schon groß passiert?«

»Sie sind gefeuert, Mister.« Die Stimme von Rice hatte jetzt einen schrillen Klang. »Das ist groß passiert.«

Der junge Mann blickte auf der Suche nach Unterstützung im Raum herum, aber inzwischen waren schon alle auseinandergegangen. Ich drehte mich um, um Blackmoor etwas zu sagen, und stellte überraschend fest, daß Graham Hadary seinen Platz eingenommen hatte. Er neigte sein blasses Haupt in Beth Rices Richtung. »Sie ist sehr fürsorglich Dane gegenüber«, erläuterte er in vertraulichem Ton. »Sie würde alles für ihn tun.«

Als ich endlich in die Einfahrt bog, war es schon fast halb elf. Im Büro war das Licht aus. Auch das Haus war dunkel, nur die Laterne über dem Hintereingang hatte Cilda wie üblich brennen lassen.

Als ich die Küchentür öffnete, hörte ich etwas herunterfallen – eine große Versandtasche, auf deren Lasche in Jacks verkrampfter, ungleichmäßiger Handschrift *Garner* stand. Beim Anblick meines eigenen Namens in vertrauter Schrift sank mir das Herz im Leibe. Ich fühlte mich einsam und unerklärlich traurig.

Ich schenkte mir ein Glas Wein ein und leerte den Inhalt des Päckchens auf den Tisch. Noch mehr Fotos von Torie Wood. Babyfotos. Schulfotos. Die rundliche kleine Torie in rosafarbenem Tutu. Die jugendliche Torie im Schneidersitz, zusammen mit dem Mädchenfußballteam. Sie war leicht zu finden. Wie Temple.

Das Weinglas in meiner Hand zitterte.

Ich schob die Bilder zurück in den Umschlag, machte das Licht in der Küche aus und ging durch den großen, leeren Raum. In der langen Fensterzeile spiegelte sich das Meer. Die Wellen waren heute pechschwarz.

Temples Tür stand einen Spaltbreit offen. Auf Zehenspitzen trat ich ans Bett, und wie immer machte mich ihre absolute Makellosigkeit im Schlaf sprachlos – der dichte Kamm ihrer Wimpern, der Glanz ihrer Haut, der Schwung ihrer Oberlippe. Ich berührte ihre Wange.

Sie drehte sich um. »Mom?« Ihre Stimme war belegt und erschöpft. »Hallo, Mami ...«, und dann, als ich sie umarmte, »du machst mich ja ganz naß ...«

Ich hatte nicht bemerkt, daß ich weinte. »Ich wollte nur gute Nacht sagen«, erklärte ich ihr. Sie knurrte schläfrig, und ihre Lider zuckten schon wieder unter erinnerten Träumen. Schönen, wie ich hoffte.

Träumen, um so vieles schöner, als es die meinen waren.

8

Ich hörte zu, wie Annie Houghton der Ladeninhaberin diplomatisch beibrachte, daß Mr. Blackmoor sich, obwohl er die Glasflasche richtiggehend angebetet habe, dennoch für das Emaildöschen entschieden habe. Das Döschen wäre auch ihre erste Wahl gewesen, pflichtete die Besitzerin nickend bei. Vielleicht würde ja die Glasflasche das nächste Mal drankommen. Mr. Blackmoor solle nur Bescheid geben. Ein so brillanter Mann! – Und, ach ja, man würde ihr doch einen

Abzug des fertigen Werks in Postergröße zukommen lassen, nicht wahr?

Annie lächelte. »Ich werde ihn selbst vorbeibringen.« Sie kam zu mir auf die andere Seite der Vitrine herüber. »Das ist mit Abstand das Beste an meinem Job«, flüsterte sie. »Das ist wie Schule schwänzen.«

Das konnte ich nachvollziehen. Wir schlängelten uns in den engen Gängen des Ladens an den Leuten vorbei, die sich die Auslagen in den Vitrinen betrachteten. Von überall her lachten mich schillernde Reihen von Verlockungen an, und ich wollte etwas Unsinniges kaufen.

Kleine Glöckchen bimmelten lieblich, als wir durch die Ladentür gingen. Das milde Novemberwetter hatte die ersten Weihnachtseinkäufer in Scharen hierhergetrieben. New Hope war voll. Pärchen schlenderten Arm in Arm im Gedränge an jungen Müttern mit Kind vorbei. Horden von hübschen Schwulen in Jeans und Lederjacke bummelten die Mechanic Street entlang.

»Da muß ich rein.« Houghton deutete auf ein weiteres Schaufenster.

Eine Schaufensterpuppe mit angeschlagenem Lack steckte in einem paisleygemusterten Mini und weißen Halbstiefeln. Mir kam ein lebhaftes Bild meiner alten Freundin Cathy, unserem Dienstmädchen, in den Sinn: ihrer gebräunten Stupsnase, dem ungleichmäßig blonden Haar *(»Sun-In, und alle werden glauben, es war die Sonne!«)*, der Lippen, die mit etwas bestrichen waren, das nach Erdbeer roch und aussah wie rosa Vaseline. Das dunkle Klagen eines von Patsy Klines besten Songs schlug in meinem Innersten eine Saite an und zog mich unweigerlich zu sich.

Annie stand bereits am Ladentisch und sagte bei einem großen, dünnen Mädchen in bedrucktem Großmutterkleid ihren üblichen Spruch auf.

»Wie gefällt Ihnen das?« fragte ich sie, als sie den geschäftlichen Teil erledigt hatte. Ich hielt ein silbernes Friedenszeichen hoch, das an einem schwarzen Satinband hing. »Ich meine, würden Sie das tragen?«

»Klar«, erwiderte Houghton. »Ich habe sogar eins, das trage ich dauernd.«

Die Verkäuferin machte es für mich fertig und packte es in ein winziges, ehemals weißes Schächtelchen, das inzwischen grau und mitgenommen aussah, so wie alles andere in dem Laden auch. Ich war richtig aufgekratzt, als hätte ich gerade etwas Abenteuerliches gemacht.

»Ich habe Nicholas gesagt, wir würden gegen Mittag kommen«, sagte Annie, als wir wieder auf der Straße standen. »Wie wär's noch mit einem Kaffee vorher?«

Wir fanden ein kleines Café mit Blick auf den Kanal.

»Bestellen Sie, was Sie wollen«, forderte ich sie auf. »Ich zahle.«

Annie seufzte. »Ich nehme einfach nur Kaffee.«

»Essen Sie eigentlich überhaupt nie?«

Sie zog die kleine Spitznase und das vorspringende Kinn hoch. »Das ist das Komische bei mir. Gestern zieh' ich eine Jeans an, Größe Null, und sie paßt. Und heute komme ich mir irgendwie fett vor.« Sie ließ vorsichtig einen Tropfen Kondensmilch in die Tasse gleiten. »Aber wir sind ja schließlich hier, um über Torie zu reden, und nicht, um zu essen, stimmt's?« Sie lächelte, wollte mir gefallen.

»Sie sagten, Sie wären befreundet gewesen.«

»Ach, alle haben Torie geliebt.« Die lebhafte Zunge schnellte heraus und wieder hinein. »Außer Beth vielleicht. Der sind wirklich alle außer Dane so was von scheißegal.«

Sie rührte den Kaffee mit dem einzelnen, mageren Tropfen Milch darin um.

»Hat Blackmoor sie irgendwie anders behandelt?«

»Eigentlich nicht.« Das Mädchen überlegte einen Moment lang. »Meistens behandelt er jeden wie Dreck.« Dann berichtigte sie sich. »Das soll nicht heißen, daß er ein Schwein wäre oder so. Er ist sogar richtig höflich. So eine eisige Höflichkeit, wissen Sie? Total unpersönlich.« Sie nippte an ihrem Kaffee. »Passive Aggressivität. Er läßt andere für ihn die Drecksarbeit machen.«

»Elizabeth zum Beispiel?«

Sie nickte. »Elizabeth. Hadary. Lucy. Sogar Roberto, ob Sie's glauben oder nicht.« Dann fügte sie, obwohl ich nichts gesagt hatte, hinzu: »An Beth kann man sich natürlich leicht stoßen, aber wir kommen ganz gut miteinander klar. Sie tut mir leid. Sie hat wohl eine beschissene Kindheit und eine beschissene Ehe hinter sich, und da ist sie wahrscheinlich zwangsläufig ein bißchen daneben.«

Ich fragte mich, ob man das wohl auch von mir sagte. »Sie fährt total auf Therapien ab, und auf diese Zwölfphasenprogramme«, erzählte Annie weiter. »Alles, was irgend gesund ist, wissen Sie. Sie joggt. Sie meditiert. Sie fastet. Dauernd hat sie einen Gymnastikkurs oder ist bei der Maniküre.«

»Hat sie irgendeine Beziehung?«

»Ich glaube, Beth hatte kein Rendezvous mehr, seit ihre Ehe vor vier Jahren in die Brüche ging.« Sie seufzte. »Da ist natürlich Dane, aber das spielt sich halt nur in ihren Träumen ab. Ich glaube, deswegen konzentriert sie auch all ihre Energie auf diesen Selbstverwirklichungsschrott. Es fehlt nicht mehr viel, und sie glaubt wirklich, daß ein Kräuterumschlag auch nicht schlechter ist, als zu bumsen. Beängstigend.«

»Was wissen Sie über die Skulpturen?«

»Haben Sie fünf Minuten Zeit? Dann bring' ich Ihnen alles bei, was ich weiß.«

Ich schaute auf die Uhr und gab ihr das Zeichen zum Loslegen. »Was passiert nach den Sitzungen mit den Gipsabdrücken?«

»Also das ist ziemlich cool«, meinte Annie. »Die Einzelteile werden oben in der Werkstatt gelagert, bis sie dann wieder zusammengefügt werden. Da feuchtet man dann die Nähte an, wissen Sie, da, wo Dane sie vorher mit dem Messer spaltet. Und dann vereinigt man die Teile Stück für Stück wieder. Das kann eine ganz schön haarige Angelegenheit werden, weil ja der nasse Gips total klebrig und matschig wird, und dann muß man schon genau wissen, was man da eigentlich macht, damit man das so hinkriegt, daß es auch wirklich so aussieht, wie es soll.« Das Mädchen hielt inne. »Da muß man verdammt schnell arbeiten.«

»Wenn Sie *man* sagen, wen genau meinen Sie damit?«

Annie überlegte. »Normalerweise Richard oder einen von den Praktikanten.«

»Und Blackmoor?«

»Das ist nicht so sein Ding. Außer es ist eine von den Figuren, die bemalt und kostümiert werden. Aber die Gipsverbandfiguren sind ihm ziemlich schnuppe, wenn er die ursprüngliche Gestaltung erst erledigt hat.«

»Wenn ihm nichts daran liegt, warum macht er sie dann überhaupt?«

Houghton setzte jede einzelne der scharfen Kanten ihres Gesichts ein, um eine ernst-spöttische Miene aufzusetzen. »Wollen Sie die offizielle Version hören? Er macht eine künstlerische Aussage.« Sie fiel in ein dramatisches Flüstern. *»Die unbemalten Gipsfiguren spiegeln die Sterilität und Leere des modernen Lebens wider.«* Sie mußte kichern. »Aber wenn Sie die Wahrheit wissen wollen, es geht um Geld. Es dauert ein paar Monate, um die lebensechten Figuren fertigzustellen. Das ist nicht kostendeckend. Dane kann so eine Gipsverbandgeschichte in ein paar Tagen raushauen, und dafür gibt es immer einen Markt.«

Sie machte eine kurze Pause und sah sich unter den Leuten im Café um, bevor sie fortfuhr. »Ich glaube ja, er führt bloß noch routinemäßige Bewegungen aus – als ob er das ganze Interesse daran verloren hätte, wissen Sie? Als er noch sein Atelier in New York hatte, da soll er total abgestürzt gewesen sein. Muß praktisch die ganze Zeit im Suff verbracht haben. Lucy Moon und Richard haben die meiste Arbeit gemacht. Haben seinen Namen unter die Sachen gesetzt. Das gehört einfach dazu. Sogar ich könnte das erledigen, wenn es sein müßte. Das ist alles so eine Verarschung – Leute, die sich in die Hosen machen wegen einem echten Blackmoor? Hören Sie mir bloß auf!«

»Ist das immer noch so?«

»Er hat schon vor ein paar Jahren aufgehört zu trinken. Seit damals schmeißt auch Beth den Laden. Sie hat Dane davon überzeugt, daß es das beste wäre, hier raus zu ziehen und von vorn anzufangen.« Sie trank den letzten Tropfen Kaffee und blickte sehnsüchtig in die leere Tasse. »Aber trotzdem kriegen wir ihn manchmal wochenlang nicht zu Gesicht. Er verbarrikadiert sich einfach in seinen Zimmern, und alle halten still. Offiziell heißt es, Blackmoor ist besser als je.« Annie verdrehte die Augen. »Mist«, sagte sie, »das hätte ich Ihnen jetzt nicht sagen sollen.«

Ich gab der Bedienung ein Zeichen, daß ich zahlen wollte.

Houghton rutschte auf dem Stuhl herum. »Wissen Sie, wenn ich über ihn rede, dann hört sich das immer so an, als ob Dane ein ziemlich schräger Vogel wäre, aber das stimmt eigentlich gar nicht, wenn man sich das so anschaut.«

»Wenn man sich das anschaut?«

»Na ja, sein Leben, diese kranke Kunstschickeria und den Ruhm.« Sie hielt inne und meinte dann ernst: »Ich glaube nicht, daß er jemals jemanden umbringen könnte. Vor allem Torie nicht.«

»Und warum nicht?«

»Also erst mal, wenn ich je erlebt habe, daß er über irgend etwas richtig aus dem Häuschen war, dann nur, wenn er sie arbeiten gesehen hat.«

»Hat sie jemals mit Ihnen über ihn gesprochen?«

»Sie meinen, ob sie miteinander geschlafen haben?«

Ich spürte, wie ich rot wurde. »Egal.«

»Ich glaube, sie hätte es mir gesagt, wenn da was gewesen wäre«, meinte Annie. »Das mit ihr und Richard wußte ich ja schließlich auch.«

»Richard Lewan?«

»Allerdings, kaum zu glauben, was?«

»Er sieht irgendwie viel zu… zerbrechlich… aus für Sex.«

Houghton lachte schallend. »Das ist sehr höflich ausgedrückt. Ich frage mich allerdings, ob seine Frau dem zustimmen würde.«

»Er ist verheiratet?«

»Ganz schöner Herzensbrecher, was? Torie hat immer gesagt, er wäre auf einer höheren geistigen Ebene, aber mit dem, was sie über Männer alles nicht wußte, könnte man eine komplette Enzyklopädie vollschreiben. Ich schätze, deshalb hat sie auch Dane so angehimmelt«, überlegte sie.

»Wahrscheinlich war er der einzige Kerl, der jemals nett zu ihr war.«

Ich warf einen Zehndollarschein auf den Tisch, um die Rechnung über drei fünfzig zu begleichen. »Gehen wir«, sagte ich. »Es ist stickig hier drin.«

Als wir wieder an der frischen Luft waren, wandte ich mich zu ihr um. »Nur eins noch – wie kommt es eigentlich, daß Sie für Dane arbeiten?«

»Ach, ich bin früher mit Roberto und seinem Geliebten durch die Clubs gezogen«, sagte Annie. »Er wußte, daß ich Geld brauche, und da hat er mich halt mitgenommen.«

Roberto war es auch gewesen, der Torie Wood mitgebracht hatte. Noch eine Frage kam mir in den Sinn. »Haben Sie zufällig je etwas von Donna Fry oder Kimberley Arnette gehört? Die sind Blackmoor ein paarmal Modell gesessen vor Ihrer Zeit.«

Annie schüttelte den Kopf. »Haben Sie denn irgend etwas mit Torie zu tun?«

»Ich bin mir nicht sicher«, gestand ich ein. »Ich hoffe einfach, daß sie nicht plötzlich als Leichenteile zum Vorschein kommen.«

Annie Houghtons kleines Gesicht wurde plötzlich bleich.

Torie Woods Freund Nicholas besaß einen kleinen Antiquitätenladen auf dem Hügel in der Nähe des Bahnhofs. Als wir eintrafen, telefonierte er gerade mit gedämpfter Stimme. »Nein«, sagte er leise, »letzte Nacht war ich im Krankenhaus.«

Ein aidskranker Freund, dachte ich unwillkürlich.

Annie winkte und warf ihm eine Kußhand zu. Wir ließen ihn zu Ende telefonieren und sahen uns um, während Annie die klassische Musik, die aus den Lautsprechern drang, mitsummte. Augenblicke später stellte sie uns vor.

»Es ist mir eine große Ehre, Miß Quinn«, rief Nicholas. »Ich liebe Ihre Bücher.«

»Vielen Dank.«

»Wie geht's Howard?« erkundigte Annie sich besorgt.

»Unverändert.« Er erklärte: »Mein Freund hat Aids.«

Ich wünschte, ich hätte es nicht erraten.

Die Augen des jungen Mannes trübten sich. »Torie«, sagte er, »war Howards Liebling.« Das Präteritum lag schwer wie Blei in der Luft.

Ich freute mich, daß er mir vorschlug, ich solle allein hinaufgehen. Die schmale Holzstiege war rötlichbraun gestrichen. Ich atmete den modrigen Geruch ein. Das Zimmer, das Nicholas Torie Wood zur Verfügung gestellt hatte (zur Verfügung gestellt, nicht vermietet, wie er sorgfältig wiederholt hatte, denn sie waren Freunde), befand sich am rechten hinteren Ende des Gebäudes. Es war kaum größer als ein begehbarer Kleiderschrank. Eine Doppelbettmatratze, die mit gemusterter Decke und passenden Kissenüberzügen ordentlich zurechtgemacht war, bedeckte den größten Teil des Bodens. Ein freistehendes, rostfleckiges Waschbecken nahm ein Ende ein; in einer anderen stand ein billiges Bücherregal mit vier Brettern. An der Wand hing ein hübsch gerahmtes Aktfoto von Marilyn Monroe. Neben dem Waschbecken klebte ein Madonna-Poster, wahrscheinlich um einen schleichenden Riß im Putz zu überdecken. Wenn ich mich auf die Zehenspitzen stellte und aus dem einzigen kleinen Fenster schaute, konnte ich den Kanal sehen und dahinter die Eisenbahn.

Hier hatte Torie die letzten sechs Wochen ihres jungen Lebens geschlafen. Wenn sie nicht gerade mit Richard Lewan schlief. Oder vielleicht mit Dane Blackmoor.

Ich inspizierte das Bücherregal. Da standen einige Bücher über Skulpturen, eins von Frank Rich, ein anderes von Stewart Johnson, eine unautorisierte Dane-Blackmoor-Biographie und ein couchtischgroßes Buch über seine Werke, zwei Fotobände, einer von Gordon Parks, einer von Annie Leibovitz; und ein paar Disney-Bilderbücher – *Die kleine Meerjungfrau, Peter Pan* und *Bambi.* Auf einem teuren Familienporträt à la Sears mit einfachem Holzrahmen sah man Torie mit ihren beiden Schwestern und den Eltern. Allem Anschein nach war es erst kürzlich aufgenommen worden. Torie hatte die Haare in dem fehlgeschlagenen Versuch, die nicht zu übersehenden grünen Strähnen zu vertuschen, zurückgekämmt. Es schnürte mir die Kehle ab.

Auf einem Regalbrett stand eine Reihe häßlicher, kleiner Puppen mit pastellfarbenem Haar und Köpfen, die zu groß für diese Körper waren.

»Tories Kiddles«, sagte Nicholas hinter mir. Ich wäre

fast in Ohnmacht gefallen. Man verliert schnell die Nerven, wenn sich jemand von hinten anschleicht, während man die Sachen einer Toten betrachtet.

»Sie hat sie gesammelt«, erläuterte der junge Mann. »Die in den Schachteln sind sogar ziemlich wertvoll.«

Aber ich hörte schon nicht mehr zu. Ich kniete mich hin, um die Gegenstände auf dem untersten Brett besser sehen zu können – kleine Figürchen aus Wachs und Ton. Ein kleiner Junge. Ein Pferd. Ein Frauenakt. Ein Indianerkopf.

Nicholas und Annie betraten das Zimmer. Die Schatten, die sie auf die winzigen Skulpturen warfen, raubten mir fast den Atem. Selbst nachdem ich mich entschuldigt hatte, die rostrote Stiege hinunter und durch die Ladentür gelaufen war, um die feuchte, kühle Luft zu atmen, war ich mir noch nicht sicher, ob meine körperliche Reaktion der klaustrophobischen Enge des Zimmerchens oder der ungewöhnlichen Schönheit dieser außerordentlichen Schöpfungen von Tories Hand gegolten hatte.

9

Wir hatten uns im Ort verabredet, in einem Restauant abseits der Hauptstraße. Elizabeth Rice rauschte herein, eine halbe Stunde verspätet zwar, aber strahlend. »Mir geht es großartig«, verkündete sie. Nicht *tut mir leid* oder *mußten Sie lange warten?*, nein, *mir geht es großartig*.

»Junge, Junge«, sagte ich.

»Ich hatte gerade eine Kräutermassage«, seufzte Beth. »Hatten Sie auch schon mal eine?«

»Nein«, sagte ich. »Junge, Junge.«

»Sie müssen sich unbedingt eine machen lassen«, erklärte Beth Rice. »Man spürt förmlich, wie die ganzen Gifte aus dem Körper fließen. Wir könnten ja mal miteinander gehen – ich kenne da einen Salon, nicht weit von der Stadt.«

Ich machte all die Geräusche, die als Zeichen dafür gelten konnten, daß ich das für eine ganz tolle Idee hielt und wartete dabei, bis diese Frau es sich endlich bequem machte, damit wir zu der Sache kommen konnten, zu der ich kommen wollte. Beth bestellte eine Flasche Mineralwasser. Ich bemerkte den mißbilligenden Blick, mit dem sie mein Glas Chardonnay bedachte.

Aufsässig führte ich den Wein an die Lippen. »Wie lange arbeiten Sie schon mit Blackmoor zusammen?« Es hatte keinen Sinn, etwas auf die lange Bank zu schieben. Aller Wahrscheinlichkeit nach hatte Rice in einer halben Stunde einen Bocksprungkurs.

»Das sind jetzt drei Jahre«, sagte Beth und meinte dazu: »Himmel«, als könne sie es nicht glauben.

»Wie haben Sie sich kennengelernt?«

Rice formte ihr Kinn zu einem perfekten Herzen, das zu beiden Seiten von Grübchen flankiert war. Es war ein geübter, aber wirksamer Schritt. »So seltsam sich das vielleicht anhört«, sie senkte die Stimme, »wir haben uns bei der Reha kennengelernt.«

»Sie meinen die Anonymen Alkoholiker?«

Elizabeths Lächeln flackerte, dann festigte es sich wieder. »Ja.« Der Ober brachte ihr Wasser. »Wir würden gerne noch ein kleines bißchen warten«, bat sie.

»Sie haben sich also bei der Reha kennengelernt«, spornte ich sie an.

»Anonymität ist eine der zwölf Traditionen«, erklärte sie sachlich. »Aber natürlich erkannte ich ihn sofort.« Die Erinnerung ließ sie lächeln. »Zu der Zeit leitete ich eine Galerie in der Siebenundfünfzigsten Straße und war dabei wirklich furchtbar unglücklich.« Sie sagte das, als sei das etwas Ungewöhnliches; und ich fügte Annies Beschreibung einen weiteren Punkt hinzu: beschissene Kindheit, beschissene Ehe. *Beschissene Karriere.*

Rice erzählte weiter: »Eines Abends bin ich einfach zu ihm hingegangen und habe ihm erzählt, wieviel Respekt ich vor seinem Talent habe. Na ja, und im Anschluß kam er dann nicht mehr zu den Treffen.« Sie richtete das Besteck auf ihrer Seite des Tisches neu aus. »Sie müssen wissen, daß in diesem Mann ein großer Selbsthaß steckte – noch immer steckt. Für Sie oder mich mag das schwer zu begreifen sein, aber aus irgendeinem Grund hat Dane sein eigenes Genie nicht wirklich akzeptiert.«

»Hat er nicht?«

Elizabeth war ganz in ihrem Element und hatte sich entspannt. »O nein«, meinte sie. »Das war etwas, was ich von Anfang an an ihm gespürt habe. Und deswegen habe ich dann, als er die Therapie aufgegeben hatte, auch allen Mut zusammengenommen und bin zu seinem Atelier gegangen. Denn, wissen Sie, mir war klar, was mich dort erwartete.«

»Und das wäre?«

»Er hatte wieder angefangen zu trinken. Es herrschte das totale Chaos. Graham und Richard hatten versucht, den Laden am Laufen zu halten, aber es gab kaum noch Aufträge. Mir war auf der Stelle klar, daß etwas unternommen werden mußte.«

»Also haben Sie es getan.«

Beth lächelte bescheiden. »Dane hat es getan. Ich gab ihm nur die nötige Unterstützung.«

»Er verdankt Ihnen viel.«

»O nein«, widersprach sie. »Ich stehe in seiner Schuld. Er hat meinem Leben wieder einen Sinn gegeben.«

Der Ober kam zurück und fragte, ob wir soweit wären.

Elizabeth fing an, in aller Ausführlichkeit zu dozieren, was ohne Butter gekocht werden solle und was mit Balsamico anzumachen sei. Ich bestellte ein dick belegtes Sandwich mit Mayonnaise.

Als wir wieder unter uns waren, schlug ich eine andere Richtung ein. »Was können Sie mir über Torie Wood sagen?«

»Nicht mehr, als daß sie ein süßes Kindchen war«, meinte Beth und fügte dann an. »Und daß Dane sie für sehr talentiert hielt.«

»Kennen Sie irgendeinen Grund, aus dem irgend jemand sie hätte töten wollen?«

»Sie meinen, jemand von der Mühle?«

»Wer sonst hätte Teile ihrer Leiche in einer von Blackmoors Skulpturen einschließen können?« Wie einen Tennisball schlug ich ihr die Frage über den Tisch entgegen.

Diese Grobheit schien sie aus der Fassung zu bringen. »Ich verstehe, was Sie –«, stotterte sie. »Aber allein schon der Gedanke ist einfach zu furchtbar.«

»Ja, das ist er«, pflichtete ich bei. »Übrigens, kannten Sie eigentlich Donna Fry oder Kim Arnette?«

»Die Namen kommen mir bekannt vor.«

»Sie standen auf der Liste, die Sie mir gegeben haben«, klärte ich sie auf. »Nur weiß offenbar niemand, wo sie heute sind.«

Elizabeths Hände legten sich zitternd um ihr Glas Wasser. »Ich glaube, ich erinnere mich an Kim«, meinte sie. »Sie war keins von Dans Lieblingsmodellen. Wahrscheinlich hat sie ein-, vielleicht auch zweimal für ihn gesessen.«

»Ob Sie die Titel der Skulpturen herausfinden könnten, für die sie Modell saß?«

»Ich kann es versuchen«, sagte Rice steif, »aber ich glaube nicht, daß wir diese Daten damals schon aufgezeichnet haben.«

Der Ober brachte unser Essen. Als ich in mein Sandwich biß, fiel mir eine sichtliche Änderung in Elizabeths Erscheinung auf. Die oberste Schicht ihres Gesichts, die spröde, süßliche, war aufgesprungen und gab den Blick frei auf etwas Zarteres darunter.

»Sie werden ihm mit diesem Buch weh tun, nicht wahr?« Sie schaute auf ihr Essen, als wisse sie nicht, was sie damit anstellen sollte.

»Das liegt nicht in meiner Absicht«, erwiderte ich. »Ich will einfach nur die Wahrheit ans Licht bringen.«

Rice nickte – eine jener raschen Neigungen des Kopfes, mit denen ein Sportler seinen Gegner bedenken mochte –, dann bohrte sie die Gabel in den Salat und sagte die Segnungen der Kräutermassage auf.

»Hallo?« rief ich dem leeren Atelier entgegen.

Ein halbherziges Echo drang zurück zu mir. » –lo?«

Die Arbeitsbeleuchtung war angeschaltet, aber der Raum wirkte verlassen. Wahrscheinlich hatten sich alle schon frühzeitig ins Wochenende aufgemacht. Ich bemerkte, daß in einer der Arbeitsnischen auf der Galerie Licht brannte. Ich kletterte scheppernd die Treppe hoch, als würde ein unverfrorener Auftritt die teuflischen Unholde, die dort womöglich lauerten, vertreiben können. Ich ging an mehreren vergitterten Arbeitsplätzen vorbei und blieb vor einem offenen Tor stehen. »Roberto? Lucy? Ist da wer?«

Eine Frau mittleren Alters in einem kurzärmligen bunten Hauskleid schrubbte auf Händen und Knien den Boden. An der Unterseite ihrer breiten Arme und Beine hing die Haut in unvorteilhaften Falten herab. In der Tasche steckte ein Walkman. »Entschuldigen Sie bitte, ich dachte –«

Die Frau reagierte nicht. *Vielleicht ist die Musik ja* – ich kam näher. Auf dem Schildchen stand PUTZFRAU.

Diese Skulpturen raubten mir wirklich den letzten Nerv. Ihretwegen kam ich mir vor wie ein Voyeur – ich war fasziniert und schämte mich zugleich –, als wäre ich allein durch mein Hinsehen einen dunklen Pakt mit Blackmoor eingegangen. Ich drehte der bemalten Reinemachefrau das Licht ab und ging zur letzten Nische.

Das Garagentor flog scheppernd auf. Ich machte das Licht an und war erleichtert, mich inmitten dieser gewöhnlichen Werkzeuge zu befinden, wenigstens für den Augenblick von den unheimlichen, aus schwarzen Augen starrenden Gesichtern und den verschlossenen Mündern verschont zu sein. Ich nahm die Instrumente zur Hand, eins nach dem anderen, spürte ihr Gewicht, prüfte ihre Schärfe, ihre Härte, ihre Schneiden und versuchte, mich daran zu erinnern, was Blackmoor gesagt hatte. Welche dienten dem Zerquetschen und Zermahlen? Wo war der Meißel? Die Körperfräse? Ich zählte vier Motorsägen und eine Bügelsäge. Unzählige Rasiermesser. Das Ganze war ein einziges, potentielles Gruselkabinett.

Von der Galerie drang ein Geräusch herein. Ich drehte mich gerade noch rechtzeitig um, um zu sehen, wie das Tor herabfuhr. »Wer ist da?« rief ich heiser, während ich mich um die Werkbänke herumschlängelte. Bevor ich den Gegengewichtshebezug erreichte, griff ich nach einem Holzhammer.

Niemand war auf der Galerie.

»Hallo?« Ich beugte mich über das Geländer. »Ist da wer?«

Meine Stimme brach sich in den Gewölben des verlassenen Ateliers. Ich schaute auf die Uhr. Zehn nach sechs. Das ganze Wochenende lag vor mir – genug Zeit, um alles über Bildhauerwerkzeuge und ihren Einsatz zu lernen; und um darüber nachzudenken, was diese Instrumente ausrichten mochten, wenn man sie an Fleisch und Knochen einsetzte. Ich legte den Hammer weg, knipste das Licht aus, zog das Tor herunter und nahm auf der Treppe immer zwei Stufen auf einmal. Als ich im Dunkeln die Plattform umrundete, stieß ich mit voller Wucht gegen ein anderes lebendes Wesen.

»Um Himmels willen, Garner!« japste Annie. »Ich wußte ja nicht, daß Sie noch hier sind!«

Ich lachte etwas hysterisch. »Waren Sie gerade auf der Galerie?«

Sie schüttelte den Kopf. »Nein, ich war gerade auf dem Weg nach oben, um zu kontrollieren, daß auch alle Lichter aus sind. Soweit ich weiß, ist außer mir niemand mehr hier.«

Von den Oberlichtern her kam ein Geräusch, das gedämpft, aber hektisch klang, als würde jemand durch eine leere Turnhalle rennen. Der große, weiße Vogel setzte zum Sturzflug an und landete auf der Kante der leeren Plattform, von wo aus er ein schmissiges: »*Leckmich ... leckmich ... leckmich ...*« pfiff.

»Ich bin dafür, wir bringen ihn um«, flüsterte Annie.

»Der ist viel zu schnell für euch«, sagte Blackmoor.

Annie wirbelte herum und stotterte: »Ich wollte nur gerade nach oben gehen, um –«

»Darum kümmere ich mich.«

»Also dann bis Montag.« Die junge Frau verließ vorsichtig den Raum.

Ich hielt die Stellung. »Sind Sie vorhin auf der Galerie gewesen?«

»Nein«, erwiderte der Bildhauer. »Wieso? Hat Sie etwas erschreckt?« Er ging an mir vorbei, ohne eine Reaktion abzuwarten. Der Kakadu flog an den Rand der Plattform und schärfte seine Krallen an einer Versandtasche. Blackmoor scheuchte ihn fort.

»Von gestern«, sagte er und zog einen Stoß Fotos heraus. »Ein gutes von Ihnen.« Er hielt ein Bild hoch.

»Was passiert eigentlich mit den Videos?«

Er ließ das Foto zurück in den Umschlag gleiten. »Die werden etikettiert und in ein Regal gestellt.«

»Und was ist mit Tories Sitzungen? Haben Sie die auch gefilmt?«

»Ich filme alle.«

»Ich würde diese Bänder gerne sehen.«

»Das würde ich auch«, erwiderte Blackmoor. »Leider sind sie verschwunden.« Er machte sich daran, fortzugehen.

»Das kommt sehr gelegen.« Ich rannte, um mit ihm mitzuhalten.

»Das kommt ganz auf den Standpunkt an«, meinte er. »Ich finde es einigermaßen zum Kotzen.«

Ich folgte ihm in sein Büro. »Und was ist mit Donna Fry? Haben Sie Bänder von ihr? Wie steht's mit Kim Arnette? Wie viele sind es?«

»Verschwundene Bänder?« fragte er. »Oder verschwundene Mädchen?«

»Wie kommt es, daß Sie die Polizei nicht darüber informiert haben, daß mehr als eins Ihrer Modelle vermißt wird?«

»Bis heute wußte ich es selbst nicht«, sagte er. Noch bevor ich fragen konnte, fügte er hinzu: »Meine Mitarbeiter sind sehr loyal.«

Beth Rice, dachte ich. Oder zumindest hoffte ich das.

»Zumindest die, die noch da sind«, bemerkte ich. »Ich habe heute nachmittag übrigens ein paar von Torie Woods Arbeiten gesehen.« Ich deutete auf die Glasvitrine. »Die da sind auch von ihr, nicht wahr? Die zwei ganz unten?«

»Gutes Auge.« Er klang verbittert.

»War es eigentlich schwierig, ein solches ... Naturtalent um sich zu haben?«

Blackmoor lachte. »Für jemanden wie mich, meinen Sie?« Er ging hinüber zu dem Bord mit den Figürchen, die er einen Augenblick lang intensiv betrachtete.

»Wissen Sie, was meine Kritiker sagen, Garnelchen? Sie nennen mich einen Hochstapler. Einen Betrüger. Ob Sie's glauben oder nicht, ein paar von denen sind sogar so weit gegangen, zu behaupten, für das, was ich mache, bräuchte man kaum bis gar kein Talent. *Den P. T. Barnum der Bildhauerei* hat mich einer genannt. Mein Lieblingsausdruck«, sein Mund verzog sich, »der und der, den die Klatschkolumnisten andauernd bringen – *Promi-Schlitzkünstler*. Und, was glauben Sie, wie schaut so ein verdammter *Promi-Schlitzkünstler* wohl aus, Garnelchen?«

»Wie Sie.«

Er lachte. »Also gut, nachdem Sie diejenige sind, die den Blick dafür hat, werde ich also Sie fragen. Was halten Sie von meiner Arbeit?«

Ich überlegte kurz. »Sie erschreckt, verstört.« Ich sprach sehr langsam. »Aber ich bin mir nicht sicher, daß ich es Kunst nennen würde.«

Er starrte mich lange Zeit an. »Gut«, sagte er endlich. »Und jetzt kommen Sie näher.« Ich zögerte. »Ich verspreche, ich werde Sie nicht aufschlitzen. Oder küssen.«

So locker ich konnte, ging ich zur Vitrine. »Wollen Sie wissen, was ich von denen halte?« Er stand so nahe bei mir, daß sein Atem mein Gesicht kitzelte. »Das sind meine kleinen Götzenbilder.«

Beinahe wären mir die Knie weggeknickt. Es gefiel mir gar nicht, dieses Wort wieder zu hören. Aus irgendeinem Grund jagte es mir Furcht ein. »Ich weiß, wer ich bin, Garnelchen«, flüsterte er. »Meine Werke stehen in jedem bedeutenden Museum der Welt, in privaten Sammlungen, überall. Aber das ist es nicht, was sie kaufen.« Er deutete auf die Modelle. »Mich kaufen sie.«

Blackmoor nahm eins von Tories Stücken aus der Vitrine. »Aber das hier, das ist etwas völlig anderes. Innere Reinheit, ein Stück Wahrheit.« Er drehte es in seiner Hand. »Und das Traurige daran ist, es ist scheißegal. Die Leute auf dem Markt interessieren sich nicht für Wahrheiten, Garner. Die sind viel zu beschäftigt damit, um das Goldene Kalb zu tanzen. Zum Glück für mich. Ich hab' erst gestern wieder eins geschmiedet.« Er beugte sich näher zu mir. Er roch weniger nach einem Duft als nach einer Farbe oder einem Geschmack. Ich fragte mich, wie das sein konnte. Ich beobachtete, wie er Tories Bozzeto vorsichtig wieder ins Fach stellte.

»Um also Ihre Frage zu beantworten. War es schwierig, von einem solchen Naturtalent umgeben zu sein?« Blackmoor sah mir offen in die Augen. »Nein. Talent schreckt mich nicht. Ich mache einfach weiter mit dem, was ich mache, und zwar, so schnell es geht, und dabei schaue ich mich die ganze Zeit um, ob da nicht schon der Kerl steht, der eine bessere Kuh vergolden kann.« Plötzlich ging er, und ich mußte ernsthaft um Atem ringen.

Seine Selbstverachtung hatte mich beinahe erstickt.

10

Den größten Teil des Samstags verbrachte ich mit Temple, um ihr etwas zu kaufen, was sie auf Emorys Party tragen konnte. Sie erwähnte weder das Album noch Dane Blackmoor, und ich tat es auch nicht, dennoch wurde ich das Gefühl nicht los, ihr eine Erklärung schuldig zu sein. Um meine Schuldgefühle zu besänftigen, gab ich mehr für das Kleid aus, als richtig gewesen wäre.

Als wir wieder zu Hause waren, fiel mir Jacks Wagen auf. »Es kamen ein paar Anrufe für dich«, sagte er in dem Moment, in dem ich ins Büro kam. »Miß Gold hat um elf angerufen, um mitzuteilen, daß dir Blackmoors Videokassetten unter gar keinen Umständen zur Verfügung stehen würden.« Er schnitt eine Grimasse. »Fünf Minuten später ist Blackmoor dran. Er läßt dir ausrichten, daß du womöglich einen Anruf von seiner Anwältin bekommst, daß du aber ignorieren sollst, was sie sagt. Du kannst jedes Band anschauen, das er hat.«

»Wie großzügig von ihm, vor allem, da alle die, die wichtig sind, zufällig spurlos verschwunden sind.« Ich ging zum Kühlschrank und nahm mir eine Dose Diet Coke. »Wie ist es gestern mit Tories Eltern gelaufen?«

»Das war ganz schön herzzerreißend. Sie sagen, sie haben Torie nicht als vermißt gemeldet, weil sie schon, seit sie zwölf war, immer wieder für Monate am Stück verschwunden ist. Aber das ist alles hier festgehalten.« Er schob einen Stapel Papier und eine Mikrokassette herüber. »Ich habe das Gespräch aufgezeichnet und mir Notizen gemacht.«

Das war nicht die Art, in der ich arbeitete. Ich riß die Dose auf. Die Kohlensäure zischte heraus und tröpfelte über Jacks Nachforschungen. Er machte ein komisches Gesicht.

»Da gibt es noch etwas, richtig?«

Jack beugte sich eifrig über den Tisch. »Auf dem Rückweg von Scarsdale habe ich noch einen Stopp in Manhattan eingelegt, um mit einem Freund von mir aus Soho zu reden.«

Er machte eine Pause. »Ich hoffe, du hast nichts dagegen, wenn ich die Initiative ergreife?«

Eigeninitiative ist etwas Positives, erinnerte ich mich. Warum war ich dann bloß auf einmal so stinksauer?

»Erzähl schon, was du herausgefunden hast«, sagte ich.

Er sah enttäuscht aus. Ich wußte, daß er diesen Moment hinauszögern wollte, aber ich hatte ihn gezwungen, die Karten auf den Tisch zu legen.

»Der Kern der Sache ist der«, sagte er, »bevor Graham Hadary für Blackmoor gearbeitet hat, war er bei niemand anderem als Conrad Vestri angestellt.« Vestri verbüßte augenblicklich eine lebenslange Haftstrafe für die sadomasochistischen Morde an zwei jungen Männern.

Ein unkontrollierter Adrenalinstoß fuhr mir im Zickzack durch den Körper. Das mußte deutlich zu sehen gewesen sein, denn Jack nahm den Faden seiner Geschichte wieder auf, diesmal selbstbewußter.

»Hadary war nicht in die Morde an den beiden Männern verwickelt, aber während des Prozesses stellte sich heraus, daß er dafür zuständig war, die jungen Talente an Land zu ziehen. Er hat sich in Diskos oder Bars einen jungen Hengst gesucht und den dann auf eins von Vestris schillernden Festen eingeladen.«

»Konntest du zufällig auch etwas über Roberto herausfinden?«

Er blätterte seine Notizen durch. »Roberto Jurgenson – oder, wie er von Mami und Daddy eigentlich genannt wurde, Robert Jackson. Einer von Hadarys Protegés.«

»Der zufällig derjenige ist, der Torie Wood und Annie Houghton und weiß der Teufel wie viele andere bei Dane Blackmoor eingeführt hat.« Das klang alles nur zu vertraut. Das klang absolut großartig.

In ihrem teuren neuen Outfit und mit dem silbernen Friedenskettchen, das ich ihr geschenkt hatte, um den Hals, konnte Temple leicht für siebzehn durchgehen. Der Gedanke war irgendwie deprimierend. Ich war nur froh, daß sie keinen Aufstand gemacht hatte, weil ich sie zur Party bringen und wieder abholen wollte.

Das Telefon klingelte, als ich gerade die Schlüssel holen wollte. Ich nahm den Apparat im Flur ab. »Hallo, Lady«, sagte der Anrufer. »Gestern nacht waren wir tanzen in meinem Kopf. Es tut mir leid, daß ich Ihnen auf die Füße getreten bin.«

»Jeff?« Mein Herz fiel durch den Boden und bohrte sich in das Kellerfundament. »Jeff.« Sogar für mich klang meine Stimme verwirrt. »Ist ... ist alles in Ordnung?«

Er lachte fröhlich durch den Apparat. »Aber ja doch, was sollte denn nicht stimmen?«

»Tut mir leid«, entschuldigte ich mich, »das ist einfach – nicht der richtige Augenblick.«

»Also gut, ich will Sie auch gar nicht lange aufhalten. Ich wollte Ihnen nur sagen, daß ich wieder die Schulbank drükken werde.«

»Das ist ja wundervoll«, sagte ich vorsichtig.

»Hauptfach Wirtschaftsingenieur und Kunst im Nebenfach, wie ich es mir immer gewünscht habe.«

»Toll.«

»Ich habe meine Mappe nach Pratt geschickt und ans MIT, und die haben mir zurückgeschrieben, daß sie wirklich beeindruckt sind.«

Ich versuchte, nicht schockiert zu klingen. »Das sind gute Universitäten«, sagte ich. *Gute Nordstaatenuniversitäten. Gute Universitäten hier oben im Norden.*

»Die besten«, stimmte Jeff zu. »Aber ich werde ein Empfehlungsschreiben brauchen. Von jemandem, der sich für meinen Charakter verbürgen kann. Und da sind Sie natürlich die erste, die –«

Ich weiß nicht, ob es tatsächlich an Jeff lag oder an dieser ganzen Blackmoor-Geschichte, aber plötzlich fühlte ich mich von der Vergangenheit eingeholt. Lebendig unter ihr begraben. Draußen im Auto hupte Temple ungeduldig. »Ich muß jetzt wirklich los«, sagte ich und atmete dabei nur noch stoßweise. »Ich werde Sie zurückrufen – sind Sie in Myrna bei Ihrer Mom?«

»Nein. Ich gebe Ihnen meine neue Nummer«, sagte er.

Ich zog die Schublade des Schränkchens im Flur auf und suchte darin nach einem Stift. »Hören Sie, ich habe gerade nichts zum Schreiben hier –«

»Das macht gar nichts«, versicherte mir Jeff Turner. »Ich melde mich wieder.«

Temple hupte noch einmal. Gute zwei Minuten lang stand ich nur da und schaute auf den Hörer hinab, bevor ich zum Auto hinausging.

11

Als ich, nachdem ich Temple zur Party gebracht hatte, wieder zurückkam, saß Jack bei aufgeklappter Motorhaube im Auto. Der Motor heulte leise, dann stotterte er. Ich stellte mich daneben.

»Und? Was gibt's über Emory zu berichten?« fragte er.

»Die Eltern sind anscheinend ganz nett.«

»Hatte ihr Bruder seinen Führerschein dabei?«

»Das hat sie dir erzählt?«

Ich versuchte, mich davon nicht aus der Fassung bringen zu lassen. »Also, ja, Emorys Bruder ist schon länger in dem Alter, wo er ein Auto fahren darf. Und bevor ich zulasse, daß meine Tochter zum ersten Mal mit ihm fährt, wird er noch ein ganzes Stück älter sein.«

Jack lehnte sich gegen sein Auto. »Meinst du, er hätte vielleicht Lust, mich heimzubringen?«

»Steigen Se ein, Mister.« Ich lächelte. »Zufällig fahr' ich nämlich grad in Ihre Richtung.«

Wir fuhren über die kurvige Straße, die entlang der alten Uferbefestigung führt, und machten an einem der zahlreichen Restaurants auf der Halbinsel halt, um zu essen. Vom Speisesaal hatte man einen großartigen Ausblick. Während der Sommermonate wäre hier kaum ein Platz zu bekommen, aber an einem Samstagabend im November waren die Tische gewissermaßen zum Abschuß freigegeben. Der Oberkellner bedachte Jeans und Pullis, die wir trugen, mit einem diskret prüfenden Blick und wies uns dann einen Zweiertisch am Fenster zu.

»Wird kalt da unten«, beobachtete Jack, der auf das Meer hinuntersah.

Der Kellner brachte die Weinkarte. Jack bestellte einen guten Jahrgang des Mondavi. Er schmeckte wundervoll. »Ich würde mir wegen des Anrufs keine Sorgen machen«, meinte er, als er meine Gedanken verriet.

»Aber wie ist er an meine Privatnummer gekommen?«

Er schwenkte den Wein im Glas. »Wahrscheinlich von diesem zwielichtigen Shawde.«

Nick, dachte ich. *Ja, das wäre ihm zuzutrauen.*

»Und, wirst du ihm dieses Empfehlungsschreiben ausstellen?«

Der Wein brachte mich plötzlich in Gönnerlaune. Jack gefiel mir; das Restaurant gefiel mir – die lächelnden Ober, die Reihen von schlanken, brennenden Kerzen, die uns von den Fensterscheiben her zuzwinkerten. »Zum Kuckuck, ja doch.«

Ich hob das Glas. »Auf Jeffs Künstlerleben.« Darauf tranken wir.

»Ich habe heute nachmittag noch ein paar Anrufe erledigt«, erzählte Jack. »Hab' auch mit dem Exmann von Beth Rice gesprochen.«

Nicht einmal das machte mir etwas aus. »Und, wie ist er so?«

»Netter Kerl.« Das war der Unterschied zwischen uns. Jack hielt sie alle für nette Kerle. Ich ging zuerst einmal davon aus, daß sie Dreckskerle waren.

»Nennt sich Erik, mit K., Erik Karsh. Waren seit dem College zusammen. Die Beziehung hat sieben Jahre gehalten, die letzten beiden davon hat Beth sich mit blutigen Fingernägeln an ihr festgekrallt. Inzwischen hat er einen Golfclub in Maryland. Es war gar nicht leicht, ihn dazu zu kriegen, über

Rice zu reden. Am Anfang dachte ich, er würde etwas verschweigen wollen, aber wie sich herausstellte, war es ihm einfach nur peinlich. Ihm zufolge war die Ehe von Anfang an kein Kinderspiel. Die letzten paar Monate lebte er mit einer anderen Frau zusammen und kam nur noch heim, um sich frische Klamotten abzuholen. Die Beth ihm gewaschen hat.«

»Das hört sich allerdings nach einem richtig netten Kerl an«, warf ich sarkastisch ein.

»Er fühlt sich immer noch mies deswegen. Meint, er hätte Angst gehabt, daß Rice ausgeflippt wäre, wenn er sie knallhart auf Entzug gesetzt hätte. Sie hat schon auf der High-School ein paarmal versucht, sich umzubringen, einmal auch auf dem College, als er versucht hat, mit ihr Schluß zu machen.«

Okay. Elizabeth Rice steigert sich ein bißchen zu sehr in ihre Männergeschichten rein. Quelle surprise ... »Bei Lucy Moon sieht die Sache anders aus.« Jack war jetzt groß in Fahrt. »Sie war in der Stadt mit einer richtig harten Clique beieinander. S-und-M-Clubs. Rollenspiele mit eindeutigem Schwerpunkt auf Gewalt.«

»Was du nicht sagst.« Ich lachte. »Und Richard Lewan ist ein verurteilter Axtmörder.«

»Über ihn habe ich bis jetzt noch nichts herausgefunden.«

»Wie es sich anhört, hattest du so schon genug zu tun.«

Er zupfte sich am Bart. »Ich bin gerne beschäftigt. So komme ich wenigstens nicht in Schwierigkeiten. Übrigens, Ann Houghton ist offenbar genau das, wofür sie sich ausgibt. Möchtegernschauspielerin. Die Sekretärin in ihrer Künstleragentur ist ziemlich schwatzhaft. Hat erzählt, daß Annie mit einem älteren Mann zusammen ist, verheiratet, spielt in einer Seifenoper mit und steckt ihr was zu. Sie wollte mir seinen Namen nicht sagen, aber es dürfte nicht schwer sein, den rauszufinden.«

»Laß es erst mal gut sein.«

»Und wie ist er so?« wollte Jack wissen. »Blackmoor meine ich.«

»Manipuliert gern. Narzißtisch. Arrogant.« Ich zuckte die Schultern. »Nichts Besonderes.«

Jack legte die Hand auf meinen Handrücken, den er vollständig bedeckte. »Gut«, sagte er. Wir blieben so sitzen, bis der Kellner kam, um unsere Salatteller abzuräumen, und ich die Gelegenheit wahrnahm, meine Hände sicher in den Schoß zu legen.

Während des Essens war die Temperatur gefallen. Wir liefen zum Auto und schmiegten uns gegen die Kälte aneinander. Die Ocean Avenue war menschenleer.

»Wie ich sehe, sind sie jetzt endlich soweit, daß sie auch unseren Teil der Uferbefestigung erneuern«, merkte Jack an.

»Hmhm«, meinte ich und überging das *unser.*

Jacks Wohnung lag in einer Anlage mit Eigentumswohnungen am Strand eines kleinen Ferienörtchens. Obwohl ich noch nie dort gewesen war, wußte ich in etwa, wo es war, und nahm den Fuß erst vom Gas, als wir den richtigen Häuserblock erreicht hatten. »Das da drüben ist es.« Er zeigte auf ein kompaktes Häuschen im Kolonialstil, vor dessen Giebel an einem Stapel Treibholz ein Schiffsanker lehnte, möglicherweise anstelle rosafarbener Flamingos. Ich stellte den Wahlhebel auf Parken.

»Komm rein«, sagte er. Es war keine Frage, aber auch kein Befehl. Ich zog den Zündschlüssel ab und folgte ihm durch die Kälte, über den Kies, die Stufen hinauf.

Er fummelte nicht. Nicht mit dem Schlüssel. Nicht am Licht. Überhaupt nicht. »Da wären wir«, sagte er leichthin und knipste die Deckenlampe an, die das kleine Zimmer vollständig ausleuchtete.

Es war die Wohnung eines unverheirateten Mannes. Beeindruckend ordentlich und gepflegt, aber doch kaum bewohnt. Das gesamte Mobiliar war beige. Die Bilder an der Wand hätten aus einer Sportlerkneipe stammen können.

»Hübsch«, sagte ich.

Er ging zum Fenster und zog unterdessen den Pulli aus. Darunter trug er ein hellblaues T-Shirt mit Rollkragen. An den Schultern hatte er Muskeln, die man nur von ganz bestimmten Geräten im Fitneßcenter bekommt; Taille und Hüften waren schmal und anscheinend fest. »Es ist immer so fürchterlich heiß hier drin«, sagte er und stemmte das Fenster auf.

Im Regel standen ein Fernseher von passabler Größe und ein CD-Spieler. Ich ging darauf zu, als würde ich mich tatsächlich dafür interessieren, welche Musik ihm gefiel. Er fing mich auf halbem Weg ab, zog mich an sich, drückte seine Lippen sanft auf meine.

Ich ließ es zu.

Der zweite Kuß war schon schwieriger. Er bewegte seine Zunge. Ich bewegte meine. Sein Bart rieb an meiner Haut, an einigen Stellen sanft, an anderen kratzig. Irgendwann waren wir rückwärts gegen die Wand gestolpert. Ich hätte nie vermutet, daß er tatsächlich so schwer war, wie er sich jetzt – auf mir – anfühlte.

Ich öffnete die Augen und sah auf. Ein seltsamer Anblick. Jack hatte die Augen geschlossen, und sein Mund stand offen wie ein Fischmaul, der Kopf schaukelte auf und ab, als ließe er sich von einem inneren, sexuellen Echolot leiten, das mich auch blind noch fände. Die Küsse waren schön, das Gefühl war in Ordnung, aber aus irgendeinem Grund wollte ich, daß Schluß wäre. Ich rutschte beiseite. Er kam nach. Ich rutschte wieder zur Seite. Er machte noch ein bißchen weiter, dann hörte er auf.

»Was denn?« Seine Stimme klang heiser.

»Ich muß jetzt gehen«, sagte ich. »Temple abholen.« Jack

wollte sich aufrichten, und wir wären um ein Haar miteinander zu Boden gefallen. Ich hielt ihn einen Moment lang fest. »Ich bin einfach nicht sicher, daß das das Richtige ist. Für mich.«

»Wann wirst du es wissen?« Er sah so jung aus.

Ich lachte. Dann tat es mir leid. »Ich brauche ein bißchen Zeit.«

Er brachte mich zur Tür. Ich ließ zu, daß er mich küßte, langsam, leidenschaftlich. Er gab sich wirklich die größte Mühe.

Auf der langen Heimfahrt ließ ich die Fenster hinunter und drehte das Radio laut auf. Der eisige Wind fuhr mir durch die Haare. Ich erinnerte mich an Jack Tatum und sein ernsthaftes Fischküssen und versuchte verzweifelt, jeden Gedanken an Dane Blackmoor in die kalte, finstere Nacht hinauszujagen.

12

Als ich am Montagmorgen in Hopewell ankam, hatte der Schnee die Straße bereits in ein rutschiges, eisiges Band verwandelt. Die Nachrichten warnten verhalten vor dem Sturm. Die ersten Ausläufer würden nur eine dünne, schmierige Schicht hinterlassen, hieß es; aber im Laufe der Nacht würde sich die weiße Pracht im Gefolge der Kaltfront womöglich noch bis zu fünfzehn Zentimetern hoch türmen. Ich umfaßte das Lenkrad mit unbehandschuhten Händen und senkte den Fuß sachte auf das Gaspedal. Jack hatte früh angerufen: mein ganz persönlicher Willard Scott. »Die Straßen werden verdammt tückisch sein.« Ich sagte mir, daß er nur versuchte, nett zu sein. Dankte ihm und versprach, den Gurt anzulegen.

Die Brücke an der Ortseinfahrt von New Hope war glitschig. Vor mir kam ein Auto ins Schleudern. Ich hatte keine zehn Meilen mehr zu fahren. Kein Schneepflug war über diesen Teil der Route 32 gekommen. Die dürren Reifen des Volvo verlangte es sehnsüchtig danach, in die vereisten Fahrspuren am Straßenrand zu rutschen. Ich umklammerte das Steuer, bis meine Hände sich verkrampften und schweißnaß waren. Der Graupelschauer senkte sich wie ein senkrechter Vorhang aus Glas zwischen Windschutzscheibe und Landschaft. Als ich die Mühle endlich entdeckte, schien sie in einer anderen Dimension zu liegen, wirkte versiegelt und unerreichbar wie die beschneite Szenerie in einer gläsernen Halbkugel. Man brauchte sie nur zu schütteln, und schon würden winzige Plättchen um das Märchenschloß wirbeln. Ich lenkte das Auto die Auffahrt hinauf und parkte auf einem frischen Teppich aus Schnee. Die Granitgräber waren in weiße Mäntel gehüllt. Ich hatte vergessen, Blackmoor danach zu fragen.

Roberto machte die Tür auf, bevor ich klopfen konnte. »Ganz reizender Hut«, flötete er. »Kommt man denn überhaupt noch durch auf den Straßen?«

»Sieht nicht sehr gut aus.«

»Können Sie das glauben? Meine Eltern haben ihren vierzigsten Hochzeitstag, und wir geben in Frechtown eine riesige Party für sie. Na ja«, sagte er, als hätte ich ihn gerade von irgend etwas überzeugt. »Ich werde halt einfach früh los müssen, das ist alles.« Jemand hatte neben dem Eingang einen Kleiderständer aufgestellt. Ich stampfte den Schnee von den Stiefeln und hängte Hut und Mantel auf, bevor ich Roberto in das leere Atelier folgte. »Wo sind denn die anderen?«

»Dane telefoniert gerade mit seiner Anwältin.« Roberto schnitt ein Gesicht. »Lucy Moon und Richard sind oben in der Werkstatt. Und Miß Beth ist irgendwo unterwegs und beglückt wahrscheinlich gerade Annie mit ihrer ganz persönlichen Art von Sonnenschein. Besser sie als mich.«

Ich traf Richard Leen in der zweiten Nische, als er gerade die Hand in ein kleines Wasserbecken tauchte und die Trennähte eines Gipsrumpfes benäßte. Dem von Kyra, nahm ich an. Es konnte hier unmöglich noch andere Frauen mit so schmalen Taillen geben.

Er sah nicht auf, als ich hereinkam. Ich schaute ihm eine Weile zu. Seine Finger bewegten sich rasch, ganz so wie Blackmoors Hand beim ursprünglichen Gestaltungsprozeß. Auf dem Tisch lagen vergrößerte Fotos der mittleren Partie ausgebreitet, aber seine Augen wanderten kein einziges Mal dorthin. Ganz offensichtlich wußte er, was er tat.

»Fügen Sie die Figuren jedesmal wieder zusammen?«

»Wir wechseln uns ab, je nach Projekt.«

Ich kam näher und ließ seine Hände dabei nie aus den Augen.

»Erinnern Sie sich zufällig noch daran, wer die *Sitzende* und die *Frau am Spiegel* zusammengestellt hat?«

Er formte den Gips zu einer sanft geschwungenen Linie.

»Könnte gut Dane gewesen sein.«

»Wird darüber nicht Buch geführt?«

»Nein.« Jede Frage schien ihn aufs neue aufzuschrecken, als wäre er überrascht, daß ich noch immer hier war.

»Ich habe gehört, Sie haben mit Torie Wood geschlafen«, sagte ich. *Jetzt versuch mal, den Klumpen glattzukriegen, Kumpel.*

Die Hände hielten inne, dann bewegten sie sich wieder, diesmal einen Tick langsamer. »Ich bin verheiratet«, sagte Richard.

»Ihr Privatleben interessiert mich nicht«, erklärte ich ihm. »Alles, was mich interessiert, ist, was Sie mir über Torie sagen können.«

»Ich kannte sie nicht sehr gut.« Ich warf ihm einen höhnischen Seitenblick zu, den er mit zusammengebissenen Zähnen abfing.

»Das ist die Wahrheit«, sagte er trotzig. »Torie hat gebumst, wie andere Leute Hände schütteln. Das hatte nichts Persönliches.«

»Hat sie sonst noch jemandem hier unpersönlich die Hände geschüttelt?« wollte ich wissen. »Blackmoor zum Beispiel?«

Richard hörte auf zu arbeiten. »Es klappt nicht mehr zwischen Blackmoor und den Frauen, die für ihn arbeiten.«

Ich dachte über diesen Ausdruck nach, *nicht mehr.* »Gab es sonst noch jemanden?«

»Lucy Moon vielleicht«, sagte er und zog vor der Gipsfigur die Schultern hoch. »Da müßten Sie sie aber schon selber fragen.«

Ich hatte mich noch nicht wieder davon erholt, als Elizabeth Rice hereinkam.

»Garner! Sie haben es geschafft! Wir haben uns schon Sorgen gemacht bei den schlechten Straßenverhältnissen«, rief sie. Sie trug einen roten Hosenanzug aus Wolle und eine blendendweiße Bluse, die an ihrer Kehle in winzig kleinen Fältchen explodierte. Annie Houghton stand gehorsam neben ihr wie eine Hauskatze, die nur vorgibt, ihr Frauchen zu mögen.

»Was für eine tolle Jacke«, plapperte Rice weiter. »Wissen Sie, so was kann ja leider nicht jede tragen.« Aus ihrem Ton ging nicht eindeutig hervor, zu welcher Kategorie ich gehörte.

Annie machte sich auf ihrem Block einige Notizen. Richard Lewan konzentrierte sich auf seine Arbeit. Diese Anstrengungen, mit der Umgebung zu verschmelzen, schienen Elizabeth den irrtümlichen Eindruck zu vermitteln, wir wären unter uns.

»Ich habe unser gemeinsames Mittagessen neulich wirklich genossen. Sobald ich wieder da bin, sollten wir mal einen Tag ins Heilbad gehen, dekadente Mädchensachen machen.«

»Sie fahren weg?«

Sie ließ ihr Grübchenlächeln aufblitzen. »Ach, wußten Sie das noch gar nicht? Dane und ich haben eine Besprechung in Chicago wegen eines neuen Auftrags. Wir werden die ganze Woche weg sein.«

Rice war auf eine Art in den Raum hinein- und wieder herausgeschneit, die uns Anwesende in starre Eisskulpturen verwandelt hatte. Annie heizte den Ofen an.

»Am unerträglichsten ist sie, wenn sie fröhlich ist«, bemerkte sie.

»Sie ist sicher aufgeregt wegen des Auftrags«, sagte ich.

»Den Boß für sich allein zu haben ist das, was Beth unter Nirwana versteht.« Sie hakte einzelne Punkte auf ihrem Block ab. »Sie wird an seiner Seite sitzen, wenn sie sich mit diesen verstaubten, alten Kuratoren treffen, und wenn sie dann wieder in ihrem Hotelzimmer ist, hockt sie sich mit gespreizten Beinen über das Bidet und stellt sich vor, es ist sein Gesicht.«

Lewan prustete los, aber seine Finger formten und gestalteten unbeirrt weiter.

Es war ein frustrierender Vormittag. Blackmoors Büro blieb verschlossen. Elizabeth sagte, sie hätte ihm ausgerichtet, daß ich ihn sprechen wollte, aber mehr könne sie nicht tun. Wie um dem Ganzen die Krone aufzusetzen, lagen die Wetterberichte völlig daneben. Zwischen den einzigen Phasen des Sturms lag keineswegs ein ruhiger Tag. Irgendwann gegen Mittag ging einfach das Wüten der nassen Eiswände sanft in unentwegt still fallenden Schnee über. Die Flocken bedeckten die Oberlichte des Ateliers, sie purzelten stumm und unwiderruflich, eine über die andere, bis die Außenwelt vollständig ausgeblendet war.

Ich kam mir vor wie eingehüllt, als hätte jemand mir einen dicken Wollschal um das Gesicht gewickelt. Ich versuchte mich zu erinnern, was man über die Größe der Flocken sagte: – *Wenn sie groß sind, leert sich die Wolke, und es ist bald vorbei, oder aber …*

Im Foyer traf ich Roberto, der eingemummt war, als würde er jeden Moment mit Peary zum Nordpol aufbrechen. »Schauen Sie nach, ob Sie den Hintern vom Volvo rauskriegen?«

»Ich teste nur mal den Motor«, ich steckte die Haare unter den Hut, »mal sehen, ob er noch anspringt.«

Wir stapften nach draußen, und unsere Schritte hallten in der Stille wider. »An Ihrer Stelle würde ich nicht zu lange warten, sonst stecken Sie am Ende noch hier fest.« Roberto bibberte theatralisch. Er fing an, seine Windschutzscheibe frei zu schaufeln. Der Schnee ließ sich in dicken Wülsten einfach herunterstreifen wie das Winterfell von Schafen. Ich machte die Tür des Volvo auf und ließ den Motor laufen, während ich ihm bei seinem Toyota zur Hand ging.

»Übrigens, Roberto«, sagte ich. »Was ist da eigentlich zwischen Ihnen und Hadary?«

»Er war mal in mich verliebt«, sagte er. »Sie wissen ja, wie das so ist. Jetzt sind wir einfach befreundet.«

»War er auch mit Torie befreundet?«

»Graham hat sie angebetet.« Er schüttelte sich den Schnee von den pelzgesäumten Stiefeln. »Hören Sie, da ist einmal etwas passiert, vor vielen Jahren –«

»Mit Conrad Vestri?«

Roberto nickte. »Hadary hat sich das nie verzeihen. Seit damals paßt er ganz besonders auf die Kinder in seiner Obhut auf. Der Tod von Torie hat ihn völlig fertiggemacht.«

Und wahrscheinlich hat er sich auch vor Angst in die Hosen gemacht, dachte ich.

Roberto warf die Schaufeln in den Kofferraum des Toyota.

»Ich hoffe, Ihre Eltern haben einen schönen Hochzeitstag.«

»Die Überraschung ist wahrscheinlich, daß außer mir keiner kommt.« Er seufzte und packte sich ordentlich auf den Fahrersitz seines Wagens. Ich wartete noch, bis er sicher die Auffahrt hinuntergefahren war, bevor ich den Motor meines Wagens abstellte und wieder hineinging.

Blackmoor stand da und beobachtete mich.

»Sie wollen doch nicht schon fahren?« fragte er.

Ich nicht, aber Sie. Was kümmert Sie's also? »Ich habe nur schnell den Motor überprüft.«

»Ah.« Mein Hut bereitete ihm allem Anschein nach ein übertriebenes Maß an Freude. Ich nahm ihn ab, ließ mein Haar herabfallen und warf ihn auf den Kleiderständer.

Er sagte: »Ihnen ist kalt. In meinem Büro ist Kaffee.« Ich folgte ihm, setzte mich aber nicht.

»Wie ich höre, machen Sie eine Geschäftsreise.« Der Kakadu saß auf dem Fenstersims, ein graues Bein im Schnabel, und gluckste. »Das hätten Sie mir wenigstens mitteilen können.«

Blackmoor reichte mir eine Tasse. »Ich will Ihren Kaffee nicht«, sagte ich.

»Und ich fahre nirgendwo hin«, erwiderte er. »Ich sage Elizabeth schon seit Wochen, daß es nichts werden wird, aber sie hat so eine Art, nur das zu hören, was sie hören will. Und daher«, er verbeugte sich leicht, »bin ich ganz der Ihre.«

Sein Kakadu kreischte plötzlich: *»Waak! Mußastrinken … mußastrinken!«* Die Sprechanlage summte.

»Entschuldige, Dane«, sagte Annies Stimme. »Da ist jemand namens Kislin am Apparat. Sagt, er kennt dich.«

»Das ist ein Reporter. Wimmel ihn ab.« Er knallte den Hörer nieder.

»Ich möchte die Schlüssel«, sagte ich.

»Auf der Suche nach dem Eck, an dem ich die Leiche verstecke?«

»Sie. Oder jemand anderes.« Blackmoor sah aufrichtig ergriffen aus. Boshaft setzte ich hinzu: »Oder Sie *und* jemand anderes.«

Seine Züge verhärteten sich. »Natürlich.« Rice erschien in der Tür und trug dasselbe rote Kostüm, sah aber irgendwie verändert aus, wie eine Kopie ihrer selbst in einem Wachsfigurenkabinett. »Miß Quinn braucht einen Satz Schlüssel, Elizabeth.«

Sie griff in ihre Umhängetasche und warf mir einen Schlüsselbund zu. »Suchen Sie sich tot.« Dann ließ sie sich in einem Stuhl nieder, als habe sie vor, eine lange Zeit hier zu bleiben. »Wenn ich alleine nach Chicago fahre«, sagte sie zu Blackmoor, »dann müssen wir miteinander reden.«

Ich stopfte die Schlüssel in die Tasche und machte die Tür zu.

Annie lugte aus dem Küchenfenster und klatschte entzückt in die hageren Hände. Diesen Nachmittag würde ihr Freund aus Manhattan kommen, erzählte sie. Vielleicht würden sie heute abend auf dem Kanal Schlittschuh laufen.

»Wenn Sie ihn unter dem ganzen Schnee noch finden«, brummelte ich und fügte dann an: »Wissen Sie, ob Torie einen besonderen Platz in der Mühle hatte?«

»Bloß das Atelier und die Werkstätten. In den Pausen sind wir meistens hier reingekommen.«

»Gibt es einen Grundriß, den ich mir mal anschauen könnte?«

»Vielleicht kennt Lucy Moon einen.« Sie nickte in Richtung Küchentür. Lucy Moon war gerade hereingekommen. Heute trug sie, womöglich zu Ehren des Schnees, ein Babydollkleid aus blauem Niki über einer weiten, silbermetallicfarbenen Hose.

»Was kennt Lucy Moon vielleicht?«

»Einen Grundriß von hier.«

»Erwischt«, erwiderte Lucy. »Alles, was ich mit Sicherheit weiß, ist, daß Dane den Gefangenen im Turm angekettet hat und daß die Reparaturen in der Folterkammer immer noch nicht abgeschlossen sind.« Unter den Monden ihrer Augen sahen ihre Brillengläser aus wie Gondeln. Sie wandte sich an mich. »Wenn Sie sich natürlich dafür interessieren, wo ich meine private Sammlung von Peitschen und Fesseln aufbewahre, stehe ich nur zu gerne zu Ihren Diensten.«

»Lucy Moon«, johlte Annie, als wäre sie der größte Witzbold in der Gegend, »du bist wirklich unmöglich.« Wenn sie das sagte, klang das wie ein Kompliment.

Ich saß an Elizabeths Schreibtisch und legte die Füße hoch, nur weil ich wußte, daß sie das ärgern würde. Die Akten und Tagebücher hatten mich nicht weitergebracht. Zwar gab es zu jeder Skulptur ein gesondertes Ringbuch, das jedes Werk von der Idee bis zur Fertigstellung detailliert beschrieb, aber die Informationen bezogen sich in der Hauptsache auf äußere Erscheinung und Requisiten.

Ich konnte keine systematischen Aufzeichnungen darüber finden, wer die Stücke zusammengefügt hatte. Sogar die Namen der Modelle fehlten. Alles, was es gab, waren mysteriöse Kürzel – *Otis 552–3401* oder *Jessy, Kleidergröße 22, Schuhe 9*.

Ich warf das Ringbuch der *Sitzenden* beiseite und betrachtete den aufgeräumten Schreibtisch vor mir. Telefon. Eine Schale mit Tulpenblüten. Eine kostspielige lederne Schreibschale. Im Terminkalender steckten zwei Notizen: *Mr. Bruce (312) 555–0940 WCB; Kyra (212) 555–2259 – wo ist ihr Scheck?* Die Notizen waren aus einer vorgedruckten Telefonliste ausgerissen. Am unteren Rand, bei Datum und Uhrzeit, standen groß die Initialen derjenigen, die die Anrufe entgegengenommen hatte – AH: *Ann Houghton*.

Ich ging zu Annies Schreibtisch hinüber und blätterte durch einen Tischkalender mit rosa Durchschlagpapier, in dem die eingehenden Anrufe festgehalten wurden. Zwischen den Kritzeleien der jungen Frau fanden sich Notizen in einer eher künstlerisch geprägten Handschrift. Ich brauchte nicht zu raten. Diejenige hatte ihre Namen ausgeschrieben: Torie Wood – mit einem emphatischen Schnörkel darunter. Rasch ging ich die Seiten durch.

Der letzte Eintrag, den die Tote vorgenommen hatte, stammte vom März letzten Jahres. 15. März. *Die Iden des März.*

Mein Blick schweifte zum Fenster. Graham Hadary hastete mit flatterndem Regenmantel durch den Schnee. Ich beobachtete ihn die Windschutzscheibe eines schwarzen BMW frei räumen und davonfahren. Ich stellte mir vor, wie er durch den Sturm fuhr, um einen örtlichen Delikatessenladen heimzusuchen, die aufgeweckten Äuglein immer auf der Suche nach dem vollkommenen Baguette. Oder wie er später, nach Einbruch der Dunkelheit, in einer der Bars in der Nachbarschaft auf einem Barhocker kauerte, ein kleiner, blasser Mann mit einem großen, klaren Drink, der das junge Fleisch begutachtet.

Der untere Teil der Mühle war ein Labyrinth aus Kellern, von denen einige nicht mehr waren als irdene Nischen, andere besaßen Treppen und teilweise ausgebaute unterirdische Zimmer. Ausgerüstet mit einer Taschenlampe, die ich in einem Küchenschrank gefunden hatte, machte ich mich daran, eine alte Treppe hinunterzusteigen. Ich atmete die feuchte Luft und spürte nur diesen unbestimmten Drang, der mich schon seit dem Morgen begleitete.

Unten befand sich ein dunkler, kleiner Vorraum. Hinter einem auskragenden Vorhang verbarg sich eine weitere Tür. Ich drehte den Holzknauf, und mit dem Gedanken, dies würde die letzte Station meines heutigen Rundgangs sein, richtete ich die Lampe auf eine weitere Treppe.

Dieser Gedanke verließ mich auch nicht, als mein Fuß durch die erste der vermodernden Treppenstufen brach. Es gab kein Geländer. Irgendwann während des langen Falls flog mir die Taschenlampe aus der Hand. Ich fiel immer weiter abwärts, während sie nach oben gerissen wurde, hinauf zur niedrigen Decke. Ich erhaschte einzelbildartige Blicke auf durchhängende Balken, Spinnweben, die sich wie Elfenflügel durch die Dunkelheit spannten.

Das war das letzte, an was ich mich erinnerte, bis sie dann um mich herumstanden und ich Dane Blackmoors wütende Stimme wie aus weiter Ferne fragen hörte: »Wer hat das Schild von der Tür genommen? Wer hat das Schild von der Tür genommen?«

13

Richard Lewan hob langsam meinen Arm an. Gelenk für Gelenk und Glied für Glied sondierten, beugten und drehten seine sanften, unablässig in Bewegung begriffenen Finger meinen Körper. »Das linke Handgelenk ist vielleicht verstaucht«, sagte er, »aber ich glaube nicht, daß etwas gebrochen ist.« *Und falls doch, dann gäbe es zumindest ausreichend qualifiziertes Personal, das mich eingipsen konnte.* Bei dem Gedanken mußte ich laut lachen.

»Sie steht unter Schock«, meinte Elizabeth Rice.

»Wo ist Annie?« bellte Blackmoor. Houghton kam mit einem Glas Wasser und einer kleinen, weißen Tablette angerauscht. *Sehe ich so aus, als würde ich wirklich an diesem gottverlassenen Ort, inmitten eines Schneesturms und umgeben von Leuten, von denen zumindest einer wahrschein-*

lich keinerlei Interesse an meinem Weiterleben hat, eine obskure Pille schlucken und das Bewußtsein aufgeben? Ich schüttelte den Kopf. »Es geht schon.«

»Wer hat das Warnschild von der Tür genommen?« fragte Blackmoor noch einmal.

Als hätte jemand ein Ei fallen lassen, senkte sich eine plötzliche Stille über uns, und niemand schien ihre zarte Schale brechen zu wollen. Er ging an einen Schrank und holte eine Flasche Whiskey heraus. »Wenn Sie schon kein Valium wollen«, murmelte Dane, »dann nehmen Sie wenigstens einen Schluck hiervon.« Er goß einen Schluck in das Wasserglas. Ich schüttete ihn hinunter.

Plötzlich fingen alle an zu reden. Elizabeth schlug vor, daß die Limousine, die jeden Moment kommen mußte, um sie zum Flughafen zu fahren, statt dessen mich nach Hause bringen sollte.

»Oder Sie bleiben bei mir«, mischte Annie sich unterstützend ein.

»In der Gegend gibt es jede Menge wundervolle Pensionen«, meinte Lucy Moon.

Ich stand auf, um zu beweisen, wie fest ich auf den Beinen war. »Mir fehlt überhaupt nichts. Ich werde jetzt einfach den Motor warmlaufen lassen.«

»Nein, das werden Sie nicht«, sagte Blackmoor. Es war, als hätte jemand die Sprinkleranlage angestellt. Alle zerstreuten sich.

»Sagen Sie mir Bescheid, wenn Sie es sich anders überlegen.« Annie umarmte mich kurz.

Richard schien enttäuscht, daß keine drastischen Maßnahmen vonnöten waren. »Sie sollten sich etwas Eis auf die Hand legen«, rief er von der Tür her.

Elizabeth ging als letzte. »Mein Flug wird wahrscheinlich sowieso gestrichen«, erklärte sie mir. »Also warum nehmen Sie nicht einfach den Wagen, wenn er kommt?«

»Nein danke. Mir geht es gut, wirklich.«

Als wir allein waren, goß mir Blackmoor noch etwas Whiskey in das Glas. »Ich muß noch fahren«, beharrte ich, während ich mich in einen Stuhl fallen ließ.

»Nein«, wiederholte er. »Wenn Sie wollen, reserviere ich Ihnen ein Zimmer im Ort.« Er setzte sich neben mich auf die Fersen. »Sie können natürlich auch im Gästehaus schlafen. Außer natürlich, dieser Gedanke macht Ihnen angst.«

Ich sagte: »Ich werde daheim anrufen und dort Bescheid geben«, so ruhig, als wäre es mein eigener Vorschlag gewesen.

Ich stellte überrascht fest, daß Temple nicht daheim war.

»Hat es denn bei euch nicht geschneit?« fragte ich Cilda.

»Was is' los mit Ihn', sin' Se auf'n Kopf gefallen?« schimpfte sie. »Da hat's ein' Schneesturm, da draußen.«

»Also, wo ist sie dann?«

»Nach der Schule tut sie anrufen, sie tät bei Emory festsitzen, und kann sie nich' bitte dableim, weil Emorys Mama bei dem ganzen Eis nich' fahrn mag.«

»Ach! Dann wird das schon in Ordnung gehen.« Cildas Mißbilligung knisterte durch die Leitung. »Was ist?«

»Gar nichts. Bloß daß Sie mehr an Jungs interessiert ist als am Wetter.«

»Was für Jungs?«

»Der Bruder von Emory, das is'n Junge. Und wahrscheinlich hat der auch noch Freunde, die sin' auch Jungs, oder?«

Mein Kopf schmerzte. Mein Handgelenk schmerzte. »Ich kann nun mal im Moment nichts dagegen unternehmen«, seufzte ich. »Ich kümmere mich um Temple, wenn ich morgen zurückkomme. Irgendwelche Nachrichten von Jack?«

»Nur, daß er Sie für 'ne Verrückte hält, weil Se bei dem Wetter wegfahrn«, antwortete Cilca. »Nichts, was ich nich' auch schon zehntausendmal gesagt hätt'.«

Blackmoor hatte mich zum Telefonieren allein gelassen.

Als er zurückkam, öffnete er die Tür eines reichverzierten Beichtstuhls und schaltete den Fernseher ein, der darin stand. Peter Jennings moderierte die Nachrichten. »Warum entspannen Sie sich nicht ein bißchen?« Er deutete auf das Sofa.

Ich schnürte die Stiefel auf, von denen Richard Lewan meinte, wahrscheinlich hätte ich mir allein ihretwegen nicht die Knöchel gebrochen, und streckte die Beine aus. Ich erinnere mich noch, daß ich, kurz bevor ich einschlief, dachte, wie gut es doch war, daß es in diesem Zimmer keinen Kamin gab, denn sonst hätte ich womöglich nie wieder fort wollen.

Als ich aufwachte, war es dunkel im Büro, nur der Fernseher flackerte noch. Peter Jennings war nach Hause gegangen und hatte die Zuseher im Osten des Landes einem Game-Show-Moderator ausgeliefert. Schnee trieb gegen die Fenster. Das Zimmer wirkte wie eine piekfeine, gut gepolsterte Zelle in einem Hochsicherheitstrakt. Ich konnte Blackmoors Gesicht nicht sehen, aber allem Anschein nach war er in seinem Stuhl eingeschlafen. Ich beugte mich vor, um meine Stiefel anzuziehen.

»Haben Sie Hunger?« Seine Stimme ließ mich hochfahren.

»Und wie.«

Mit der Fernbedienung schaltete er den Fernseher ab, dann knipste er eine Tischlampe an. »Hadary läßt immer etwas in der Küche«, sagte er. »Aber wenn es Ihnen nicht zu anstrengend ist – ich kenne da ein nettes Lokal nicht weit von hier. Wir können den Rover nehmen.«

Die Nacht war so still, daß es war, als marschierten wir über eine blanke Leinwand. Wir bemalten sie mit unseren Schritten, gruben mit den Stiefeln graue, leere Mulden. Blackmoor trug so etwas wie einen Kolani, allerdings konnte ich sehen, daß der noch nie einen Armeebekleidungsladen von innen gesehen hatte. Alles, was er trug, schien maßgeschneidert. Vielleicht lag es aber auch nur daran, wie sich Kleider an ihn schmiegten. Und selbstverständlich besaß er einen Range Rover für Schneestürme, genauso wie er wahrscheinlich einen Rolls zum Frack hatte und – wer weiß – vielleicht auch einen Peugeot für den vierzehnten Juli. Ich wartete, während er ihn aus dem Ziegelschuppen fuhr, der als Garage diente. Er beugte sich hinüber zur Beifahrerseite, öffnete die Tür und streckte den Arm aus, so daß ich mich hinaufziehen konnte.

»Wie fühlen Sie sich?«

»Gut«, log ich.

Er fuhr langsam. Der Kanal zog sich neben uns hin wie eine Spiegelscherbe, die an der Straße festklebte. Nach etwa zehn Minuten bogen wir in einen Parkplatz, den man frei geschaufelt hatte, wenn auch nicht mit einem Schneepflug. Ein Gasthaus thronte halsbrecherisch über dem Kanalufer. Das Schild über der Tür war schneebedeckt und nicht mehr zu lesen.

Wir stapften die Stiefel ab, bevor wir einen kleinen Gastraum betraten, in dem ein Kamin aus unbehauenen Steinen stand. Gelbe Flammenzungen schlängelten sich um das exakt aufgeschichtete Dreieck aus Feuerholz. Wer für dieses Feuer verantwortlich zeichnete, hatte sich sein Pfadfinderabzeichen definitiv verdient. Ich hatte einen Mann für weniger geheiratet. Ein alter Herr saß in einem Stuhl neben dem Feuer. »Hallo, Dane«, sagte er gemächlich. Sie schüttelten sich die Hände, aber Blackmoor stellte uns nicht vor.

»Ist die Küche bei dem Wetter überhaupt auf?«

Ein jüngerer Mann betrat den Raum. »Für Sie immer, Mr. Blackmoor«, sagte er und warf einen kurzen Blick auf mich. Er war flink, aber ich bemerkte trotzdem, wie er mich taxierte – *keine Einheimische, kein kleines Mädchen, kein Groupie …*

»Madame«, sagte er mit einem augenzwinkernden Nikken. *Und ganz bestimmt keine Madame.*

Die Fußbodendielen knarzten. An den dunklen Wänden hingen große, historische Lithographien in überbordenden Rahmen.

Die klassische Musik war etwas zu laut für den leeren Speisesaal. Wir hatten einen Tisch mit Blick auf den Kanal. Eine kleine Hängebrücke, an deren Bögen sich allmählich Eiszapfen bildeten, verband die beiden Ufer. Sie sah aus wie eine dieser winzigen Glasfigürchen, die man auf Flohmärkten sieht.

Blackmoor bestellte eine Flasche Ruffino und sah der Kellnerin beim Entkorken und Einschenken genauestens zu. Als sie gegangen war, sagte ich schonungslos: »Ich dachte, Sie wären Alkoholiker.«

»Glauben Sie nicht alles, was Elizabeth Ihnen erzählt.« Er zuckte die Schultern. »Ich war, äh, drei Jahre lang trocken. Inzwischen trinke ich wieder ab und zu.« Er prostete mir ironisch zu.

»Soll das heißen, Sie haben sich damit abgefunden, ein Trinker zu sein?«

Blackmoor dachte darüber nach. »Ich bin mir gar nicht sicher, daß ich jemals ein echter Alkoholiker war. Ich war einfach immer dabei. Einfach einer von denen, klar?« Er verzog höhnisch den Mund. »Ich war einer von denen, die in den Sechzigern high waren, die in den Siebzigern kaputt waren, in den Achtzigern gerettet wurden und anfingen, gesund zu leben, als es mit dem Jahrhundert langsam zu Ende ging.«

»Und wo komme ich dabei vor?« Die Worte waren mir entwischt, bevor ich sie aufhalten konnte. »Irgendwo zwischen high und kaputt?« Ich haßte mich dafür, daß ich ihm zeigte, daß es mir immer noch wichtig war.

»Hören Sie«, sagte er leise. »Was ich getan habe, war unverzeihlich, zu einer Vierzehnjährigen zu kommen –«

»Dreizehn.« Ich konnte nichts dagegen tun.

»Dreizehn«, bestätigte Blackmoor. »Und was noch schlimmer ist, ich kann nicht einmal mit Sicherheit sagen, ob das das erste ... oder letzte ... Mal war. Die Wahrheit ist, ich kann mich kaum an diese Zeit erinnern.« Seine Stimme war substanzlos, zerbrechlich wie Glas. »Aber ... ich erinnere mich an Sie –«

Wie viele waren es? Außer Torie und mir? Wie viele andere kleine Mädchen haben dich geliebt wie einen Vater, du Scheißkerl?

Die Kellnerin kam mit dem Block. Ich bestellte die Seezunge Dover und einen gemischten Salat. Mit zusammengebissenen Zähnen sagte Blackmoor, er bekäme das Übliche.

»Es tut mir aufrichtig leid«, sagte er, nachdem sie gegangen war.

Ich beachtete ihn nicht. »Einiges, vermute ich.«

»Die Menschen ändern sich.« Er bot den Satz dar, so hoffnungsvoll, als hätte er ihn gerade aus einem Glückskeks gefingert; dann, als ihm diese Anstrengung peinlich war, verfiel er wieder in seinen gewohnt spöttischen Tonfall. »Außer natürlich in den Büchern von Garner Quinn. Da machen die Leute vermutlich dieselben Fehler wieder und wieder.«

Gleichzeitig gruben wir grimmig unsere Gabeln in den Salat, als suchten wir nach Knochen. Weit unten, am Kanalufer, stapfte ein junges Pärchen Arm in Arm durch den Schnee. Als sie die Hängebrücke erreichten, blieben sie stehen. Ich verfolgte ihre stumme Darbietung, dankbar, Blackmoor nicht mehr ansehen zu müssen.

Er hievte sich hinauf und schlang einen Arm um seine Freundin. Zweimal rutschte sie aus und landete kurz vor dem Treibeis. Ich beobachtete ihre Münder – ihr rundes »O« und seine Kiefer, die wie eine Fuchsfalle nach der Kälte schnappten. Ihr Lachen konnte ich nicht hören. Dafür war das Gasthaus zu weit weg.

Das Mädchen hatte es irgendwie geschafft, sich auf die erste der Metallbohlen zu ziehen. Die Brücke schwankte leicht. Einen Augenblick lang fürchtete ich, sie könne sogar zerbrechen wie ein Eiszapfen. Die beiden fingen an, über den Steg zu rennen, sie purzelten und schlitterten ineinander, packten sich Fäustlinge voll losem Schnee und bewarfen sich damit. Unter den stiebenden Flocken sahen sie aus wie Engel. Das Mädchen fiel wieder hin, und als er diesmal den Arm nach ihr ausstreckte, zog sie ihn zu sich hinab, und sie fielen gemeinsam. Sie küßten sich noch einmal, leidenschaftlich. Aus irgendeinem Grund machte mich das so unendlich traurig, daß ich all meine Kraft mobilisieren mußte, um nicht über dem Tisch zusammenzubrechen und mir die Augen im Salat auszuweinen. Ich fragte mich, ob Annie und ihr verheirateter Mann wohl jetzt auf dem Kanal wären und ob das *Zing-Zing* ihrer Schlittschuhkufen die Nacht durchstieße wie die scharfen Kanten von Backförmchen.

»Blöde Kinder.« Dane Blackmoors Worte schienen direkt aus seiner Kehle zu kommen.

Das Essen und die anschließende Heimfahrt verbrachten wir schweigend. Es hatte aufgeklart, und am Horizont stieg langsam der Mond auf. Der Rover fuhr die Auffahrt hinauf und warf dabei kreisrunde Lichtscheiben auf den Schnee. Ich sprang hinaus, damit Blackmoor in die Garage einparken konnte. Später trat er zu mir an das Kanalufer, neben die verdeckten Grabsteine.

»Familiengrabstätte?«

»Meine eigene, gewissermaßen.« Er hob eine der Abdekkungen. Ein zerklüfteter Marmorklotz blitzte im Mondlicht auf. »Mein Lehrer hat immer gesagt, daß die großen Bildhauer wie Michelangelo ihre Figuren vom Stein befreien würden. Freisetzten, was schon da ist und nur darauf gewartet hat, ans Licht zu kommen.«

»Das gefällt mir.«

»Der Bastard wußte, wie man's macht. Er hat mir oft zugesehen, wie ich an einem Stück herummeißelte. Hat das Ohr drangelegt und gehorcht. Dann hat er den Kopf geschüttelt. *Nichts drin,* hat er mir dann immer gesagt. *Nichts, was sich lohnen würde, rausgeholt zu werden.* Und so bin ich auf die Idee mit den Gipsverbänden gekommen. Wenn ich sie nicht rausholen kann, dann pack' ich sie halt ein, was?« Er schlug die Schneekappen von den Steinen. »Mein Lehrer ist übrigens ohne einen Penny gestorben.«

Und du bist mit seiner Frau durchgebrannt. »Warum behalten Sie sie?«

»Wahrscheinlich denke ich immer, eines Tages werde ich noch mal nachschauen, ob der alte Sack sich nicht doch geirrt hat. Ob da nicht doch noch was drinsteckt.«

Einen Moment lang standen wir da und schauten in den Himmel hinauf. Mir fiel ein Schmuckkästchen ein, das ich in der ersten Klasse für Schwester Virginia Frances gebastelt hatte – schwarze Pappe, mit Glasperlen beklebt und von einem Schwarm von Silbersternchen überzogen. Die Schwester hatte mir ein »Befriedigend« darauf gegeben; allerdings benotete sie auch nach einer Gaußschen Verteilungskurve mit Gott an der Spitze. Genau wie Blackmoors Lehrer.

»Wie geht's dem Handgelenk?« fragte er leise.

»Besser.«

»Bestimmt?«

»Ganz bestimmt«, erwiderte ich ein wenig ärgerlich.

»Das heißt also«, sagte er, »so etwas würde nicht weh tun.«

Er kam näher, hob mit einer Hand zärtlich meinen Hut an – *o Gott, o Gott, o Gott* –, während er mit der anderen eine große Handvoll Schnee auf meinen Kopf schaufelte und dann die Krempe herunterzog, bis sie mir fast auf der Nase saß. In dem Moment wurde mir klar, daß ich ihn noch nie lachen gehört hatte. Es klang tief und voll, und es hallte über den Feldern wider, und überall ringsum ließ es kleine Schneewirbelchen von Zweigen rieseln. Ich blieb völlig regungslos stehen und zählte bis drei, dann schleuderte ich den Hut in die Luft. »Jetzt bist du fällig!« brüllte ich seinem weggehenden Rücken zu, und meine Hände schaufelten noch im Laufen Schnee zusammen.

Und dann packte ich ihn mir.

14

Wir schlugen eine Schneeballschlacht mit allen dreckigen Tricks, wenn auch innerhalb gewisser Grenzen. Es gab keinen direkten Körperkontakt. Blackmoor setzte auf Tempo, was zu einer Menge von Fehlschüssen führte – Schnee spritzte auf, wo er hätte niederprasseln sollen. Drei harte Winter im Internat in Neuengland hatten mich gelehrt, daß die Kunst im Formen des Schneeballs bestand. Ich ließ zwar weniger Kracher los, hatte darüber aber mehr Treffer zu verzeichnen. Wir hinterließen überall im Haus eisige Pfützen und bibberten vor dem steineren Kamin. Das war die Stelle, an der in alten Filmen der männliche Star zum weiblichen Star sagte: *Wir müssen zusehen, daß du diese Sachen loswirst, sonst holst du dir noch den Tod.* Blackmoor sagte: »Ich würde Sie wirklich gerne eingipsen.«

Das war also *sein* Spruch.

»Als Schriftstellerin«, antwortete ich ausweichend, »gebe ich die besseren Vorlagen ab.«

»Ich will gar nicht den ganzen Körper«, versicherte er mir. »Ich würde nur den Kopf nehmen.«

Mir fiel wieder ein, was er einmal über meine Mutter gesagt hatte: »Ich habe ihr nie das Gesicht verbunden ... nicht einmal ich bin so arrogant.« *Fahren Sie zum Teufel, Mister, und nehmen Sie das Pferd, mit dem Sie gekommen sind, gleich mit.* Er zog sich den Pulli, an dem überall Schnee pappte, über den Kopf. Der kleine Bauch unter seinem verschwitzten T-Shirt freute mich ungeheuer. *Vielleicht vergleiche ich dich ja auch mit jemand anderem,* funkelte ich still. Ich sagte: »Ist es denn nicht schon ein bißchen spät?«

Aber die Vorstellung erregte mich mehr, als ich mir eingestehen wollte.

Blackmoor ging ans Licht und schaltete ein paar Fluter über der Plattform an. »Die Streifen sind schon geschnitten. Ich muß nur noch Wasser holen.«

Und das Messer.

»Sie könnten es als Teil der Recherchen betrachten«, schlug er vor. Ich kniete mich hin, um mir die Stiefel aufzuschnüren, und versuchte, mir Zeit zum Überlegen zu verschaffen. Dann fügte er sehr sachte an: »Außer natürlich, Sie fürchten sich ...« Diesmal nicht herausfordernd, klang seine Stimme besorgt und ein wenig traurig.

»Ich sehe fürchterlich aus.« Ich deutete auf meine klatschnassen Haare und Kleider.

Blackmoor sprang auf die Plattform und warf mir etwas zu. »Ziehen Sie sich um, wo Sie wollen«, sagte er. Während ich zur Küche ging, hörte ich, wie er mit seinen kräftigen Fingern Stoff in Streifen riß.

Ich hielt den langärmeligen, blaßzitronengelben Pulli, Größe XL, hoch und atmete den charakteristischen Geruch seines Besitzers ein. Die Küchentür hatte keinen Riegel, also verbarrikadierte ich sie mit einem Stuhl, bevor ich mich bis auf die Unterwäsche auszog. Der weite runde Ausschnitt des Pullis entblößte den Rand meines Brustbeins. Er hing mir bis zu den Knien herab. Ich hängte meine Kleider zum Trocknen über die Heizung, schob den Stuhl beiseite und ging barfuß zurück ins Atelier. Mein Herz donnerte gegen den Brustkasten.

Blackmoor krümmte sich hinter dem Stativ und schaute durch das Objektiv seiner Videokamera. »Sie wollen das doch wohl nicht filmen.«

»Gehört zur üblichen Prozedur«, sagte er.

Plötzlich fiel mir etwas ein, woran ich den ganzen Tag über nicht mehr gedacht hatte. »Was ist eigentlich mit den Bändern von den Sitzungen mit Donna Fry und Kimberley Arnette? Haben Sie die gefunden?«

»Die sind im Arbeitszimmer. Sie können Sie heute nacht anschauen oder sie morgen mit nach Hause nehmen.«

»Morgen genügt völlig.« Ich beobachtete, wie er ein Rädchen an der Kamera einstellte. »Brauchen Sie denn keinen Kameramann?«

Er schüttelte den Kopf. »Sie steht auf Automatik.«

»Ich will mich nicht auf diesen Riesenleinwänden sehen.«

Völlig unvorbereitet nahm er mein Kinn in die Hand und drehte es barsch zur Seite. Seine Hände waren vom Wasser aus dem Becken noch etwas feucht, aber ich bemerkte, daß er die Haare trockengerubbelt hatte. Er ließ mich eine Weile auf der Plattform sitzen, während er Musik auflegte. Sinnlich, aber einsam schwebte ein Pianosolo aus den Lautsprechern herüber, als streichelte der Pianist in Ermangelung eines Körpers die Tasten.

Blackmoor kam zurück an den Handwagen, auf dem ein Wasserbecken dampfte wie eine Suppe. Er nahm sich einen Plastikbehälter Vaseline und fing an, sie mir mit schnellen, sanften Bewegungen auf Gesicht und Stirn zu streichen. Es fühlte sich warm und glitschig an. Ich saß hilflos da, während seine Finger mir über Kinn und Hals wanderten; hinter die Ohren, in die Ohren; den Nacken entlang, wo ich zufällig kitzlig war. Ich grub die Fingernägel in einen Handrücken und bewunderte vier wütende, kleine Halbmonde des Schmerzes.

Er trat an den Handwagen und kam mit einer Dose Rasierschaum zurück. »Für die Haare«, sagte er.

»Sie machen Witze.«

Er schäumte sich einen Klacks auf die Hand. »Vertrauen Sie mir.« Rasierschaumbedeckte Finger massierten meine Kopfhaut. Ein schönes Gefühl. Verboten schön. Ich drückte mir einen weiteren Satz Halbmonde in den Handrücken. »Später dann, wenn der Abgruß bemalt ist«, erklärte er, »werden wir echtes Haar dran festmachen, Strähne für Strähne. In Ihrem Fall dauert das wahrscheinlich Tage.«

»Haben Sie eigentlich jemals einen Abdruck von Torie genommen?« Mein Mund schmeckte schaumig. Die Vaseline verströmte einen geruchlosen Duft.

»Hören Sie, Garnelchen, ich weiß, daß das nicht leicht für Sie ist«, sagte Blackmoor, »aber Sie werden jetzt eine Weile still sein müssen.« Er wandte sich ab, und meine Gedanken überschlugen sich. *Was mache ich hier eigentlich? Ich hätte Jack anrufen sollen.* Vielleicht war es noch nicht zu spät. Ich würde einfach behaupten, daß ich auf die Toilette muß.

Sei nicht dumm, tadelte ich mich, *er müßte ja verrückt sein, wenn er mir hier etwas antäte.* Dann erinnerte ich mich, wie Annie und die übrigen sich einer nach dem anderen verabschiedet hatten. *»Sie ist in ihr Auto gestiegen und losgefahren«,* mehr würde er gar nicht sagen müssen. *»Ich habe sie noch gewarnt, aber ihr wißt ja, wie stur sie war.«* War. Vor meinem geistigen Auge sah ich die Haarnadelkurven mit dem tückischen Glatteis wie gemacht, um einen tödlichen Unfall zu inszenieren –

Blackmoor stand über mir, einen tropfendnassen Verbandstreifen in der Hand. »Ich werde mit dem Mund anfangen«, kündigte er an. Ich spürte, wie ich die Lippen schürzte, und erinnerte mich an Jacks Küsse. »Ganz ruhig«, sagte er sanft, während er das feuchte Gewebe über meine untere Gesichtshälfte legte und es mit geübten Fingern über den Lippen glättete, dann um das Kinn herum bis zum Ansatz der Nasenlöcher. Er achtete mehr auf das, was er tat, als auf mich.

»Einen noch«, sagte er und plazierte quer über meinen Nasenrücken einen klatschnassen Streifen, den er bis über die Ohren breitete. Das Wasser war sehr warm, und ein paar Tropfen liefen mir den Hals hinunter. Er tupfte das Rinnsal ab, als wisse er noch, während ich es fühlte, genau, was ich fühlte.

»Jetzt werde ich einen über Ihre Augen legen.« Zum ersten Mal sahen wir uns an. Der Gips an meinem Mund fing bereits an zu trocknen. Ich spürte ihn dumpf an Wangen und Kinn zerren.

Er trat mit einem weiteren Streifen in der Hand vor. »Es ist ganz natürlich, erst einmal ein bißchen in Panik zu geraten, wenn man eingeschlossen wird«, flüsterte er. Oder vielleicht flüsterte er auch gar nicht. Die Gipsverbände über meinen Ohren dämpften alle Laute.

»Denken Sie einfach daran, Sie sind nicht allein. Ich bin die ganze Zeit bei Ihnen, auch wenn Sie meine Hände gerade nicht spüren.« *Und das soll mich beruhigen? Daß er bei mir ist?* Meine Augen weiteten sich, als er das Tuch über sie breitete. Seine Handflächen drückten gegen meine Wangenknochen, während die Finger leichthin über den Lidern spielten, bis ich spürte, wie der Verband langsam haftenblieb und beinahe noch im selben Moment anfing, hart zu werden. Durch die gipserne Augenbinde spürte ich, wie er mich ansah. Ich fühlte mich so hilflos wie noch nie in meinem Leben.

Dann plötzlich ging er weg. *Wohin? Zum Handwagen? Was machte er da?* Ich hörte ein paar sanfte Wasserspritzer, dann wieder seine Stimme. »Wußten Sie eigentlich, daß Zahnmedizinstudenten sich gegenseitig den Bohrer ansetzen, damit sie ein Gefühl dafür bekommen, wie es sich anfühlt, wenn sie ihre Patienten damit behandeln?« Er plazierte einen schmalen, feuchten Streifen zwischen meine Nasenlöcher und brachte ihn langsam in Form. »Meine Mitarbeiter haben mir angeboten, mich zu bandagieren«, erzählte Blackmoor weiter, »aber das habe ich immer abgelehnt. Ich stelle mir lieber vor, wie es ist, eingesperrt zu sein, allein mit seinen Gedanken.« Ich spürte jetzt den Druck seiner Hand auf meinem Genick. Ein schmales Rinnsal – diesmal nicht aus Wasser, aus Schweiß – suchte sich unter dem geliehenen Pullover einen Weg den Rücken hinunter.

»Wenn Sie sich darauf einlassen, kann es ein sehr erfüllendes Erlebnis sein«, flüsterte er. »Sie sind auf der anderen Seite. Sie wissen, was dort ist ... ich kann es nur erahnen.«

Die Gesichtsmaske hatte sich jetzt völlig versteift. Beim Auflegen des ersten Verbands hatte ich Licht und Bewegungen noch sehen können – oder wenn nicht sehen, so nahm ich sie doch zumindest noch wahr. Aber die zweite Schicht hatte die Außenwelt vollständig ausgeschlossen. Die Löcher unter meiner Nase waren so klein, daß nur wenig Luft durchströmen konnte. Ich sehnte mich danach, tiefe Schlucke Sauerstoff zu trinken, mit dem Mund, durch die Poren der Haut. Blackmoor redete noch immer leise, aber seine Stimme kam und ging – schwoll an und fiel ab, Klänge, die sich in Wellen zu einer verrückten Spirale auftürmten. Eigentlich kam es mir so vor, als ob auch ich mich in Wellen bewegte. Sicherlich saß ich längst nicht mehr aufrecht auf meinem Platz. Alles jenseits der Maske hatte sich verschoben. Ich klopfte mit den Zehen auf, spürte den festen Boden, aber selbst das erschien mir als Illusion. Nach allem, was ich wußte, saß ich zur Seite gewandt, vornübergebeugt und drauf und dran, von der Plattform zu stürzen.

Das würde er nicht zulassen, sagte ich mir und dachte an seine Worte: *Ich bin die ganze Zeit bei Ihnen, auch wenn Sie meine Hände gerade nicht spüren.* Ein tiefes Vertrauen überkam mich. Es war so körperlich, daß mir augenblicklich am ganzen Leib wärmer wurde. Meine verkrampften Fäuste öffneten sich, und ich ergab mich der festen Umhüllung durch die gipserne Haut. Dane stand jetzt hinter mir und glättete den Gips in meinem Nacken.

Im Inneren der Hülle, wo nichts war als Dunkelheit, flackerten wie bei einem Feuerwerk schillernde Farben hinter meinen geschlossenen Lidern auf. Nein, kein Feuerwerk. Eher Schneeflocken, aber nicht nur weiß, sondern rot, neonorange und magenta. Ob Berührungen von Händen oder Fingern stammten, konnte ich nicht länger unterscheiden, sie waren nur noch Wärme und Farbe, die auf mir explodierten. Die Klaviermusik trillerte tief in meinem Gehörgang.

Blackmoor mußte jetzt am Handwagen stehen. War er schon lange weg? Zeit war etwas, das im Außen versiegelt lag. Wo ich war, zählte sie nicht mehr, nur – nur, daß er schon so furchtbar lange nicht mehr zu mir gesprochen hatte. Aber vielleicht redete er ja, und ich konnte ihn nur nicht mehr hören? Vielleicht war ja etwas schiefgelaufen, und er konnte mich nicht mehr befreien? Vielleicht hatte er es sich ja anders überlegt –?

Bilder schienen auf der weißen Gipswand vor meinen Augen auf, drehten sich wie in einem Kaleidoskop und ersetzten die phantastischen Regenbogenfarben durch Ausschnitte bekannter Gesichter. Der kleine Charlie Stratten flackerte auf, der gekrümmt im Wandschrank lag, in einer Flanelldecke zusammengeschnürt, die sich um seinen winzigen, starren Körper wand wie ein Leichentuch bei der Beerdigung. Und Deirdre Purdy aus *Staub zu Staub* in diesem furchtbaren improvisierten Sarg, die Fingernägel vollständig abgerissen, die Finger, vom verzweifelten, hoffnungslosen Versuch, sich durch den hölzerne Deckel zu kämpfen, nur noch rohe, blutige Stumpen. Reihe um Reihe von bestatteten Zigarettenschachteln in einem Tierfriedhof sah ich. *Jeff* – ich hatte völlig vergessen, diesen Brief zu schreiben ...

Wie in meinen Träumen war der letzte Sarg des Tierfriedhofs größer als die anderen. Langsam öffnete er sich ganz von selbst. Ich wollte mich abwenden, wollte nicht hinsehen, aber die Gipsmaske hielt mich fest, machte jede Flucht unmöglich. Mit blankem Entsetzen starrte ich auf seinen Inhalt. Meine Mutter. Die Arme gefaltet; unter starren Fingern quollen Rosenkranzperlen hervor wie Blütenblätter; der Kopf lag auf ein Satinkissen gebettet, kurz oberhalb des Rumpfes, das Antlitz in Kunststoff gegossen, die Augäpfel verschwunden und an ihrer Stelle – klaffte eine hohle, eine furchtbare Leere.

Meine Lungen drohten zu platzen, aber es gab nichts, was ich tun konnte. Er hatte mich vollständig verhüllt. Hatte mich eingeschlossen, und ich konnte mich nicht befreien. Ich spürte wie seine Hand meinen Kopfansatz umfaßte. »Ganz ruhig, Garner«, sagte er sehr deutlich. »Atmen Sie durch die Nase, und ganz gleich, was Sie auch tun, nicht bewegen.« Ich spürte einen Druck am Hals, gleich unterhalb des rechten Ohrs. Es schien unerträglich.

Und dann brach das Messer durch.

Die Hülle löste sich problemlos. Die Luft strömte so druckvoll ein, daß sie mir den Atem raubte. Meine Augen juckten. Ich folgte Blackmoor zum Waschbecken. Sanft drückte er meinen Kopf hinab ins Wasser. Als ich mich wieder aufrichtete, hielt er mir ein Handtuch entgegen. »Schauen Sie«, lud er mich ein.

Seine gipsern bleiche Garner Quinn starrte mir mit einem quälenden Blick entgegen, dem ich mich nicht entziehen konnte. »Wenn der Abguß erst fertig ist, sind die Details deutlicher zu sehen«, erklärte er. »Ich werde Glasaugen einsetzen – auch wenn es alles andere als leicht sein dürfte, die richtige Farbe für Sie zu finden. Und dann kommen natürlich noch die Haare.« Er wirkte nervös. Erregt. »Unglaublich«, sagte ich, und das war mein voller Ernst. Ich war versucht, ihm zu berichten, was unter der Hülle mit mir vorgegangen war, aber ich wollte nicht, daß er mich so gut kannte.

»Wie geht es dem Handgelenk?« fragte er.

»Ganz okay.« In Wirklichkeit erstreckte sich das Pochen inzwischen auf meinen gesamten Körper.

Er war mittlerweile dazu übergegangen, mit einem Schminkstift Markierungen auf die Hülle aufzutragen. »Auf Ihrem Zimmer liegen Bademäntel, Nachthemden, was immer Sie brauchen.« Hinterlassenschaften von den Frauen in seinem Leben. Ob er von allen einen Abdruck genommen hatte?

Ich ging, und er starrte in das Abbild meines Gesichts. Er schien vollständig gefesselt.

15

Der Feueralarm weckte mich. Mindestens vier oder fünf Sirenen heulten gleichzeitig auf und kreischten, als sie in meinen Schlaf fuhren wie Kreissägen durch das Gebäude. Die Töne wurden lauter und dringlicher, je mehr ich zu Bewußtsein kam.

Ich schoß aus dem Bett und rannte ans Fenster. Mein erster Gedanke war, daß die Mühle brannte, aber dort schien es weder Rauch noch Flammen zu geben. Rasch zog ich Jeans und Pulli an. Blackmoor mußte eine Alarmanlage haben, überlegte ich, aber es konnte nichts schaden, sicherzugehen. Ich ging ans Telefon.

Die Leitung war tot.

Die Nacht war empfindlich kälter geworden. Als ich den überdachten Weg zum Hauptgebäude erreicht hatte, klapperte ich mit den Zähnen. Ich blieb wie angewurzelt stehen. *Und wenn das nun eine Falle war? Wenn er da drinnen auf mich wartete, ausgerüstet mit einem Prügel, einem Streichholz und einem Kanister Kerosin?* Plötzlich verstummten die Sirenen. Eine vollkommene Stille übernahm wieder die Herrschaft über die Nacht. Ohne zu wissen, ob das ein gutes oder ein schlechtes Zeichen war, ging ich weiter.

Es war, als ob man in eine Überraschungsparty stolpert und völlig unerwartet auf lauter Freunde trifft. Nur, daß es hier keine Freunde waren. Und dennoch erkannte ich die meisten von ihnen wieder. Die Putzfrau mit dem Walkman. Das blutverschmierte Kind. Eine magersüchtige Ballerina. Einen Bauarbeiter, der gerade dabei war, genüßlich in ein Sandwich zu beißen. Ich sah sogar eine bleiche, unbemalte Kyra, die verträumt vor sich hin starrte, während die Flammen schon über die Oberfläche ihres hölzernen Schminktischchens züngelten. *Zu blöd,* dachte ich geistlos, *nach dem ganzen Ärger, den Roberto mit dem Spiegel hatte.* Elizabeth Rice schlängelte sich wie die perfekte Gastgeberin zwischen den Statuen durch und mischte sich unter ihre in Gips gegossenen Gäste. Nur trug sie statt eines Tabletts mit Appetithappen einen Flammenwerfer. Blackmoor stand so reglos am Rand der Plattform, daß ich einen Augenblick dachte, er sei nur eine weitere lebensechte Plastik.

»Was ist denn hier los?«

Rice wandte sich nach meiner Stimme um. »Du hast sie also in die Stadt gebracht?« kreischte sie. »Du bist ein elender Lügner, Dane! In die Stadt gebracht!«

»Das hat nichts mit ihr zu tun, Elizabeth!« Er schaute über die Schulter zurück. »Verschwinden Sie hier, Garner. Gehen Sie –«

Ich wollte gehen, aber meine Augen klebten an Beth Rice. Ihre Frisur hatte sich gelöst, die Falten ihres Rockes verloren in der Hitze jede Fasson. Sie glich einer präraffaelitischen Ophelia oder dem Gemälde einer anderen schönen Wahnsinnigen. In der hinteren Ecke des Ateliers schlug der Kakadu in Todesangst mit den Flügeln und kreischte immer und immer wieder: »*Wiegehtsdennso? Wiegehtsdennso?*«

»Hören Sie auf mich, Garner«, befahl Dane. »Gehen Sie!« Ich war drauf und dran zu gehorchen, als Rice die Flamme zu mir herüberrichtete. Das Feuer kam tief, in Orange und Blau, wie aus der Düse eines Gasherds. Es erreichte mich nicht, aber die Hitze kitzelte bösartig. Ich trat einen Schritt zurück.

»So ist's fein, Garner«, sagte Rice. »Hören Sie auf *mich*.« Hinter ihr auf der Plattform saßen, standen, tanzten, wanden und bluteten Blackmoors bemalte Abgüsse; zumeist aber brannten sie nur. Nicht so, wie Holz brennt – oder wenigstens noch nicht. Die Flammen verkohlten sie nicht. Sie züngelten weiß und klar, und sie produzierten einen ungesunden Gestank, der mir in den Lungen stach. »Beth, bitte.« Ich hustete.

»Machen Sie sich keine Sorgen, Schätzchen«, fauchte sie. »Ich habe nicht vor, noch eine von seinen Freundinnen für ihn umzubringen –«

Blackmoor trat einen Schritt vor. »Elizabeth, du irrst dich –« Seine Stimme klang matt unter dem Tosen des Feuers.

»*Würdest du bitte damit aufhören!*« kreischte Rice. »Wenn du wüßtest, wie dieser Spruch mich anödet!« In spöttischem Ton fuhr sie fort: »*Elizabeth, du irrst dich! Elizabeth, du hast ja keine Ahnung!*«

Sie wandte sich an mich. »Glauben Sie denn, daß er irgend etwas von all dem, *irgend etwas davon*, besäße, wenn ich nicht gewesen wäre?« Sie gestikulierte wie wild durch das brennende Atelier. »*Wer-glauben-Sie-ist-für-das-alles-verantwortlich?*«

»Sie«, antwortete ich gehorsam.

»Sie mit Ihrem schlauen Mäulchen und den ach so cleveren Augen!« Sie ging vor mir auf und ab, und ich stand in Reichweite des Flammenwerfers. »Sie glauben, ich bin ein Nichts, nicht wahr? Nun, dann werde ich Ihnen eben beweisen müssen, daß ich eine äußerst fähige Frau bin.«

»Das glaube ich Ihnen«, krächzte ich.

»Behandeln Sie mich nicht so von oben herab«, sagte Rice verbittert. »Das Beste haben Sie ja noch gar nicht gesehen.« Sie wirbelte mit dem Flammenwerfer herum und tauchte dabei eine weitere Skulptur in den kleinen, bösen Feuerstrahl.

»Nun mach schon, zeig's ihr!« forderte sie Blackmoor auf. Als er sich nicht bewegte, feuerte sie eine schlängelnde Flammenzunge ab, die ihn zum Medizinschrank in der Ecke zurückdrängte. »*Zeig's ihr!*«

Dane nahm eine Videokassette, die er in den Recorder legte.

»Was ist das?« wollte ich wissen.

Beth lächelte honigsüß. »Das ist das, wonach Sie hier schon den ganzen Nachmittag rumgeschnüffelt haben.« Sie zielte mit dem Flammenwerfer und dirigierte mich zu den Stufen der Plattform. »Setzen! Sie sollen die Vorstellung doch genießen.«

Oben auf den Videoleinwänden erschien ein Doppelbild. Elizabeth Rice, einen blutverschmierten Kittel über den Designerklamotten, redete in Frontalansicht mit der Kamera wie mit einer Freundin. »*Habe ich die Naht erst mit dem Messer geortet und aufgetrennt, steht mir die knifflige Aufgabe bevor, den Kopf des Modells neuerlich einzuschließen*«, dozierte sie und schwenkte dabei eine gipsbedeckte Fingerspitze. »*Hörst du mir überhaupt zu?*« Ihre Videoversion zeigte ein von Grübchen gerahmtes Lächeln. »*Ich sagte, ich werde den Kopf des Modells neuerlich einschließen!«* Sie brach in ein unbezähmbares Kichern aus.

»Geh auf schnellen Vorlauf«, befahl Rice Blackmoor. »Ich sehe ja zum Fürchten aus, so wie der Teil ausgeleuchtet ist.«

Er gehorchte. Das Band ruckte weiter. Entsetzt sah ich zu, wie Beth in dreifacher Geschwindigkeit Torie Woods abgetrennten Kopf nahm und den Abdruck einpaßte, wobei ihre Finger immer wieder in das Wasserbecken tauchten und die Gipsoberfläche liebkosten – *tauch und form ... tauch und form ... tauch und form ...*

Die Stufen zur Plattform unter meinem Hinterteil wurden heiß. Ich spürte das Feuer hinter mir. Aber Rice stand näher. »Halt das einen Moment an«, forderte sie Blackmoor auf. Er verlangsamte das Band auf normale Geschwindigkeit.

»Meine Gipsverbandtechnik ist weit komplizierter«, erklärte Beth der Kamera, *»denn nun müssen nicht nur die Nahtstellen wieder zusammengefügt werden, man muß auch den gesamten Abdruck anfeuchten, damit man ihn vorsichtig dem Gesicht anpassen kann. Das abschließende Werk ist weniger ein Abbild nach dem Leben denn eine Totenmaske.«*

Die Flammen, die bereits bis an die Unterkante der linken Leinwand geschlagen waren, überstürzten sich nun und verschlangen sie zur Gänze.

»Mist«, sagte Rice plötzlich ruhig. »Aber ich denke, Sie konnten sich ein Bild machen, ja?« Sie ging auf Blackmoor zu. »Dane glaubte nicht, daß ich auch nur einen Funken Talent hätte, aber da hat er sich geirrt. Das hast du doch, oder, Dane? Das hast du doch?«

Ich stand auf, bereit, um mein Leben zu laufen.

»Sie wollen Ihren Liebhaber verlassen?« höhnte Rice. »Wie kommen Sie darauf, daß ich ihn noch haben will?« Die Zerstörung von Blackmoors Gipsskulpturen war beinahe vollendet. Sie fielen ineinander und bildeten einen einzigen, großen Scheiterhaufen. Ein Bruchstück von dem, was einmal mein eigenes Gesicht gewesen war – ein Abbild nach dem Leben? Eine Totenmaske? –, kräuselte sich unter der wütenden Hitze zusammen. Aber Rice schien das Interesse an ihnen verloren zu haben, und sie machte sich statt dessen daran, zur brennenden Plattform zurückzukehren.

Ich rannte zu Blackmoor und zerrte ihn am Arm. »Wir müssen hier raus!«

»Komm mit uns, Elizabeth«, rief er.

Ihr wahnsinniger Blick sprühte Funken wie die Flammen, die sie umgaben. »Glaubst du, das kümmert mich?« schrie sie. »Glaubst du, mich interessiert noch irgend etwas anderes, als dich zu vernichten?«

Sie stieg vom Podium und schwang den Flammenwerfer auf ein Gerüst zu. Sein Schweif aus schwerem Baumwollstoff loderte auf wie ein Docht ohne Wachshülle. Das Feuer hatte den Handwagen erfaßt, leckte über das Wasserbecken und vollführte wilde Tänze auf seinem Boden. Überall um uns herum wanden und drehten Stoffbänder sich in Flammenzungen, die ein wahres Panoptikum des Feuers bildeten. Blackmoors Plastiken waren nur noch versengte Scherben, nicht größer als ein Stück verkohltes Toastbrot.

So werden wir auch aussehen, wenn wir nicht schnell hier verschwinden, dachte ich. Ein einziger Satz schwirrte mir im Kopf herum: *»Ich will nicht sterben ... ich will nicht sterben.«* Und die Worte hatten ein Gesicht, und das Gesicht gehörte Temple.

»Sehen Sie denn nicht, daß sie nicht kommt?« rief ich.

Dane riß sich von mir los. »Elizabeth!«

Rice feuerte einen züngelnden Flammenstrahl ab, der so dünn und farblos war, daß er beinahe unsichtbar schien. Blackmoor zuckte vor Schmerz zusammen und faßte sich an den Arm. Ich umklammerte seinen Gürtel und zog ihn zur Tür. Wir hatten die Schwelle beinahe erreicht, als ich mich von ihm löste und mir durch den dichten Qualm den Weg zurückbahnte. Da stand er, inmitten eines flammenden Kreises, noch immer intakt. Ich bedeckte die Hand mit dem Bündchen meines Pullis und drückte den Knopf. Der Recorder warf die Kassette aus. Ich blickte auf und sah Elizabeth Rice über die Wendeltreppe auf die Galerie steigen.

Blackmoor fand mich Sekunden vor der ersten Explosion. Die zweite und dritte folgte unmittelbar und mit zunehmender Wucht, bis wir schließlich nach draußen in den Schnee geschleudert wurden, wo er über mir zu liegen kam und mich mit seinem Körper schützte. Die Videokassette stach mir in die Rippen. Wir rappelten uns auf und stolperten zum Wasser.

In der Nähe heulten Sirenen, ein drängendes Band rubinroter Lichter tauchte die weiße Nacht in Farbe; aber ich wandte mich von ihnen ab und anderen Klängen zu – berstendem Glas; einem gellenden Schrei. Elizabeth Rice, in ein flammendes Kleid gehüllt, brach durch das Glas der großen Bogenfenster. Sie wirbelte durch die Luft und landete auf dem zugefrorenen Kanal. Die Wucht ihres Aufpralls ließ das Eis in eine Million Teile zersplittern; Elizabeth selbst nur in zwei oder drei.

Blackmoor zog mich so nahe zu sich, daß er es spürte – das Video zwischen uns. »Sind Sie deswegen zurückgegangen?«

»Da ist alles drauf.« Ich nickte. »Alles.«

Er warf einen kurzen Blick auf die Löschzüge. Schon sprangen Feuerwehrleute herab, rollten Schläuche aus, riefen sich Kommandos zu. »Werfen Sie es in den Kanal«, flüsterte er mir zu. »Lassen Sie es mit ihr zusammen untergehen.«

Es war ein seltsames Anliegen, und in der Aufregung des Augenblicks hatte ich es gleich wieder vergessen. Ein Mann mit Schutzanzug und aufgeklapptem Helmvisier trat zu uns.

»Jemand drin?«

»Nicht mehr«, sagte Blackmoor grimmig.

»Mit Ihnen alles in Ordnung?«

»Ja«, schluchzte ich. »Ich muß telefonieren. Ich muß mit meiner Tochter reden –«

Ein Streifenwagen erschien vor Ort. Wir gingen darauf zu. Blackmoor hatte den Arm um mich gelegt und ich die Kassette unter dem Pulli verstaut. Wie ich später feststellte, war sie schlicht mit »3/15« bezeichnet.

15. März. Die Iden des März.

V

Die Wahrheit

Garner Quinn führt uns, wie niemand mehr seit Capote mit *Kaltblütig*, über die reinen Fakten hinaus in das Schattenreich des wahren Seins. Ihr Buch atmet die Kargheit und Unausweichlichkeit einer griechischen Tragödie – in epischer Wucht erzählt es die Geschichte, wie kein Richter und kein Geschworener sie zuvor zu Gesicht bekamen, wie selbst Opfer und Mörder sie nur für Momente in verzerrten Splittern haben aufblitzen sehen. Legt man das Buch nach der Letzten Seite aus der Hand, ist man überzeugt, dass Quinn den erratischen Block dieser Ereignisse unablässig behauen hat, bis nur die Wahrheit und nichts als die Wahrheit übrigblieb.

Rezension von *Schlafe, mein Prinzchen:*
Die Ballade der Dulcie Mariah
(*Los Angeles Times*, 1981)

Garner –
Habe dein Buch gelesen. Gratuliere. Offenbar hast du das Talent deines alten Herrn geerbt, andere dazu zu bringen, dir zu glauben. Ich nehme an, das wird dir auf deinem Lebensweg ähnlich hilfreich sein wie mir. Ist schliesslich auch viel besser, als sich immer auf die Wahrheit verlassen zu müssen … – D.

Brief von Dudley Quinn an seine Tochter anlässlich der Veröffentlichung von *Schlafe, mein Prinzchen*

»Zum Teufel mit der Wahrheit! Was zählt, ist nur, dass es naturgetreu aussieht.«

Dane Blackmoor in einem *Playboy-Interview* (1993)

1

Sechs Stunden später wanderten wir durch die Überreste dessen, was einmal die Mühle gewesen war. Ich war immer noch schwach auf den Beinen.

»Ich dachte, das Haus ist unzerstörbar«, sagte ich lahm.

Blackmoor fuhr mit der unbandagierten Hand durch einen Aschehaufen. »Na ja, die Wände stehen noch.« Sein Bartschatten machte Überstunden, und die Haut über dem Bartansatz wirkte unnatürlich blaß. Wir streunten herum und hoben kleine Überbleibsel auf, die der Verbrennung entgangen waren: diverse Glasaugen, trüb wie alte Murmeln, eine Glasperlenkette, eine silberne Gürtelschnalle.

Jack wollte mich abholen, aber ich hatte den Vorschlag zurückgewiesen. Mein Handgelenk war einigermaßen intakt, und obwohl ich seit mehr als achtundvierzig Stunden nicht mehr geschlafen hatte, wußte ich, daß es noch Stunden dauern würde, bis ich endgültig umfiele.

Durch die zerborstenen Fenster beobachteten wir den Himmel, der sich von Zartrosa zu Blau färbte. Die örtlichen Polizisten wußten, wo sie mich erreichen konnten. Ich durfte gehen. Würde ich mich jetzt verabschieden, entginge ich den Scharen von Reportern, die in Kürze in ihren Übertragungswagen und heruntergekommenen Mietautos über New Hope hereinbrechen würden. Und dennoch war mir der Gedanke, daß es auf diese Art endete, unerträglich.

»Was werden Sie jetzt tun?«

Blackmoor zuckte die Achseln. »Ich weiß es wirklich nicht.«

»Warum kommen Sie nicht für eine Weile zu mir?« hörte ich mich sagen. »Ich habe ein kleines Gästehaus. Sehr abgeschieden. Sie könnten sich etwas erholen, bevor die Untersuchung der Todesursache losgeht –« Es drängte mich weiter. »Ich werde an dem Buch arbeiten, und da gibt es mit Sicherheit ein paar Sachen, die wir gemeinsam besprechen müssen.«

»Okay«, sagte er. Er rettete ein ledernes Nietenarmband aus dem Schutt. Vielleicht hatte es Lucy Moon gehört. »Ich muß mich erst noch mit den Typen von der Versicherung herumschlagen. Wie finden Sie Ende der Woche?«

Ich fand es furchtbar. Lächerlich. Beängstigend sogar.

»Fein«, sagte ich.

Temple saß auf dem Torpfosten und wirkte klein und durchgefroren. Sie trug ihre Lakers-Jacke und abgeschnittene Jeans. Ihre Beine waren nackt – keine Strümpfe, nur Leinenschuhe mit offenen Schnürsenkeln bei dieser Eiseskälte! Sie lächelte nicht, als ich anhielt, winkte nicht, und dennoch wußte ich Bescheid. Wie oft hatte sie genauso dagesessen, manchmal sogar im Nachthemd, und hatte darauf gewartet, daß ich nach einer langen, weiten Reise von irgendeinem Flughafen zurückkäme? Ich stellte gerade noch den Wahlhebel auf Parken, bevor ich hinausrannte. Sie hüpfte vom Torpfosten herunter und lief auf mich zu. »Alles in Ordnung?«

»Mir geht es gut«, sagte ich. »Komm, gehen wir heim.«

»Was Se jetzt brauchen«, behauptete Cilda und stellte eine Tasse Tee auf den Tisch, »is' Zucker. Der wird Ihn' den Schock aus dem Leib treiben.«

»Was ich jetzt brauche, sind ungefähr vierundzwanzig Stunden Schlaf.« Ich sank auf den harten Küchenstuhl nieder. Es hatte keinen Sinn, es noch weiter aufzuschieben.

»Also, wir bekommen in ein paar Tagen Besuch. Dane Blackmoor.«

Temple nickte einfach, das war nicht direkt die Reaktion, die ich mir wünschte, aber ich konnte ihr wohl kaum einen Vorwurf daraus machen, vorsichtig zu sein. Cilda reagierte weniger unerwartet. »Das Haus gehört Ihn'«, brummelte sie. »Laden Se Jack the Ripper ein, wenn Se wolln.«

»Er hat das Mädchen nicht ermordet«, erklärte ich.

»Man kann Knochen brechen«, erwiderte Cilda geheimnisvoll, »und man kann Herzen brechen.« Mir fiel ein, was Blackmoor beim Essen gesagt hatte: *Die Menschen ändern sich*. Aber für Cilda Fields war das keine Option. Vom Fernsehen her wußte Cilda alles, was sie über Männer wie ihn wissen mußte. Ihre Lieblingssendung war »Divorce Court«. Jeden Morgen um zehn saß sie in ihrem alten Schaukelstuhl, die wippende Rechtschaffenheit in Person – ihre knochigen Finger strickten von links nach rechts; der Stuhl schaukelte auf seinen Kufen vor und zurück; der Kopf nickte, und die Zunge schnalzte. *»O ja – der ist kein Guter nich'«* oder: *»Glauben Se ihm das bloß nich', Mister!«* Und wenn ganz zum Schluß der schlohweiße Richter seinen Spruch verkündete, dann klatschten ihre pfeilschnellen Stricknadeln zusammen wie lange, dünne, zufriedene Finger. *»Sagen Se's ihm nur, Herr Richter«*, johlte sie. *»Hat wohl gemeint, er kommt durch damit, was?«*

Zu akzeptieren, daß Dane Blackmoor sich geändert hatte, wäre für Cilda dasselbe gewesen, als solle sie glauben, man hätte den untreuen Ehemann während der Werbeunterbrechung mir nichts, dir nichts durch einen anderen ersetzt, und so was passierte einfach nicht. Während all der Jahre, die sie die Sendung schon verfolgte, war so etwas noch kein einziges Mal vorgefallen.

Das Telefon klingelte. »Emory«, sagte Temple und lief in den ersten Stock, um abzuheben.

Ich nippte still an meinem Tee. Als ich es nicht mehr aushielt, sagte ich: »Ich lege mich hin. Erinnern Sie mich daran, daß ich Ben anrufe, damit er das Gästehaus herrichtet, ja?«

Als ich ging, scheuerte Cilda die Spüle in der Küche. Es war fast drei. In ein paar Minuten würde sie »General Hospital« einschalten, wo die Leute nicht nur gut aussahen, sie verhielten sich auch so, wie man es erwarten konnte.

2

Am nächsten Morgen wachte ich, noch immer völlig angezogen, in einem wirren Haufen Bettwäsche auf. Ich fühlte mich steif, und mein Handgelenk pochte. Aus dem Badezimmerspiegel starrte mir Frankensteins Braut entgegen: Haare steil zu Berge stehend, Waschbärenaugen aus Wimperntusche, den rüschenbesetzten Rand eines Kopfkissenbezugs quer über die Wange tätowiert. Das Duschen half auch nicht viel. Als ich herunterkam, war Cilda gerade dabei, den Küchenboden zu wischen. »Und wie fühlen Se sich heute?«

»Halbtot. Danke, daß Sie mich nicht geweckt haben. Hat Temple den Bus genommen?«

»Sagt se.«

Ich schenkte mir Orangensaft ein. »Und was soll das jetzt heißen?«

»Sie erinnert mich immer an 'ne junge Lady, die ich aus Jamaika kenn'.« Sie schnalzte mit der Zunge. »Ist schwanger geworden von zwei Kerlen.«

Ich war nicht in der Stimmung, mir eine von Cildas bizarren Moralpredigten anzuhören. Ich warf mir eine alte Strickjacke über die lange Winterunterwäsche. Schon diese leichte Übung führte zu heftigen Protesten meines Körpers.

»Ich bin im Büro.«

»Hallo, Boß«, lächelte Jack, als ich die Tür öffnete. Ich versuchte mich zu erinnern, ob ich mich gekämmt hatte.

»Alles in Ordnung?«

»Sicher. Fabelhaft.«

»Max hat angerufen.« Er folgte mir ins Nebenzimmer.

»Ich muß mit ihm reden«, sagte ich. »Jetzt, wo Blackmoor hier wohnen wird, müßten wir in Null Komma nichts einen ersten Entwurf haben.«

Ich sah zu, wie sich sein Ausdruck veränderte. »Du machst Witze.«

»Ich hatte noch keine Gelegenheit, es dir zu erzählen«, es störte mich, daß ich mich deswegen schuldig fühlte, »aber ich glaube, diese Regelung ist das Beste für alle. Er kann sonst nirgends hin.«

»Was ist los mit dir? Bist du auf Drogen? Der Typ hat drei bis vier Landsitze, von den Luxusappartements überall auf der Welt ganz zu schweigen.«

»Wir wollen aber nicht, daß er überall auf der Welt ist«, erinnerte ich ihn. »Wir wollen, daß er in der Nähe ist, damit dieses Buch fertig wird.«

»Dann reserviere ich ihm eben ein Zimmer im Marriott.« Jack setzte sich vor meinen Schreibtisch. »Himmel, Garner, der Kerl ist –«

»Was? Was ist der Kerl?«

Er zupfte sich an seinem Bart. »Das wissen wir schließlich noch nicht, richtig?«

»Was soll das heißen, das wissen wir noch nicht? Ich war dabei, Jack. Ich habe das Video gesehen. Ich habe gehört, wie Beth Rice gestanden hat.«

»Und?«

»Und?«

»Ich glaube einfach, wir sollten das nicht zu den Akten legen, bevor wir nicht alle Möglichkeiten in Erwägung gezogen haben«, sagte er.

Ich mußte lachen. »Das ist mein Spruch.«

»Es ist mein Ernst. Es wäre einfach ... billig, ... anderen Spuren nicht nachzugehen –«

»Dann geh ihnen nach, wenn es dich glücklich macht.« Er stand auf, um zu gehen. Ich nahm den Hörer ab und wählte.

»Ben Snow, bitte.« Jack war immer noch deutlich in Hörweite, als ich sagte: »Ben, ich bin's, Garner. Sie müssen etwas für mich erledigen.«

Mein Agent war der einzige, der sich über die Neuigkeit freute.

»Teuerste«, sagte Max gedehnt. »Das ist eine großartige Idee.« Ich konnte beinahe die Rädchen hören, als er überlegte: *Wo ist der Haken? Es kann doch wohl nicht sein, daß Garner Quinn mir erzählt, sie schreibt ein Buch, in dem sie die Tatsachen einfach mir nichts, dir nichts als Tatsachen akzeptiert.*

»Ich will das, so schnell es geht, hinter mich bringen.« Ich stellte mir vor, wie er seinen Puls fühlte. Sich zwickte. »Und dann ziehe ich mich zurück. Vielleicht versuche ich mich mal an einer anderen Sorte Bücher.«

Das war es also. Seine ertragreichste Klientin wollte aufhören, mit Tatsachenkrimis Millionen zu scheffeln, bloß damit sie dünne Büchlein über Grünpflanzen schreiben kann. Max machte einen tiefen Zug an seiner Zigarette. »Teuerste, du weißt, daß ich dich unterstütze, ganz egal, was du tust.« Er ließ einen Telefonseufzer fahren, der tagelang anhielt wie der Nordwind. »Aber wir haben später noch genug Zeit, um darüber zu reden.«

Später. Wenn das Buch ausgeliefert war. Wenn es auf den Bestsellerlisten stand und die Filmrechte verkauft waren. Er vertrat mich lange genug, um zu wissen, daß ich meine Meinung bis dahin wahrscheinlich mindestens zwanzigmal ändern würde.

Ich ging gerade zum Haus zurück, als ich ihn hörte. »Miß Quinn?«

Er schritt forsch aus dem Karree mit schwerem Gerät herauf auf mich zu. Ein Arbeiter saß im Schaufelbagger und füllte riesige, stählerne Mäuler voll Geröll in die Lücken in der Kaimauer.

»Tom Tolano, Küsteninstandhaltung.« Er war fit und immer noch braun. »Wir versuchen gerade, dieses kleine Überflutungsproblem, das Ihnen hier womöglich droht, in den Griff zu bekommen.«

»Das wär' sehr nett. Letztes Jahr hat man uns gleich zweimal evakuiert.«

»Liegt am Gebiet.«

Ich dachte an die Doppelseite in *People*. »*Garner Quinn, bekannte Autorin von Tatsachenkrimis, hat ihr Haus wie ihre Karriere auf ein gefährliches Fundament gestellt.*«

Wenn ich dieses Buch hinter mir hatte, wäre es an der Zeit, weiterzuziehen. »Mir war nicht klar, daß es so kompliziert ist, die Kaimauer wieder aufzubauen.«

»Ein mistiges Ding. Die ursprünglichen Felsen haben sich so weit abgesenkt, daß es da drin Höhlen gibt, die groß genug sind, um einen VW reinzustellen.« Wir sahen dem Schaufelbaggerfahrer zu, wie er über eine Rampe auf den Damm fuhr. Ein zweiter Arbeiter mit einem Kapuzensweatshirt gab von unten Handzeichen.

»Wenn Sie mich fragen«, sagte Tolano, »dann gibt es in diesem ganzen Staat überhaupt nur zwei Leute, die wissen, wie man einen Damm wie den hier überhaupt baut.« Er erwähnte nicht, ob sie an dieser Operation beteiligt waren.

»Möchten Sie einen Eistee? Ein Mineralwasser vielleicht?«

»Danke, nein. Ich will nur sehen, wie es hier läuft.« Er gab mir eine Visitenkarte. »Wenn Sie hier irgendwelche Schwierigkeiten haben, rufen Sie mich an.« Er schlenderte zu seinen Männern hinüber.

Mit der Hand verschattete ich die Augen, und als ich auf die Kaimauer hinausblickte, stellte ich mir ein Labyrinth aus verborgenen Höhlen im Fels vor und darin eine Reihe von blitzenden kleinen VWs, die Stoßstange an Stoßstange parkten.

3

Blackmoor kam mit dem Rover. Er stieg aus und trug einen kleinen ledernen Matchbeutel in der einen und den Vogelkäfig in der anderen Hand. Nur Augenblicke später kam ein Transporter über die Auffahrt.

Der Kakadu kreischte: »*Nimmdenhut! Nimmdenhut!*«

»Ich dachte, ich könnte vielleicht ein bißchen arbeiten, während ich hier bin.«

»Kein Problem«, erwiderte ich schwach, während ich beobachtete, wie die Möbelpacker sich daranmachten, den ersten Schwung Kisten und Schachteln auszuladen. »Ich zeige Ihnen alles.«

Er folgte mir durch die Tür des Gästehauses. »Es ist eigentlich nur dieses eine Zimmer.« Ich deutete auf die tonnengewölbte Decke. »Ursprünglich wollte ich ein Schwimmbecken hier einbauen, deswegen auch die ganzen Fenster.« Ben hatte die Abdeckungen vor den Fenstern abgenommen, so daß man einen unverstellten Blick auf das Meer hatte. »Sie werden jede Menge Tageslicht haben.« Die Packer stolperten mit einem riesigen Marmorblock herein.

Blackmoor sah mir zu, wie ich ihnen zusah. »Es ist Jahre her, seit ich zuletzt in Stein arbeiten wollte. Plötzlich fühle ich mich inspiriert, es noch einmal zu versuchen.« Seine Stimme klang keck, aber bei seinem Blick brach mir der Schweiß aus.

An der Tür sagte ich: »Kommen Sie doch heute zum Abendessen ins Haus. Dann können Sie gleich die gegnerischen Streitkräfte kennenlernen.« Er lachte. »Nein, wirklich. Ich meine es ganz ernst.«

»Ich auch«, erklärte er.

Jack traf, eine Spur zu gut gekleidet, früh mit Blumen und Wein ein. Danach kam Blackmoor mit dem Vogel. Während ich mich durch die Etikette hangelte, starrten Cilda und Jack, das Empfangskomitee aus der Hölle, ihn unverschämt an. Ich war erleichtert, als Temple, die Haare noch feucht vom Waschen, die Treppe heruntergepoltert kam.

»Hallo«, sagte Blackmoor. »Ich bin Dane.«

Ich sah ihnen zu, wie sie gegenseitig ihre Gesichter mit Blicken verschlangen. Zumindest hatte ich diesen Eindruck. Temple streckte den Arm nach dem Kakadu aus. »Wie heißt er?«

»Er hat keinen Namen. Oder wenn, dann hat er ihn mir noch nicht gesagt.« Blackmoor gehörte zu den Menschen, die den Ton nicht ändern, wenn sie mit Kindern sprechen. Daran hätte ich mich erinnern müssen.

»Ach, aber Sie müssen ihm einen Namen geben!« Der Kakadu hüpfte auf Temples Handgelenk und legte den Kopf in diesem unmöglichen Winkel schief.

»Ich habe Angst, daß er mir etwas bedeutet, wenn ich das täte«, sagte er. Ich dachte an seinen Gesichtsausdruck, als er den Vogel in der Nacht, in der die Mühle brannte, zitternd auf einem schneebedeckten Baumzweig entdeckt hatte. Ganz offensichtlich wußte er nicht, wenn ihm jemand etwas bedeutete.

Sie setzten sich auf das Zweiersofa, Temple, Blackmoor und der namenlose Vogel. Ich erkannte den Blick in ihrem

Gesicht wieder, die Aufmerksamkeit, mit der sie ihm zuhörte; aber jetzt sah ich es zum ersten Mal von außen. So, wie er mich gesehen haben mußte.

Jack schickte sinistre Signale durch das Zimmer; Cildas geschäftige Wut waberte aus der Küche wie eine heraufziehende Kaltfront. An Steuerbord jedoch, auf dem Sofa, herrschte eitel Sonnenschein.

»Ob ich ihm einen Namen geben darf, was meinen Sie?« wollte Temple wissen.

Blackmoor überlegte einen Moment. »Das kannst du schon machen. Aber wofür du dich auch entscheidest, das geht nur dich und den Vogel etwas an.«

Sie brach in schallendes Kinderlachen aus. Dieser Klang ließ mich sofort in Aktion treten und allen noch etwas von Jacks Wein nachschenken.

4

Am nächsten Morgen schaute ich früh im Gästehaus vorbei. Die Tür stand offen. »Hallo?«

Blackmoor hatte bereits einen Arbeitstisch eingerichtet, und die meisten seiner Werkzeuge waren ausgepackt. Es schien, als hätte er noch bis weit in die Nacht gearbeitet. »Ist jemand da?« Ich ging, immer auf der Hut vor dem Vogel, zur Zimmermitte.

Auf dem Tisch lag ein Packen Papier. Rasch blätterte ich ihn durch. Es waren Bleistiftskizzen eines weiblichen Halbakts aus verschiedenen Blickwinkeln. Jeder kühne Strich war mit einer hochgradig sexuellen Energie aufgeladen.

Plötzlich schämte ich mich, als hätte ich jemandes heimliche Pornosammlung entdeckt.

Ich ging ans Fenster. Hinter der Kaimauer sah ich kurz

Temple aufblitzen, mit nackten Beinen und wehendem Haar stand sie inmitten eines kleinen, gischtbedeckten Wellenausläufers. Blackmoor stand neben ihr.

Anscheinend lachten sie.

»Hey.« Blackmoor winkte vom Strand herüber. Er hatte die Jeans hochgekrempelt wie an jenem ersten Tag.

Temple lief zu mir her. »Weißt du was? Dane sagt, ich sehe aus wie meine Großmutter. Daß ich ihre Augen habe.«

»Tut er das?«

»Darf ich heute bei Emory übernachten?« Sie packte mich bei der Hand und wirbelte mich rasant im Kreis herum. »Darf ich? Darf ich?«

»Ich wüßte nicht, was dagegen spricht.«

»Klasse!« Temple sprintete sofort zurück zur Kaimauer.

Ich schrie ihr nach: »Aber laß eine Nummer da –«

»Hängt an der Pinnwand«, rief sie zurück, »in meinem Zimmer!«

Blackmoor sagte: »Sie ist eine ausgesprochen schöne junge Frau.« Über dem Geräusch der Brandung war seine Stimme kaum hörbar. Wir gingen nebeneinanderher. »Ich habe mich gefragt, ob Sie vielleicht Lust hätten, heute abend eine Pizza und eine Flasche Wein mit mir zu teilen? Wo Sie doch ganz alleine sind.«

»Okay.« Und dann: »Es gibt da ohnehin ein paar Fragen, die ich Ihnen stellen wollte.«

Am Gästehaus trennten sich ihre Wege. Auf dem Weg zum Büro spürte ich, daß er immer noch in der offenen Tür stand und sein Blick sich wie eine warme Fingerspitze meinen Rücken hinunterschlängelte.

Jack war immer noch eingeschnappt. Seit dem Kuß an jenem Abend hatte er seine Anstrengungen an der Kleiderfront vervielfacht. Heute trug er einen dicken Wollpulli, dessen dunkles Smaragdgrün das Grün seiner Augen zur Geltung brachte. Eine Welle der Zärtlichkeit brandete in mir auf.

»Hey, Mister.« Ich berührte ihn sanft an der Schulter.

Er wirbelte in seinem Stuhl herum. »Wir beide müssen uns unterhalten«, sagte er. »Über Blackmoor.«

Und dann klingelte das Telefon.

Jacks digitaler Tischwecker zeigte zehn Uhr siebzehn, und die Männer von der Küsteninstandhaltung hatten gerade ihren Bulldozer angelassen. Später sollte ich mich an dieses Motorengeräusch erinnern, und es würde konkret und unausweichlich mit diesem einen Zeitpunkt verknüpft sein.

5

Dudleys langjährige Sekretärin, eine große, rotgesichtige Miß Eggert, die schon mit vierundzwanzig wie eine Frau mittleren Alters ausgesehen hatte und im Lauf der Jahre einfach nur in sich zusammengesunken und in die Breite gegangen war, hatte die Kanzlei verlassen, als der große Meister nach Portugal gegangen war. Diese Stimme hier war mir fremd.

Sie stellte sich vor als Lindsey von Quinn, Nash, Loughlin und Verdun und sie riefe an, weil Mr. Quinn in seinem Büro soeben einen Herzanfall gehabt habe.

Während des Sekundenbruchteils, in dem das Gespräch ruhte, wurde mir klar, daß ich diesen Augenblick in Gedanken bereits durchlebt hatte. Da allerdings überflog ich gerade die *Times,* als mir die Schlagzeile entgegensprang – STARANWALT DUDLEY LOGAN QUINN VERSTARB IM ALTER VON –, oder aber es klopfte an der Tür, und ein glattrasierter Botenjunge aus einem alten Schwarzweißfilm krähte: »Telegramm für Miß Quinn!« Und dann sah ich die kalte Blockschrift: VATER TOT IN PORTUGAL STOP.

Vater tot in ...? *Stop*. Ich hörte mich ruhig fragen: »Ist er am Leben?«

»O ja«, erwiderte Lindsey, die offensichtlich froh war, zumindest diese gute Nachricht überbringen zu dürfen. »Man hat ihn ins Columbia Presbyterian gebracht.« Ich fragte mich, wer wohl *man* war. Eine ausgedehntere Stille baute sich auf. Ich war drauf und dran, aus echter Verwirrung zu fragen, warum sie mich angerufen hatte, und dann wurde es mir klar.

Es gab sonst niemanden mehr. Geoff war tot. Dulcie war tot. Selbst die treue Simone war irgendwo in Südfrankreich, aufs angenehmste verheiratet mit einem alten Mann und seinem nutzlosen Titel. Wer wußte schon, was mit den anderen war?

Dudley Quinn der Dritte, der Mann der tausend Freunde und einer Million Bekanntschaften, kannte niemanden nahe genug, um ihn von seinem möglichen Ableben zu unterrichten.

»Ich werde dich fahren«, sagte Jack.

Ich schüttelte den Kopf. »Nein, da muß ich ganz alleine durch.« Der abgedroschene Spruch ließ ein paar Einstellungen aus dem alten Phantasiedrehbuch wieder aufflackern: VATER TOT IN PORTUGAL STOP. *Selber stopp,* befahl ich mir. *Dein Vater liegt putzmunter im Columbia-Presbyterian-Krankenhaus. Inzwischen wird er in irgendeiner piekfeinen Krankenhaussuite hofhalten. Umlagert von einem Schwarm von bewundernden Ärzten und geilen Schwestern, wird er Wodka Tonic schlürfen und Ammenmärchen erzählen.*

Cilda saß regungslos auf dem Bett, während ich packte. Sie sollte fahren, nicht ich, dachte ich. Sie hat er geliebt. Dieses Gefühl war kindisch, und daß ich unversehens die Vergangenheitsform benützte, machte mich wütend. »Ich würde mir keine Sorgen machen«, sagte ich kalt. »Er ist viel zu dickköpfig, um zu sterben.«

Ich rief in der Country-Tagesschule an und bat die Sekretärin, Temple aus dem Unterricht zu holen. Ein paar Minuten später hörte ich ihre Stimme. »Mami ...?«

»Schon gut, Schätzchen«, beruhigte ich sie schnell. »Dein Großvater hatte einen leichten Herzanfall, und ich muß ihn im Krankenhaus besuchen, das ist alles.«

Heftige Atemstöße drangen gegen die Muschel. Temple weinte. »Ich hatte schon Angst. Ich dachte, daß vielleicht –« *Vielleicht was? Daß mir vielleicht etwas zugestoßen ist?* Mir wurde bewußt, daß die allgegenwärtig drohende Gefahr – Begleiterscheinung meiner Verstrickung mit dem Verbrechen – sich auch auf meine Tochter erstreckte, ganz gleich, wie sehr ich auch versuchte, sie davor zu bewahren. Ich mußte die Konsequenzen ziehen, und zwar schnell. Ich quetschte den Hörer an die Schulter. »Du brauchst dir überhaupt keine Sorgen zu machen, Liebes. Ich rufe dich heute abend an.«

»Sag Opa, ich hoffe, es geht ihm wieder besser«, wünschte Temple zärtlich.

»Mach' ich.« *Ich werde diesem Mann, den du nie bewußt gesehen hast und der dir in all den Jahren seit deiner Geburt kein einziges Mal auch nur ein Weihnachtsgeschenk oder eine Geburtstagskarte geschickt hat, ausrichten, daß seine Enkelin sich Sorgen um seine Gesundheit macht. Und wenn ihm das nicht sein angeschlagenes Herz bricht, dann sollten sie ihm lieber die Brust öffnen und nachschauen. Vielleicht hat man es ihm nämlich schon längst rausoperiert.*

Ich sagte: »Ich liebe dich«, und Temple sagte dasselbe. Die Worte bildeten kleine Wölkchen unter meinen Füßen, die mich zur Auffahrt hinaus und bis zum Auto trugen.

Jack trabte heran, als ich gerade den Koffer in den Kofferraum wuchtete. »Ich habe dir im Mayflower ein Zimmer reserviert.« Er hielt mir die Tür auf. »Du rufst mich an, sobald du etwas weißt?« Ich nickte.

»Ich werde für dich da sein«, sagte Jack. »Bis das durchgestanden ist.«

»Ich weiß.« Während ich den 190er rückwärts zum Tor fuhr, fiel mir auf, daß ich Blackmoor gar nicht ausgerichtet hatte, daß aus unserem gemeinsamen Abendesssen nichts werden würde. Ich sah ihn am Fenster des Gästehauses stehen, eine dunkle, gesichtslose Gestalt, die mich fortfahren sah.

Ich ging ins Hotel. Inzwischen fiel ein leichter, kalter Regen, der es schwierig machte, ein Taxi zu bekommen. Als ich das Krankenhaus erreichte, war es beinahe vier Uhr. Ich konnte es nicht länger aufschieben – ob es mir gefiel oder nicht, jetzt sah ich mich mit der Situation konfrontiert, die ich mein ganzes Leben lang gleichermaßen herbeigesehnt und gefürchtet hatte: allein mit meinem Vater in einem Zimmer zu sein. Und er würde nicht so bald irgendwohin gehen.

Die Frau an der Aufnahme teilte mir mit, daß Quinn, D. L., sich auf der Intensivstation befand, und sie schickte mich zu den Aufzügen. Einen Augenblick lang erwog ich, einen Umweg in den Geschenkeladen zu machen, um Blumen zu kaufen. Das würde das Unausweichliche um einige Minuten hinauszögern, und meine Hände wären beschäftigt, wenn ich erst einmal im Zimmer wäre. Ich stellte mir vor, wie ich den Strauß auf einen Tisch an seinem Bett arrangierte und Dudley strahlte: *Schatz, das wäre doch nicht nötig gewesen.* Das Bild wollte nicht zusammenpassen, nicht einmal in meiner Vorstellung.

Die diensthabende Schwester hatte einen kleinen Körper und große Brüste. Auf halbem Weg, am Abhang ihres Busens hinunter, prangte ein Namensschild – E. ROSA, geprüfte Krankenschwester. Wenn sie sprach, baumelte es wie ein furchtsamer Bergsteiger, der sich in eine Felswand krallte. »Mr. Quinns Zustand hat sich stabilisiert«, erklärte sie mir. »Wir behalten ihn für die nächsten paar Tage hier, um seine Vitalfunktionen zu überwachen.«

»Aber er wird wieder?«

»Er ist in sehr guten Händen. Dr. Chuska ist unser bester Mann«, sagte die Krankenschwester mitfühlend, ohne die Frage zu beantworten.

»Kann ich ihn sprechen?«

»Sie haben ihn gerade verpaßt. Aber Sie könnten ihn am Ende seiner Visite erwischen, in ungefähr einer Stunde.« Ich hinterließ ihm einen Zettel. Dann wandte ich mich der Metalltür mit der Aufschrift Intensivstation zu.

»Letztes Zimmer links«, wies Schwester Rosa den Weg. »Die fünfzehnminütige Besuchszeit ist bitte strikt einzuhalten, um den Patienten nicht zu überanstrengen.«

»Kein Problem«, erwiderte ich korrekt. Fünfzehn Minuten mit meinem Vater wären absolute persönliche Bestzeit.

Er schlief mit leicht geöffnetem Mund. Man hatte ihm eine Brücke am Unterkiefer entfernt, so daß sich die Unterlippe an das Zahnfleisch gesaugt hatte. Seine Haut hatte denselben halbdurchsichtigen Ton wie das Mundstück aus Plastik, das ihn über die Nase mit Sauerstoff versorgte. Das krankenhauseigene Nachthemd ließ Arme frei, an denen die Muskeln herabbaumelten wie Grapefruits im Einkaufsnetz. Sein flacher Atem ließ Signale auf den Bildschirm der Herzanzeige aufflackern.

Ansonsten hätte ich ihn für tot halten können.

Mir fiel auf, daß ich ihn berühren sollte. Ihm fest die Hand drücken oder einen Kuß auf die Stirn hauchen. Alles, was ich zustande brachte, war ein leichtes Klopfen auf die Bettkante, dort wo unter der dünnen Baumwolldecke seine Füße aufragten. Das Piepsen der Herzanzeige war lange unterbrochen. Ich hielt den Atem an – *eins ... zwei ... drei ... vier ... fünf ... sechs.*

Auf dem Monitor erschien eine neue ausgefranste Spitze.

Auf dem Flur wurden über die Sprechanlage Ärzte ausgerufen. Krankenschwestern gingen vorüber, und ihre weichen Sohlen quietschten auf den sauberen Fliesen. Dudleys unregelmäßiger Atem übertönte diese Lebensgeräusche. Um mich herum vereinigten sich weiße Wände mit dem Boden, verschmolzen die Laken mit fahlem Haar und dem Gesicht meines Vaters. Mit jeder Bewegung hatte ich das Gefühl, die bohnerwachsgeschwängerte Atmosphäre des Zimmers zu zerstören. Der süße, beißende Geruch von alten Leibern lag in der Luft. Ich mußte hier raus ...

In meiner Handtasche fand ich einen Stift und ein Stückchen Papier. *»Lieber Dudley«*, würde ich schreiben. *»Es tut mir leid, daß wir nicht miteinander gesprochen haben, aber ich wollte dich nicht wecken. Du bist so friedlich dagelegen –«* Friedlich dagelegen. Friedlich geruht. Ruhe in Frieden.

R.I.P. *Piep ... piep ... nichts.*

Die flachen Hügelketten, die Dudleys Puls aufzeichneten, schlängelten sich aus dem Bildschirm und wanden sich um meine Kehle, schnitten mir die Luft ab. Ich hatte im Einklang mit dem Piepen geatmet, aber der Takt stimmte nicht mehr; ich atmete ein, wo ich hätte ausatmen sollen.

Die fünfzehn Minuten waren sicher längst vorüber.

Ich hatte vergessen, auf die Uhr zu sehen, bevor ich hereingekommen war. Warum haben die eigentlich keine Stoppuhr an der Wand? *Ich geh' besser die Schwester fragen. Ein bißchen frische Luft holen. Einmal ohne Piepsen einatmen.* Die Hand lag schon auf der Türklinke, als eine leise Stimme murmelte: »Was ... hast du denn so angestellt, ... Garner?« Erwischt, genau in dem Moment, in dem ich mich dünnmachen wollte. »Wie geht es dir?« brachte ich zuwege.

Dudley hob verächtlich eine Braue. *Das gehört verboten,*

dachte ich. *Man müßte ihren Sarkasmusspiegel messen, bevor man sie aufnimmt.*

»Ich meine –« Ich hatte etwas im Auge, Staub, ein Körnchen, ein Staubkörnchen. Ich versuchte es herauszublinzeln.

»Hast du Schmerzen?«

»Dieses ganze Theater tut mir weh.« Er fuchtelte mit einem sehnigen Arm, der an der Injektionsnadel zerrte. »Ich hätte immer gedacht, ich würde etwas stilvoller abtreten.«

Ich trat näher ans Bett. »Das wirst du bestimmt auch. Wenn es erst einmal soweit ist.« Er wandte sich von mir ab. »Viele Leute haben Herzanfälle. Man muß nur rausfinden, welches Teil nicht mehr funktioniert, und es dann richten, das ist alles.«

»Erzähl keinen Schwachsinn, Garner.« Dudley ließ den Kopf auf das Kissen zurückfallen, als würde er sich plötzlich langweilen.

E. Rosa, geprüfte Krankenschwester, machte die Tür auf, Busen voran wie ein Schiffsbug. »Ich muß jetzt die Werte Ihres Vaters ablesen, Miß Quinn«, erklärte sie knapp. »Am Ende des Flurs ist ein Wartezimmer für die Angehörigen. Sie können bis zur nächsten Besuchszeit dort bleiben.«

Ich wäre wie der Blitz weg gewesen, hätte ich nicht gehört, wie er meinen Namen rief.

»Schau doch, ob du einen Scotch auftreiben kannst, sei so lieb, Schatz.« Er lächelte schwach, aber verschlagen.

»Ja, sicher«, erwiderte ich.

Auf dem Korridor kostete es mich große Mühe, nicht loszurennen.

6

Ich ließ den Hahn auf der Toilette laufen und machte mir aus dem steifen, braunen Papiertuch eine Tasse, so wie ich es auf der Grundschule bei den Nonnen immer gemacht hatte. Nur wenig Wasser blieb am Boden des Trichters zurück. Es war warm und schmeckte rauchig, aber es wirkte. Ich fing an, auf und ab zu gehen. Die Leute im Wartezimmer gingen auch auf und ab – aber langsamer, zielloser, als wäre ihnen der Umgang mit den eigenen Füßen fremd. Sie wirkten besorgt und verängstigt.

Nicht zornig wie ich.

»Erzähl keinen Schwachsinn, Garner«, hatte er gesagt. Sagte er immer. Aber diesmal war kein Publikum da, um es zu goutieren. Keine Gäste. Kein Gefolge. Nur Dudley und ich. Ich starrte mein Spiegelbild an – das Haar zu einem erstklassigen Katherine-Hepburn-Dutt hochgesteckt, die maßgeschneiderte Seidenbluse bis zum Hals geschlossen. Ich knöpfte den Kragen auf und nahm eine nach der anderen die Haarnadeln heraus. Dann lächelte ich den Spiegel strahlend an. »Schwester Rosa hat mich durchsucht und den Scotch beschlagnahmt«, sagte ich laut.

»Schwester Rosa hat mich am ganzen Körper abgetastet und den Scotch konfisziert.«

»Macht nichts.« Dudley grinste wollüstig. »Es ist nicht zu übersehen, wo sie ihre Vorräte versteckt.« Es folgte das unvermeidliche Schweigen. Ich zupfte an einem kurzen Faden am Riemen meiner Handtasche.

Das Bett war leicht aufgerichtet. Dudley sah aus wie eine sprechende Puppe, die an einer Batterie angeschlossen war. Die Herzanzeige produzierte piepsend Spitzen. Ich zog einen Stuhl heran. »Ich muß dich etwas fragen.«

»Mein Testament ist in Ordnung«, sagte er. »Du bekommst alles.«

»Ich will dein Geld nicht.«

»Dann verschenk es halt.«

»Du wirst nicht sterben.«

»Erzähl mir nicht, was ich nicht tun werde.« Er wollte lachen, aber es blieb stecken und kam schließlich als trockener Hustenanfall heraus. Das Kontrollgerät spielte verrückt. Das Piepsen war so laut, daß ich mir sicher war, jeden Moment würde die Tür unter einer Flut von weißgekleideten Menschen zusammenbrechen, die das Gerät hereinfuhren, mit dem man das Herz kurzschließt. *Und dann wird er sterben. Und ich werde es nie erfahren.*

Ich schaute auf den leeren Flur hinaus. Was machte E. Rosa, geprüfte Krankenschwester, eigentlich? Kaffeepause? Und wo steckten die übrigen Schwestern? Hatten die denn alle Pause? Wer läßt überhaupt zu, daß auf der Intensivstation Pausen gemacht werden? War denen nicht klar, daß Patienten sterben konnten, während sie Cola tranken oder pinkelten?

Der Husten verebbte langsam, und als er wieder sprach, lag eine neue Zartheit in seiner Stimme. »Was willst du mich fragen, Garner?«

Langsam ging ich ans Bett. »Ich hatte recht, oder?« Meine Stimme klang heiser wie seine. »Dulcie ist es gewesen, oder? Sie hat Charlie umgebracht und Ben Slater dazu überredet, sich dazu zu bekennen.«

Dudley starrte mich an. Als er diesmal lachte, klang es hart und verbittert. »Du ...« Er kämpfte sich in eine aufrechte Position. »Du ...!« Seine Anstrengungen, sich ins rechte Licht zu setzen, waren beeindruckend. Ich versuchte nicht, ihm zu helfen. Ich war wie angewurzelt.

»Immer diese Fragen«, keuchte er. »Schon als Kind ... Immer mußt du diese blöden Fragen stellen, auf die es keine Antwort gibt!«

Plötzlich wurde mir klar, was ich getan hatte. Ich hatte eine letzte Chance gehabt, und ich hatte sie versiebt. Ich hatte die falsche, blöde Frage gestellt, auf die es keine Antwort gab. Ich stand da, und meine Faust öffnete und schloß sich um den Lederriemen meiner Tasche, während Dudley weiterschimpfte. »Sie ist tot, zum Kuckuck! Wir alle sind ... tot. Hör auf damit! Ich habe einen Prozeß gewonnen und du einen Bestseller geschrieben. Was ... bedeutet da der verdammte Rest ...?«

In diesem Moment hätte ich beinahe geglaubt, er hätte recht. Im großen betrachtet – wo es um Leben und Tod ging, um Väter und Kinder – was bedeutete es denn da schon? Ich machte einen zweiten Versuch. »Warum haßt du mich so sehr? Liegt es an meiner Mutter?« Wieder zwei Fragen ohne Antwort, die beide immer noch weit am Ziel vorbeischossen. Die eine, die ich ihm wirklich stellen wollte, war: *»Warum liebst du mich nicht?«* Immer nur diese eine.

Dudley schürzte seinen Mund zu einem neuerlichen Lachen, aber diesmal entrang sich ihm rein gar nichts. Er war versiegt. »Versuchst du immer noch, daraus schlau zu werden, Garner? Glaubst du immer noch, eines Tages stolperst du über das fehlende Teilchen, mit dem sich alle anderen dann zusammenfügen lassen? Mami hat Daddy das Herz gebrochen, und deswegen ist er so ein Scheißkerl?«

Er schüttelte den Kopf, aber der Beatmungsschlauch stoppte ihn. »Wann wirst du endlich lernen, daß das Leben keine von deinen zusammenfabulierten Geschichten ist? Warum kannst du die Menschen nicht einfach so akzeptieren, wie sie sind?« Ich stand am Fußende seines Bettes und drückte mir die Tasche an die Brust, damit mir das Herz nicht herausfiele. Ich merkte, daß wir beinahe fünfzehn Minuten miteinander verbracht hatten. *Fünfzehn Minuten.* Und ich hatte sie vertan.

»Das wär's dann wohl gewesen, mit dem Versuch, um

fünf vor zwölf noch alles schnell zurechtzubiegen«, flüsterte Dudley unbekümmert. Er drehte das Gesicht zur Wand. Ich konnte sein Gesicht nicht sehen, aber das war nur passend. Ich klemmte mir die Tasche unter den Ellbogen und ging zur Tür. »Sag meiner Enkelin, ihr Großvater läßt sie grüßen«, rief er leise.

Ich blieb einen Augenblick stehen – einen Augenblick zu lange, denn das Undenkbare geschah. In meiner Kehle zog sich ein Schluchzen zusammen und bahnte sich seinen Weg ins Freie. Dudley drehte sich um. Wir blickten uns in die Augen, bevor ich all die Liebe und den Schmerz zurückdrängen konnte. All die erniedrigende Liebe, den demütigenden Schmerz.

»Garner«, setzte er an, »auf meine Art habe ich dich immer –«

Aber es war zu spät. Unsere fünfzehn Minuten waren vorüber.

7

»Miß Quinn! Miß Quinn!«

Ich wandte mich nach dem Klang meines Namens. Der Mann war groß und gutaussehend. Unter den sehr schwarzen Augen lagen tiefe, dunkle Tränensäcke, und er hatte das Kinn eines Comic-Helden. Er erinnerte mich an Omar Sharif.

»Die Schwester hat mir Ihren Namen genannt«, sagte er.

Ich muß verwirrt ausgesehen haben, denn er fuhr mit beruhigender Stimme fort: »Sie sind aufgeregt. Das alles nimmt Sie seelisch sehr stark mit.« *Wer ist dieser Typ? Der Hauspsychiater?* »Aber Sie dürfen mich beim Wort nehmen, wir unternehmen alles in unserer Macht Stehende, um den Zustand Ihres Vaters zu stabilisieren.«

Der Arzt. »Dr. Chuska?«

»Dort können wir sprechen.« Dr. Chuska deutete auf eine schmale Bank beim Schwesternzimmer. Ich wischte mir beiläufig mit dem Ärmel der Bluse über die Nase, als würde sie jucken.

»Stabilität ist der Schlüssel.« Dr. Chuska lächelte. Seine Zähne waren weißer als seine Augäpfel. »Wenn der Zustand Ihres Vaters erst stabil ist, können wir uns daranmachen, die Problemzone zu lokalisieren und das Ausmaß des Schadens zu bestimmen.« Er redete weiter von zwei verschiedenen Tests, dem, bei dem man das Kontrastmittel spritzt, und dem, bei dem man den Ballon aufbläst. Er war ein fröhlicher Bursche. Es waren fröhliche Tests. Alles würde wunderbar werden.

Aber das würde es nicht.

Chuska hielt unvermittelt inne. »Es tut mir so leid«, sagte er inbrünstig. »Sie sind besorgt und ermüdet.« Seine Ausdrucksweise war gestelzt, antiquiert. Charmant. Bedenkt man noch die Knete, die er heimbrachte, war er bei den Damen wahrscheinlich ein ziemlicher Renner.

»Sie müssen sich schonen, damit Sie Ihrem Vater während seiner Genesung eine Stütze sein können«, befahl mir Chuska. »Dann sprechen wir.« Seine dunklen Augen funkelten. »Wissen Sie, auch ich bin Schriftsteller, wenn auch bislang unveröffentlicht. Ja, ich habe soeben einen Band mit rätselhaften Kurzgeschichten abgeschlossen, deren Enden medizinische Pointen bilden.«

Mir fehlten die Worte. Wir standen auf. Der Arzt berührte mich am Arm. »Nein, bitte. Er ist in guten Händen. Ruhen Sie sich aus. Gehen Sie essen.« Er lächelte wieder. »Für eine so reizende Dame wie Sie dürfte es doch kein Problem sein, einen Gefährten für ein entspannendes Mahl zu finden?«

Ich nickte stumm und entfernte mich rückwärts aus der Gegenwart dieses Mannes, als sei er ein Radscha. Was, wie ich annahm, nur das geziemende Betragen war, wenn man sich von einem Arzt verabschiedete.

Im Mayflower erledigte ich die fälligen Anrufe. Dudley ging es gut. Mir ging es gut. Alles lief wie am Schnürchen. Ich richtete Temple die Grüße ihres Großvaters aus. Dann setzte ich mich auf den Heizkörper am Fenster und schaute auf den Central Park hinaus. Das Telefon klingelte. Ich wünschte, Blackmoor wäre dran.

»Garn?«

Die Stimme kam mir bekannt vor. »Als ich das mit Ihrem alten Herrn erfahren habe, dachte ich mir gleich, wahrscheinlich schlagen Sie Ihre Zelte wieder an der alten Stelle auf.«

»Nick! Wie geht es Ihnen?«

»Habe einen Bärenhunger«, antwortete Shawde. »Was halten Sie davon, wenn ich Sie zu einem teuren Essen einlade? Sie zahlen.«

8

Es war eine schlechte Idee, so schlecht, daß sie schon wieder gut war. Wir trafen uns in einem kleinen Italiener in einer Seitenstraße der Columbus Avenue. Es war hübsch, aber für Nicks Verhältnisse, der mit blitzblank polierten Lackschuhen und einer vollen halben Stunde Verspätung im Restaurant eintrudelte, doch ein bißchen wenig hip.

Er blieb sofort stehen, als er mich entdeckte, und fiel auf die Knie, als hätte man ihn angeschossen.

»Ist das tatsächlich Garner Quinn, die da in einem halbwegs sexy Kleid vor mir sitzt?« fragte er so laut, daß es im Umkreis von fünfundvierzig Metern jeder hören konnte.

Shawde riß das Tischtuch einen Augenblick lang in die Höhe und pfiff.

Ich verbarg das Gesicht in den Händen. »Setzen Sie sich, Nick.«

Der Ober kam. Nick nippte an meinem Drink und entschied, wir sollten Champagner trinken. »Zur Feier des Tages«, sagte er und fügte dann, in einem seltenen Anfall von Sensibilität an, »und um auf die Gesundheit des Alten anzustoßen.«

Ich beantwortete alle Fragen zu Dudley, einem Mann, den Nick, wie er sagte, verehrte, weil er einmal gehört hatte, wie jemand ihn den »skrupellosesten Anwalt, der je gelebt hat«, genannt hatte. Er machte keine dummen Wortspiele. »Und jetzt geht's dahin?«

»Der Arzt hält seinen Zustand wohl für stabil.«

»Ach, das sagen sie immer.« Shawde schaufelte Unmengen an Butter auf sein Brot. »Tatsächlich laufen diese Geschichten normalerweise in Wellen ab, wissen Sie, *pitsch, patsch, bumm,* und das war's dann schon.«

»Besten Dank, Nick, ehrlich. Ich bin wirklich froh, daß ich beschlossen habe, mich von Ihnen aufmuntern zu lassen.«

»Irgend jemand muß Ihnen ja schließlich die tägliche Ration Realität verpassen.« Er wischte mir seine Butterstulle über den Arm. »Ich denke, wenn mir Ihr Dad auch nur halbwegs ähnelt«, will heißen, *und das muß er, denn er ist ein Genie, und er ist ein Scheißkerl,* »dann wird es ihm wahrscheinlich sogar recht sein. Deswegen bin ich ja auch Anwalt geworden. Das ist ein Eins-a-Beruf für Eins-a-Kerle, die lieber wie eine Glühbirne ausbrennen, als zitternd zu vergreisen.« Er schob sich das Brot vollständig in den Mund. *»Pitsch, patsch, bumm.«*

Wir bestellten. Trödelten beim Essen, tranken zu viel Champagner und lästerten über gemeinsame Bekannte. Eileen hatte endlich die Scheidung eingereicht. (»Sie bekommt das Haus und ist mich los. Sie war noch nie so glücklich.«) Maria Lombardi sah er kaum noch. Sie hatte ein Angebot von einer anderen Kanzlei angenommen, und das war auch gut so, denn laut Shawde »tickte ihre biologische Uhr derart laut, daß ich nachts nicht mehr schlafen konnte«. Durch einen Schaumweinschleier hindurch lachte ich wie aufs Stichwort und dachte dabei, Nick war schon ein dufter Typ.

»Und, was läuft so mit dem alten D. B.?« Er hob die Braue ein-, zwei-, dreimal.

»Ich weiß nicht, was –«

»Aber klar doch«, spöttelte er. »Also, Gold hat es mir gesteckt. Sie meint, da bahnt sich was an zwischen euch Hübschen.«

Plötzlich fiel mir wieder ein, warum ich Nick Shawde immer verachtet hatte. Er war neugierig. Ein Klatschmaul. Ein Quälgeist. »Tut mir leid, Sie enttäuschen zu müssen, Shawde«, sagte ich und bemühte mich um eine deutliche Aussprache.

»Ach, komm schon, Garny«, bohrte er. »Jetzt, wo er zumindest inoffiziell wieder aus dem Schneider ist, kannst du's mir doch sagen –«

»Ich sagte bereits, da ist gar nichts. Würden Sie das jetzt bitte sein lassen?«

Er richtete die Augen auf die umliegenden Tische, als hätte ich ihn in Verlegenheit gebracht. Demselben Kerl, der in einem Restaurant auf die Knie fiel, um sich die Beine einer Frau anzuschauen, war ein bißchen Lautstärke peinlich …

»Schon gut, schon gut«, sagte Shawde. »Was weiß ich. Vielleicht ist ja auch Diana scharf auf ihn – hat sie jemals mit dir darüber gesprochen?«

Nicht schlecht, Nick, dachte ich, *aber mir ist nicht entgangen, wie du ihren Namen gesagt hast.* »Nein«, erwiderte ich. »Wir verstehen uns nicht. Frauen unter sich.«

Nick nickte. »Sie ist ein Biest hoch zwei.« Lässig streckte

er eine Hand über den Tisch, die die meine umgarnte. »Aber reden wir nicht mehr über sie. Ich habe schon immer gedacht, wir zwei beiden sollten es mal miteinander probieren.«

»Sollten was probieren?«

»Das ist genau das, was ich meine, Garn.« Shawde lächelte. »Du durchschaust meinen Mist. Es ist göttlich. Du bist göttlich, Babe.«

Ich war gerade nüchtern genug, um ernst zu sagen: »Und Sie, Nick Shawde, wären ein neuer Tiefpunkt. Selbst für mich.«

Er saß kerzengerade auf seinem Stuhl, klatschte in die Hände und tippelte mit seinen blankgewienerten Lackschuhen entzückt auf den Boden. »Aber du *weißt* es!« quietschte er. »Du weißt ganz genau, was für ein Bastard ich bin! Ist dir eigentlich klar, daß das der totale Durchbruch sein könnte, Herzblatt? Einen Typen heiraten, von dem du von Anfang an weißt, daß er ein verlogenes, intrigantes Stück Mist ist! Glaub mir, Garn, dein Weg zur Selbstverwirklichung fängt genau hier an.« Nick schlug sich auf die Beine.

»Ich werde ernsthaft darüber nachdenken«, sagte ich gequält. Die Leute um uns herum bedachten uns mit warmen, wohlmeinenden Blicken, als hätten wir uns gerade verlobt. Als der Ober das Dessert brachte, lehnte Nick sich im Stuhl zurück und warf mir einen von seinen vernichtenden, augenzwinkernden *Das-Beste-kommt-erst-noch*-Blicken zu. »Und, weißt du schon das Neueste von Susie Trevett?«

Alarmglocken schrillten. »Nein, was?«

»Es hat ganz den Anschein, als hätte die heilige Susie einen schweren Erlösungsrückfall erlitten«, berichtete Nick genüßlich. »Sie hat ihren Mann zum Teufel gejagt und sich seine ganzen Kreditkarten unter den Nagel gerissen. Hat satte dreitausend Dollar für Klamotten und teures Essen ausgegeben, und das letzte, was man über sie weiß, ist, daß sie's in Hot-lanta kräftig hat krachen und bumsen lassen.«

Meine Gedanken schwangen sich über den Alkoholnebel auf. »Hat sie ... hat sie noch irgend etwas über Jeff gesagt?«

»Entspann dich, Süße.« Er nippte an seinem Cappuccino. »Die Kleine hatte es einfach satt, in Trainingsanzügen und Schuhen ohne Absatz rumzulaufen. Ende vom Lied.«

»Ich weiß etwas von ihm«, sagte ich.

Nick setzte sich gerade. »Ach?«

»Er hat mich um ein Empfehlungsschreiben gebeten für ein paar Colleges hier oben.« Ich faltete an der Serviette herum.

»Hier oben?« wiederholte Nick vorsichtig. »Und, hast du es gemacht?«

»Ich überlege es mir noch«, antwortete ich. »Was spricht dagegen?«

»Ja«, betete er mir nach, »was spricht dagegen?« Sein Lächeln war ein wenig verkniffen.

Nach einer ganzen Reihe von Finten und Kniffen zahlte schließlich ich die Rechnung und fragte mich, mit welchem *»Nein, ich bestehe darauf«* er mich schließlich übers Ohr gehauen hatte.

Vor dem Restaurant fragte er, ob er mit mir schlafen könne. Ich sagte nein. Übergangslos fragte er, ob er mir ein Taxi rufen solle. Ich sagte ja. Wir standen auf der Columbus Avenue, und der kalte Nieselregen stieß uns wieder in unser eigenes Leben zurück. Ich dachte an Dudley. Dem Ausdruck auf Shawdes Gesicht nach überlegte er gerade, ob er ein Taxi rufen oder lieber noch in einer Bar vorbeischauen sollte, bevor er sich auf den Heimweg machte. Er fragte mich, wie lange ich in der Stadt wäre. Ich sagte, ich wisse es nicht, würde ihn aber anrufen.

Wir wußten beide, daß ich das nicht tun würde.

Er winkte ein Taxi heran und drückte mir einen allzu

ernsthaften Kuß auf die Lippen, bevor ich einstieg. »Paß gut auf dich auf, Kleines.« Nick winkte.

Ich winkte zurück und stellte ihn mir schließlich mit Diana Gold vor. Kein schlechtes Gespann, entschied ich. Diana würde ihn erbarmungslos in der Öffentlichkeit lächerlich machen, und Shawde würde sie bei jeder nur erdenklichen Gelegenheit betrügen. Sie würden beide sehr glücklich sein. Als ich ihn aus den Augen verlor, schlenderte er gerade die Straße entlang, auf einen der großen Singleclubs der West Side zu.

Das Telefon klingelte um dreiviertel drei. Ich griff zum Hörer und knipste zugleich das Licht an.

»Miß Quinn?« sagte eine gütige Stimme am anderen Ende. »Der Zustand Ihres Vaters hat sich verschlechtert, und wir dachten, Sie würden vielleicht gerne bei ihm sein.«

9

Das Bett war ein gewaltiges, weißes Floß, auf dem er, von seinem eigenen Körper ausgesetzt, hilflos dahintrieb. Seine blauen Augen starrten ins Leere. Ein silbriger Speichelfaden lief aus seinem Mundwinkel. Ich nahm seine Hand. Sie leistete keinen Widerstand, reagierte nicht. »Es tut mir so leid«, sagte ich. Die Anzeige hopste. Die Injektion tropfte. Das Beatmungsgerät jagte eine unsichtbare Ladung Leben in seinen Körper. Aber all dem zum Trotz starb er. »Ich weiß, daß das das letzte wäre, was du gewollt hast.« Kein Wimpernzucken. Nichts. Ich zerrte einen Stuhl heran und setzte mich dicht neben ihn. Die Minuten verrannen. Ich wußte, jetzt würden sie uns allein lassen. Der Arzt und die Schwestern. Sie sorgten sich nicht länger darum, daß der Patient ausreichend Ruhe bekam. Er ruhte. Er würde ruhen. Nach und nach entspannte ich mich. Aus verschiedenen Blickwinkeln betrachtete ich interessiert sein Profil. Dann legte ich ganz sachte einen Finger auf sein Gesicht und fuhr die Linie von der Wange zum Kiefer nach. Er hatte einen Altmännerbart, weich und glänzend wie abgetragener Samt. Er rührte sich nicht ein einziges Mal, aber das spielte keine Rolle. Daß ich ihm so nahe sein konnte, schien mir ein Wunder, ein Geschenk. Nie zuvor hatte ich ihn berührt, nur um zu erfahren, wie es sich anfühlt. Die Anzeige ließ ein paar Schläge aus. Ich legte das Gesicht neben seins auf das Kissen. »Geh noch nicht«, flüsterte ich. »Sag mir, was du mir heute nachmittag noch sagen wolltest.« *Garner, auf meine Art habe ich dich immer –*

»Du kannst es. Ich weiß, daß du es kannst.« Ich drückte seine Hand, fest. »Verdammt, ich brauch' das –« Seine Lider flatterten auf.

»Ich liebe dich, Daddy. Ich liebe dich.« Seine Augen blickten verwirrt, dann richteten sie sich auf mein Gesicht und schienen plötzlich ganz ruhig zu werden.

Von der Anzeige kreischte ein flaches Summen. Ich rappelte mich auf, als zuerst die Nachtschwester und dann noch jemand hereinstürzte, ein Arzt vielleicht, aber nicht Chuska. »Halt.« Ich versperrte ihnen den Weg, versuchte sie am Hereinkommen zu hindern. »Können Sie nicht einen Moment warten?«

Die Schwester legte einen Arm um mich. »Ich fürchte, es ist zu spät, meine Liebe.«

»Sie verstehen nicht«, sagte ich. »Wir waren noch nicht fertig.« Ich umklammerte den Ärmel ihrer gestärkten, weißen Uniform. »Nur noch ein kleines bißchen.«

10

Es dauerte insgesamt sieben Tage. Es war ein New Yorker Prominentenbegräbnis, das in einem kurzen, gut besuchten und einigermaßen unsentimentalen Gedenkgottesdienst gipfelte. Dudley Lonigan Quinn der Dritte, der so hedonistisch gelebt hatte, starb puritanisch. Anständig. Ordentlich. Geschmackvoll.

In letzter Minute versuchte ich noch, ihm einen wüsten irischen Leichenschmaus auszurichten. Ich telefonierte ein paarmal. Aber sie waren alle verschwunden, die Trinkkumpane und Bundesgenossen meines Vaters, seine Freundinnen und Geliebten, zerstreut in alle Himmelsrichtungen – wenn ich auch das Gefühl hatte, unter den Trauernden ein paar von ihnen ausgemacht zu haben, geläutert und gemessen, mit melancholischem Blick.

Schwarz hat diesen Effekt.

Jack brachte Temple und Childa zum Gottesdienst. Meine Tochter nickte ernsthaft bei den Trauerbezeugungen, als hätte sie ihren Großvater tatsächlich gekannt, als wäre dies tatsächlich das Ende einer persönlichen Beziehung. Ich hielt Cilda am Arm. Als der Pfarrer die Stelle aus dem Johannesevangelium vorlas: »In meines Vaters Haus sind viele Wohnungen …«, da schwankte und schluchzte sie ein wenig, und ich war mir sicher, daß sie an Dudleys Haus dachte. Das Haus meiner Kindheit. Das einzige, was Jack zu bewegen schien, war die Anwesenheit zweier Gouverneure; diverser ehemaliger Bürgermeister und solcher, die es gerne geworden wären; von Prominenten und Figuren aus dem Showbusineß; und der kompletten Presseriege. Es kamen Blumen von meinem Exmann und Nick Shawde – die beide nicht erschienen waren. Blackmoor schickte mir eine Karte ins Hotel, vier Worte: *»Ich denke an Sie«*, keine Unterschrift.

Nach dem Gottesdienst nahmen wir zu viert ein stilles Mahl ein. Als Jack anbot, Temple und Cilda heimzufahren, war ich erleichtert – dankbar für ein paar Stunden Ruhe und Einsamkeit.

Als ich durch die Einfahrt fuhr, schien es, als herrschte schon überall Nachtruhe. Statt auf direktem Weg ins Haus zu gehen, nahm ich den mit Platten belegten Weg hinten herum. Die Luft war beinahe lind. Der Mond lag hinter einem Chiffonschleier aus Wolken, und sein Licht durchdrang das Dunkel wie eine Mehlschicht, die auf einer Eisenpfanne liegt. Noch ein paar Tage, und er wäre voll. In den Fenstern des Gästehauses tanzte Licht. Blackmoor arbeitete. Sobald ich im Büro war, schlüpfte ich in Jeans und Pulli, die ich dort im Garderobenschrank aufbewahrte, dann machte ich mich auf den Weg zum Strand. Die rostige Metalleiter, die an der Kaimauer festgemacht war, knarzte unter meinem Gewicht. Der Rücken des Damms war kaum einen Meter breit, und die unregelmäßigen Steine machten den Weg beschwerlich. Ein ganzes Stück weiter unten grinsten Schaufelbagger und Schleppbagger mir aus breiten, mit stählernen Zähnen besetzten Mäulern entgegen.

Ich kletterte auf der anderen Seite herunter und fing an, locker über den Sand zu traben. Als ich nicht mehr rennen konnte, setzte ich mich auf das glitschige, schwarze Rückgrat des Damms und mühte mich nach Kräften, das bewußte Denken daran zu hindern, wieder über mich hereinzuschwappen.

Es war sinnlos.

Überall sah ich den Tod. In dem Gewirr aus zermahlenen Krebspanzern. In den verlassenen Behausungen, die unbekannte Meeresbewohner sich in den Rissen im Fels angelegt hatten. In den Wellen, die mit bösen, gischtigen Fäusten unablässig auf das Ufer einschlugen. Er umfing mich, grinste mir, höhnisch hinter den Wolken hervorstarrend, leer und mondhell entgegen.

Ich lehnte mich zurück und überließ mich einem morbiden, kleinen Assoziationsspielchen.

Vater? – Tot.

Mutter? – Tot.

Ehe? – Tot.

Aber ich vergaß den wichtigsten Punkt von allen.

Karriere –

Tot. Tot. Tot. Tot.

Eins für jeden Bestseller. Ich schloß die Augen und fühlte die Gischt des Meeres auf dem Gesicht. Und dann etwas anderes, Warmes und Festes. Eine Hand.

Blackmoors Hand. Ich rappelte mich auf. »Sie haben mich erschreckt. Wollen Sie mich –«

»Ich dachte, Sie würden sich vielleicht über ein bißchen Gesellschaft freuen.« Er trug Jeans, teure Cowboystiefel und eine Baseballjacke über einem äußerst weißen Hemd. Das Mondlicht war gnädig mit ihm. Ich griff die Hand, die er mir bot, und sprang vom Deich.

»Das mit Dudley tut mir leid«, sagte er steif. *Das war die Stelle, an der man etwas Nettes über den Verstorbenen sagte. Er war ein guter Mensch. Er hat viel für die Notleidenden getan. Er war ein großer Golfspieler.* Egal was. Blackmoor blieb still.

Wir gingen. Er hob Muscheln auf, die er aufs Meer hinauswarf, wo sie mit flachen, kurzen Spritzern in den Wellentälern versanken. In der Mitte des Strandes blieb ich stehen. »Ich will wissen, ob Sie ein Verhältnis mit meiner Mutter hatten«, sagte ich.

»Das geht Sie überhaupt nichts an«, erwiderte er sehr leise.

»Das sehe ich anders.«

»Sie täuschen sich.« Er ließ mich in einer kleinen Schaumpfütze stehen. Ich mußte rennen, um ihn einzuholen.

»Hören Sie«, sagte Blackmoor, als ich wieder bei ihm war,

»ich weiß, daß es unhöflich ist, schlecht über Tote zu reden, aber Manieren waren noch nie meine große Stärke.« Er sah auf das Meer hinaus, die Hände in den Taschen, die Schultern eingezogen. »Ihr alter Herr war der geborene Lügner. Glauben Sie kein Wort von dem, was er gesagt hat, vor allem, was Gabrielle angeht.«

Ich wurde zornig. »Wie kommen Sie darauf, daß er etwas gesagt hat?«

»Ich nahm einfach an –«

»Es gab keine Geständnisse im Angesicht des Todes«, sagte ich. »Nichts dergleichen.«

Blackmoor ließ den Blick über mein Gesicht wandern. »Es tut mir leid«, sagte er. Dann wurde sein Ausdruck härter. »Aber das ändert nichts an meiner Meinung.«

»Sie war meine Mutter, Sie Mistkerl. Ich habe das Recht, es zu erfahren.«

»Ihr Problem«, sagte er, »ist, daß Sie tatsächlich glauben, daß das Leben etwas zählt.«

Ich wollte ihn treten, ihm die Augen auskratzen oder ins Gesicht schlagen. Statt dessen rannte ich, so schnell ich konnte, auf die Kaimauer zu. Blackmoor holte mich problemlos ein. Ich wich ihm aus. Er packte mich am Pulli und bekam mich so von hinten zu fassen, so daß wir beide in den Sand fielen und atemlos um die Oberhand rangen.

»Schluß damit, Garner.« Er hielt meine Arme auf dem Boden fest. »Hören Sie endlich auf, mich von Ihrem verdrehten, kleinen Stammbaum schütteln zu wollen!«

»Das tue ich ja gar nicht!«

»Erzählen Sie doch nichts.« Sein Gesicht war nur Zentimeter entfernt. Ich hob den Kopf, und nicht einmal jetzt gestand ich mir ein, daß ich ihn küssen würde, bis ich es dann endlich tat und ohnehin alles viel zu spät war. Sein Mund schmeckte nach Salz und Wein. Ich roch sein sauberes, weißes Hemd und das Leder der Baseballjacke, die an meinem Ohr knarzte, als er dem Kuß nachgab.

Dann stieß er mich von sich. Aus den Falten seiner Kleidung fiel Sand in meinen offenen Mund und brannte mir in den Augen. »Eins wollen wir mal klarstellen«, sagte er leise. »Sie sind auf der Suche nach einem Vater? Fein! Sie wollen mit jemandem ins Bett? Großartig! Aber hören Sie endlich auf damit, beide am selben Ort zu suchen.« Er hockte sich auf, um mir eine Haarsträhne aus dem Gesicht zu streichen. »Wenigstens solange du an meine Tür klopfst, kleines Mädchen.«

Er ließ mich liegen. Als ich sicher war, daß er fort war, zog ich mir den Pulli über den Kopf und weinte in einem finsteren, sandigen Zelt der Erniedrigung bittere Tränen.

11

»Ich fahr' dich zum Bus.«

»Ich geh' lieber zu Fuß.« Temple schnappte sich den Rucksack und die Lakers-Jacke, gab mir ein Küßchen auf die Wange und war schon durch die Tür.

Ich setzte mich zu Cilda an den Küchentisch. »Ihnen liegt etwas auf dem Herzen.«

»Wundert Se das«, fragte sie, »wo er kaum einen Tag unter der Erde is'?«

»Da ist noch etwas. Hatten Sie Ärger mit Temple?«

Cilda rührte ihren Haferschleim in bösen, kleinen Kreisen. »Warum soll se mir Ärger machen? Es is' ja schließlich Ihre Tochter.« Sie murmelte kaum vernehmlich weiter. »Geht, wo se früher gefahren is'. Fährt, wo se früher gelaufen is'. Mitten in der Nacht an' Strand rennen. Ihre Liebesbriefchen in die Mauer stecken.«

»Was soll das heißen, Liebesbriefe?«

»Oh, sie is' schlau, aber mich führt se nich' hinters Licht. Ich hab se gesehen, wie se die Zettelchen zwischen die Steine klemmt, und kaum geht ma' hin nachschauen, sin' se schon fort.«

Ich stand auf, um das kochende Teewasser abzustellen, und versuchte, die aufkommende Übelkeit in meinem Magen zu unterdrücken. »Und das hat angefangen, während ich fort war?«

Cilda zuckte die Achseln. Ich betrachtete das als »ja«. Als ich mit der Tasse am Fenster vorbeiging, fiel mir draußen hektische Betriebsamkeit auf. »Wie es aussieht, haben die da draußen am Damm ganz ordentlich gearbeitet«, bemerkte ich, um das Thema zu wechseln.

»Sollen sich lieber beeilen.« Cilda tupfte sich mit einer Serviette die Augen ab. »Riesensturm morgen. Wird alles platt walzen hier.«

Sie war unerträglich, wenn sie in dieser Laune war. »Ich habe eigentlich gar keinen Hunger«, erklärte ich ihr. »Ich mach' mich lieber wieder an die Arbeit.«

Auf dem Weg zum Büro stieß ich mit Ben Snow zusammen, der eine hölzerne Fensterverschalung trug und dessen unverzichtbares rotes Flanellhemd sich deutlich vom dumpfen Grau der Verkleidung abhob. »Will noch das hintere Fenster fertig machen, bevor der Nordost hier reinbricht.«

»Sie meinen, wir kriegen ihn ab?«

»War 'n ziemlich verrückter Winter bis jetz'.« Er zuckte die Achseln. »Bei dem Vollmond und der Flut kommt da ganz schön was auf uns zu. Sie könn' gern zu uns kommen, wenn die hier wieder evakuieren.«

»Vielen Dank«, erwiderte ich. »Ich hoffe bloß, daß die Vorhersagen falsch sind.«

»Wär' nicht das erste Mal.« Er machte sich wieder daran,

die Fensterverschalung hinter das Haus zu schleppen. Ich sah zur Kaimauer hinaus.

Heute steckten keine Liebesbezeugungen zwischen felsigen Brocken.

Jack überfiel mich, sowie ich durch die Tür kam. »Wir müssen reden.«

»Sicher.« Ich warf die Jacke über einen Stuhl.

»Ich hänge jetzt hier schon über eine Woche rum –«

»Tut mir leid. Ich hatte andere Sorgen.«

Er wurde rot. »Natürlich. Ich wollte nicht –«

Ich schnitt ihm das Wort ab. »Offen gestanden, ich bin mir gar nicht sicher, daß ich weiter an dem Buch über Blackmoor arbeiten will.«

»Das ist nicht dein Ernst!«

Ich ließ mich auf einen Stuhl sinken. »Ich bin ausgebrannt. Vielleicht wäre das der richtige Zeitpunkt, um eine Weile auszuspannen. Ich brauche etwas Zeit, um mich zu sammeln.«

Jack lief aus dem Zimmer. Ich hörte, wie er den Tresor in meinem Büro öffnete, in dem wir Dokumente und Nachforschungsergebnisse aufbewahrten. Er kam mit einem gepolsterten Umschlag zurück. »Bevor du irgendwelche Kreuzfahrten buchst, wirf lieber einen Blick auf das hier.«

Ich schaute hinein. Auf der Videokassette stand nur »3/15«. »Darf ich?« Er nahm sie, ging zum Recorder und drehte den Bildschirm in meine Richtung. Das Band war schon an die richtige Stelle gespult.

Noch einmal betrachtete ich Elizabeth Rice, die ihr einzigartiges Talent als Performancekünstlerin demonstrierte. Die langen, weißen Bandagen, die über ihren Arm drapiert waren, flatterten durch die Luft und nahmen ihren Handlungen die Schärfe, dämpften alle harten Kanten durch weiches Weiß. »*Meine Gipsverbandtechnik ist weit komplizier-*

ter«, erklärte sie der Kamera, *»denn nun müssen nicht nur die Nahtstellen wieder zusammengefügt werden, man muß auch den gesamten Abdruck anfeuchten, damit man ihn vorsichtig dem Gesicht anpassen kann.«*

Ihre Finger huschten über die Oberfläche des Abdrucks. Die Kamera folgte ihnen. Ein unverputzter Teil von Torie Woods in Kunststoff gegossenem Kopf füllte das Bild wie die Nahaufnahme eines neuen Produkts – gefriergetrocknete Todesangst im Kochbeutel. Ich saß kerzengerade auf dem Stuhl. An einen solchen Anblick würde ich mich nie gewöhnen können.

»Das abschließende Werk«, erklärte Rice ihren Zusehern zuckersüß, *»ist weniger ein Abbild nach dem Leben denn eine Totenmaske.«*

Jack hielt das Bild an. »Hast du das gesehen?«

»Was soll ich gesehen haben?«

»Du hast instinktiv darauf reagiert«, er klang erregt, »aber hast du es auch gesehen?«

Das Herz pochte mir närrisch in der Brust. »Was soll ich gesehen haben, Jack? Komm zur Sache!« Denn es gab eine Sache, und das wußte ich, ich wußte es, noch bevor ich es in Worte fassen konnte.

Geduldig spulte er das Band zurück. Wir sahen Beth zu, wie sie die schauerlichen Verrichtungen durchlief, diesmal rückwärts. Er hielt an und drückte auf Wiedergabe. Rice fing wie auf Stichwort mit ihren Darbietungen an. *»– man muß auch den gesamten Abdruck anfeuchten, damit man ihn vorsichtig dem Gesicht anpassen kann.«* Dann eine Nahaufnahme von Torie Woods Kopf.

Eine Nahaufnahme.

»O Gott«, flüsterte ich.

»Eine Kamera zoomt nicht von alleine. Wenigstens die von Blackmoor konnte das nicht. Ich hab's überprüft. Es muß also noch jemand dabeigewesen sein.« Er schaltete auf schnellen Vorlauf. »Da ist eine andere Stelle, wo er es noch mal macht –«

»Warte.« Ich hob die Hand, während mein Verstand in tausenderlei Richtungen raste.

Jack verlor die Fassung. »Kapierst du das denn nicht? Sie waren von Anfang an zu zweit.«

»Nicht unbedingt.« Aber er hatte natürlich recht. Welche andere Erklärung sollte er denn geben? Mir fiel wieder ein, auf welche Art Elizabeth sich an die Kamera gewandt hatte. Sie geneckt hatte, ihr doziert hatte, mit ihr geflirtet hatte.

»Du hattest ihn von Anfang an festgenagelt.« Er zog mich vom Stuhl und hob mich in die Luft. »Nur ihr Geständnis hat dich auf die falsche Spur geführt.«

»Aber warum hätte sie all das denn sagen sollen, wenn er genauso drin steckte?« Plötzlich kam mir ein Satz in den Sinn, etwas, das Rice gesagt hatte: *Machen Sie sich keine Sorgen, Schätzchen. Ich habe nicht vor, noch eine von seinen Freundinnen umzubringen.*

Jack ließ nicht locker. »Wirst du ihn jetzt zur Rede stellen?«

»Noch nicht. Nicht, bevor du dich bei den anderen noch mal umgeschaut hast. Bei Lewan. Lucy Moon. Roberto und Hadary.« Ungläubig ließ er den Mund offenstehen. »Du wirst ihn doch wohl nicht weiter hier wohnen lassen? Jetzt, wo wir Bescheid wissen?«

»Wir wissen überhaupt nichts.«

»Bist du verrückt? Er hat ein Mädchen ermordet. Vielleicht mehrere.« Er bemerkte meine Verblüffung. »Die Bänder von Donna Fry und Kimberley Arnette hast du nie zu Gesicht bekommen, oder?« Es war nicht nötig, darauf zu antworten. »Und du willst ihm wirklich erlauben, in deinem Haus zu wohnen? Bei dir und deiner Tochter?«

»Du weißt genau, daß ich Temple niemals in Gefahr bringen würde.«

»So, dann habe ich aber Neuigkeiten für dich. Ich habe sie gesehen, wie sie da rübergestiefelt ist. Während du weg warst, hatten die ein gemütliches Stelldichein nach dem anderen. Und du willst mir weismachen, daß du das einfach zuläßt?« Er senkte die Stimme, eisig. »Bist du wirklich so scharf auf ihn?«

Die Ohrfeige war ein Volltreffer. Eine von denen, die Spuren hinterlassen.

»Entschuldigung«, sagte Jack. »Das hätte ich nicht sagen dürfen.«

Ich schlug die Tür hinter mir zu, damit er wußte, daß ich seine Entschuldigung nicht annahm.

12

Seit ich denken kann, sind altmodische Eisenwarenhandlungen für mich der Inbegriff des Himmels. Ich hatte immer schon das Gefühl, daß dem Geruch von Hobelspänen, von Farbe, die sich am Boden der Dosen ablagert, eine innere Reinheit anhaftet. Zwischen zwei Büchern traf ich mich immer wieder dabei an, einen Teil des Tages über ausgetretene Kiefernholzbohlen zu schlurfen und in Kisten voller Nägel und Schrauben zu schauen. Meistens kam ich dann mit einer gewachsten, braunen Tüte voller Gerätschaften zurück ins Strandhaus. Warum ich sie kaufte, hätte ich nicht sagen können. Ben Snow erledigte alle Reparaturen, und ich war handwerklich nie sonderlich geschickt gewesen. Und trotzdem hortete ich sie – Tapeziermesser und Ratschen, Vorhängeschlösser und Plastikeimer voll Spachtelmasse. Wahrscheinlich verschaffte mir das die Illusion, Herrin der Lage zu sein.

Vielleicht ist das auch der Grund, warum ich mich nach

dem Streit mit Jack in einer Eisenwarenhandlung auf der Halbinsel wiederfand.

Anschließend fuhr ich einfach nur immer weiter. Als ich endlich wieder daheim war, war es schon nach sieben, aber der Himmel leuchtete übertrieben hell wie Limonade auf zerstoßenem Eis. Ich parkte ein und holte den Sack voller Geräteschuppenschätze von der Rückbank – einen Kreuzschraubenzieher mit Wechselaufsatz und zwölf Zimmermannsnägel. Ich überlegte mir, wo ich sie verstecken sollte. Das war ein Katz-und-Maus-Spiel, das ich mit Cilda spielte, die die Taschen jedesmal fand und sie dann anderswo verstaute.

So wird es mit uns enden, dachte ich. Zwei mürrische, alte Exzentrikerinnen, die klobige Papiertüten in Schubladen und unter Matratzen verstecken. Mich fröstelte.

Die Hintertür war nicht abgesperrt.

Auf dem Küchentisch stand eine angebrochene Flasche Merlot. Auf den sauberen Arbeitsflächen lag überall Popcorn aus der Mikrowelle verstreut, dessen öliger Geruch noch in der Luft lag. Einige Körner waren auf den Boden gefallen. Blackmoors Vogel pickte danach.

»Kusch!« Der Kakadu ließ mir ein noch nicht geplatztes Korn vor die Füße fallen. »*Gesundheit!*« kreischte er. »*Gesund-und-und-heit!*«

Ich folgte der Stimme Frank Sinatras, die aus dem Wohnzimmer dröhnte. Temple und Blackmoor saßen im Schneidersitz auf dem Boden und spielten Roulette mit einer Scheibe, die sie aus einem von Cildas drehbaren Küchenhaltern zusammenimprovisiert hatten. Als Temple mich sah, hörte sie auf zu lachen.

»Hallo«, sagte Blackmoor.

Ich ging an den CD-Spieler und stellte Frank leise. Temple sprang auf die Beine. »Dane meint, ich bin die geborene Schauspielerin.«

»Hast du keine Hausaufgaben zu erledigen?«

»Nein«, sagte sie. In ihrer Stimme schwang ein beunruhigend trotziger Unterton mit.

Blackmoor war schon dabei, Jetons in die Schachtel zu schieben. »Ich muß jetzt sowieso gehen.« Er erhob sich mit der Leichtigkeit dessen, der es gewohnt ist, viel Zeit auf dem Boden zu verbringen. Temple lief ohne ein weiteres Wort nach oben.

Er folgte mir in die Küche. »Wegen gestern nacht –«

»Vergessen Sie's.«

»Ja«, sagte Blackmoor endlich. »Das ist wahrscheinlich das beste.« Er streckte dem Vogel seinen Arm entgegen. »Ich hoffe, Sie sind nicht böse. Ich wollte mir nur eine Glühbirne borgen, und Temple hat mich zu einem schnellen Spielchen eingespannt.«

»Warum sollte ich böse sein?« Wir standen an der Tür. »Sie ist ja wahrscheinlich sowieso dauernd mit Ihnen zusammen. Im Gästehaus drüben.«

»Nein«, erwiderte Blackmoor. »Dorthin ist sie noch nie gekommen.«

Ich ließ mir nicht entgehen, mit welcher Leichtigkeit er log.

13

Temple saß an ihrem Tisch und schrieb wie wild. Als sie mich sah, zerknüllte sie das Blatt und warf es in den Papierkorb.

Ich brauchte meine gesamte Selbstbeherrschung, um nicht in die Knie zu gehen und danach zu wühlen.

Ich sagte: »Ich möchte, daß du dich von Dane Blackmoor fernhältst.«

»Wieso?«

»Weil er gefährlich ist.«

Sie stand von ihrem Stuhl auf. »Wirklich toll, Mom.« Als sie an mir vorüberrauschte, spürte ich, wie die Wut von ihr ausstrahlte wie statische Aufladung. »Wenn er wirklich so gefährlich ist, warum hast du ihn dann überhaupt erst eingeladen?«

»Ich meine ja gar nicht, daß er für den Tod des Mädchens verantwortlich ist« – oder doch? – »er ist einfach ... nicht«, ich suchte verzweifelt nach dem richtigen Wort, »er ist nicht das ... was er zu sein scheint.« Temple warf sich mit einem sarkastischen, kleinen Lachen auf das Bett. Ich nahm einen neuen Anlauf. »Schau, ich weiß nur zu gut, wie charmant er sein kann. Und ich weiß, daß du in einem Alter bist –«

»Du weißt doch überhaupt nichts«, sagte Temple. In diesem Ton hatte sie noch nie mit mir geredet.

Ich blickte hektisch überall im Raum umher. Es dauerte eine Weile, aber da lag es, es lugte unter einem Haufen Papier am Boden hervor – das Dane-Blackmoor-Album. Ich hob es auf. »Schätzchen, seien wir ehrlich zueinander. Du warst schon in ihn verknallt, bevor du ihm zum ersten Mal begegnet bist. Du brauchst bloß dieses Buch anzuschauen, damit –«

Temple riß mir das Album aus den Händen. »Du bist so dumm!« schrie sie. »*So dumm* –« Tränen rannen ihr übers Gesicht. »Das Buch war für *dich!* Ich habe es gemacht, damit es etwas gibt, worüber wir reden können ... daß du vielleicht ein einziges Mal ... mit mir reden würdest ...« Sie warf es mir vor die Füße.

»Temple«, setzte ich an, aber in Gedanken war ich anderswo: Im Schatten einer Diele wartete ich darauf, daß sich die Hektik des Ankommens der Gästeschar wieder legte und ich meinem Vater eine Frage zu seinem Prozeß stellen konnte. All diese Jahre, in denen ich versucht hatte, eine gute Mutter zu sein – besser zu meinem Kind zu sein, als Dudley es zu mir war … Konnte das sein? War es wirklich wahr? Hatte ich meine Tochter wirklich auf dieselbe Art ausgeschlossen?

Ich war so in meinen Gedanken versunken, daß ich einen Moment lang nicht zuhörte, aber Temple sprach einfach weiter. »– und jetzt hast du diesen Fall auch wieder abgeschlossen«, sagte sie. »Und schon heißt es tschüs, Blackmoor, wie bei den anderen auch! Als Menschen sind sie dir völlig egal – sie interessieren dich nur als Bücher! Als Bücher im Regal!«

»Temple«, erwiderte ich schwach, »das stimmt nicht.« Sie schnappte sich ihre Jacke. »Es ist dir völlig egal!« weinte sie. »Ich bin dir egal, und er und alle! Das einzige, was dich interessiert, ist das nächste. Und wieder das nächste –«

Ich beugte mich über das Stiegengeländer und rief ihr nach: »Temple! Bitte!«

Aber sie blieb nicht stehen. Als sie die Hintertür zuschlug, trat ich ans Fenster. Temples Zimmer ging zur Rückseite hinaus. Das Gästehaus war dunkel. Blackmoors Range Rover war fort. Ich atmete erleichtert auf. Zumindest für den Augenblick war sie in Sicherheit.

14

Ich saß an einem langen Tisch in einem großen, hellen Raum und hatte meinen Lieblingsstift in der Hand. Ein Schreibheft lag aufgeschlagen vor mir.

Die Tür ging auf – ich hatte gar nicht gesehen, daß da eine Tür war –, und er kam herein, einen Arztkittel über einem tadellos geschnittenen Dinnerjacket.

»Was hast du denn so angestellt, Garner?«

Ich sagte: »Ich arbeite an diesem Fall.«

»Ja«, erwiderte Dudley. »Furchtbare Geschichte.«

Ich hielt den Stift über das Schreibheft. »Wer, glaubst du, hat sie umgebracht?«

Er legte die Hand auf meine, auf die Hand, die den Stift hielt, bereit zu unterschreiben. »Das weißt du doch längst, Garner.«

»Nein«, sagte ich, »das weiß ich nicht.« Das Zimmer schloß sich enger um mich. Ich wurde panisch, klaustrophobisch. Plötzlich bemerkte ich, daß die Hand, die auf meiner lag, gar nicht die meines Vaters war. Sie war jünger und kräftiger. Die Nägel bohrten sich in mein Fleisch. Ich fürchtete mich, ihn anzusehen.

»Garner«, sang eine vertraute Stimme. »Du weißt, wer sie ermordet hat.« Seine Finger schlossen sich wie ein Schraubstock.

»Nein«, schrie ich, »das tue ich nicht!« Ich zwang mich, ihn anzusehen. Der Arztkittel bedeckte seinen Kopf wie eine Kapuze aus Schnee. Er entwand mir den Stift und stieß ihn mir gegen das Zwerchfell. »O doch, das tust du, Garner ...« *Stich.* »Sicher tust du das ...« *Stich.* »Das weißt du ganz genau ...« *Stich. Stich.*

Er stach mit dem Stift gegen meine Rippen, die Brust, dann höher, auf mein Gesicht zu. »Du weißt es, Garner. Du weißt, daß du es warst.« *Stich.* Der Stift zielte genau auf meine Augen –

Zerberstendes Glas ließ den Alptraum in tausend Stücke splittern.

Ich saß kerzengerade im Bett. Der Wind trieb eimerweise Regen in mein Schlafzimmer. Als ich zum Fenster rannte und mit den Fensterläden kämpfte, war mir der Traum noch deutlich im Gedächtnis.

Es dauerte lang, bis Ben an den Apparat ging, und als es

endlich soweit war, lag eine unaufrichtige Herzlichkeit in seiner Stimme. »Also Garner, machen Sie sich bitte keine Sorgen.«

»Geht es Ihnen gut?«

»Ich bin in der Garage gewesen, heute morgen, und da ist dann so ein blöder Hammer von der Wand gefallen und mir auf den Kopf gedonnert«, antwortete er.

»Vielleicht sollte ich Sie lieber ins Krankenhaus bringen.« Ben lachte gequält. »Da braucht es schon ein bißchen mehr, um mich zum Invaliden zu machen. Aber die Frau hat einen Riesenaufstand gemacht. Hat mir einen Tag Bettruhe verordnet.«

»Gut für Sie.«

»Ich weiß Bescheid über das Schlafzimmerfenster«, seufzte er. »Ich schicke heute vormittag noch einen von meinen Leuten rüber.«

»Machen Sie sich um uns keine Sorgen. Erholen Sie sich einfach nur.« Ich legte auf und schaute aus dem Fenster. Es hatte bereits angefangen zu regnen, und die Leute von der Küsteninstandhaltung bewegten sich mit frischem Eifer und gelbem Ölzeug über den gewohnten Overalls. Wütende Wogen brachen durch die Risse in der Kaimauer.

»Hoffentlich kriegen die die Lücken bald dicht«, sagte ich zu Cilda, »ansonsten schwimmt hier drin nämlich bis Mittag alles.«

»Du siehst schlimm aus«, sagte Jack.

»Ich habe nicht gerade gut geschlafen. Der Wind.«

»Bist du sicher, daß es der Wind war?« Er trat hinter mich und massierte mir die Schultern. »Du bist eine einzige Verspannung.«

»Die letzten Wochen waren hart.«

Er knetete mir den Nacken. »Hast du schon entschieden, wie es weitergeht?«

Ich wich ihm aus. »Mit Blackmoor werde ich auf meine Weise fertig.«

»Ihn habe ich eigentlich gar nicht gemeint. Ich habe von uns geredet.« Er ließ eine Fingerspitze meinen Nacken hinabfahren.

»Es gibt kein ›uns‹.« Das klang härter als beabsichtigt. »Tut mir leid. Aber neulich abend war ein Fehler –«

Die Heftigkeit seiner Reaktion schockierte mich. »Ein Fehler. *Ein Fehler?*« wiederholte er. »Und was ist mit all den anderen Malen? *Jack, kommst du auf ein Bier mit rüber? Jack, ißt du mit uns? Jack, Jack, Jack.* Wir waren eine verdammte Familie – du und Temple und ich. Das habe ich mir doch wohl nicht bloß eingebildet, oder?«

»Wir arbeiten miteinander«, erklärte ich ihm. »Du bist ein Freund. Das ist alles.« Aber schon als ich es sagte, war mir klar, daß es nicht gänzlich stimmte.

Mit einer plötzlichen Bewegung wischte er alles – die Papiere, das Notizbuch, das Telefon – vom Tisch. »Das ist ja phantastisch.« Er hämmerte die Faust an die Wand. »Ich habe also einfach mir nichts, dir nichts zwei Jahre meines Lebens vergeudet. Ist es das, was du mir sagen willst? Zwei Jahre lang reiß ich mir hier den Hintern auf, bis in die Nacht und am Wochenende; ich darf mich hier wegen deiner Primadonnentour anschnauzen lassen und den Laden schmeißen, wenn du mal wieder irgendwo wild in der Gegend rumgondeln mußt –«

»Du wolltest den Job«, erinnerte ich ihn.

»Ich dachte, daß sich da was draus entwickelt. Ich konnte ja nicht ahnen, daß du mich ausnutzt und dann hochkant rausschmeißt –«

»Ich schmeiße dich nicht hinaus.«

»Mich rausschmeißen, mich sitzenlassen.« Jack zuckte die Achseln, als mache das keinen Unterschied. »Du wirst schon sehen.« Seine Stimme troff vor Gift. »Du glaubst, du schaffst es ohne mich, Garner? Gut, versuch's nur. Du weißt ja nicht – du hast ja nicht die geringste Ahnung, was ich hier eigentlich mache!« Die Worte hallten laut von den Wänden zurück und lösten ein Echo aus: Elizabeth Rice, die im brennenden Atelier zu wissen verlangte: »*Wer-glauben-Sie-ist-für-das-alles-verantwortlich?*«

Aus dem Telefon am Boden rang ein hartnäckiger Summton. Ich wollte den Hörer wieder auf die Gabel legen, aber ich hatte Angst, mich zu bewegen.

Jack streckte mir reuig die Hand entgegen. »Garner –« Ich konnte nichts dagegen machen. Ich schrak vor ihm zurück. Sein Gesicht verfinsterte sich. Er hob den Papierkorb hoch und schleuderte ihn gegen den Aktenschrank. »Eines Tages«, flüsterte er bitter, »wirst du mal an den Falschen geraten mit deinen Spielchen.«

Nachdem er die Tür zugeschlagen hatte, trat ich wie ein Zombie an den Aktenschrank. Die Ts waren in der zweiten Schublade von unten, auf der rechten Seite. Jacks Akte war keinen halben Zentimeter dick. *Ein paar magere Millimeter sind alles, was ich an Information über diesen Menschen habe,* dachte ich, während ich durch Steuerformulare und unseren frühen Briefwechsel blätterte. Ich erinnerte mich, daß ich nach Referenzen gefragt hatte, und da waren sie auch – drei Namen, die Jack in seiner verkrampften Handschrift in Großbuchstaben notiert hatte.

Ohne zu überlegen, hob ich mit zitternden Händen den zornig summenden Hörer auf.

15

Auf dem Weg ins Gästehaus sah ich, wie Cilda den Arbeitern ein Blech mit Muffins brachte. Mit flatternden Regenmänteln scharten sie sich wie ein Vogelschwarm um sie und pickten mit den Händen nach dem Gebäck.

Laßt euch ruhig Zeit, murmelte ich unhörbar. *Der Sturm wird ganz bestimmt so lange warten.*

Blackmoor kam unrasiert, mit einem grauen Sweatshirt und in Jeans an die Tür. »Hallo«, sagte er.

Uneingeladen trat ich ein. Weingläser, leere Flaschen und diverse ungewaschene Kaffeebecher türmten sich auf seinem Arbeitstisch. Er hatte wieder gezeichnet. Als er mein Interesse bemerkte, packte er die Skizzen zusammen und verstaute sie in einer offenen Mappe.

Der Marmorblock stand in der Mitte des Zimmers unter dem Dachfenster. Ich kniff die Augen zusammen. Mit aller Gewalt schien sich der geisterhafte weibliche Rumpf von seinem steinernen Kokon befreien zu wollen.

»Kein schlechter Anfang.«

»Aber was zählt, ist der Schluß, nicht wahr?« Er griff zu Hammer und Meißel. Mit jedem schnellen Schlag flog ein Marmorsplitter in die Luft, der sich dann wie eine Seifenflocke zu unseren Füßen niederließ. *Tack-tack-tack-tack-tack-tack-tack.* Pause. *Tack-tack-tack-tack-tack-tack-tack.* Pause.

»Aufhören«, sagte ich. »Würden Sie bitte aufhören?« Nur mit Mühe wandte er den Blick auf mich. »Wieso haben Sie mich eigentlich gebeten, das Band in den Kanal zu werfen?«

»Wovon reden Sie überhaupt?«

»Von der Brandnacht. Sie sagten, ich solle es ins Wasser werfen. Damit es mit Ihnen zusammen unterginge, sagten Sie.«

»Habe ich das?« Er klang zweifelnd.

»Ja, das haben Sie.«

Er machte sich wieder daran, den Stein mit seinem scharfen, spitzen Meißel zu attackieren. *Tack-tack-tack-tack-tack-tack-tack …*

»Elizabeth Rice war keine Einzeltäterin.« Ich sprach rasch, in der kurzen Stille zwischen zwei Sätzen von Schlägen. Blackmoor legte sein Werkzeug auf den Tisch, sagte aber nichts. »In der Nacht, in der sie Tories Kopf in der Gipshülle einschloß, war jemand bei ihr. Die Kamera machte Nahaufnahmen. Es gibt Camcorder und Stativ, die das können, ohne daß jemand sie bedient, aber der in Ihrem Atelier gehört nicht dazu. Jack hat's nachgecheckt.«

»Jack hat's nachgecheckt.« Blackmoor verzog den Mund zu einem harten Grinsen. »Und ich vermute, Jack hat auch schon eine Theorie, wer denn der geheimnisvolle Kameramann gewesen sein könnte. Er kann ziemlich gründlich sein, vermute ich, dieser Jack. Wenn er sich was davon verspricht.«

»Was soll das heißen?«

»Ich traue ihm nicht«, erwiderte er. »Ich habe ihn erwischt, wie er sich draußen rumgeschlichen hat, und ein paar von meinen Sachen sind weg.«

Es war erst Minuten her, daß ich telefonisch Referenzen einholen wollte, als hinge mein Leben davon ab, und daß mir das Herz mit jeder abgestellten Nummer, jeder entkörperlichten Stimme auf dem Anrufbeantworter tiefer sank. *Im Moment bin ich leider telefonisch nicht erreichbar, wenn Sie mir aber Namen und Telefonnummer hinterlassen –;* jetzt aber weckte die sarkastische Anspielung Blackmoors in mir seltsame Beschützerinstinkte für Jack Tatum.

»Wenn Jack hier war, dann, um seine Arbeit zu machen. Nichts anderes.«

»Und was heißt das dann für uns, Garnelchen, wo ich jetzt doch wieder zum Abschuß freigegeben bin?«

Ich spürte etwas in mir zerbrechen. Ich wollte nicht glauben, daß es mein Herz war. »Verschwinden Sie hier«, sagte ich.

Blackmoor drehte den Meißel in der Hand. »Wahrscheinlich ist das eine Riesenerleichterung.«

»Wovon reden Sie da?«

»Du weißt es«, erwiderte er. Mir fuhr ein kalter Schauer der Angst über den Rücken. *Du weißt es,* hatte der Mann mit der Kapuze gesagt.

Und dann hörte ich den Schrei und die anderen Stimmen – durcheinander, von unerträglicher Dringlichkeit. Blackmoor war zuerst an der Tür. »Hiergeblieben«, warnte er. Ich stieß seinen Arm weg und stürzte auf den Kreis aus Männern in Regenmänteln zu, die sich um den Schaufelbagger drängten.

Cilda lag am Boden und rührte sich nicht. »Holt doch Hilfe«, schrie ich.

Ich fiel auf die Knie und bettete ihren Kopf in meinen Schoß. »Durchhalten«, flüsterte ich ihr ins Ohr, »ich bin ja da. Es wird alles gut.«

Niemand konnte sagen, wie es passiert war. Einer der Arbeiter sagte, er habe gesehen, wie sie in der Nähe der Kaimauer den Kies geharkt hätte, bevor der Schaufelbagger den Satz nach vorn machte. Er war an einem Hang abgestellt gewesen, aber der Schaufelbaggerführer bestand darauf, er habe die Feststellbremse eingelegt. Niemand konnte plausibel erklären, wie er sich plötzlich hatte in Bewegung setzen können.

Ich blieb bei Cilda hinten im Krankenwagen. »Temple.« Sie packte meinen Arm. »Sie is' ganz allein, wenn die Schule aus is'.«

»Die kommt schon zurecht. Um Sie mach' ich mir Sorgen.«

Cilda warf den Kopf auf der Trage hin und her. »Temple«, jammerte sie. »Temple ...«

»Der Schock«, sagte der Sanitäter. »So was kann manchmal zu Erregungszuständen führen.«

Ich drückte ihr fest die Hände. Sie waren klamm und kalt, starr wie Füße. »Schhh.« Der Krankenwagen fuhr über eine Bodenrille. Cilda stöhnte. Ich hielt sie fest. Die Kaimauer war nur noch ein verwaschener Streifen unter einem weiteren Himmel wie geeiste Limonade.

16

»Ein paar gebrochene Rippen, ein verstauchtes Handgelenk und ein Beinbruch. Alles in allem ist sie noch einigermaßen glimpflich davongekommen.« Ich stand in der Telefonzelle und klimperte mit ein paar Vierteldollarmünzen.

»MUSS sie im KRankenHAUS bleiBEN?« Wegen des heraufziehenden Sturms war die Verbindung ziemlich schlecht.

»Der Arzt will sie dabehalten, aber du kennst ja Cilda.« Es knisterte. »Aber wir werden auf jeden Fall noch eine Weile hier sein. Paß auf, Schatz, tu mir den Gefallen und zieh das Sofa aus. Wir kriegen sie unmöglich in den ersten Stock.«

»Ich war eigentLICH mit EMory verabREDET.«

»Dann ruf sie an und sag ihr, daß du nicht kommen kannst.«

»MUTter –«

Ich drückte mir die Münzen an die Wange. Sie waren kühl und rochen wie fettige Daumenabdrücke. »Das besprechen wir, wenn ich nach Hause komme.« Ein plötzliches Rauschen verschluckte die Antwort. »Ich liebe dich«, rief ich. Aber da war die Verbindung schon getrennt.

Der Himmel lag tief über dem Horizont, auf den er Farbschicht um Farbschicht legte, als wolle er ihn auslöschen. Aber das Meer stieg.

Ich stellte den Volvo hinter Blackmoors Range Rover ab. Cilda aus dem Auto zu bekommen war schwieriger, als ich vermutet hatte. Ich wußte einfach nicht, wo ich sie zwischen bandagiertem Handgelenk, Tapeverband über den Rippen und eingegipstem Bein eigentlich noch anfassen sollte. Nach einigen Versuchen hupte ich kräftig.

»Wo ist sie nur?« Alles schien völlig verlassen zu sein.

»Sieht aus, als müßten wir allein zurechtkommen.« Ich lächelte mit zusammengebissenen Zähnen.

»Temple!« Der Name hallte durch die leere Küche.

Wir hielten an, damit Cilda sich ausruhen konnte. Ich wußte, daß sie große Schmerzen hatte. »Mir muß keiner helfen«, protestierte sie. »Suchen Se lieber unsre Kleine.«

»Erst kümmere ich mich um Sie.«

Wir holperten durch das stille Wohnzimmer. Am Fuß der Treppe rief ich noch einmal: »Temple?« Keine Antwort.

Selbst das Klavier war fest verschlossen, nichts wollte sein tastenbesetzter Mund verraten.

Das Sofa im Erdgeschoß war ausgezogen und frisch gemacht.

»Sie muß hier irgendwo sein.« Ich ließ Cilda sanft auf die Matratze sinken und versuchte sorgsam, die Angst aus meiner Stimme zu verbannen. »Tut gut, wieder daheim zu sein, was? Soll ich den Fernseher einschalten?« Sie schüttelte ungeduldig den Kopf.

Ich ging ins Bad und schaute aus dem Fenster, während ich den Wasserhahn aufdrehte. Im Gästehaus war es dunkel. Ich sah mich kurz im Spiegel über dem Waschbecken. Meine Haare waren zerzaust. Meine Wangen sahen aus wie verbrannt, als hätte man die Spitze eines Bügeleisens darauf gelegt. Ich brachte das Glas Wasser zusammen mit dem kleinen gelbbraunen Fläschchen Schmerztabletten ins Nebenzimmer.

»Wollen Sie nicht doch lieber eine von den Pillen nehmen, die der Arzt verschrieben hat?«

»Kann das Zeugs nich' brauchen.« Cilda scheuchte mich fort. »Werd' ich nur benebelt von.«

»Vielleicht brauchen Sie sie ja doch noch.« Ich stellte das Fläschchen neben dem Wasser auf den Tisch.

»Finden Se Temple«, flüsterte sie heiser. »Los.«

»Temple?« Die Tür flatterte und knarzte leicht. Ich ging in ihr Zimmer. *Sie ist bei Emory*, dachte ich traurig, *und sie hat es nicht mal für nötig gehalten, einen Zettel zu schreiben.*

Aber so ganz stimmte das auch nicht.

Als ich aus dem Fenster sah, bemerkte ich ein Stück Papier, das in der Kaimauer steckte und dort wie eine winzige weiße Fahne tapfer im Wind flatterte. Temple hatte jemandem eine Nachricht hinterlassen, wenn ich mir auch ziemlich sicher war, daß sie nicht für mich gedacht war.

Der Wind war so stürmisch, daß er sie um ein Haar fortgeweht hätte. Der Zettel flog mir aus den Fingern und auf die Brandung, wo er wie ein Spielzeugboot über die Wellen tanzte. Ich watete bis zu den Waden hinein. Ich fürchtete, die Tinte würde verlaufen und ich würde nie erfahren, was darauf stand. Ich packte ihn mit beiden Händen und stopfte ihn in die Jacke.

Luftlöcher umfingen mich in kräftigen, stillen Kreiseln, sie klatschten mir die Haare ins Gesicht, trieben mich zurück, aufs Meer hinaus, schoben wie ein Paar unsichtbarer Hände. Es dauerte eine Ewigkeit, bis ich die Kaimauer erreicht hatte.

Die rostige Metalleiter schepperte lautstark gegen die Steine. Ich klammerte mich an ihr fest und spürte das Salzwasser auf meinem Rücken. Als ich es endlich geschafft hatte, mich auf den Damm hinaufzuhieven, richtete mein Blick sich unwillkürlich auf das Büro.

Die Tür stand weit offen. Sie schwankte im Wind. Ich ließ mich vom Damm herab und rannte sofort mit gesenktem Kopf und großen Sätzen los. Ob sie da drin waren, Blackmoor und Temple? Oder war es bloß Jack?

Bloß Jack.

Die Tür schaukelte vor und zurück. Seltsam nur, daß das Licht nicht brannte, es sei denn – ich fand den Schalter. Ein kurzes Knipsen, und eine Szenerie der totalen Verwüstung lag hell erleuchtet vor mir. Überall war Papier verstreut, teils zerrissen, teils zu kleinen Kügelchen zusammengeballt. Die Aktenschränke standen sperrangelweit offen und entblößten ihr leeres Inneres; Akten lagen ausgespien, Ordner waren auf den Boden erbrochen. Die Wände waren mit Tusche bespritzt – schwarz, blau, lila, dann ein blutroter Schlag – wie in einer modernen Wandmalerei. Wie eine Schlafwandlerin betrat ich das zweite Zimmer.

Aus dem leeren Bildschrim des Macintosh ragte obszön ein Hammer empor. Mein Stuhl war völlig zerfetzt. Ich hob das Foto von Temple auf. Das Glas des Rahmens war klein und glitzrig über den ganzen Tisch verteilt und knirschte unter meinen Füßen. Jemand hatte breite, rote, lüsterne Lippen über ihren Mund gemalt. Als ich den Finger darauf legte, verschmierten die Striche. Es fühlte sich fettig an wie die Stifte, die Blackmoor benutzte, um die Abdrücke zu markieren.

Ich weinte.

Das Telefon klingelte. Ich schrak davor zurück. Es klingelte wieder und wieder. Endlich nahm ich den Hörer ab. »Ja, bitte?«

»Ist dort Miß Quinn?«

»Ja«, sagte ich zögernd.

»Miß Quinn, hier spricht Larry Thorbes. Sie wollten mich sprechen wegen Jack Tatum?«

»Ja.« Meine Stimme klang ätherisch, ohne Halt, wie aus dem All. »Ich erinnere mich.«

»Sehen Sie, Miß Quinn, so leid es mir tut, aber ich kann mich da nicht hineinziehen lassen«, sagte Larry Thorbes.

Ich wollte etwas erwidern, hatte die Lippen geschürzt, aber es wollte einfach nichts herauskommen.

»Ich meine, Jack ist ein Freund, aber inzwischen bin ich verheiratet. Ich lebe in geordneten Verhältnissen. Ich kann ihm nicht dauernd aus der Patsche helfen.«

»Ihm aus der Patsche helfen?« wiederholte ich dumpf.

»Na ja, deswegen haben Sie doch angerufen, oder?« sagte er. »Er ist wohl wieder mal durchgedreht? Hat einen zuviel hinter die Binde gekippt und irgend 'ne Bar platt gemacht? Hab' ich doch alles erlebt. Ich weiß doch, wozu er fähig ist, wenn ihm jemand einen Strich durch die Rechnung macht.«

Mein Mund bebte nutzlos.

»Aber es tut mir leid«, fuhr Jacks Charakterzeuge fort, »ich habe jetzt Familie. Ich würde ihm ja gerne helfen, aber diesmal kann ich einfach nicht, okay?«

»Okay«, flüsterte ich. »Trotzdem vielen Dank.«

17

Das Gästehaus war verschlossen. Ich stand unter dem Schutz der Veranda und hämmerte an die Tür, bis mir die Fäuste brannten. Innen blieb es grabesstill.

Der Wind klopfte an die Fensterscheiben, als wolle er hereingelassen werden. Meine Stiefel waren vom Waten durch das Meer völlig durchnäßt. Beim Gehen quatschten sie unter meinen Füßen. Ich setzte mich an den Tisch und faltete vorsichtig den Zettel auf. Die Feuchtigkeit und Wärme in meiner Tasche hatten das Papier aufgeweicht, so daß es sich beinahe wie Stoff anfühlte. Temples große, kurvige Schrift zierte das Papier, stellenweise verwaschen, aber immer noch gut leserlich.

Hilfe!

Langsam wird es hier brenzlig. Ich glaube, sie weiß etwas. Dauernd schnüffelt sie hinter mir her. Ich hätte eigentlich zu Emory gehen sollen, aber ich weiß nicht so recht. Aber eines weiß ich, nämlich daß ich Dich nie aufgeben werde, ganz egal, was SIE sagt. Du hältst mich vielleicht für ein Baby, aber Du wirst schon sehen. Das war kein leeres Geschwätz (wenigstens nicht von MIR). Was auch passiert, ich treffe Dich auf jeden Fall zur gewohnten Zeit am gewohnten Ort.

KÜSSCHEN, Temple

Die Unterschrift war mit einem Herz umschlossen.

Ich legte beide Hände mit den Handflächen nach unten auf den Tisch, als wolle ich ihn ruhighalten, nicht sie. Ein schmales Band der Angst wand sich aus meinem Unterleib bis in meine Kehle. Ich fühlte mich benommen, der Ohnmacht nahe. *Zur gewohnten Zeit am gewohnten Ort.*

Die Wanduhr zeigte zehn nach sieben. Es war fast eine Stunde her, daß ich zuletzt nach Cilda gesehen hatte. Ich ging durch das leere Wohnzimmer, ohne erst das Licht anzuschalten. Ein riesiger Schatten – mein völlig verzerrtes Selbst mit winzigem Kopf und massigen Schenkeln – lief mir voraus. Meine Stiefel hinterließen feuchte Spuren auf dem Teppich.

Die Tür stand noch so offen, wie ich sie zurückgelassen hatte. Cilda schlief auf dem Rücken. Immer beim Einatmen gurgelte leicht der Speichel, der sich in ihrer Kehle gesammelt hatte. Vom Kissen hob sich, flach und stumpf wie ein Besen, ein Saum aus stahlgrauem Haar ab.

»Cilda?« Keine Antwort. Das Wasserglas war so gut wie leer. Offenbar hatte sie die Tabletten genommen. Ich drehte mich um und ging auf Zehenspitzen aus der Tür.

Die Nummer von Emory hing nicht mehr an der Korktafel in Temples Zimmer. Ich fing an, ihren Schreibtisch durchzuwühlen und sah dabei immer mit einem Auge aus dem Fenster. Auf der Suche wonach? Einer schwankenden Laterne oder dem zarten, hellen Lichtkegel einer Taschenlampe? Würden sie sich so treffen? Im Sturm? Im Finstern?

Mein Kopf war wieder ein wenig klarer. Es hatte etwas seltsam Beruhigendes, hier oben zu sein, Auge in Auge mit dem Sturm. Es gab mir ein gewisses Machtgefühl. Schon hatte die schwellende Flut den Strand überrollt. Wütend schlugen die Wellen an die Front der baufälligen Kaimauer. Wenige Stunden noch, dann würden sie so hoch gestiegen sein, daß sie die Felsen überspülten, und weiter ins Landesinnere kriechen. Aber es war nutzlos, sich jetzt darum zu kümmern.

Ich hätte eigentlich zu Emory gehen sollen, aber ich weiß nicht so recht. Temples Adreßbuch lag in der untersten Schublade. Dort fand ich die Nummer unter *P*.

»Hallo, Cindy?«

»Ja-a?« Cindy Pratt klang so lebhaft, wie ich sie in Erinnerung hatte.

»Hier spricht Garner Quinn, die Mutter von Temple.«

»Garner! Ach je, Sie Ärmste, wir haben gerade an Sie gedacht, bei diesem Sturm da draußen.«

»Ich wollte Ihnen nur Bescheid sagen, daß ich jetzt vorbeikommen werde, um Temple abzuholen.«

Emorys Mutter klang verwirrt. »Oh, Garner, Liebste, das muß ein Mißverständnis sein«, sagte sie. »Temple ist nicht bei uns.«

Mein Kiefer zuckte krampfhaft. »Sind Sie sicher? Wollen Sie nicht noch einmal nachschauen? Vielleicht ist sie ja gekommen, und Sie haben es gar nicht gemerkt?«

Ihre Stimme senkte sich mitfühlend. »Gut, ich werde fragen. Emory sitzt gerade bei mir hier in der Küche, Plätzchen backen.« Ich stieß eine nasse Stiefelspitze gegen den Schreibtisch. *Plätzchen? Welcher Idiot bäckt denn bitte schön mitten in einem Hurrikan Plätzchen? UND-WO-ZUM-TEUFEL-STECKT-MEINE-TOCHTER?*

Cindy Pratt kam wieder an den Apparat und meinte entschuldigend: »Nein. Ich fürchte, Emory hat sie seit Schulschluß nicht mehr gesehen.«

Unten hämmerte jemand lautstark gegen die Eingangstür und läutete Sturm. Temple! Und es war abgesperrt. Sie konnte nicht herein. »Ich muß jetzt Schluß machen«, sagte ich abrupt. Ich hörte noch, wie Cindy Pratt rief: *»Und geben Sie uns Bescheid, wenn es etwas Neues gibt«*, bevor ich den Hörer wieder auf die Gabel legte.

Ich raste nach unten und fummelte an der Klinke herum. »Temple –«

Auf der Stufe stand ein Polizist in Uniform, der die Schultern gegen den Sturm hochgezogen hatte. »Mrs. Quinn?«

Er war jung, gut gebaut, ein Bulle gewordener Papagallo.

»Ich bin Quinn.« Selbst in meinen Ohren klang meine Stimme dümmlich und angetrunken. »Was ... was gibt es? Ist irgendwas los?«

Der Polizist grinste, als hätte ich gerade einen Witz gemacht. Er hatte sehr kleine Zähne. »Eigentlich nicht viel, vorausgesetzt, Sie beachten die Grundregeln für das Verhalten bei Hurrikans und Sturmfluten.«

Ich seufzte erleichtert auf. »Ach so, Sie kommen wegen des Sturms.«

Er nickte. »Ja, Ma'am. Dieser Teil der Halbinsel wird evakuiert.« Ich muß ihn völlig verständnislos angesehen haben, denn jetzt sprach er mit größerem Nachdruck. »Hören Sie mal zu, Lady, Sie haben hier zwar ganz phantastische Grabungen laufen, aber im Augenblick können Sie rein gar nichts machen. Ich kenne die Gegend hier schon seit Jahren und ich kann Ihnen versichern, wenn es hier erst richtig losgeht, dann wird es verdammt ungemütlich.«

Ich nickte benommen. »Ich hole nur schnell noch ein paar Sachen.« *Meine verschwundene Tochter. Meine außer Gefecht gesetzte Haushälterin. Das Übliche halt.*

»Okay.« Der Polizist mußte inzwischen schreien, nur um sich überhaupt noch Gehör zu verschaffen. »Ich rate Ihnen nur dringend – lassen Sie sich nicht zuviel Zeit.« Er trabte zurück zum Streifenwagen, legte den Rückwärtsgang ein und raste mit durchdrehenden Reifen davon, als gelte es, nicht einen Augenblick zu verlieren.

18

Sie schlief noch immer in derselben Lage. Der riesenhafte Gipsverband um das Bein phosphoreszierte und ihre verkrümmten, alten Zehen spitzten ins Freie.

»Cilda.« Ich schüttelte sie an der Schulter. »Cilda, aufwachen!«

Sie ächzte und drehte sich mit fest geschlossenen Augen ein wenig zu mir.

Ich hob das gelbbraune Tablettenfläschchen hoch und

schüttelte es. Vor einer Stunde waren fünf oder sechs Tabletten darin gewesen. Jetzt waren nur noch zwei übrig. Ich überflog das Etikett – »Dosierung: bei Bedarf alle vier Stunden 1 Tablette«. Sie mußte zu viele genommen haben. Ich schlug ihr auf die Wange, erst sanft, dann kräftiger.

»Cilda? Hören Sie mich?«

»Nein«, schrie sie im Schlaf. »Verschwinden Sie.«

Ich schüttete ihr den Rest Wasser ins Gesicht. Ihre braunen Augenlider hoben sich, dann fielen sie wieder zu. »O nein.« Ich hielt sie an den Schultern fest. »Hören Sie, wir müssen hier raus. Werden Sie gehen können?« *Gehen? Sie war nicht einmal lange genug wach, um zu antworten.*

»Ich bin gleich wieder da.« Ich sprach ihr direkt ins Ohr, sandte ihr die Worte ins Unterbewußtsein wie spitze Pfeile. »Ich werde Temple finden, und dann verschwinden wir.«

Mir fiel ein, daß das einzige Zimmer, in dem ich nicht nachgesehen hatte, mein Schlafzimmer war. Wenn Temple ausgerissen war, hatte sie womöglich einen Brief hinterlassen. Ihn an mein Kissen geheftet. Auf mein Nachttischchen gestellt. Unter den Spiegelrahmen geschoben. Ich rannte die Treppe hinauf, immer zwei Stufen auf einmal, und rutschte dabei in den glitschigen Stiefeln herum.

Das erste, was mir auffiel, war die neue Fensterscheibe. Einer von Ben Snows Arbeitern mußte das irgendwann im Laufe dieses verrückten Tages erledigt haben. Aber abgesehen davon war alles noch so, wie ich es am Morgen zurückgelassen hatte. Keine *Liebe Mom*-Briefe. Nirgends ein Anzeichen von Temple.

Plötzlich verließ mich alle Energie. Ich schüttelte mir die Stiefel vom Fuß, die über den Boden rutschten, bis sie an die Wand stießen. Dann ging ich zum Schrank.

In dem Moment, in dem ich die Tür öffnete, schwang mir die Puppe entgegen.

Blutige Spritzer tropften von Gesicht und Kleidung auf

den Boden herunter und sprenkelten den Schuhständer. *Laß mich raus!* jammerte sie immer und immer wieder. *Maamaaaaa, laß mich raus!*

Ich riß die Puppe von der Schlinge. Ein kleiner Kassettenrecorder war mit Klebeband an ihrem Rücken befestigt. *Laß mich raus!* kreischte die Stimme auf der Kassette. *Bitte, Maamaa! Laß mich raus!* Wie eine Verrückte ging ich auf das Band los, zerrte daran, zerfetzte es, bis nur noch ein dürres, glänzendes, stilles Lamettahäufchen in meinem Schoß lag.

Die Puppe starrte ausdruckslos zu mir herauf. Sie sah aus wie Temple.

Die Unterseite des Himmels war weggebrochen, und riesige, brausende Böen warmer Luft stürzten herab. Sie drängten von allen Seiten auf mich ein, und die aufgeladenen Luftpartikel gruben sich tief in meine Lungen und brannten wie Dornen.

Ich hämmerte gegen die Tür des Gästehauses. Keine Antwort. Kein Geräusch verriet, ob drinnen etwas passierte. Ich wühlte in den Taschen meiner Jeans und zog den Generalschlüssel heraus. Das Schloß öffnete sich widerstandslos. Ich tastete nach dem Lichtschalter, aber nichts geschah. Der Sturm mußte den Strom unterbrochen haben. »Temple?«

Durch die verschalten Deckenfenster fiel das Mondlicht. Ich schloß die Augen und versuchte, mich an die Dunkelheit zu gewöhnen. Von draußen hörte ich ein Geräusch – ein leises, gleichmäßiges Schlurfen, das hörbar lauter wurde, je näher die Schritte kamen.

Ich zog mich in den Schatten zurück und preßte mich flach an die Wand. Durch das Fenster konnte ich gerade das Vordach sehen, das den Eingang schützte. Vor der Tür stand ein Mann, gesichtslos unter einer Kapuze. Sein glänzender dunkler Regenmantel bauschte sich im Wind auf wie ein Paar Fledermausflügel. In einer ausgestreckten Hand hielt er etwas, das im Mondlicht glitzerte. Es war lang und röhrenförmig, aus Metall wie eine Pistole.

Ich schob mich an der Wand entlang bis zum Arbeitstisch. Meine Hände tapsten rasend herum, blind versuchten sie, die Werkzeuge zu identifizieren, die auf der Werkbank lagen. Dann schlich ich an die Tür. Der Knauf drehte sich.

Er betrat das Zimmer, die Kapuze auf dem Kopf, den Lauf der Waffe ausgestreckt. Als er mich hinter sich hörte, drehte er sich augenblicklich um, aber es war zu spät. Ich ließ den Hammer niedersausen und schlug ihm erst auf die Schulter und dann, mit größerem Effekt diesmal, auf den Hinterkopf. Er schwankte, kämpfte einen kurzen Moment darum, auf den Beinen zu bleiben, und stürzte dann ächzend zu Boden.

Ich griff hinunter und drehte ihn um. War die Kapuze erst beiseite geschoben, konnte es keinen Zweifel mehr geben. Ich hatte Dane Blackmoor getötet.

19

Gegen den Widerstand meiner Beine umrundete ich den Leib. Im Halbdunkel leuchtete Danes Gesicht wächsern. Jetzt, wo alles Leben aus ihm gewichen war, war das ehemals Geringschätzige seiner Züge einer konventionellen Anmut gewichen. Mir fiel wieder ein, was ich gedacht hatte, als ich zum Schlag ausholte.

Ich hatte gehofft, es wäre Jack.

Eine Panikattacke stach mir in die Rippen. Ich hatte Temple noch immer nicht gefunden, und ich hatte den einzigen ermordet, der mir womöglich hätte sagen können, wo sie war. Ich ließ die Finger unter den steifen Kragen von Blackmoors gestärktem Hemd gleiten und suchte den Hals nach seinem Puls ab. Frische Barthaare rieben sich an meiner Hand, aufrecht, borstig. Die Haut war noch warm. Mein Fuß stieß an etwas Kleines, Hartes. Ich hob es auf.

Er hat überhaupt keine Pistole dabeigehabt. Das war eine Taschenlampe.

Sie war aus schwarzem Metall, ziemlich lang, mit einem unschönen Schaft. Ich ließ ihren Strahl durch das Zimmer schweifen, über die Schatten hinweggleiten. Alles schien noch so wie vorher. Der Berg leerer Weingläser und stehengelassener Kaffeetassen. Werkzeuge, säuberlich aneinandergereiht. Mappen und Kartons, die unterschiedlich weit ausgepackt waren. Die Marmorskulptur.

Ich schob mich näher, wollte mir einreden, daß das schwache Licht meine Augen täuschte. Aber das war keine Sinnestäuschung. Der weibliche Rumpf, der noch vor Stunden mit seiner steinernen Hülle gerungen hatte, lag nun in Trümmern. Tiefe Adern zerschmetterter Kristalle schimmerten wie Diamanten, die noch der Freisetzung harrten, im Granit. Auf jede der vollkommenen Brüste war mehrere Male mit dem Meißel eingeschlagen worden. Die Brustwarzen waren leuchtend rot bemalt.

Am Fuß der verstümmelten Figur entdeckte ich eine rundliche, in Tuch gehüllte Form. Vorsichtig näherte ich mich, ging in die Hocke und nahm die Hülle ab. Temples Gesicht starrte mir entgegen: ungerührt und – von einem fetten Strich Lippenstift abgesehen – unnatürlich weiß. Ich zwang mich, es zu berühren.

Die Gipshülle war leicht, zerbrechlich. Leer. Die plötzliche Welle der Erleichterung, die mich durchfuhr, war so machtvoll, daß meine Knie nachgaben. Ich stürzte auf eine schmale Sperrholzkiste.

Auf dem Deckel standen in säuberlichen Druckbuchstaben zwei Worte: »BITTE ÖFFNEN.«

Die Nagelköpfe standen ein Stück weit heraus, als hätte

man die Kiste nur nachlässig vernagelt. Schnell hatte ich in der nahezu perfekten Reihe von Werkzeugen auf dem Arbeitstisch ein Brecheisen ausgemacht. An der Spitze meines Stiefels setzte ich den Hebel an und drängte das keilförmige Ende des Brecheisens unter den Deckel.

Bei jedem Hieb des Eisens bewegte sich die Kiste, bis sie schließlich mit einem lauten Krachen zerbarst. Ich warf das Werkzeug beiseite und fing an, mit bloßen Händen am Deckel zu zerren. Unvermittelt gab er nach, und ich fiel, das gesplitterte Brett noch immer umklammert, rückwärts zu Boden.

Auf Knien robbte ich mich vorwärts. Innen lag Blackmoors toter Kakadu. Unter seinem Flügel steckte etwas. Ich ließ den Zettel zu Boden sinken. Eine Tuschezeichnung, ein *Götzenbild*. Die Taschenlampe setzte einen Nimbus um die Inschrift –

Der Dame meines Herzens
In Liebe, Jeff

Unter dem Vogel lag etwas. Ich wimmerte vor Angst und stieß die Leiche beiseite.

Mein eigenes Gesicht grinste mich an. Ich beeilte mich, das Bild umzublättern, und dabei fiel mein Blick auf den erhaben gedruckten Titel. *Staub zu Staub.* Zwischen zwei Seiten steckte ein dünnes, rotes Band. Ich schlug das Buch beim Lesezeichen auf und starrte auf die Worte, die mit leuchtendgelbem Stift angestrichen waren.

Aber Deirdre Purdy war nicht einfach entführt worden, man hatte sie lebendig begraben. Irgendwo, das wußten ihre Eltern, lag die Tochter in einer luftdichten Kiste in die Erde gegraben, mit gerade ausreichend Sauerstoff, um bis zum Morgen zu überleben. Wenn sie nicht in Panik geriet.

Eine gewaltige Bö hämmerte und schlug gegen die Fenster. Die gesamte Ostwand schien zu erbeben. Systematisch fing ich an, das Buch in Fetzen zu reißen, immer fünf bis sechs Seiten auf einmal. Ich dachte an Jeff Turner, wie er nur Zentimeter von mir entfernt auf der Gefängnispritsche saß. Jeff im Blau der Anstaltskleidung, das seine Augen so sehr betonte. Ich erinnerte mich an seinen Gesichtsausdruck, wenn er von meiner Arbeit sprach. Ich sah mich, wie ich mich in der Erregung gemeinsamer Geheimnisse zu ihm neigte und ihm anvertraute, daß es jene Verbrechen waren, die meine tiefsten Ängste schürten, zu denen ich mich hingezogen fühlte.

Aber Temple – wie war er an Temple herangekommen? In meiner Hosentasche steckte noch immer der zerknäulte Liebesbrief. *Nicht von Blackmoor. Es war die ganze Zeit Jeff gewesen.* Am Strand. An der Kaimauer. Im Wald. Überall in diesem gefährlichen Terrain. Ich hatte es aufgegeben, mit dem Buch zu kämpfen, und saß nur noch benommen da, als ich vom anderen Ende des Zimmers ein Stöhnen hörte.

»Himmel«, murmelte Blackmoor. »Was haben Sie mir denn über den Kopf gezogen?«

20

»Sie leben!«

Er rieb sich das Genick. »Da bin ich mir gar nicht so sicher.«

Ich lief zu ihm. »Es tut mir so –« Ich weinte wieder.

Dane griff in den Mantel und zog ein Taschentuch heraus, mit dem er zuerst über meine Nase fuhr und sich dann das Blut abwischte, das seine Haar verklebte. »Himmel«, wiederholte er. Er ließ sich schwach gegen den Arbeitstisch sinken. »Das letzte, woran ich mich erinnere, ist, daß ich mir ein Glas Wein eingeschenkt habe. Als ich wieder zu mir kam, ging der Strom nicht mehr, deswegen bin ich nach draußen gegangen. Ich weiß auch nicht. Ich konnte nicht mehr klar denken.«

»Er hat Ihnen ein Betäubungsmittel gegeben«, sagte ich. »Cilda hat er auch k. o. gesetzt. Und er hat Temple mitgenommen –«

Er setzte sich kerzengerade auf. »Jack?«

»Nein, nicht Jack. *Er* –«

Die ganze Zeit, während ich redete, sah Blackmoor mich kein einziges Mal an. Er ging im Zimmer umher, berührte Dinge mit den Händen – den zerschlagenen Marmorblock; den Vogel in seinem Kiefernsarg, ohne Absolution und ohne Namen (ob man ihn an den Pforten des tierischen Himmels wohl abweisen würde, fragte ich mich, oder hatte Jefferson Turner bereits alle nötigen Sakramente vollzogen?); die Gipsbüste Temples mit den Lippen, auf die das lüsterne Grinsen einer schmollmündigen Puppe gemalt war.

»Das sollte eine Überraschung für Sie werden«, sagte er, als er den Gipsabdruck aufhob. »Das Komische ist, ich wußte, daß sie jemanden trifft. Einen Jungen, den sie über den Bruder ihrer Freundin kennengelernt hat. Ich habe ihr versprechen müssen, Ihnen nichts davon zu erzählen. Ich dachte einfach, das wäre ganz normal in ihrem Alter.« Er schmiß eine leere Weinflasche an die Wand. »Verflucht!«

»Was hat sie sonst noch erzählt?«

Er legte eine Hand an den Hinterkopf. »Daß er älter war. Er hatte irgendeinen Fabrikjob, um sich das College zu finanzieren.«

Ich dachte an den endlosen Strom von gesichtslosen Arbeitern, die Augen von Schutzhelmen und Regenkapuzen verdeckt, der morgens und abends durch die Tore marschierte. Ich ging ans Fenster. Legte den Kopf an die kühle Scheibe. Der Wind rüttelte am Glas, bahnte sich einen Weg in meinen Schädel, wo er kreischend umherjagte.

Blackmoor stellte sich hinter mich. »Sie ist in der Mauer«, sagte er leise.

»O mein Gott.« Ich folgte seinem Blick. Rund und arrogant thronte der Mond im Himmel, von wo er sein Licht über das ruinöse Felsfundament streichen ließ, dem die Wellen hohnlachten. »Um Gottes willen. O mein Gott, o mein Gott!«

»Vergessen Sie nicht, er war allein und in Eile«, sagte er. »Also kann er sie nicht sehr tief eingegraben haben.« Was er nicht sagte, war, daß oft etwas schiefgeht, wenn man zu sehr in Eile ist. Man dichtet eine Kiste nicht ausreichend ab. Man berechnet den Sauerstoffbedarf falsch. Wie leicht kann ein Felsbrocken sich aus einer Baggerschaufel lösen. Wenn man sich zu schnell bewegt, kann das sogar einen Felssturz zur Folge haben –

Ich drängte diese Gedanken aus dem Kopf. Ich spürte ein zerbrechliches Flattern an meiner Kehle, als strichen kleine Schwingen daran. *Hoffnung.* »Dieser Ingenieur hat gesagt, da wären Löcher drin, groß genug für ein Auto.«

»Hören Sie, Garner.« Blackmoor wählte seine Worte sorgsam. »Das, was ich eben gesagt habe, daß sie nicht sehr tief drinsteckt – das stimmt ... aber trotzdem, er muß schweres Gerät eingesetzt haben. Wir haben es hier mit Felsbrocken zu tun. Es ist unmöglich –«

»Wir holen Hilfe.«

Er drehte sich um, so daß ich wieder zum Fenster stand.

»Was sehen Sie?«

»Ich sehe überhaupt nichts.« Dann wurde es mir schlagartig klar. Im Hauptgebäude waren alle Lichter aus. »Er hat die Kabel gekappt«, sagte ich stumpf.

»Die Reifen an unseren Autos sind auch aufgeschlitzt«, sagte Blackmoor.

Ich klammerte mich an seinen Arm. »Zusammen schaffen wir es.« Die alten verächtlichen Züge prägten wieder sein Gesicht. »Ich weiß, daß wir es schaffen«, beharrte ich. »Sie sind Bildhauer. Sie kennen sich aus mit so was, mit Felsen und Steinen –«

»Ich bin ein Hochstapler, Garnelchen«, erwiderte er. »Das haben Sie selbst gesagt.«

Ich sah den müden Zynismus in seinem Blick. »Machen Sie, was Sie wollen«, sagte ich. »Aber ich zumindest werde nicht einfach hier sitzen und die Stunden zählen, bis meine Tochter erstickt.«

21

Übermannshohe Wellen brachen über die Kaimauer. Gischtige Finger suchten sich ihren Weg. Darüber, darunter, hinein. Ich versuchte mich auf die Hunderte von Malen zu konzentrieren, die ich den schmalen Schwebebalken aus Fels schon gegangen war, immer einen Fuß vor den anderen und nie daran denkend. Jetzt bahnte ich mir langsam meinen Weg, stets auf der Suche nach Spalten im Fels, nach einer Stelle in der Füllung, die zu fest oder zu weich war.

Wir mußten uns anbrüllen, um uns hören zu können. »Dort.« Blackmoor deutete auf einen Abschnitt der Mauer direkt vor uns, dann warf er den Lederbeutel voller Werkzeuge hinunter. »Halten Sie den Strahl gerade.«

Ich stellte die Lampe scharf. Das Meer brandete beinahe bis an unsere Rücken. Wenige Stunden noch, und der Damm wäre völlig überspült. Hatte Turner das einkalkuliert, als er die Kiste baute? Hatte er damit gerechnet, daß Temple womöglich ertrank?

»Verdammt, Garner«, fluchte Blackmoor. »Leuchten Sie zu mir!« Er ließ die Hände über den Fels streichen, dann holte er einen Meißel aus der Tasche und klopfte ihn ab.

»Was machen Sie da?«

»Schauen, ob sich was bewegt.« Ich konnte ihn bei dem Tosen kaum verstehen. »Ob es Lücken gibt.«

Ich sah zu und wollte einfach nur glauben, dies sei mehr als wieder eine von Dane Blackmoors Shows. Sicher, seine Bewegungen strahlten Zuversicht aus; aber er sah mir nicht ein einziges Mal in die Augen.

Der Wind blähte seinen Mantel wie ein Segel. Er schrie nach einem Brecheisen. Ich raste zur Tasche. Aber als ich wieder bei ihm war, schüttelte er den Kopf. »Alles massiv.« Er deutete in eine andere Richtung. »Versuchen wir's da drüben.«

Wir gingen im Gänsemarsch, und ich streckte die Arme aus, um mich gegen den Wind zu stemmen. Ab und zu blieb Blackmoor stehen und fuhr mit den Händen über die Dammoberfläche, er tastete Spalten ab, und manchmal klopfte er. Das ging vielleicht fünfzehn Minuten so, bis er urplötzlich innehielt.

»Was?« Keine Antwort. »Was? Nun sagen Sie schon!«

Er gab mir ein Zeichen, daß ich das Ohr an den Stein legen sollte. »Hören Sie.«

»Ich höre gar nichts«, schrie ich enttäuscht.

Er ging ein paar Schritte zurück. »Und jetzt versuchen Sie's hier.«

»Das Meer hört sich anders an.«

»Weil dieser Abschnitt hohl ist.«

Noch immer wich er meinem Blick aus und ging in die Hocke. Ich kauerte mich neben ihn und stellte mich innerlich auf einen weiteren falschen Alarm ein. Aber diesmal sah ich es sogar. Wie unregelmäßig der Damm war. Statt einer massiven Böschung aus Stein und Beton hatte man hier einige Findlinge mittlerer Größe aufgeschichtet und mit losem Geröll befestigt.

Blackmoor grub mit bloßen Händen. »Haben Sie so was wie 'ne Schaufel in der Tasche?« schrie er.

»In der Garage ist eine.«

Sein Blick suchte das dunkle Haus ab. »Vergessen Sie's«, befahl er mir.

Er weiß es auch, dachte ich, *er spürt, daß wir nicht allein sind.* Ich ließ mich auf den Bauch fallen und schaufelte mit den Fäusten Schwemmsand heraus. Eine Welle brach und überschüttete uns mit eisigem Salzwasser, aber wir arbeiteten weiter. Wenig später hatten wir einen der kleineren Felsbrocken freigelegt.

»Holen Sie das Brecheisen«, wies Blackmoor an. »Ich glaube, wir können ihn rausstemmen.«

Ich fand es. »Passen Sie auf«, sagte er. »Wenn der Brocken hier sich rührt, dann müssen wir ihn unbedingt in Bewegung halten. Er darf auf keinen Fall zurückrutschen, verstanden?« Ich nickte. Er brauchte mir nicht zu erklären, was diese Last im Fallen anrichten konnte. Wenn die Kiste darunter stand. Wenn Temple noch am Leben war. *Lieber Gott, bitte, laß sie noch am Leben sein.*

Blackmoor stieg ins Loch. »Also gut, auf drei, und dann –«

Das Tosen der Brandung und meines Herzens hallte mir in den Ohren. Ich hörte das Einzählen nicht, aber ich warf mich nach vorn, als er es tat, spürte den toten Widerstand des Steins, gegen den sich jeder einzelne Muskel meines Leibes spannte. Einen Augenblick lang schien es hoffnungslos, aber Blackmoor zog das Brecheisen hinunter, und auf einmal bewegte der Felsbrocken sich – erst rollte er nur ganz langsam, doch dann legte er an Fahrt und Wucht zu.

Ich fiel aufs Gesicht und schürfte mir das Kinn auf. Als ich aufstand, lehnte sich Blackmoor schon in das Loch hinein und fegte Sand und Kies von etwas Flachem, Glänzendem. Ich kroch zu ihm und bestaunte diese magischen Hände, die es fertiggebracht hatten, eine Metallkiste aus dem nackten Stein hervorzuzaubern.

»Temple! Temple? Liebling, hörst du mich?« Von unten klang ein dumpfes Klopfen herauf. *Einmal. Zweimal. Deutlich stärker beim dritten Mal.* Ich klammerte mich an Dane fest, um nicht hinabzustürzen.

»Halt aus, Schätzchen«, rief er. »Wir holen dich da raus.«

Einen Augenblick bevor er sich in die Kaimauer hinablassen wollte, legte Blackmoor die Hand auf mein Genick und zog mich zu sich. Unter dem Zelt seines Regenmantels brach ich zusammen und ließ mich in den Falten seines Hemdes begraben. Leise pochte sein Herz an meinem Ohr.

»Er hat es uns zu leicht gemacht«, flüsterte er. Oder wenigstens klang es danach. Bevor ich nachfragen konnte, hatte er mich schon weggestoßen und mir befohlen, die Taschenlampe auf den Deckel der Kiste zu richten.

Genauso, wie sie geboren wurde, kam sie aus dem Metallsarg zum Vorschein: glänzend naß, weinend und nach Luft schnappend. Wunderschön. Dane hob sie heraus und legte sie mir in die Arme.

»Mommy, Mommy, ach, es tut mir so leid –« Ihr schlanker Leib zuckte.

»Schhh.« Ich drückte sie fest an mich. »Es ist ja alles vorbei.«

Blackmoor zog den großen Regenmantel aus und legte ihn über ihre Schultern. »Soll ich dich tragen«, fragte er, »oder kannst du allein gehen?«

»Ich ... ich weiß nicht«, schluchzte Temple.

Er sah mich an. »Versuchen wir, ins Haus zu kommen«, sagte er.

Die rostige Leiter klapperte wie ein falsches Gebiß. Ich ging voran, gefolgt von Dane, der Temple halb stützte, halb trug und ihr die ganze Zeit leise Mut zusprach. Sobald wir vom Damm herunter waren, flaute der Wind plötzlich ab. Ein perlmuttfarbener Schimmer überzog den Himmel. Die Luft hatte Substanz. Ich konnte sie spüren, wie sie in meine Poren drang, sich dick wie Wolle auf mein Haar senkte.

»Leg den Arm um meine Schulter«, sagte Blackmoor zu Temple.

Ich nahm sie auf der anderen Seite. Wir neigten uns einander zu und ließen die Silhouette des Hauses mit ihrem aufragenden Giebel nicht aus den Augen. Ich hatte nicht die geringste Vorstellung, was wir machen würden, wenn wir einmal dort wären; aber etwas hätten wir immerhin erreicht – einen Ort, den ich kannte; eine sichere Zuflucht mit Schüreisen im Kamin und Messern in der Küche; mit Versteckmöglichkeiten. Es winkte uns aus einhundertfünfzig Metern Entfernung heran – einhundertfünfzig Metern offenen, ungeschützten Geländes.

Ich spürte es, bevor ich den Leerlauf der Maschine hörte, bevor ich diesen ersten Blick zurück riskierte. Der Schaufelbagger polterte unerbittlich auf uns zu, und seine Scheinwerfer warfen verrückte Ovale über die unebene Erde. Wir rannten auf unsere Schatten zu, die sich dehnten und verjüngten, düster und beängstigend, wie Figuren in einem Gemälde El Grecos. Er kam näher.

»Dane!« Der Wind schluckte meinen Schrei.

Blackmoor hatte Temple über die Schulter geworfen. »Bleib bei mir!« rief er. Er versuchte, den stetig wachsenden Lichtkegeln auszuweichen, aber es war sinnlos. Ob er nach links oder rechts lief, der Schaufelbagger folgte ihm, zerpflügte die Erde, schleuderte Kies nach uns – unausweichlich, unbarmherzig. Bird Turner hockte, ganz verhüllte Silhouette, im Führerstand, weniger Mensch denn Maschine.

»Vorsicht!« schrie Dane.

Über meinem Kopf tauchte ein langer, bedrohlicher Schatten auf. Sekundenbruchteile später senkten sich die stählernen Kiefer, nahmen Maß, schossen nieder, und ich hörte ein furchtbares Schnappen. Ich rannte, so schnell ich konnte. Jeder Atemzug schmerzte unerträglich. In einem kleinen, ruhigen Teil meines Gehirns malte ich mir aus, wie es sich wohl anfühlen würde – die Stahlzähne, wenn sie mit tödlicher Präzision zubissen. Ich sah mich in die Höhe gehoben werden wie ein Kind im Riesenrad, stellte mir vor, ich sei Teil des Himmels, der Luft, des heißen, wolligen Weiß. Schon wollte ich mich meinem Schicksal ergeben, als aus der Dunkelheit ein Paar Arme herausschoß, das mich mit aller Macht aus dem Weg stieß. Ich stolperte zusammen mit Temple zurück. Wir landeten aufeinander und mußten entsetzt mit ansehen, wie die dreizackigen Schaufeln auf Blackmoor losgingen, die spitzen Kiefer sich in ihn gruben, bevor sie ihn dann zu Boden schleuderten.

Der Schaufelbagger legte den Rückwärtsgang ein, und Turner am Steuer setzte zum Todesstoß an.

»Bleib hier«, sagte ich zu Temple.

Das Gesicht tief über dem Schlamm, robbte ich heran. Dane war noch bei Bewußtsein, aber alles war voller Blut. Ich zog die Jacke aus und legte sie auf ihn. »Geh«, krächzte er.

»Ich lasse dich nicht allein.« Der Schaufelbagger machte einen weiten Bogen und näherte sich nur langsam. Er spielte mit uns.

»Traust du mir denn immer noch nicht?« Er atmete schwer.

»Natürlich traue ich dir«, schluchzte ich.

»Dann verschwinde von hier, oder er bringt uns alle miteinander um.« Er zupfte mich am Ärmel und zog mich auf seine Brust nieder. Sein Kuß war noch immer salzig, aber auch süß vom Blut. »Geh«, flüsterte er heiser, »bevor er sich Temple schnappt.«

Ich küßte ihn noch einmal und rannte zu meiner Tochter.

22

Der Wind spielte mit den Fenstern Haschen. Die große Standuhr auf dem Treppenabsatz ließ ihr friedliches Ticktack hören. Wir hatten die Stufen beinahe erreicht, als zwei Lichtkegel im Fenster erschienen. Sie wurden größer und größer.

»Geh in den Schrank.« Nur Sekunden, bevor die Glaswand wie mit dem Klimpern zahlloser, mißtönender Windspiele zerbarst, drängte ich Temple durch die Tür.

Auf einmal stellte Turner den Motor ab – nur einer in einer Reihe von plötzlichen Toden. Dann stieg er ab, und wie eine Halskette baumelte ein Seil von seinen Schultern. Die Klinge seines Messers funkelte an seinem Gürtel. Schminke verwischte seine wohlbekannten Züge. Aus irgendeinem Grund machte mir das am meisten angst. Noch einmal wollte ich mir den jungen Mann ins Gedächtnis rufen, den ich gekannt hatte: Jeff Turner in gebügelten Khakihosen und marineblauem Blazer, dessen immergrüner Blues nicht mehr war als ein Fall für die Bezirksgerichte. Aber an seiner glänzenden Gesichtsmaske, die seine Züge verwischte und seine Augen auslöschte, war kein Vorbeikommen.

»Hallo, Lady«, sagte er fröhlich.

»Hallo, Jeff.«

Ich stand am Fuß der Treppe und umklammerte das Fleischermesser, das ich mir in der Küche geholt hatte.

»Und, was halten Sie davon?« fragte er. »Gar nicht schlecht für einen vom Land, was?« Er rückte näher. »Sie sind mir ganz ordentlich auf den Leim gegangen, nicht wahr?«

»Ja«, gestand ich ein. »Das bin ich tatsächlich.«

»Reden Sie nicht so von oben herab mit mir.« Jeff zog Halbkreise vor mir, und seine Hand spielte nervös am Griff des Messers. »Wissen Sie, ich hasse es, wenn man mich unterschätzt.« Er neigte sich nach vorn, bis ich nur noch Millimeter außer Reichweite war. »Und ich liebe es.«

Er machte einen Scheinangriff auf mich zu. *»Huh!«* Ich zuckte zusammen, und er lachte. Seine Augen suchten den Raum ab.

»Wo ist denn unser Mädchen?«

»Sie läuft davon«, behauptete ich.

»Garner, Sie enttäuschen mich«, sagte Jeff. »Zuerst das große, böse Messer und jetzt auch noch dieser Täuschungsversuch.« Er fing an herumzulaufen und rief: »Hey, Baby, ich bin's, dein Herzallerliebster. Komm, komm her zu mir, ganz gleich, wo du bist.«

»Ich habe es Ihnen doch schon gesagt«, beharrte ich, »sie ist nicht hier.«

»Sie taucht schon auf«, meinte Turner, »früher oder später. Habe ich Ihnen nicht gesagt, daß es die Einsamen sind, die nie genug von mir kriegen können? Die süße Temple. Die kleine Jenny Price von daheim. Die war ganz eine Gute, die hat nämlich nicht erzählen können, was ich gemacht habe, nachdem ...«

Sein Sprung kam derart geschmeidig und unerwartet, daß ich ihn nur noch als verschwommenes Bild wahrnahm, als substanzlose Energie, nichts Materielles. Und plötzlich hatten seine Finger sich um mein Handgelenk geschlossen.

Ich schrie auf und ließ das Küchenmesser in seine Hand fallen.

»Temple«, rief er, und sein Gesicht war so nahe, daß ich die warme, klebrige Fettschminke auf meiner Wange spüren konnte. »Du wirst doch nicht zulassen, daß der große böse Wolf deine liebe Mama in den Klauen hält, oder?«

Ich wollte schreien: *Nein, tu's nicht*, aber der konstante Druck seines Ellenbogens gegen meine Stimmbänder machte das unmöglich. »Ich zähle jetzt bis drei, und wenn du deinen kleinen Hintern bis dahin nicht hierherbewegt hast, Süße«, sagte Jeff ruhig, »dann bleibt mir nichts anderes übrig, als deiner lieben Mama die Kehle durchzuschneiden, und dann komme ich dich suchen. *Eins* –«

Temple trat aus dem Schrank, das Gesicht aschfahl, das Haar von Schweiß und Sand verklebt. »Braves Mädchen«, lobte er. »Und jetzt setz dich.« Er nickte zu einem Stuhl hinüber.

Sie schaute mich an. Jeff drückte die Messerspitze fest an meinen Hals. »Setzen, habe ich gesagt.« Sie gehorchte.

Er löste seinen Griff um mich so abrupt, daß ich vornüberkippte. »Festbinden«, befahl er und warf mir das Seil zu.

»Ich weiß nicht, wie –«

»Mit den Händen anfangen.« Ich bewegte mich langsam und überschlug im Geist die Entfernung zwischen dem Stuhl und dem Klavierhocker, während ich verzweifelt versuchte, nicht hinzusehen, mich nicht zu verraten.

Ich spürte, wie er mich ansah, während ich das Seil um Temples Handgelenke schlang. »Sie waren sich nie völlig sicher, was mich angeht, nicht wahr?« Er kam zu uns, um den Knoten selbst zu überprüfen. »Nicht einmal, nachdem Susie plötzlich diese neue Geschichte erzählt hat.« Er imitierte Susies Stimme. *»Gott weiß, daß Mr. Turner unschuldig ist.«* Jeff bedeutete mir, auf die Knie zu gehen. »Mann, das war vielleicht 'ne irre Schlampe, was?«

Er fuhr mir mit dem Messer über die Kopfhaut. Die Klinge verfing sich in meinen Strähnen. Ich schlang das Seil mehrere Male um die nackten Knöchel meiner Tochter. Direkt über dem Knochen hatte sie eine böse Schnittwunde. Ich wollte ihr einen Kuß darauf geben. Statt dessen konzentrierte ich mich auf den Klavierhocker. Den Hocker, in dem ich gestern erst die Beute aus dem Eisenwarenladen versteckt hatte. Die Nägel. Den großen Kreuzschlitzschraubenzieher mit dem dicken, gelben Griff.

Jeff sagte: »Ich hab's noch nie mit zweien gleichzeitig getrieben. Ich hoffe bloß, ich hab' nichts vergessen.«

Aus dem Augenwinkel sah ich, wie er ein Kondom aus der Tasche zog. Es fiel ihm aus der Hand und rollte unter Temples Stuhl. »Macht nichts.« Er grinste. *»Ich weiß ja, was ihr zwei Ladys so getrieben habt.«*

Ich stieß, so fest ich konnte, gegen Temples Stuhl. Sie schrie auf und fiel, halb gefesselt, vom Sitz und rollte sich sofort ab.

Auf Händen und Knien krabbelte ich zum Klavierhocker. Als ich die Sitzfläche hochklappte, war Jeff schon da. Ich knallte ihm den Deckel auf die Finger. Er heulte auf wie ein tollwütiger Hund und schlug mich so fest, daß ich vornüberfiel; aber meine Hände bewegten sich weiter, als führten sie ein Eigenleben. Als hätten sie eine Mission. Unaufhaltsam.

Sein Messer drang mir oberhalb des Schulterblattes ins Fleisch.

In nomine Patris, et Filii ...

Der Schmerz setzte verzögert ein, während meine Finger noch über Stöße von Notenblättern tanzten, zupackten, umklammerten, als könnten sie die simple Wahrheit einfach nicht glauben –

... et Spiritus Sancti ...

Die Werkzeuge waren nicht mehr da.

Cilda hatte sie heimlich an einen anderen Ort gebracht. Ich würde den Schraubenzieher an irgendeiner unmöglichen Stelle wiederfinden, wenn ich es am wenigsten erwartete, eines schönen Tages.

Nur, daß es diesmal keinen schönen Tag mehr geben würde.

Ich rollte mich herum, um meinem Mörder ins Auge zu sehen, um zuzusehen, wie mit gezücktem, bereits blutverschmiertem Messer dieses Mondgesicht über mir aufging. Bevor er zustieß, schlug er mit der Klinge das Kreuzzeichen, auf und nieder, links und rechts, wie ich es erwartet hatte.

Jeden Schnitt setzte er langsam und überlegt.

Ich hörte mich schreien: *Lauf, Temple! Lauf!* Aber in mir fühlte ich eine alles einhüllende Wärme, eine schwerelose Ruhe. Ich fragte mich, ob Dane Blackmoor den Tod ebenso erlebt hatte. Ich hoffte es.

Jeff betete wieder. *In nomine...*, und sein Mund bildete ein vollkommenes O, als sein fettiges Mondgesicht sich plötzlich verfinsterte und er ächzend auf meine Brust kippte.

Mitten aus seinem Rücken ragten wie Pfeile zwei stählerne Stricknadeln.

Er rappelte sich wieder auf, versuchte sie herauszuziehen und riß die Arme in wilden Kreiselbewegungen zurück wie ein Ertrinkender, der versucht, sich über Wasser zu halten. Aber Cilda hatte sich schon über ihm aufgebaut, hielt die Krücke mit beiden Händen hoch in die Luft und zielte sorgfältig, bevor sie zuschlug.

Im Krankenwagen träumte ich, Diana Gold hätte den Polizisten wieder zurückgeschickt – irgend etwas von wegen, sie könne Blackmoor telefonisch nicht erreichen, sie müsse ihm aber unbedingt mitteilen, daß Lucy Moon gestanden habe. Sie war es gewesen, die Torie und die anderen Mädchen ermordet hatte. Lucy Moon und Elizabeth Rice …

In meinem Traum schickte Diana Gold den Polizisten los …

Jemand flüsterte mir all das ins Ohr. Und ich dachte: *Das ist kein Traum*, und dann: *O Gott. Ich verdanke Diana Gold mein Leben …*

Epilog

Ich erwachte aus einem neuen Alptraum.

Die Laken hatten sich so fest um mich geschlungen, daß ich einen Augenblick lang dachte, ich wäre gefesselt. Ich kämpfte mich frei und entspannte mich wieder, als mir bewußt wurde, wo ich war.

Das Krankenhaus.

Das Licht war wegen der Nacht gedämpft. Aber ich konnte Temples Gesicht immer noch deutlich erkennen. »Dane lebt«, sagte sie, »aber –«

Schwach hob ich die Hand. Sie und Cilda sehen zu können war genug; und sie hatte mir das gesagt, was ich so sehr hatte hören wollen.

Alles andere war jetzt nicht wichtig.